KB115336

조각상 살인사건

MIMIC

조각상 살인사건

MIMIC

다니엘 콜 장편소설 | 김효정 옮김

BOOK PLAZA

Mimic

오직 산 자만이 너처럼 고통받으리라.

프롤로그
'죽음'이 찾아온 날

노인이 집으로 돌아왔더니 마침내 죽음이 찾아와 그의 의자에서 잠자고 있었다. 노인은 생각했다. 죽음이라 한들 그저 또 하나의 적이 아닌가? 고단하고 외로운 적. 노인은 쏟아진 타르처럼 바닥에 펼쳐진 외투를 살며시 밟고 지나가 자신의 작은 오두막에서 칼을 찾았다. 그리고는 잠자는 손님이 깰세라 조심조심 그에게 다가갔다. 영생을 누리겠다는 욕망에 취한 노인은 칼을 쥔 양손을 높이 쳐들었다가 깊숙이 찔러 넣었다. 하지만 그는 죽음의 잠을 깨웠을 뿐, 칼날은 의자에 박히고 말았다. 털끝 하나 다치지 않은 죽음은 어느 때보다 잔혹하고 냉정한 모습으로 우뚝 서서 노인을 굽어보았다.

"감히 나를 피해 가겠다고?" 죽음이 피식 웃었다. "애원해도 소용없다. 네놈에게는 결코 자비를 베풀지 않을 테니. 오직 산 자만이 너처럼 고통받으리라."

그렇게 죽음은 세상에 모습을 드러냈다.

죽음은 해야 할 일이 많았다.

7년이 지난 어느 날 죽음은 작은 오두막으로 돌아왔다. 노인은 낯익은 칼을 무릎에 얹어둔 채 의자에 앉아 졸고 있었다. 죽음은 진홍색 리본처럼 바닥에 쏟아진 피를 살며시 밟고 지나가 노인의 쭈글쭈글한 팔을 움켜쥐었다. 죽음의 손아귀에 잡히자 노인은 서

늘한 한기를 느끼고 몸을 떨었다. 자신의 아문 상처를 보며 노인
은 눈물을 흘렸다.

"제발!" 노인이 울부짖었다. "이미 내게서 전부 빼앗아가지 않
았소? 그걸로도 충분치 않은 거요?"

죽음은 싱글거리며 노인의 귀에 대고 속삭였다.

"아니, 나의 오랜 친구여⋯ 아직 멀었어."

그렇게 죽음은 모습을 드러냈다.

여전히 그에게는 할 일이 많았다.

1

1989년 2월 1일 목요일

방향 표시등이 요란하게 딸깍거릴 때마다 보이지 않는 청중이 어둠 속에서 성냥불을 켜듯 사물의 형체들이 뚜렷이 드러났다가 다시 그림자에 묻혔다. 호리호리한 실루엣의 손짓에 따라 벤자민 챔버스 형사는 하이드 파크 쪽으로 운전대를 꺾었다. 안내인이 출입문 쪽으로 부랴부랴 달려가 자물쇠와 씨름하는 사이 챔버스가 탄 차량의 전조등은 그의 진녹색 작업복에 박힌 '공원관리소'라는 글자를 비추었다. 맨손으로 싸늘한 금속을 만지작거리던 안내인은 종종걸음으로 앞서가며 따라오라고 손짓했다.

챔버스는 터져 나오는 하품을 누르며 차에 기어를 넣은 다음 비포장 도로를 따라 움직이기 시작했다. 축축한 콘크리트가 단단한 얼음으로 바뀌자 바퀴 굴러가는 소리에도 변화가 생겼다.

"이러다 사람 칠라. …이러다 사람 칠라." 챔버스가 웅얼거렸다. 안내인이 지시하는 위치에서 차가 멈춰줄지 확신이 없었다. 드넓은 하이드 파크 깊숙이 들어갈수록 바퀴가 멋대로 도는 횟수도 잦아졌다.

그 순간, 앞에서 걷던 남자가 발을 헛디디더니 걱정스러운 쿵 소리와 함께 자동차 후드 밑으로 사라졌다. 챔버스는 브레이크를 꾹 밟아 차를 멈췄다.

놀란 챔버스는 운전석에서 몸을 앞으로 기울여 후드 끝을 애타게 바라보았다.

하지만 이내 유쾌한 얼굴이 두 전조등 사이에서 튀어나왔다. 조명을 받은 명찰이 그 주인의 이름 '디노'를 당당히 드러냈다.

"미안해요!" 남자가 일어서며 손을 흔들었다.

"간 떨어지는 줄 알았잖아요!" 챔버스는 도저히 믿기지 않아 고개를 휘저었다.

"저 나무들만 지나면 돼요!" 디노는 아직도 정신을 못 차린 듯 차에서 불과 세 발짝 떨어진 불안한 위치에 서서 외쳤다.

챔버스는 주저하다가 차를 다시 굴리기 시작했다. 디노와 거리를 유지하며 이동하다가 현장에 먼저 도착해 있던 순찰차 옆에 차를 세웠다. 챔버스가 문손잡이를 당기는 순간 순찰차 안에서 찬바람을 피하던 제복 차림의 경찰관 두 명도 분주해지기 시작했다. 챔버스가 코트 옷깃을 단단히 여미고 이를 악문 채 밖으로 나가자 디노는 의외라는 듯이 그를 뜯어봤다.

"흑인 형사는 처음 보네요." 그의 얼빠진 소리를 챔버스는 심드렁하게 받아들였다.

"어느 분야든 마찬가지 아닌가요. 그리고 정확히 말해서 저는 흑인이 아니라 아주아주 짙은 갈색 인간이에요." 챔버스는 빈정거리면서도 근처에 시체가 어디 있는지 두리번거리기 시작했다.

디노가 킥킥거렸다. "그렇군요. 역시 형사답게 정확하시네요."

"그럴지도 모르죠." 챔버스가 얼굴을 찌푸리며 대꾸했다. 그의 관심은 온통 동상의 기단부 주위로 어지러이 찍힌 발자국에 쏠려 있었다. "형사는 작은 차이를 무시해서는 안 되죠. 세세한 부분까지 유심히 살펴야 해요. 이를테면…, 시체가 발견된 위치라든지?"

그 순간 순찰차 문이 쾅 닫혔다. 제복 경찰 한 명이 마침내 용기를 내어 밖으로 나왔다. 연갈색 머리를 말끔히 빗어 넘긴 그는 챔버스보다 열 살은 어려 보였다. 기껏해야 스물한 살이나 됐을까. 먹다 남은 초콜릿 바를 호주머니에 넣고 그는 손을 내밀며 그에게 다가왔다.

"챔버스 경사님?" 런던 남부 억양이었다. "애덤 윈터라고 합니다. 그리고 저 친구는…." 그는 마지못해 차에서 내린 우락부락한 여자 동료를 가리켰다. "라일리예요." 그녀는 고개만 까딱하고 얼어 죽기 싫다는 듯 다시 차 안으로 돌아갔다. "우리 전에 만난 적 있죠. 그 경주마 사건 때요." 윈터가 말을 이었다.

챔버스가 고개를 끄덕였다. "그때…."

"맞아요."

"또…."

"그랬죠."

"기억나네."

나무 사이로 매서운 돌풍이 몰아치자 대화는 잠시 끊겼다. 두 남자는 정신을 추스를 시간이 필요했다.

"얼어 죽겠네." 윈터가 냉기에 오들오들 떨며 불평했다.

"자네가 동상 밑에서 시체를 발견했다고 들었는데." 챔버스는 괜히 왔다고 확신하며 대수롭잖게 말을 이었다. "또 소문이 와전된 모양이네." 그가 신소리를 했다. 젊은 경찰관을 탓할 생각은 전혀 없었다. 적이라면 지금도 차고 넘쳤다.

"그러게 말이에요." 윈터가 맞장구를 치며 잔디에 찍힌 수십 개의 발자국 위에 자신의 발자국을 추가했다. "으음…, 시체는 동상 밑에서 발견된 게 아니거든요. …동상이 바로 시체니까요."

챔버스는 무슨 소리냐는 듯 눈썹을 치켜올렸다가 얼음으로 뒤

덮인 채 3미터 높이에 있는 돌로 된 조각상 받침대에 앉아 있는 인물을 올려다봤다.

"조깅하던 사람이 11시 30분경에 처음 발견했대요."

챔버스는 손목시계를 확인했다.

"…오전이요." 윈터가 덧붙였다. "오전 11시 30분에요."

더 혼란스러워진 챔버스는 현장 전체를 살피려고 몇 발짝 뒤로 물러났다. 그는 실눈을 뜨고 여전히 풍파에 마모된 예술품으로밖에 보이지 않는 동상을 올려다봤다. 거친 석판 위에 전라의 근육질 남자가 깊은 생각에 잠긴 듯 오른손 관절에 턱을 괴고 앉아 있었다. 노출된 살갗에는 바람을 맞은 고드름이 털처럼 덮여 있었다. 덜 노출된 부위는 도저히 인간의 피부로는 보이지 않는 푸르뎅뎅한 색이었다.

챔버스가 납득하지 못하는 듯하자 윈터가 말을 이었다.

"그 조깅하던 여자 얘기로는 이곳을 수백 번 지나다니면서도 동상에 별로 눈길을 준 적이 없는데 그날따라 왠지 느낌이 싸하더래요. 하루 종일 뭔가 마음에 걸려서 오늘 저녁에 여기로 돌아와 봤다가 확신했대요. 아, 뭔가 잘못됐구나…. 그럴 만하죠, 보시다시피 여기 얼어붙은 시체가 앉아 있었으니까요."

"시체가 온종일 여기 앉아 있었다는 뜻인가?" 챔버스는 어느 방향에서 보면 더 잘 보이나 살피며 조각상 받침대 주위를 한 바퀴 돌았다. "그런데 그 여자 말고는 눈치챈 사람이 없다?"

"형사님이라면 눈치챘겠어요?"

"…나야 아직도 모르겠는데." 그가 동상을 흘끔거리며 인정했다.

"제 생각에는…." 윈터의 우람한 동료가 우렁찬 목소리로 끼어들었다. 챔버스는 그녀의 이름을 벌써 잊었다. "이 사건은 '기괴한 자살 방법' 7000001호로 봐야 할 것 같아요. 생각보다 공원에서 자살하는 사람이 꽤 많거든요. 하기야, 제가 뭘 알겠어요? 형사님의 깊고 넓은 지혜로 판단할 일이지."

그 여자는 분명 챔버스에게 뭔가 꽁해 있었지만 그는 너무 춥고 너무 피곤해서 걸고넘어질 의욕이 나지 않았다.

"죄송해요." 윈터가 동료를 보며 고개를 저었다. "그래도 알고 보면 괜찮은 친구예요. 맞지, 킴?"

그녀는 대답 대신 가운데 손가락을 들어 보였다.

"저 위에는 올라가 봤어?" 챔버스가 물었다.

"현장을 오염시키면 쓰나요." 윈터는 씩 웃으며 완벽한 핑계가 될 수 있는 카드를 내밀었다. "더구나 동상이 어디로 달아날 리도 없잖아요."

챔버스는 얼어붙은 한숨을 내쉬었다. "사다리가 없으면 올라갈 수가-"

"조각상 받침대에 사다리가 붙어 있어요." 엿듣고 있던 디노가 유용한 정보를 내놨다. "뒤쪽으로 오세요."

윈터는 얼굴에서 웃음기를 감추려고도 하지 않았다. 반면 챔버스는 울상이 되었다.

"…잘됐네."

가로대 열다섯 칸이 너무 많게 느껴졌다. 회중전등을 이 사이에 문 챔버스가 기단부의 평평한 꼭대기에 가까워질수록 칼바람은 점점 강해졌다.

너른 등판을 챔버스 쪽으로 향한 채 앉아 있는 동상은 지면에서 봤을 때처럼 완벽한 무생물이었다. 얼음 위를 조심스레 기어 동상에 다가간 그는 입에 물었던 전등을 들고 얼어붙은 동상 표면을 비췄다. 눈앞의 이 물체가 무엇인지 여전히 헷갈리던 차에…, 동상의 팔꿈치에서 주름이 발견되었다. 푸르스름한 표면에 생긴 구김살. 의심할 여지없이 사람의 피부였다. 어느 정도 예상했던 상황이었지만, 챔버스는 질겁하여 손전등을 놓쳤다. 조각상 받침대에서 굴러 떨어진 손전등은 별똥별처럼 공중을 날아갔다.

"젠장." 그는 당황하여 중얼거렸다.

"거기 위에 괜찮아요?" 윈터가 소리쳤다.

"괜찮아!" 챔버스도 이렇게 외치고 달빛에 의지해 얼어붙은 얼굴을 확인하려고 조심조심 무릎으로 기어갔다.

아름다운 얼굴이었다. 영화배우처럼 나무랄 데 없이 잘생긴 얼굴. 배우였을지도 모른다고 챔버스는 생각했다. 알몸으로 조각상 받침대에 올라가 몸이 굳을 때까지 포즈를 취하려면 배우들처럼 관심종자 기질이 꼭 필요할 것이다. 무릎으로 걷는 데 조금 자신이 생긴 챔버스는 똑바로 일어서서 눈에 띄는 신체적 특징이 있는지 꼼꼼히 살폈다. 동상 바로 옆까지 얼굴을 들이밀자 매끈한 피부에 챔버스의 습한 숨결이 맺혔다. 뭔가 이상했다. …정확히 꼬집을 수는 없었지만…, 눈 때문일까? 서늘한 푸른색의…, 강렬하고…, 예리한 눈빛. 텅 빈 껍데기의 멀건 시선이 아니었다.

동상의 눈을 들여다보던 챔버스는 기겁했다. 죽은 줄만 알았던 남자의 한쪽 손이 갑자기 그를 움켜잡았기 때문이었다.

비틀대며 본능적으로 뒤로 물러난 챔버스는 그 손아귀에서 팔을 빼내다가 발을 헛디디고 말았다. 추락하는 사이 멎었던 숨을 땅에 떨어지는 순간 훅 들이마셨다.

"형사님!" 윈터가 큰 소리로 외치며 황급히 달려왔다.

"저 동상…." 챔버스는 밤하늘을 올려다보며 쌕쌕거렸다. "저 동상…."

"뭐라고요? 무슨 말인지 모르겠어요. 그냥 가만히 계세요!" 윈 터가 동료에게 일렀다. "구급차를 불러!" 챔버스는 일어나 앉으려 버둥거렸다. "제발요. 가만히 좀 계세요!"

"아…, 아직…, 살아 있어!" 챔버스는 이렇게 내뱉고는 벌러덩 드 러누워 숨을 헉헉거렸다. 그 사이 나머지 사람들은 혼비백산하여 분주히 움직였다. 챔버스는 그 자리에 가만히 누워 반짝이는 별 과 저 높은 곳에 앉아 있는 비극적이면서도 초현실적으로 아름다 운 형체를 바라보는 수밖에 없었다.

윈터는 꼼짝도 못 하는 남자의 어깨에 자신의 재킷을 덮어주었 다. 하지만 이런 친절은 손톱만큼도 도움이 되지 않았다. 남자를 옮기려 해도 관절이 대부분 뻣뻣이 굳어 있었다. 거북한 자세 때 문에 기계의 도움 없이는 그를 들어 올릴 수조차 없었다. 그래서 윈터는 그저 옆에 머무르며 그를 안심시키는 수밖에 없었다. 위로 도, 확신도 주지 못하는 말을 주절대며 시간을 보내고 있으니 디 노가 나무 사이로 빛의 행렬을 이끌고 나타났다.

때마침 챔버스도 부스스 일어나 길을 비켰다. 소방관 두 명이 크레인을 이용해 냉동된 남자에게 담요를 덮은 다음 그를 들어 올려 휠체어로 옮겼다. 환자의 자세는 거의 바뀌지 않았다. 휠체 어가 덜컹거리며 지면에 내려앉은 순간, 그는 구급대원의 손에 이 끌려 곧장 구급차로 옮겨졌다.

"형사님은 앞으로 최소 6개월간 잠은 다 주무셨네요." 환자에 게 부랴부랴 장비를 부착하는 구급대원들을 챔버스와 함께 지켜보던 윈터가 깐족거렸다. "저 오늘 제대로 헛짓거리 한 거죠?"

챔버스는 대꾸하지 않았다. 사실은 이 수다쟁이 경찰이 꽤 마음에 들었지만 그의 자기 평가가 워낙 정확해서 뭐라 토를 달 수가 없었다. "우리가 형사님보다 족히 한 시간은 일찍 도착했는데…, 제가 저 위에 먼저 올라가 봐야 했어요, 안 그래요?" 윈터가 말을 이었다.

챔버스는 그를 돌아봤다. 현명한 선배로서 이 청년의 장래에 밑거름이 될 주옥같은 조언을 해주기에 완벽한 순간이라고 느꼈다. "…그러게 말이야."

윈터는 분명 자책하고 있었지만 수다는 멈추지 않았다.

"몸싸움의 흔적은 없던가요?"

"안 보이던데."

"스스로 저런 짓을 하는 사람도 있을까요?"

챔버스가 대답하려고 입을 여는 순간 구급차 뒤편에서 소란이 일어났다.

"제세동기!"

구급요원들이 무력하게 지켜보는 가운데 공터를 가르는 날카로운 목소리가 울렸다.

"준비 완료!"

"쇼크!"

에너지의 강도를 높였지만 몸은 꿈쩍도 하지 않았다.

"맥박이 없어요!"

"충전합니다!"

다들 피할 수 없는 결과를 지켜보는 사이 챔버스는 헛된 심폐소생에 매달린 사람들을 등지고 빈 조각상 받침대 앞으로 돌아갔다.

"어떻게 생각하세요?" 윈터가 그를 따라오며 물었다. "…챔버스 형사님?"

"스스로 저런 짓을 하는 사람이 어딨어?" 그는 대답을 중얼거리며 생각에 잠긴 채 거대한 돌기둥 주위에 찍힌 발자국을 살폈다. "이렇게까지 할 리가 없지. 그래도 좀…." 토론의 소재가 된 남자가 불과 20미터 떨어진 곳에서 죽어가는 사이 그는 적절한 단어를 찾으려 머리를 굴렸다. "…애매해."

"애매하다고요?" 다소 겁먹은 목소리로 윈터가 물었다.

"조깅하던 사람이 12시간 전에 신고했다면." 챔버스는 누가 있기라도 한 듯 컴컴한 숲을 들여다보며 추리했다. "상황이 완전히 달라졌을지도 모르잖아."

"맞아요."

"더구나 왜 하필 여기일까?" 그가 말을 이었다. "빤히 눈에 띄는 곳이지만 대부분 나무에 가려져 있는 데다 3미터 높이의 공중이야. 보란 듯이 드러낼 작정이었다면 넬슨 동상이 서 있는 기둥이나 사람이 좀 더 많이 오가는 위치가 낫지 않았을까?"

"…애매하네요." 윈터가 챔버스 형사를 바라보며 감탄하듯 말했다.

"애매하지." 챔버스는 고개를 끄덕이며 숲을 걸어 나갔다.

하나 마나 한 흉부 압박이 마침내 끝나자 윈터는 한숨을 지었다.

"그래도 저 사람, 본인이 원하는 대로 된 셈이네요."

"글쎄…." 챔버스는 무릎을 꿇고 발자국을 더 자세히 살폈다. "스스로 꾸민 짓이 아닌지도 모르지."

2

금요일

"형사님? …, 형사님?" 챔버스가 소스라치며 잠에서 깼다. 그는 얼떨결에 실험복을 꽉 움켜쥔 채 휘둥그레진 눈으로 위를 올려다 봤다.

"어머나! 이런!"

런던경찰청 수석 법의관 사익스 박사였다.

챔버스는 잠시 살풍경한 공간을 두리번거리다가 그녀의 실험복을 놓고 마른세수를 했다.

"죄송합니다."

"괜찮아요." 사익스 박사가 따뜻하게 웃었다. 은퇴를 불과 한두 해 앞두고 있는 그녀가 아침부터 이런 봉변을 당할 이유는 없었다. "밤새 수고 많으셨죠?"

"말해 뭐 하겠어요." 챔버스는 습관대로 말을 아꼈다.

"교대 시간이 얼마 안 남은 거 아니에요?"

그는 손목시계를 보았다. "…2시간 전에 끝났네요."

사익스가 눈썹을 치켜올렸다. "커피 좀 드려요?"

정식 담당자로 지정된 구급대원은 규정에 따라 녹아가는 시신을 세인트 메리 병원으로 이송했다. 그 말은 챔버스가 부검을 위해 시신을 다시 법의학 실험실로 옮겨 오려고 남은 근무 시간 내내 동분서주했다는 뜻이었다. 결국 뜻대로 하는 데 성공한 챔버스는 실험실 복도에 있는 플라스틱 의자에서 잠이 들었고, 그가 기다리던 바로 그 사람이 방금 그를 깨운 참이었다.

"우리 사건 파일 좀 봐주세요. 부탁드릴게요."

"밀린 일이 많아요." 사익스가 커피를 홀짝이며 말했다. "지난 주에 런던에서 사람이 유난히 많이 죽었거든요."

"잠깐이라도 괜찮아요."

짜증난 것이 분명했지만 법의관은 커피잔을 내려놓고 사건 보고서 복사본과 응급구조 관련 서류를 집었다. 첫 페이지를 훑어보며 그녀는 미간을 찡그렸다.

"묘한 사건이네요. 그건 인정해요." 보고서를 다 읽은 박사가 말했다. "형사님은 살인이라고 보신다고요?"

"그냥 직감이 그렇습니다."

"직감만으로는 사건을 처리할 수 없어요." 사익스는 서류를 무릎에 놓고 설명을 기다렸다.

"그러니까…." 챔버스는 주저했다. 아직 생각이 제대로 정리되지 않은 상태였다. "현장에 수십 개의 발자국이 남아 있었는데 그중에 맨발은 하나도 없었어요. 시신은 벌거벗은 상태였는데도 말이죠. 밤새 인근 지역을 샅샅이 수색하고 근처 쓰레기통도 뒤졌어요. 구두나 옷은 전혀 발견되지 않았습니다."

"형사님 보고서에는 피해자가 적어도 12시간은 그 자리에 앉아 있었다고 되어 있는데요. 하루 중 가장 따뜻한 시간이 포함되니까 발자국이 뭉개졌거나 아예 사라졌을 가능성도 있잖아요. 어제 기온이 영상으로 올라간 적 있나요?"

"거의 없을걸요."

의사는 '그럼 당신 생각이 맞겠네'라는 듯 어깨를 으쓱했다.

"남의 눈에 띄지 않고 하이드 파크까지 알몸으로 걸어가기도 어려울 테고요."

"그보다 더 이상한 일도 종종 일어나는걸요." 사익스는 트집 잡는 역할을 즐기는 듯했다.

"네. 불가능한 일은 아니겠죠."

"옷은 어딘가에 파묻었을 수도 있잖아요?"

챔버스는 그 말을 반박하려다가 좋은 지적 같다고 생각했다. 승산 없는 싸움을 하고 있다는 기분에 그는 의자에 등을 기대고 피로한 얼굴을 다시 문질렀다.

"알았어요." 사익스가 말했다. "오늘 오전에 시신을 봐 드리죠. 집에 가서 좀 쉬어요. 점심때쯤 연락주시고요."

챔버스는 그녀에게 나른한 미소를 지어 보였다. "큰 신세 지게 됐네요."

근무 시간 내내 사무실 근처에도 가지 못했기에 챔버스는 어리석게도 자신의 책상에 들렀다 가야겠다는 생각을 하고 말았다.

"고개 숙여. 얼른." 사무실에 들어선 챔버스에게 한때 그의 다정한 사수였고 지금은 몇 남지 않은 친구인 그레이엄 루이스 경위가 경고했다. "반장이 자넬 찾고 있어."

챔버스가 얼른 몸을 웅크리자 루이스는 "안녕하십니까, 반장님."라고 말하며 벙긋 웃었다.

"굽실거릴 거 없어, 루이스."

"그러믄요, 반장님. …됐어. 갔어."

의자 뒤에서 빠져나온 챔버스가 자신의 책상을 가리키며 말했다. "선배님도 어제 사건 얘기 들으셨죠?"

루이스는 고개를 끄덕였다.

"여기가 어떤 곳인지 알잖아. 소문이 좀 빨리 퍼져야지." 루이스는 주저했다. 나쁜 소식을 전하는 역할은 항상 자신의 차지가 되는 것 같았다. 동료에게 쏟아져 내릴 관료제의 똥 벼락을 미연에 방지하고 싶기도 했다. "잘 들어, 시신을 확인하러 올라가도 안전하겠다는 판단이 든 순간에 그 위로 올라갔다고 말해야 돼. 무슨 일이 있어도 '죽은 줄 알았다'거나 '죽은 듯이 보였다'는 표현은 금물이야. 입 한 번 잘못 뻥긋했다간 여러 사람 모가지 날아가기 십상이라고. 헴이 자넬 가만둘 리 없어. 반장 또 오기 전에 얼른―"

"챔버스!" 헴이었다.

"걸렸네." 루이스가 속삭였다.

"네, 반장님?" 챔버스가 사무실 건너편에서 대답했다. 동료들은 어떤 상황이 전개될지 기대하며 낄낄거렸다.

"내 방으로 와! 당장!"

"안전하다고 판단한 순간에 올라간 거라고." 루이스가 낮은 소리로 그에게 상기시켰다.

헴 경감은 그 자리로 승진한 지 고작 18개월째였다. 덕분에 그의 친한 친구와 옛 동기들은 아직 그를 '우리 사람'으로 인정하고 있었고, 옛 의리를 발휘해 그의 노골적인 편애와 미심적은 승진 기준에 대해 비난을 자제하고 있었다.

"앉아." 챔버스는 시키는 대로 했다. "그래…, 대체 어떻게 된 거야?"

"전부 보고서에 적혀 있는데요, 반장님." 챔버스는 자신의 입에서 뜻하지 않게 빈정대는 말이 튀어나오자 움찔했다. "현장에 도착해 그곳에 와 있던 순경에게 상황 설명을 들었습니다. 안전하다고 판단하자마자 피해자에게 올라갔고요."

"피해자?" 헴이 영원히 그의 입속에 머무를 것만 같은 껌을 질겅대며 비웃었다. "외상이 전혀 없는 상태로 그냥 앉아 있었다며. 자작극이 분명해. 내 살찐 엉덩이를 KFC의 '피해자'라 부르는 거랑 다를 게 뭐야?"

"그러면 '사망자'라고 하죠. 그 시점에 아직 숨이 붙어 있다는 사실을 확인하고 즉시 구급차를 불렀습니다."

"그래, 그래서?" 헴은 부하 직원에게 허점이나 의심스러운 구석이 있는지 눈을 부릅뜨고 살폈다.

"외람되지만, 반장님. 2시간 30분 전에 제 근무 시간이 끝나서요. 피곤해 죽겠네요." 챔버스는 또 움찔했다. 이런 말이 왜 튀어나왔을까.

유치하게 눈싸움을 시도하다가 헴은 관두자는 듯 손을 휘휘 저었다.

"그럼 기보던가." 챔버스는 일어나서 문손잡이를 잡았다. "한 가지만 물어보지." 헴의 말에 그는 동작을 멈췄다. "자네, 윈터 순경에 대해 어떻게 생각하나?"

챔버스는 고개를 떨궜다. 간부들은 분명 누군가를 제거할 빌미를 노리고 있었다. 그는 일부러 무표정한 얼굴을 장착하고 상관을 돌아봤다.

"누구 말씀입니까?"

"애덤 윈터 말이야. 현장에 맨 처음 나타난 경찰이라고 자네가 올린 보고서에 적혀 있던데." 헴이 책상 위의 파일을 들어 올렸다.

"아. 공동 1등입니다. 동료랑 같이 왔더라고요."

"누가 1등이든 뭔 대수야. 마땅히 해야 할 일을 한 건데. …그래서?"

챔버스는 한정된 선택지를 빠르게 고려했다.

"무능합니다." 그는 혹독한 평가를 내렸다. "제가 직접 그 자식을 고소하고 싶은 마음이에요. 형사놀이나 즐기는 놈. 자기 성질을 못 이기고 일을 그르치는 놈이죠. 이렇게 수사를 엉망으로 만들었으니 잘려야 마땅합니다."

그의 과한 반응에 헴은 조금 당황한 듯했다. "그런가?"

"그렇습니다…, 반장님." 이번에는 일부러 존칭을 붙였다.

"음, 자네 의견은 간부 회의에서 잘 전달하겠어. 이제 가봐."

챔버스는 고개를 끄덕이고 문을 닫았다. 동료 경찰에 대한 그의 악담이 반장을 올바른 결정으로 이끌기를 바랐다.

오전 10시 35분에야 챔버스는 캠던에 있는 자신의 아파트로 들어설 수 있었다. 불행하지만 적절한 시기에 상속을 받은 덕에 폭등하는 런던 부동산의 사다리에 올라탈 수 있었다. 혼란에 빠진 위장이 굶주림으로 아우성을 치자, 그는 주방에 들어갔다가 냉장고 문에 붙은 쪽지를 발견했다.

가봐야 해.

잘 자.

E ♥♥

그는 슬며시 웃으며 쪽지를 떼어 휴지통에 버리려다가 멈칫했다. 아무리 사소해도 이브에게 받은 것을 없애려 했다는 데 괜히 죄책감을 느꼈다. 그는 서랍을 열어 자신의 비밀 공간인 전자레인지와 자동응답기 사용설명서 밑에 쪽지를 끼워놓았다. 이브가 절대 찾지 못하기를.

셔츠를 벗고 양치질을 마친 순간 전화벨이 울리기 시작했다. 워낙 녹초가 되어 전화선을 뽑는 것조차 잊은 탓이었다. 침대에서 전화기를 지친 표정으로 바라보다가 복도로 나가 수화기를 들었다.

"여보세요?"

"형사님? 샬럿 사익스예요…, 경찰청에."

"아. 네." 챔버스는 법의관이 자신의 번호를 어떻게 알아냈는지 궁금했다.

"집에 계신데 방해해서 미안해요. 원하시면 나중에 얘기해도 되는데요."

"아니. 괜찮습니다." 그는 하품하며 팔을 뻗어 머리 위의 나무 기둥을 잡았다.

"형사님이 확실히 옳았다는 걸 얼른 알려드리고 싶었어요."

"그래요?"

"형사님 직감 말이에요. 이 남자가 자살했을 가능성은 전혀 없어요. …누군가에게 당한 거예요."

챔버스는 얼얼한 눈을 비볐다. 피곤해 죽을 지경이었다. "금방 갈게요."

3

챔버스는 지하철에서 꾸벅꾸벅 졸다가 내릴 역을 지나쳤다. 좌절한 그는 빅토리아 역에서 하차해 얼어붙은 도시를 걷기 시작했다. 흙먼지로 더럽혀진 거리에서 강물에 싸늘하게 식은 바람을 맞으며 회색 빌딩 사이로 펼쳐진 미로를 헤맸다.

경찰청 보안 검색대를 통과한 챔버스는 그를 막으러 로비 건너편에서 달려온 루이스의 의아한 표정을 마주했다.

"여긴 뭐 하러 돌아왔어?" 그가 화를 냈다. "나가! 반장이 자넬 찾고 있다고."

"또요?" 챔버스가 투덜거렸다.

"그래. 또. 얼른 집에 가."

"안 돼요. 눈에 띄지 않을게요."

루이스는 고개를 저으며 길을 비켜주었다.

낭비할 기력이 없는데도 챔버스는 계단을 선택했다. 피해야 할 사람은 헴 경감뿐만이 아니었다. 입이 가볍기 이를 데 없는 부하 직원 전부였다. 들킬 위험이 없는지 주위를 확인한 그는 법의학 실험실 앞 복도를 후다닥 지나 맨 끝 방의 문을 두드렸다. 안으로 들어서는 순간 입이 떡 벌어졌다.

"제기랄."

"그러게 말이야." 헴이 동의하며 사익스 박사와의 대화를 멈추고 챔버스에게 다가왔다. "자네가 가고 나서 한참이나 질문 공세에 시달렸어. 법의학 실험실 소속 기사 두 명이 근무 시간 종료 몇 분 전에 별로 긴급하지도 않은 시신을 도시 반대편으로 이송하라는 지시를 받았다고 하더군."

챔버스가 무언가 말하려고 입을 열었지만 헴은 말할 기회를 주지 않았다.

"그래서 내가 말했지. '설마 그럴 리가요. 우리 팀에 내 허락 없이 그런 행동을 할 만큼 어리석거나 무례한 형사는 없습니다.' 내말 맞지, 챔버스?"

"근무 시간은 제가 정한 게 아닌데요…, 반장님." 챔버스는 수면 부족으로 신경이 예민했다. "시신 이송은 원래 그분들 일이잖아요. 저는 그걸 요청한 거고요."

헴은 챔버스가 본인보다 한참 낮은 직급이란 사실을 증명이라도 하듯 그를 홱 떠밀었다. 꺽다리 챔버스보다 15센티미터는 작은데도 그는 불편할 정도로 가까이 다가왔다.

"정직당하고 싶어서 몸이 근질근질하지?"

"…아닙니다, 반장님."

"자! 자! 자!" 마음만 먹으면 엄청 무서워지는 여장부 사익스가 끼어들었다.

그제야 챔버스를 노려보던 헴이 한 발짝 물러났다.

"듣자 하니 우리 수석 법의관님께 어제 하루에만 네 건이나 들어온 살인 사건까지 미루고 자네 사건부터 처리해달라고 했다며?"

챔버스는 얼굴에 튄 침방울을 조용히 닦았다. "…다섯 건입니다."

"뭔 소리야?"

"살인이 다섯 건이라고요." 챔버스가 바로잡으며 사익스를 흘끔 돌아봤다.

"맞아요." 박사가 거들었다. "시신의 상태를 감안해 신속히 처리해야 했어요. 녹을수록 증거가 사라질 위험이 있으니까요."

헴의 격노한 표정은 풀리지 않았지만 박사의 말에 화를 조금은 억누르는 듯했다. 그는 챔버스를 마주 봤다.

"또 한 번 내 뒤통수를 쳤다간 봐라. 절대 가만 안 둬. …알아들었지?"

"네, 반장님."

이 말을 끝으로 헴은 쌩하니 나가버리고 챔버스와 사익스, 시신만 남았다. 그들은 금속 테이블을 한쪽 구석으로 옮겼다. 얼음으로 덮여 반질반질하던 남자의 피부는 이제 얼룩덜룩해졌고, 두 왼손가락의 관절 위쪽은 거무스름하게 변해 있었다.

"동상(凍傷)이에요." 사익스가 챔버스의 시선을 인식하고 설명했다. "형사님이 처음 발견했을 때 이 사람은 분명 심각한 저체온증 상태였어요. 장기들의 기능이 생명을 유지하기 힘들 만큼 떨어져 있었죠. 그런데 구급대원들이 나타나서 몸을 너무 급하게 풀다 보니 결국 배겨내지 못한 거예요." 그녀가 숨 가쁘게 말을 쏟아냈다. "어차피 결과는 달라지지 않았을 거예요. 보여줄 게 있어요. 시신 뒤집는 것 좀 도와줘요."

일회용 장갑을 끼고 두 사람은 낑낑대며 무거운 시체를 들었다. 목덜미에 빨간 점이 보였다.

"여기 찔린 상처 보이죠?" 사익스는 자기 몫의 무게를 떠받치려는 의지를 버린 듯했다. "몸에 뭔가가 주입됐어요. …보아하니 위험한 혼합 약물 같은데요. 성분은 아직 분석 중이에요. 다이어트

약, 단백질 보충제, 스테로이드 남용일 가능성도 있어요. 단정하긴 어렵지만 이 사람의 몸집만 보고 경험을 바탕으로 추측한 거예요."

"그럴 수도 있겠네요." 챔버스가 동의했다.

"하지만 이 사람 몸속에서 분명히 있으면 안 되는 물질도 발견됐어요. 꽤 많은 양의 판큐로늄 브로마이드(Pancuronium Bromide 마취보조제나 인공호흡보조제로 사용되는 골격근이완제의 한 종류 – 옮긴이)가요."

챔버스는 당연히도 얼빠진 표정을 지었다.

"환자의 의식이 깨어있어야 하되 움직임은 조금도 허용되지 않는 수술에 쓰는 마취제예요. 현장 기온이 극도로 낮았다는 사실을 고려하면 주사 시간을 확실히 모르는 상태에서는 얼마나 많은 양이 주입되었는지 추정할 수 없어요."

"본인이 직접 주사를 놨을 가능성은 없는 거죠?" 챔버스가 물었다.

"보고서에 현장에서 주삿바늘이나 약병이 발견됐다는 언급이 없던데요. 현실적으로 그것들을 멀리 던질 만큼 팔다리가 뜻대로 놀려지지 않았을 거예요. 피해자는 꿈꾸는 상태였다고 보면 돼요. 의식이 깨어있었죠. 근육 긴장도도 충분히 남아 있어 범인은 얼마든지 피해자를 원하는 자세로 만들 수 있었을 거예요."

"그럼 얼어 죽도록 버려두고 떠났다는 뜻이군요. 완전 변태네요."

"이 바닥에 뭐 하나 아름다운 사연이 있나요?" 사익스는 어깨를 으쓱했다. "아직 신원 파악은 안 됐죠?"

"아직요. 일단 헬스장이랑 스포츠 센터부터 조사하는 게 좋을 것 같아요." 챔버스는 뭔가를 발견하고 쭈그려 앉았다. 시체의 오른쪽 손마디를 자세히 살펴보니 동상으로 손상된 피부 조직과는 다른 유형의 상처가 나 있었다.

"접착제가 묻어 있었어요." 질문이 나오기 전에 사익스가 설명했다. "턱밑, 왼쪽 팔뚝, 무릎, 양쪽 엉덩이에도 비슷한 자국이 있더군요. 참 엉성한 고정 방법이긴 하죠…." 그녀는 말꼬리를 흐렸다. "그럼… 최초 발견자로서 형사님 소견은요?"

"범인은 아마도…, 남성일 거예요. 110킬로가 넘는 이 사람을 옮길 힘이 있어야 하니까요. 개인적인 원한도 있었을 테고요. 옷을 홀딱 벗겨서 그런 데다 올려놓고 망신을 줬으니까요. 얼마나 고통을 받을지 알면서도 잔인하게 방치했고요. 사전에…, 치밀하게 계획한 범행이지만…, 감정도 꽤 실려 있다고 봐야죠."

사익스는 동의하며 고개를 끄덕였다.

"그자가 미워하는 사람이 또 없어야 할 텐데요." 그 말에 챔버스가 곤란한 표정을 짓자 박사는 어색하게 웃었다. "그냥 해본 소리예요."

"이번 역은 이 열차의 종착역인 하이 바넷입니다. 모든 승객께서는 하차해 주시기 바랍니다."

챔버스는 자다 깬 멍한 눈으로 왼쪽을 보다가 어리둥절하여 오른쪽을 돌아봤다. 차량이 휑하니 비어있었다.

"아, 뭐야."

캠던 타운의 승강기에서 내린 챔버스는 손목시계를 봤다가 다시 출근할 때를 알리는 알람이 울릴 때까지 4시간 10분밖에 남지 않았음을 알고 경악했다. 배가 고파 죽을 지경이어서 그는 KFC로 직행했다. 웬일인지 아침에 상관에게 시달린 이후로 KFC가 무척 당겼다.

대용량 버킷을 끌어안고 맘 편히 먹을 수 있는 공원 벤치를 찾았다. 아파트에서 냄새를 풍기면 이브가 그의 두툼해지는 뱃살을 지적하며 잔소리를 퍼부을 게 뻔했다. 한참 신나게 먹으면서 그는 저도 모르게 얼어붙은 연못을 바라보고 있었다. 음식은 식고 있었고 마음은 아직 일터에 있었다. 그의 생각은 녹아가는 시체와 빈 조각상 받침대를 벗어날 수 없었다. 어깨 너머로 공중전화박스를 흘끔거리다가 고개를 젓고, 입에 튀김을 잔뜩 욱여넣으며 굴복하지 않으리라 다짐하다가….

"이러는 내가 싫다." 그는 반쯤 뜯다 남은 닭다리를 버킷에 떨어뜨리고 어느새 비좁은 빨간 공중전화 부스로 들어가고 있었다. 한 손으로 수화기를 들고 어설프게 부서 대표 번호를 눌렀다. "챔버스입니다. 누가 됐든 오늘 저의 얼음 인간 사건을 맡은 분께 연결해주세요." 그는 막간을 이용해 튀김을 또 한 번 입에 가득 채웠다.

"그래, 피해자 신원 확인은 어떻게 돼가? …응, 그래. 어, 계속 부탁해. 하이드 파크에는 아직 아무도 안 나갔어? …좋아. 수색 좀 다시 시작하라고 전해줘. 이번에는 주삿바늘이나 약병 같은 의료 도구를 찾아야 돼. …알아. 날 욕해도 좋아. 아, 그리고 판큐로늄 브로마이드라는 약을 공급하는 곳도 찾아봐. …아니, 판큐─ 철자를 불러줄게."

한 손에는 수화기를, 다른 손에는 대용량 버킷을 든 채 호주머니에서 수첩을 꺼내려다가 그는 남은 닭튀김을 바닥에 쏟고 말았다.

"이런 멍청이! …당신 말고 나. 아침밥을 바닥에 몽땅 쏟았지 뭐야. …저녁밥인가? 모르겠다. P.A.N.C.U.R.O.N.I.U.M이야. 적었어? …한 가지만 더. 그 공원에서 동상은 누가 관리하는지 좀 알아봐줘. 조각상 받침대가 왜 비어있었는지, 원래 그 자리에 놓여 있던 동상은 따로 보관하고 있는지, 아니면 살인자가 가지고 달아난 건지. 알아내야 돼. …오늘은 그 정도면 됐고…, 응, 일곱 시야. 알았어. 끊을게."

챔버스는 바닥에 쏟아진 치킨을 버킷에 주워 담으려고 쪼그리고 앉았다가 또 시계를 보고 말았다. 이제 3시간 45분 남았다.

저녁 6시 37분에 챔버스는 예정대로 임뱅크먼트 역에서 하차해 경찰청까지 짧은 거리를 걸었다. 이번에는 지하철을 제대로 이용했다는 생각에 뿌듯했지만 오전에 열차에서 내렸을 때에 비해 피로는 조금도 풀리지 않았다. 낮에 온전히 쉬겠다는 발상은 역시 비현실적이었다. 전화선 뽑는 것을 또 잊었고, 맞은편 건물에서 화재 경보가 울렸다. 여호와의 증인 신도 두 명이 집으로 찾아오자 챔버스는 그들을 당장 여호와 곁으로 보내고픈 충동을 느꼈다. 그는 집을 나서기 전에 이브에게 쪽지를 써서 냉장고에 붙였다. 야간 근무를 할 때는 이렇게 괴발개발 갈긴 단어 몇 개가 그녀와의 유일한 의사소통 수단이었다.

"피해자 이름은 헨리 존 돌런입니다." 의자에서 눈사람을 치우고 있는 챔버스에게 젊은 경장이 알렸다. "운동 지도사, 백댄서로 웬만큼 유명하죠.《경호원》의 〈근육남 5인방〉편에 출연한 적도 있던데요?"

"아, 그 헨리 존 돌런!" 챔버스가 빈정거렸다.

"내일 돌런의 여자친구를 만나볼 예정이에요. 주삿바늘이나 유리병은 찾지 못했고요."

"원래 그 자리에 있던 동상은?"

"사정이 좀 복잡한데요. 그곳은 하이드 파크와 시의회 관할인데, 관리 업무는 민간 회사에 위탁했나 봐요." 경장이 챔버스에게 쪽지를 내밀었다. "그 회사에 11시까지 사람이 있다니까 찾아가 보셔도 돼요."

챔버스는 주소를 내려다보며 고개를 끄덕였다. "음, 가봐야지."

슬립앤코 복원 보존 센터는 외부에서 보면 절대 영국에서 가장 귀중한 예술작품을 보관하기에 적합한 시설로 보이지 않았다. 해크니 하이스트리트의 낡은 굴다리에 설치된 평범한 셔터문이 시설의 전부였다. 챔버스는 내부에서 쩌렁대는 라디오 소리에 묻히지 않도록 셔터문을 요란하게 두드렸다. 문 위쪽과 근처에 설치된 다른 카메라 두 대를 살피고 있으니 음악이 꺼졌다.

"누구요?" 목소리가 물었다.

"런던경찰청의 벤자민 챔버스 형사라고 합니다."

"신분증 있소?"

"네."

"카메라에 갖다 대보쇼." 챔버스는 눈을 굴리며 신분증을 꺼내 머리 위로 쳐들었다. "더 가까이."

그는 투덜거리며 팔을 쫙 뻗고 까치발로 섰다. 그 순간 금속 문이 덜컹대며 열리더니 키가 작고 기묘한 남자가 나타났다. 50대로 보이는 그는 외눈박이 괴물 키클롭스를 연상시켰다. 가죽 머리띠에 매달린 돋보기 때문에 한쪽 눈이 엄청 커 보였다. 주변머리만 남은 대머리에 손과 얼굴만큼 꾀죄죄한 기름투성이 앞치마를 두르고 있었다.

"미안해요. 이 일이 워낙 조심스럽다 보니까." 남자는 불안스레 거리를 좌우로 살피고는 챔버스에게 들어오라고 손짓했다. 그리고는 문을 닫고 다시 잠궜다. "토비어스 슬럽이라 해요." 그는 자신을 이렇게 소개하며 호기심 어린 눈빛으로 챔버스를 뜯어봤다.

내부의 기계 설비가 어둑한 조명을 받고 있었다. 나무 받침대 위에 놓인 네 개의 거대한 동상 모두 갤러리처럼 위에 설치된 스포트라이트를 받고 있었다. 이런 은밀한 공간에서도 동상의 크기는 위압적이었다. 챔버스는 그 사이를 어슬렁대면서 청동 옷마저 하늘거리게 만드는 섬세한 구김살, 세상 풍파에 지친 얼굴을 표현하는 익숙한 주름살을 난생 처음으로 진지하게 감상했다. 그러면서 집에 돌아가 이브에게 마침내 '예술에 눈을 떴다'고 자랑할 기대에 부풀었다.

"여기서 혼자 일하십니까?" 챔버스가 공간을 건들건들 둘러보며 물었다. 작업대 위로 다양한 공구가 놓여 있고, 퇴색한 약통에는 빨간 경고 표시가 붙어 있었다. 공간 한가운데에 떡하니 서 있는 단순한 구조의 도르래에는 빈 밧줄이 올가미처럼 걸려 있었다.

"32년째요."

"중노동이겠는데요." 챔버스가 가볍게 한마디 했다.

"도구만 제대로 쓰면 별로 힘들지 않아." 서성거리는 손님에게서 눈을 떼지 않은 채 남자가 대답했다.

"여기 사시는 겁니까?"

"그럴 때도 있지. …고맙지만 사적인 질문은 이 정도로 충분한 것 같은데."

챔버스는 억지웃음을 지으며 그에게 다가갔다.

"죄송합니다. 저도 항상 창조적인 일을 하고 싶었거든요. 그래선지 쓸데없는 소리를 했네요. 하이드 파크 동상은 어디 있죠?"

남자는 챔버스와 조명을 받고 있는 네 개의 동상을 등지고 어두운 구석으로 향했다. 슬립이 도구가 널린 작업대 옆으로 지나가는 순간 챔버스는 바짝 긴장했다. 하지만 슬립은 낡은 천을 바닥으로 끌어당겨 말을 탄 남자의 동상을 드러낼 뿐이었다. 오른팔이 박살 나 있었다. 기수와 말의 눈에 긁힌 자국이 보였고, 부러진 말 다리 하나는 옆에 놓인 상자에 담겨 있었다.

"누가 일부러 부순 거야." 슬립이 설명했다. "인간의 가장 나쁜 본능 때문에 내 일거리가 떨어지지 않는다는 게 참 희한하지." 그가 껄껄거렸다. "형사 양반도 지금 하는 일을 소명(召命)…, 인생의 목적으로 생각하는 거 아니요?"

챔버스는 대꾸하지 않았다.

"그런데… 언젠가 당신이 열심히 일한 보상이 주어진다고 해봅시다." 슬립은 말을 이었다. "세상이 기적처럼 멋진 곳, 모두가 갈망하는 전설 속 유토피아로 바뀔 거라고. 그렇게 되면 당신 목표는 어떻게 되겠소, 형사 양반? …안 그래요? 우리 둘 다 직업을 유지하려면 인간이 끝없이 타락하기를 바라는 편이 낫지."

두 남자는 잠시 말없이 서 있었다. 그 사이 동상들이 멍한 눈으로 모든 것을 지켜보고 있었다.

챔버스가 헛기침을 했다. "동상을 직접 운반하셨습니까?"

"그랬지."

"언제요?"

"월요일. …아침에."

"그나저나…, 이건 누구죠?"

"동상 말이지? 별로 알려진 작품은 아니지만 웰링턴 공작이 주인공이요."

"종종 공원에서 동상을 옮겨와서 수리하십니까?"

"그건 최후에 쓰는 방법이지. 하지만 말 다리가 없어졌을 때는 안전에 문제가 있다며 동상을 당장 치우라더군."

"팔은 발견됐습니까? 말 다리 한쪽만 보이던데…"

"아니. 검도 없어졌어." 챔버스는 어리둥절했다. "칼을 들고 있었거든." 슬립이 설명했다.

"누가 파손했는지 조사는 하고 있을까요?"

"늘 그렇듯이 '경미한 기물 파손'으로 흐지부지 넘어갈걸. …저게 진짜 시체라면 모를까."

챔버스는 이맛살을 찌푸리며 남자를 잠시 노려봤다. 그의 얼굴에는 독특한 표정의 웃음이 고착되어 있었다.

"이제 동상은 손대지 말아 주세요. 일단 지문부터 채취해야 하니까요."

이번에는 슬립이 챔버스를 노려봤다.

"요즘에는 경찰청에서 기물 파손을 심각하게 취급하는 모양일세."

챔버스는 아무 내색 하지 않고 그와 눈을 맞췄다. "네, 이번에는요."

4

화요일

런던 타워가 누구를 몰래 따라올 리는 없지만 챔버스는 운전석 창문을 통해 그것을 보고 자못 놀랐다. 잘못된 차선을 타고 있다는 것을 깨달았기 때문이었다. 그는 아무 생각 없이 도시를 달리고 있었다. 끼어들기를 하다가 분노의 경적 세례를 받으면서도 머릿속에는 온통 정체된 수사 생각뿐이었다.

작업 명령서가 발급되고 나흘 후에 동상이 철거되었다. 금방 바람에 날아가기는 했지만 그때까지는 현장에 노란 테이프가 둘러져져 있었다. 조각상도 살인자가 망가뜨렸다고 가정하면, 빈 조각상 받침대를 물색하기 위해 그가 공원을 자주 드나들었다고 추정할 수 있었다. 경찰들은 인근의 모든 노숙자, 공원관리소 직원, 개를 산책시키는 시민들을 탐문했다. 공원의 전경이 담긴 방범 카메라 테이프도 전부 확보했지만 하나같이 쓸모가 없었다.

살해당하기 전날 저녁 헬스클럽 정규 수업에 참가한 피해자 헨리 존 돌런도 조사가 쉽지 않았다. 그의 쓰레기통에서 발견된 영수증에 따르면 돌런은 평소 습관대로 귀가하는 길에 근처 식료품점을 방문했다. 하지만 그가 상점을 나와 집에 도착한 이후 조깅하는 사람에 의해 처음으로 발견되기 전까지 14시간의 행적은 아직 밝히지 못했다.

지금까지 연락한 어느 병원도 파손되었거나 잘못된 곳에 방치된 물량을 제외하면 판큐로늄 브로마이드의 재고량이 비는 사례는 없다고 보고했다. 하지만 동물병원과 치과까지 조사 범위를 넓힌다면 이 조사는 앞으로도 계속되어야 했다. 한편 법의학 분석 결과, 3미터 높이의 공중에 있었음에도 동상에서는 엄청난 수의 지문이 발견되었다.

며칠 지나지 않았지만 이 사건에서 유일한 한 줄기 빛은 챔버스가 발견한 허술한 도르래였다. 당초 추측과 달리 살인자의 체격이 그리 클 필요는 없다는 뜻이었다. 그런 기구를 이용하면 무거운 시체를 다루기가 훨씬 수월해진다. 챔버스는 도르래를 이용하고 있다는 이유로 자신이 직접 만나본 수상하고 왜소한 남자를 일단 용의선상에 올렸다.

챔버스는 빨간 신호등을 무심코 지나치다가 브레이크를 힘껏 밟았다. 끝없이 늘어선 차량으로부터 욕을 실컷 얻어먹자 그는 카페인이 절실히 필요하다고 판단했다. 주차를 하고 차에서 막 내리려는 찰나 무전기가 터졌다.

"전 대원에 알린다. 전 대원에 알린다. 베스널 그린 인근에 있는 대원은 응답하라. 시체가 있을 가능성이 있다."

"있을 가능성이 있다?" 걸걸한 글래스고 억양이 끼어들더니 나머지 형사들을 청중 삼아 우스갯소리를 했다. "분홍색인지 갈색인지, 팔다리가 있는지, '당신…, 시체요?'라고 물으면 벌떡 일어나는지도 알려줘야죠. …시체일 가능성이 있다면서요."

"고맙네요, 형사님." 무선 관리자가 애써 웃음을 참으며 말했다. "신고자가 영어를 전혀 못 해서요."

스피커에서 과장된 한숨 소리가 흘러나왔다.

"좋아요. 저한테 배정해주세요." 잠시 침묵이 흘렀다. "…들으셨죠? 제게 배정해달라고요." 글래스고 억양의 남자 형사가 말했다.

"죄송합니다." 관리자가 돌연 진지한 태도로 대답했다. "추가 정보가 들어왔습니다. 시체가 둘이라는 것 같네요." 이렇게 말하는 그녀의 목소리가 작아지고 멀어졌다. "접착제 얘기도 하는데…, 두 시체가 붙어 있다는 건지…?"

거치대에서 무전기를 집어 든 챔버스가 다른 사람이 채널을 차단하기 전에 얼른 응답했다.

"챔버스 경사입니다." 그는 이름을 밝히고 차에 시동을 건 다음 경광등을 울리며 차도로 진입했다. "제게 배정해주세요. 그쪽으로 가는 길이에요."

"그래요, 벤자민?" 글래스고 억양의 남자가 챔버스에게 물었다.

"네. 위치 정보 부탁해요."

바로 그 순간 네 번째로 끼어든 목소리를 듣고 챔버스는 조금 놀랐다.

"윈터 순경입니다. 저희가 지원하겠습니다."

"알겠습니다."

불필요한 언쟁을 벌일 기분이 아니어서 챔버스는 도시를 가로질러 북쪽으로 속도를 높였다.

★

"피에타! 피에타!"

관리 소홀에는 전염성이 있음을 증명하는 연립주택 거리 앞에 챔버스가 주차를 하는 순간, 검은 머리의 여성이 비통하게 울부짖었다. 그녀는 시동을 끄는 챔버스를 발견하고 헐레벌떡 달려왔다. 그녀의 얼굴은 눈물범벅이었고, 눈에는 공포가 서려 있었다. 그녀는 챔버스의 외투를 움켜쥐며 외쳤다.

"피에타!"

"가서 확인해 보겠습니다."

그는 이렇게 약속하며 열린 출입문으로 한 발짝 다가갔다. 하지만 그녀가 움켜쥔 손을 풀지 않아서 억지로 떼 내야 했다.

"안 돼. 안 돼. 안 돼. 피에타!"

"그러니까 들어가 봐야죠." 그는 단호하게 이르고는 집 안으로 들어갔다.

냄새가 가장 먼저 그를 공격했다. 더러운 고양이 화장실의 악취, 체취, 썩은 내가 집 안에 가득했다. 왼쪽 침실은 비어있어서 그냥 지나가려는데 윈터가 그를 가로막았다.

"경사님, 오셨네요?" 그가 간단히 인사치레를 했다.

"그래, 윈터 순경."

"냄새로도 짐작하시겠지만," 그는 입을 막고 싶은 것을 참으며 설명했다. "시체가 둘입니다."

"이번엔 확실한 거야?" 챔버스가 정색하고 물었다. 이 청년을 도발하고 싶어서라기보다 그가 너무 쉽게 단정하는 것 같아서였다.

윈터는 대수롭지 않게 말했다. "적어도 며칠은 지난 것 같아요. 그리고…"

"…그리고?"

"무전으로 들으셨듯이, 두 사람이 붙어 있습니다." 코와 입을 손으로 막은 채 그는 챔버스에게 따라오라고 손짓했다.

그들은 음침한 거실로 들어갔다. 찬바람이 들어오자 쓰레기가 발 주위로 흩날렸다. 두 짝으로 된 유리문이 벌컥 열리더니 윈터의 파트너가 잠시 방 밖으로 나왔다. 챔버스는 기괴한 형체를 정면으로 마주 보지 않고 곁눈질을 하면서 잠시 마음을 다잡았다.

그리고 드디어 그쪽으로 돌아봤다.

낡아빠진 소파 가운데에 30대 초반의 여성이 똑바로 앉아 있었다. 그녀의 머리를 덮은 하늘하늘한 천이 카펫까지 늘어져 있었다. 무릎에는 10대 소년이 누워 있었다. 그녀의 팔에 얹힌 소년의 머리는 뒤로 젖혀져 있고, 갈비뼈가 도드라져 보였다. 벌거벗은 몸을 가린 것은 허리에 두른 얇은 천 조각이 전부였다. 뒤늦게 발견되어 냄새가 심했지만 둘 다 피부색은 건강해 보였다.

"두 사람 다 사망했다는 거 분명히 확인했지?" 챔버스가 물었다.

"그렇다니까요!" 윈터가 분하다는 듯이 대답했다. "맥박이 없어요. 호흡도 없고요. 동공반사도 없어요."

챔버스는 만족한 듯 고개를 끄덕이고는 숨을 쉬기 위해 점퍼를 얼굴까지 끌어올렸다.

"붙어 있다고?"

"남자 겨드랑이 밑에 놓인 여자 손이랑 남자 손, 다리, 머리에 접착제가…, 여자 뒤통수는 벽에 붙어 있고요."

"맙소사." 챔버스가 일회용 장갑에 손을 밀어 넣으며 내뱉었다. 그는 바닥에 펼쳐진 시신의 옷자락을 살며시 밟고 지나가 소년의 목덜미를 살폈다.

"뭘 찾으시는 거예요?" 윈터가 물었다.

"단서."

"…이를테면?"

찔린 상처가 보이지 않자 챔버스는 대꾸하지 않았다. 하지만 그는 장갑 손가락에 잔뜩 묻은 연갈색 가루를 보고 눈살을 찌푸렸다. 여자의 머리를 살살 움직이려다가 그는 그녀의 두피에 발린 어떤 물질 때문에 자세가 고정되어 있다는 사실을 깨닫고 포기했다.

"이 사람들 신원은 파악됐어?" 챔버스가 물었다. 그때 항상 화가 나 있는 윈터의 동료가 수첩을 쥐고 쿵쿵대며 안으로 들어왔다.

"들어오는 길에 이웃 사람 만나셨죠?" 그녀가 물었다. 챔버스는 고개를 끄덕였다. "그 여자가 둘 중 하나를 피턴가 피타라고 부르던데 제가 알기로는 이 둘은 니콜렛과 알폰스 코티야르예요. 엄마와 아들이죠. 여기가 두 사람의 집이고요." 라일리는 사건이 다 해결됐다는 듯이 수첩을 접었다. "피터는 무사하다는 사실을 알면 그 여자가 놀라서 까무러치겠네요."

챔버스와 윈터는 '피에타(십자가에서 내린 그리스도의 시체를 무릎 위에 놓고 애도하는 마리아를 표현한 미켈란젤로의 조각상 — 옮긴이)'의 뜻을 모르는 그녀를 보며 어이없다는 표정을 지었다.

"욕실 수납장에서 메타돈이 발견됐어요." 그녀는 눈치도 없이 말을 이었다. "둘 다 얼마나 말랐는지 보세요. 딱 봐도…, 약쟁이들이 분명해요." 그녀는 자업자득이라는 식으로 결론을 내렸다.

챔버스는 머리를 긁적이며 그녀를 올려다보았다.

"복도에 '케임브리지 대학 입학허가서' 도장이 찍힌 봉투가 떨어져 있고, 침실 벽에는 18세 미만 영국 선수권 대회 메달이 걸려 있고, 당신의 왕발 밑에 노즈클립nose clip이 떨어져 있는 걸 보면 꼭 그렇지는 않은 것 같은데. …이 아이는 수영 선수였어. 보아하니 대단한 유망주였나 본데."

윈터는 아둔한 파트너가 발을 치우자 모습을 드러낸 카펫 위의 플라스틱 조각을 보며 억지로 웃음을 참았다. 창피함, 민망함, 경외감, 당혹감을 느낀 그녀는 챔버스가 마술이라도 부린 듯이 그를 멍하니 응시하며 짝다리로 서 있었다.

"과학수사팀을 불러야겠어." 챔버스가 말했다. 죽은 남자아이의 피부를 건드리자 그 부분에 엷은 색이 드러났다. "카메라를 가져올게."

그는 집을 나와 앞마당을 건너갔다.

"형사님! …형사님!"

한숨을 푹 쉬며 그는 윈터를 돌아봤다. "자넨 또 왜 따라오는 거야? 제발 나중에…."

"피에타! …피에타!"

"아 진짜." 달려오는 중년 여인을 보고 그는 참지 못하고 중얼거렸다. "집으로 돌아가세요." 그가 무뚝뚝하게 말했다. "누가 이분 좀 집에 데려다줄래요?" 그는 점점 늘어나는 관중을 향해 물었다.

아직도 슬퍼서 어쩔 줄 모르는 그녀는 어느 커플의 손에 끌려갔다.

챔버스는 고개를 설레설레하며 윈터를 보았다. "자네가 무슨 말을 하려는지 아는데-"

"형사님은 대체 뭐가 불만이에요?"

"좋아. 무슨 말을 하려는지 알지만, …난 아무 불만 없어." 그가 외투 단추를 채우며 말했다.

"헛소리 마세요. 형사님이 상관한테 나에 대해 무슨 말을 했는지 다 아니까. 형사님 때문에 정직당할 뻔했잖아요!"

"그러지 않았다니 기쁘네." 챔버스는 씩 웃으며 돌아섰다. 젊은 경찰이 그의 팔을 꽉 잡았다.

"이거…, 놔." 그는 뜨거운 숨을 뱉어냈다.

윈터는 손을 놓고 하려던 말을 계속했다. "형사님도 그날 밤에 현장에 계셨죠. 그때 상황이 어땠는지 잘 아시잖아요. 누구라도 그 남자가 죽었다고 생각했을 거라고요. 좋게 말해주실 수도 있었잖아요. 저에 대해-"

"내 덕에 무사한 줄 알아." 챔버스가 그의 말을 잘랐다.

"그게 무슨…?" 윈터는 당황하여 계속 화난 척하는 데 실패했다.

"자네 입으로 말했잖아. 내가 상관한테 은밀히 한 말이 당신 귀에 들어갔다고. 그렇다면 그 말을 퍼뜨리고 다닌 사람들은 누구 편일까?" 윈터는 어리둥절한 눈치였다. "이번 일을 내 책임으로 돌릴 수 없으니까 다른 희생양을 찾고 있는 거라고. 내가 자네를 감쌌으면 오로지 나를 엿 먹이려고 자넬 징계했을걸. 잘리고도 남을 실수를 했지만 내 덕분에 가볍게 경고만 받고 넘어간 거야. 감사 인사는 사양할게."

"그러면 형사님은 저를 '형사놀이나 즐기는 놈, 자기 성질을 못 눌러서 일을 그르치는 놈'이라고 생각하지 않으신다는 거죠?"

"아, 그 말은 진심이야." 챔버스는 농담을 하며 안도한 윈터의 등짝을 토닥였다. 그 순간 아까 그 여자가 집에서 다시 튀어나왔다.

"저 여자, 피에타라고 하는 거지?"

"맞아요." 윈터가 고개를 끄덕였다.

"피에타!" 여자는 챔버스의 손에 책을 하나 쥐어주며 외쳤다. 미켈란젤로의 르네상스 걸작이 실린 페이지가 펼쳐져 있었다. 젊은 성모 마리아가 십자가에 못 박혀 죽은 아들을 무릎에 뉜 장면. 소름 끼치게 낯익은 자세였다. 5백 년 전의 조각상이 5미터 옆의 범죄 현장에 재현된 것이었다.

"오, 맙소사." 챔버스가 탄식했다.

"왜 그래요?" 윈터가 급히 물었다.

챔버스가 책을 뒤집어 보여주자 그는 챔버스와 똑같이 입을 떡 벌렸다.

"…피에타네요."

46

5

"벤? …벤? …벤자민!"

"응?"

"내 말 듣고 있어?"

챔버스는 얼빠진 표정으로 이브를 보았다. 두 사람은 가장 좋아하는 레스토랑의 칸막이 자리에 앉아 있었다. 그의 앞에 코코넛 라임 치킨이 놓여 있고 이브의 그릇은 이미 반쯤 비어있었다.

"어, 미안해." 그가 사과했다. "좀 피곤해서. 그래, 당신은 오늘 뭐 했어?"

"10분 전에 얘기했잖아!"

"아, …뭐라고 했었지?"

"말 안 할래. 자기, 내 얘긴 듣고 있는 거야?" 그녀는 다시 음식으로 시선을 돌렸다. "직장에 무슨 일 있는 거야?"

"무슨 일이야 항상 있지." 둘은 챔버스가 이 질문을 받을 때마다 반복하는 대답을 동시에 읊었다.

이브는 도끼눈을 떴다. "내가 듣고 겁이라도 먹을까 봐?"

"아, 그건 걱정 안 해." 챔버스가 너털웃음을 지었다.

"그럼 말해보시지."

그는 미소를 지으며 고개를 저었다.

포크와 나이프를 접시에 놓고 이브는 재촉하듯 그를 응시했다.

챔버스는 한숨을 내쉬었다. "알았어, 얘기하면 되잖아…."

"…그래서 돌아오는 길에 도서관에 들러 이걸 찾았는데…." 챔버스는 8분 넘게 사건 이야기를 한 끝에 호주머니에서 구겨진 복사 용지를 꺼냈다. 풍화된 청동 조각상 사진이었다. "오귀스트 로댕의 〈생각하는 사람〉이야. 두 사건 현장에서 발견된 시체가 모두 유명한 조각품을 닮았다는 뜻이지."

깜짝 놀란 이브가 음식물을 꿀꺽 삼켰다. "그런데 오늘 발견된 시체들의 목에는 찔린 자국이 없었다며?"

"맞아." 챔버스가 인정했다. "아니, 첫 번째 살인에 쓰인 마취약을 주입한 흔적이 없었다고 해야 하나? 하지만 엄마의 팔이 이미 얼룩덜룩한 데다 헤로인 과다 복용 징후가 한둘이 아냐."

"그 남자애는? 머리를 맞았다며?"

"글쎄. 범인의 계획이 틀어졌는지도 모르지." 챔버스가 추측했다. "피해자가 심하게 저항했다든지. 어느 쪽이든 범인은 화장으로 상처를 덮어서 둘 다 완벽한 모습으로 만들어놨어. 변태 맞지?" 챔버스가 씩 웃었다. 이브가 근심스레 바라보자 그는 헛기침하며 허리를 똑바로 세웠다. "내일 가서 위에 보고할 거야."

"당신 얘기를 뒷받침해줄 사람은 있어?" 이브가 물었다.

"뭐?"

"그러니까, 당신을 도와줄 사람은 있냐고? 누구랑 같이 일하는 거야?"

"신임…, 순경."

그녀가 입을 떡 벌렸다.

"괜찮은 녀석이야." 챔버스가 자신 있게 말했다. "자기도 마음에 들걸."

"음." 그녀는 마지막 남은 한 입을 해치우며 땋은 머리를 만지작거렸다.

"왜 그래?"

이브는 접시를 옆으로 치우고 그와 눈을 맞추며 말했다. "어떤 길이든 오래 걷다 보면 어딘가에 이르게 되지?" 챔버스가 멀뚱한 표정을 지었다. "추구하던 곳에 도달하잖아."

"그래서…?"

"지금 당신은 인간의 탈을 쓴 악마를 찾고 있어. 그자가 영리하다는 것도 이미 알고 있고. 이제는 엄청 잔인한 인간이라는 것도 알지. 당신은 그게 재밌는 게임이라도 되는 양 히죽거리지만 사실은 그렇지 않아. 당신 목숨이 걸렸어. 오늘 당신 인생이 연쇄 살인범과 얽인 거라고."

챔버스는 테이블을 위로 팔을 뻗어 그녀의 손을 잡았다.

"첫째, 위험한 짓 하지 않을게. 맹세해. 둘째, 엄밀히 따지면 그자는 연쇄 살인범이 아니야. 누가 그런 용어를 입에 담기 전에 우리 손에 잡힐 테니까."

★

"내가 연쇄 살인범을 잡으러 다니거든요!" 윈터가 소리치다가 잔에 담긴 맥주의 절반을 바닥에 쏟았다.

"뭐라고요?!" 여자가 음악 속에서 고함을 쳤다.

"내가…, 연쇄 살인범을…, 잡으러 다닌다고요!" 그는 팔로 잽싸게 찌르는 동작을 하며 고개를 신나게 까딱거렸다.

"뭐요?!"

"연쇄 살인범이요!"

여자가 이번에는 그의 말을 알아들었는지 화장실에 다녀오겠다며 얼른 자리를 떴다.

"화장실은 저쪽이에요!" 그는 계단을 올라 출구로 나가는 그녀에게 도움을 주겠답시고 반대 방향을 가리켰다. "…음, 안 돌아올 모양이네."

인생에서 가장 폼나는 모습을 '퇴짜 맞은' 윈터는 〈When Will I be Famous?(나는 언제 유명해질까?)〉 도입부의 신시사이저가 연주가 스피커에 쾅쾅 울리자 댄스 플로어로 돌아갔다. 후렴부가 돌아올 때마다 '유명해질까'를 '연쇄 살인범을 잡을까'로 매끄럽게 바꿔 부르자, 옆에서 춤추던 사람들이 슬금슬금 멀어져 그의 주위에 커다란 공간이 생겼다. 그는 자신이 천하무적, 세상에서 가장 운 좋은 사람, 평범한 중생들 사이의 영웅처럼 느껴졌다. 절대 알코올의 영향은 아니었다.

★

"이런…, 누가 한 대야를 쏟아놨네." 클럽 청소부는 윈터가 토해놓은 인생 최대의 위기 앞에서 한숨을 푹 내쉬었다. "내 팔자도 참…."

★

다음 날 아침 8시 55분, 윈터의 모습을 본 챔버스는 욕이 절로 나왔다. 옷은 걸치다 말았고 헝클어진 머리는 눈을 가렸으며 제복에 생긴 커다란 얼룩은 아직도 번지는 중이었다. 그는 빈 머그를 손에 든 채 의자에 잠들어 있었다.

"야!" 챔버스가 호통을 치며 윈터의 귀에다 대고 손가락을 튕겼다. "윈터! …윈터!"

소스라치며 잠을 깬 윈터는 어디가 쑤신지 몸을 움찔거리더니 양손을 머리에 올려 관자놀이를 두드렸다.

"아아. 왜 그러세요?"

"5분 뒤에 회의야."

그는 한숨을 내쉬며 자기 꼴을 내려다봤다. "형사님 때문에 커피를 쏟았잖아요."

"일어나!"

챔버스는 비틀대며 일어서는 윈터의 셔츠를 정리하고 옷매무새를 다듬었다.

"술이 덜 깬 거야?" 챔버스가 윈터의 셔츠 윗단추를 채우며 물었다.

"속이 안 좋아요. …식중독 같아요."

"그래?" 챔버스의 태도가 조금 누그러졌다. "뭘 먹었길래?"

"맥주 11병이요." 윈터가 트림을 했다.

챔버스가 뚱한 얼굴로 그를 보았다.

"작작 좀 처마시지, 이 쓸모없는 인간아."

"저기요!" 윈터는 그를 뒤따라가며 불렀다. "형사님! 잠깐만요!"

"집에 가!" 챔버스가 대꾸했다. "이 사건에서 빠지라고."

★

"윈터 순경도 회의에 참석한다고 알고 있었는데." 헴은 회의 일정을 잡은 챔버스에게 불쾌감을 감추지 않았다.

"합류가 곤란한가 봅니−"

누가 창문을 다급히 두드렸다.

"아. 도착했네. 자네 뜻대로 안 됐나 보군." 헴이 챔버스에게 핀잔을 주며 윈터에게 들어오라고 손짓했다.

얼굴에 물기가 남아 있었지만 머리카락은 적어도 올바른 방향으로 뻗어 있는 젊은 순경의 모습은 다행히 오전만큼 흉하지 않았다. 그는 자리에 앉았다.

"좋아. 오늘 왜 이리 정신이 없나 몰라. 이게 다 무슨 상황인지?" 헴이 이렇게 말하는 순간 책상 위의 전화기가 울렸다. "잠깐만."

"집에 가라고 했잖아." 경감이 통화하는 사이 챔버스가 쉿소리로 말했다.

"저도 이 사건 담당자라고요." 윈터가 속삭였다.

"헴을 제대로 납득시키지 못하면 다 소용없어."

"제가 여기 왜 불려왔겠어요?"

"좋아. 그래도 잊지 마, 자네가 나를 싫어한다고 믿게 만들어야 돼."

"별로 어렵지 않겠는데요." 윈터가 주절대는 사이 헴이 통화를 끝냈다.

"자, 그럼." 헴이 마침내 두 사람에게 주의를 돌렸다. "무슨 소식을 갖고 왔지?"

두 사람은 사건에 대해 흠잡을 데 없이 보고했다. 챔버스는 자신의 추리에 확신이 있었고 수사 방향도 명확히 구상해둔 상태였다. 그리고 작전대로 윈터는 기회가 있을 때마다 챔버스에게 일부러 대거리를 하며 적대감을 드러냈다. 덕분에 윈터는 헴의 호감을 사는 동시에 상관이 꼭 알아야 할 정보만 최소한으로 전달할 수 있었다. 경감이 어제 찍은 범죄 현장 사진과 유명한 조각품의 사진을 비교하는 사이 챔버스와 윈터는 더없이 잘 해냈다는 생각에 서로 마주 보며 빙긋 웃었다.

헴이 그들을 보았다.

"이게 무슨 귀신 씨나락 까먹는 소리야?" 그가 두 사람에게 사진을 던졌다.

"반장님, 제가-"

"닥쳐!" 그가 챔버스의 말을 잘랐다. "15분씩이나 나한테 헛소리를 지껄였지. 이제 자네들이 들을 차례야. 자네들이 들고 온 건 수 킬로 떨어진 두 곳의 살인 현장과, 두 가지 각각 다른 범행 수법이야. 공원의 눈사람과 약쟁이 모자 사이에는 아무 관계가 없어. 발견 당시 그가 이 조각상과 같은 자세였다는 것도 자네 생각일 뿐이야. 이건 그냥 웬 사내놈이 궁둥짝을 붙이고 앉아 있는 동상이잖아! 나도 지금 엉덩이를 붙이고 앉아 있지. 어때, 나도 이 조각상 같아?"

"정확히 말하면 체형에는 꽤 차이가 있죠." 술이 덜 깬 게 분명한 윈터가 괜한 소리를 했다. "반장님은 모든 면에서 좀 더… 둥글둥글하시잖아요."

헴이 그를 쏘아보았다.

"이제 입을 닫는 게 좋겠어." 챔버스가 속닥거렸다.

"네."

"이 두 조각상 사이에는 연관성이 있나?" 헴이 물었다. "앉아 있는 남자는 누가 만들었지?"

"로댕이요." 챔버스가 대답했다. "프랑스인입니다."

"처음 듣는 이름이구먼. 그럼 예수와 마리아는?"

"미켈란젤로요."

"그 이름은 아마 들어 보셨을 거예요." 윈터가 덧붙였다.

헴은 격분하여 두 손을 쳐들었다.

"그나저나 무슨 상황인지 알 것 같군." 그는 책상 맞은편의 챔버스에게 손가락질을 하며 말했다. "자네 수작이겠지. 항상 뭔가를 증명하지 못해 안달이잖아? 지금 우리한테 가장 쓸모없는 건 어설픈 추리나 쏟아내고 아무것도 아닌 일로 기자들을 자극하는 자네 같은 사람이야. 소수인종 전형으로 겨우 들어온 인간들." 헴의 막말에 질겁한 윈터가 뭔가 말을 하려고 입을 벌렸지만 챔버스는 그에게 가만히 있으라는 듯 고개를 살짝 저었다.

"내 지시대로 해." 헴이 말을 이었다. "둘을 별개의 사건으로 보고 따로따로 수사하라고. 조각상이니 연쇄 살인범이니 하는 소리 한 번만 더 꺼내면 당장 사건 담당자를 갈아 치우겠어. 내 말 알아들었지?"

"물론입니다, 반장님." 챔버스가 일어날 채비를 하며 대답했다.

"네, 반장님." 윈터도 일어섰다. "저는 챔버스 경사님 밑에서 이번 수사를 계속 돕고 싶습니다. 두 현장에 맨 처음으로 달려간 사람으로서, 많은 것을 배울 소중한 기회가 될 것 같아요."

헴은 따분하다는 표정을 지었다.

"…자네 상관이랑 한번 얘기해보지."

"감사합니다."

이 말을 끝으로 두 사람은 그곳을 나가 얼른 멀찍이 이동했다.

"저분 입에서 나오는 말은 전부 무시하면 되겠죠?" 윈터가 물었다. 챔버스는 고개를 끄덕였다. "이제 어디로 가세요?"

"법의학 실험실…" 챔버스가 단호히 말했다. 연극이 끝나자 윈터는 다시 죽상을 지었다. "…일단 커피 머신부터 들렀다가." 챔버스가 덧붙였다.

"아, 다행이다."

6

"다음번에는 제발 쉬운 일거리 좀 갖다 줄래요?" 사익스 박사가 어머니의 품에 안겨 있던 10대 소년 알폰스 코티야르의 시신을 굽어보며 말했다. "이를테면 머리가 없는 남자라든지. 그래야 형사님이 '사인이 뭔가요, 박사님?' 하고 물으면 '음…, 머리가 떨어져서 그렇게 됐어요.' 이럴 수 있죠."

그녀도 꽤 스트레스를 받는 모양이었다.

커피를 한 모금 더 마신 후 박사가 물었다.

"조각상을 모방한 범행이라는 추리는 어떻게 진행되고 있죠?"

"더 이상은 진행이 어렵게 됐어요." 챔버스는 자신이 여전히 그 가설을 밀고 있다는 사실을 아는 사람이 적을수록 좋다고 생각했다.

"꽤 그럴듯하긴 해요." 사익스가 군말을 붙이지 않고 고개를 끄덕였다. "그럼, 두 분 중에 누가 사망 원인을 맞혀 보실래요?"

챔버스와 윈터는 시선을 교환했다. 피부에 묻은 화장이 다 지워진 채 눈 따가운 형광등 아래 놓이자, 소년의 두개골에 움푹 팬 자국이 선명히 드러났다. 그 가운데를 관통하는 깊은 상처는 정교하게 봉합되어 있었다.

"둔기로 인한 외상 아닌가요?" 윈터가 묻자 챔버스가 어깨를 으쓱했다.

박사는 윈터를 돌아봤다.

"둔기로 인한 외상이요." 그제야 챔버스도 동의했다.

사익스가 격렬히 고개를 저었다. "익사예요!"

"소파에서요?" 윈터가 물었다.

"두부 손상이 사망의 원인이 된 건 분명하지만, 폐에 찬 액체의 양을 보면 직경 15~20센티미터의 단단하고 둥근 물체에 얻어맞은 후에도 살아있었다고 봐야 해요. 팔과 목에서 발견된 수많은 멍은 몸싸움의 흔적이죠. 하지만 몸 어디서도 찔린 상처는 발견되지 않았어요."

세 사람은 조용히 시체를 내려다봤다.

"…액체의 종류가 뭡니까?" 챔버스가 물었다.

"네?"

"폐에 찼다는 액체요."

"그냥 평범한 물이던데요."

"염소 처리가 되었던가요?"

윈터는 챔버스가 무슨 생각을 하는지 깨닫고 테이블 맞은편에서 그를 흘끔 보았다.

"아니요. 왜요?" 사익스가 물었다.

"피부에는 뭔가 남아 있던가요?" 윈터가 챔버스에게 의미심장한 시선을 던지며 얼른 물었다.

"샘플을 채취하면 되니까, 그건 나중에-" 챔버스가 말했다.

"그러실 필요 없어요." 윈터가 말을 자르더니, 몸을 숙여 시체의 팔을 킁킁거렸다.

"음. 미안하지만, 뭐 하시는 거죠?" 사익스가 기겁하여 물었다.

"역겨울 텐데." 챔버스가 오만상을 찌푸리며 말했다.

"맞아요." 윈터가 헛구역질을 했다. "벌써 후회되네요." 그는 물러서서 잠시 심호흡했다. 그리고 챔버스에게 고개를 까딱했다.

"피부에는 염소, 폐에는 담수라." 노련한 형사가 생각을 소리 내어 말했다.

"…혹시 수영장 샤워실?" 윈터가 추리했다.

"어느 수영장 말이죠?" 사익스가 대화에서 소외되는 기분을 느끼며 물었다.

"이만 가지." 챔버스가 말했다.

두 형사는 한마디도 없이 어리둥절한 박사만 시신들 사이에 남기고 실험실을 나가버렸다.

"그래요. …잘 가요, 그럼!" 그들의 뒤통수에 대고 외쳤지만 돌아오는 것은 문이 쾅 닫히는 소리뿐이었다.

★

"여기가 살인 현장…, 인지도 모르지." 샤워 부스에 들어서던 챔버스가 선언했다.

"피를 씻어내기엔 더할 나위 없는 곳이죠."

챔버스와 윈터는 알폰스 코티야르가 다니던 수영장 샤워실에 와 있었다.

"누구한테 몰래 접근하기에도 더할 나위 없고." 살인자에게 과연 자신의 '작품'을 훼손할 의도가 있었을지 의심하며 챔버스가 맞받았다.

"형사님 뒤에 타일이 깨졌네요." 윈터가 지적했다.

"가서 휴대용 스크루드라이버 있는지 좀 물어봐 주겠어?"

윈터는 의아한 눈으로 그를 보았다. 챔버스는 바닥에 설치된 세 개의 금속 배수구 덮개를 가리켰다.

"알겠습니다."

윈터는 그곳을 나간 지 20초 만에 챔버스가 자신의 이름을 부르는 소리를 들었다. 그는 수영장으로 이어지는 계단 맨 위 칸으로 허겁지겁 올라가 윈터를 내려다보고 있었다. 챔버스는 장갑 낀 손으로 수중 운동에 사용되는 역기를 머리 위로 쳐들었다. 작은 손잡이를 빼면 완벽한 원형인 역기는 상당히 무거워 보였다.

"이게 살인 무기일 것 같지 않아?"

챔버스는 의기양양하게 외치다가, 수업 중인 사람들의 걱정스런 표정을 의식했다. 역기를 내리면서 그는 사람들에게 어색하게 손을 흔들었다. "별일 아닙니다, 신경 쓰지 마세요."

스포츠 센터 관리자와 회원들의 불만이 이만저만이 아니었지만 챔버스와 윈터는 샤워실을 폐쇄했다. 10대 소년이 살해된 현장을 찾았다는 확신이 커졌다.

배수 시설을 들여다보니 처음에 생각했던 스크루드라이버보다 훨씬 많은 도구가 필요할 것 같았다. 금속 격자 밑에 숨겨진 플라스틱 여과 장치를 제거하기 위해 관리인은 상수도를 차단해야 했다. 처음 두 개의 배수구는 분해하는 데 30분이 넘게 걸렸지만, 나온 물건은 20펜스 동전 한 개, 분실된 사물함 열쇠, 젖어서 후줄근해진 비디오 대여점 회원증이 전부였다.

마지막 덮개가 열리자 부서진 벽타일 옆에 있던 챔버스는 기대를 품고 슬금슬금 다가갔다. 끙끙대며 용을 쓰던 관리인은 바닥에서 플라스틱 상자를 꺼내 조심스레 나사를 풀고 내용물을 살폈다. 그는 놀란 표정을 지었다.

"이건…?"

"주삿바늘이네." 챔버스가 대신 말을 마쳤다.

"깨진 유리도 있어요." 윈터가 흥분하여 덧붙였다. "움직이지 마세요." 윈터가 관리인에게 이르고는 증거물 봉투를 들고 그 옆에 무릎을 꿇었다. 그의 얼굴에 미소가 번졌다. "피도 묻어 있어요."

챔버스는 고개를 끄덕였다. 분명 몇몇 유리 조각에 진홍색 얼룩이 묻어 있었다.

"봉투에 넣어." 그가 윈터에게 지시했다. "와서 가져가라고 연락해야겠어."

"왜요? 어디 가시게요?"

"슬립한테 한 번 더 가보려고. 그 사람을 설득해서 지문이랑 혈액을 채취해야지."

★

오후 3시 15분, 챔버스와 윈터는 타워브리지 로드의 작은 식당에 앉아 있었다. 들뜬 기분으로 런던경찰청을 몇 번이나 오가다 보니 점심은 까맣게 잊고 있었다. 공교롭게도 식당의 바닥에서 천장까지 붙어 있는 타일은 샤워실에서 발견한 증거물을 연상시켰다.

5분쯤 말없이 식사하나가 윈터는 왠지 속마음을 털어놓고 싶어졌다.

"오늘 아침 일은 죄송합니다." 챔버스는 잠시 생각한 끝에 비로소 그가 무슨 얘기를 하는지 깨달았다. 그 이후로 어지간히 많은 일이 있었다. "친구 생일 파티에 갔었는데 진짜 연쇄 살인범 사건을 맡았다는 데 너무 흥분해서 자제력을 잃었어요. 다시는 그러지 않을게요. 저를 수사에 끼워주셔서 정말 감사합니다."

챔버스가 남은 음식을 해치우느라 침묵이 계속 이어지자 분위기는 조금 어색해졌다. 그는 냅킨으로 입을 닦고 윈터를 넘겨다봤다.

"자네, 오늘은 잘했어." 그는 다소 맥 빠지는 말을 하고는 테이블에서 일어났다. "전화기 좀 써도 되겠습니까?" 그는 카운터를 지키는 여성에게 신분증을 휙 보여주며 물었다.

"뒤쪽에 있어요." 단골과 대화를 나누던 그녀는 건성으로 대답했다.

문으로 들어가며 그는 주소록을 꺼내 법의학 실험실의 번호를 찾았다.

"사익스 박사입니다."

"챔버스입니다."

"아, 형사님! 좋은 소식부터 들을래요, 나쁜 소식부터 들을래요?"

"좋은 소식이요."

"형사님이 가져온 역기 하나에서 알폰스 코티야르의 피가 미량 발견됐어요. 살인 무기를 찾으셨네요."

"지문은요?"

"깨끗이 닦여 있더군요."

"바늘은요?"

"두께가 딱 주삿바늘이에요. 그밖에는 별로 특이사항이 없네요. 유리는 산산조각 났지만 곡면이고 작은 검정 눈금도 남아 있어요. 주사기가 맞아요. 확실해요. 이제 형사님이 무슨 질문을 하실지 알아요. 대답은 '아니요'랍니다. 판큐로늄 브로마이드의 흔적은, 있었다 쳐도 씻겨나갔을 거예요. 하지만 바늘과 주사기를 보면 형사님이 수사 중인 두 사건의 연관성은 거의 증명된 셈이죠."

"그럼 나쁜 소식은 뭡니까?"

"유리에 묻은 피는 슬럽의 것이 아니었어요."

챔버스는 실망하여 벽을 쳤다. "그렇다고 그 사람 짓이 아니라는 뜻은 아니잖아요."

"그렇죠. 일단 컴퓨터로 분석해보죠. 뭐가 나오는지 확인해 보자고요."

"결과가 나오면 연락 주세요." 챔버스는 전화를 끊고 테이블로 돌아가 윈터에게 통화 내용을 전했다.

"그러니까…, 당장 헴의 집무실로 가서 그가 틀렸다고 얘기하자는 거죠?" 이제야 상황을 파악한 윈터가 물었다. "…그렇죠?"

챔버스는 확신이 없어 보였다. "그러면 우리는 수사에서 배제되겠지."

"그래도…?"

"약물을 썼다는 증거가 있다면 더 확실하겠지만 약물은 흔적도 안 남았잖아."

윈터는 한숨을 쉬었다. "알았어요. 그러면 이제 어쩌죠?"

"찢어져야지 뭐. 자넨 스포츠 센터로 돌아가. 다른 증거가 있나 찾아보는 거야. …그리고 헨리 존 돌런도 혹시 거기 회원이었는지 확인해."

"그럼 형사님은요?"

챔버스는 머뭇거렸다. "나도 할 일이 있어."

7

제이슨 도노반의 〈Too Many Broken Hearts〉는 이 자리에 부적절한 배경음악이었다. 아무도 말을 하지 않자 분위기는 더 서먹해졌다. 마지막 후렴구를 따라 부르고 싶은 충동을 누르느라 안간힘을 쓰던 윈터는 또 한 번 아이들에게서 대답을 짜내려 시도했다.

"알폰스가 다른 사람과 대화하는 모습을 본 적 있나요? 전에는 여기 온 적 없는 사람이랑요?"

스포츠 센터로 돌아오자마자 그는 알폰스 코티야르가 사망한 날 밤의 근무자를 전부 소집해달라고 당직 관리자에게 요구했다. 그 결과 꺼벙해 보이는 10대 여섯 명이 모였고 그중 한 명은 그때 확실히 자고 있었다고 주장했다.

"전혀 없나요?" 누군가의 팔이 올라가자 윈터는 희망을 품었지만 알고 보니 하품이었다.

무기력한 무리가 느릿느릿 일하러 돌아가자 윈터는 관리자와 이야기를 하러 나갔다.

"10대 애들한테 뭘 바래요?" 청년이 코웃음을 쳤다.

이 남자는 가짜 콧수염을 단 어린애 같은 인상이었다. 윈터는 정중히 고개를 끄덕이며 샤워실 배수구에서 꺼낸 사물함 열쇠를 증거 봉투째로 주머니에서 꺼냈다.

"사물함 열쇠 하나가 언제 없어졌는지 아는 분이 있을까요?" 그는 지푸라기라도 잡는 심정으로 물었다.

"형사님, 우리는 거기서 누가 살해당했는지도 몰랐어요. 그러니…, 알 턱이 없죠." 까불거리며 대답하던 그는 윈터의 표정을 보고 어조를 싹 바꿨다. "누군가 찾아와서 열쇠를 잃어버렸다고 알리지 않는 한 확인을 잘 안 합니다."

"이게 어느 사물함 열쇠인지 알아낼 방법이 있을까요?"

"번호표가 떨어져 나갔으니…," 젊은이는 무성의하게 어깨를 으쓱했다. "열쇠 구멍마다 일일이 꽂아보는 수밖에요."

윈터는 한숨을 쉬었다. "그럴 줄 알았어요."

★

더 이상 사용되지 않는 굴다리 밑에서 얼쩡거릴 때의 수많은 단점 중 하나는 아무나 그곳에서 대소변을 누고 싶어 한다는 것이었다. 그곳에서 비를 피하던 챔버스는 뭔가를 밟고 기겁하며 뒷걸음질을 쳤다. 자갈 깔린 길 위로 건너편의 환한 창문에서 나온 따뜻한 빛이 쏟아졌다. 그는 이를 덜덜 떨며 양손을 겨드랑이 밑에 끼운 채 낯익은 셔터문에서 눈을 떼지 않았다.

★

열쇠가 꽂혀 있는 곳은 건너뛸 수 있었기 때문에 문제의 사물함을 찾기까지는 실제로 15분밖에 걸리지 않았다. 기분 좋은 딸깍 소리가 나더니 사물함에서 20펜스 주화가 바닥에 떨어졌다. 아직 가득 차 있는 내부를 보고 윈터는 뜻밖의 반가움을 느꼈다. 사물함 안에 들어 있던 청바지를 집어 뒷주머니에 꽂힌 지갑을 꺼내자 열쇠 꾸러미가 바닥에 떨어졌다. 점점 커지는 흥분을 느끼며 그는 알폰스 코티야르의 운전면허증을 펼쳤다.

윈터는 배낭을 꺼내 들고 긴 의자에 앉아 내용물을 살피기 시작했다. 둘둘 뭉쳐진 점퍼…, 도시락통…, 물병…, 교과서 몇 권…, 일기장. 그것을 펼쳐 획획 넘기며 가장 최근에 쓴 일기를 찾았다.

…조던이 왜 그리 질투하는지 모르겠다.

그는 페이지를 넘겼다.

…내 미래와 엄마의 자살을 막는 것. 둘 중 하나를 선택해야 할 것 같아 가슴이 아프다.

다음 페이지는 이런 내용이었다.

오늘 밤에도 로버트를 만나길 바란다. 그도 케임브리지를 다녔기 때문에 나와 말이 잘 통한다. '유복한 빈민들.' 우리는 스스로를 이렇게 부른다. 운동이 끝나면 로버트와 몇 시간씩 이야기를 나누기도 한다. 나는 그 사람에게서 많은 영감과 지혜를 얻었다. 작품에 대한 열정과 그의 예술은…

그의 예술이라. 윈터는 충분히 읽고 나서 새롭게 알게 된 사실들을 챔버스와 공유해야겠다고 생각했다. 그는 일기장을 외투 호주머니에 꽂아 넣고 사물함을 닫았다. 열쇠를 쥐고 탈의실을 서둘러 빠져나가다가 윈터는 조금 전의 무익한 만남에서 본 10대와 충돌했다.

"미안해요." 사과하고 옆으로 지나가려는 윈터를 그 여자아이가 멈춰 세웠다.

"사실, 형사님을 기다리고 있었어요." 그녀가 불안한 듯 복도를 흘깃거리며 말했다. "얘기 좀 하실래요?"

"그래요." 그는 그녀를 따라 가까운 출구로 나갔다.

건물 안에 있을 때부터 폭우가 쏟아졌기에 두 사람은 지붕이 덮인 진입로를 벗어나지 않았다. 여자아이가 담배를 권하자 윈터는 받아들고 불을 붙였다. 둘은 내리는 빗줄기를 응시하며 잠시 서 있었다.

"다른 애들 앞에서는 아무 말도 하고 싶지 않았어요." 그녀는 눈을 감고 황홀한 듯 연기를 들이마시며 말했다. "예전에 제가 어떤 남자애에 대해 안 좋게 말해서 그 애가 여기서 잘렸던 적이 있어요. 그런데 아까 그 애들은 아무도 저를 믿지 않았거든요. 그러니까, 비밀은 지켜주실 거죠?"

요란한 빗소리 때문에 윈터는 그녀의 목소리가 잘 들리지 않았다.

"어쩔 수 없을 때만 빼고요." 그가 솔직히 대답했다. 소녀는 만족한 듯 고개를 끄덕였다. "이름이 뭐예요?"

"조던이요."

"음, 반가워요, 조던." 윈터는 담배를 든 손을 쳐들었다. 질식할 것 같았지만 내색하지 않으려 안간힘을 썼다. 그는 평소에 흡연하지 않았지만 10대의 마음을 열기 위해서는 공통점을 찾아야 했다.

"제가 알피를 좋아했어요." 그녀가 슬픈 목소리로 말했다. "알폰스 말이에요. …엄청 좋아했어요."

"그랬군요." 윈터는 쌕쌕거리며 이렇게까지 해야 되나 고민했다.

"말하자면…, 세상에 내 편은 그 애밖에 없었다고나 할까요? 저는 그 애가 어디 가는지…, 거기 누구랑 가는지 유심히 지켜보곤 했어요." 그녀는 마음을 진정시키려는지 심호흡을 했다. "어느 날 여기서 못 보던 남자가 나타났는데…, 왠지 느낌이 싸했어요. 뭐가 문제인지는 몰라도 가끔 느낌이 올 때가 있잖아요? 어쨌든 그 남자는 알피를 보러 자꾸만 찾아왔어요. 매일 밤이요. 이야기를 나누면서 그 애 팔이랑 몸을 계속 만지더군요. 그날 밤에도 여기 있었어요. …바로 그날 밤에요. 그 이후로는 찾아오지 않았고요."

그녀는 담배꽁초를 땅에 떨어뜨리고 그것이 유난히 징그러운 거미라도 되는 듯 발로 꾹꾹 밟았다. 윈터도 끔찍한 물건을 없앨 수 있음에 기뻐하며 똑같이 따라 했다.

소녀는 그를 이상한 눈으로 보았다. "아직 절반도 안 피우셨잖아요."

"그래요, 하지만 최고의 반 토막이었어요." 그는 영리하게 둘러대며 수첩을 꺼냈다. "그 남자 이름은 알아요?"

"로버트요." 그녀는 고개를 저었다. "성은 몰라요."

"어떻게 생긴 남자죠?"

"형사님 또래였어요." 그녀는 어깨를 으쓱했다. "헤어스타일이 웃겼어요. 바가지머리랄까. 앞머리를 눈까지 내렸어요. 날씬한 근육질에…, 키가 컸고요."

"아주 유용한 정보네요." 윈터가 받아 적으며 말했다.

"뭐, 별말씀을요. 그 남자가 세 번째로 찾아왔을 때, 인적 사항을 알아내려고 멤버십 가입을 권했어요. 하지만 그 사람이 신분증을 차에 두고 오는 바람에 차까지 따라가야 했어요."

윈터는 애써 태연한 표정을 유지했지만 심장 박동이 빨라지는 것을 느꼈다.

"차 색상이나 기종은 기억나요?"

"복스홀 캐벌리어. 1600cc. 적갈색. 세금납부 증명서에 지역은 윈즈워스라고 찍혀 있었어요. 번호도 적어뒀죠." 그녀가 접힌 종이를 건네며 말했다. 윈터는 어리둥절하면서도 고맙고, 속이 조금 울렁거렸다. "말씀드렸듯이 저는 그 남자가 맘에 안 들었어요. … 원래 담배 안 피우시죠?"

"맞아요." 그는 문을 열고 소녀를 실내로 들여보냈다. "잠시 토하고 나서 조사를 바로 시작할게요." 그는 이렇게 약속하며 2단계 계획 중 1단계를 이행하기 위해 이미 화장실로 달려가고 있었다.

★

불이 꺼졌다.

챔버스는 어둠 속에 몸을 숨기고 퇴근하기 위해 문을 잠그는 토비어스 슬립을 지켜봤다. 용의자는 쏟아지는 빗속을 달리면서도, 승합차를 돌려 탐조등 같은 두 줄기 눈부신 광선으로 주변을 훑으면서도, 굴다리 밑에 숨어 있는 챔버스의 존재를 눈치채지 못했다.

녹슨 차가 어둠 속으로 사라지는 것을 확인한 다음, 챔버스는 셔터문으로 돌진했다. 그는 비상계단을 올라 사무실 유리창 앞으로 다가갔다. 아무도 없는지 살핀 후 헐거운 판유리를 팔꿈치로 세게 찔렀다. 깨진 유리 파편은 건물 사이로 부는 돌풍에 날려 흩어졌다. 그는 팔을 뻗어 걸쇠를 풀고 창문을 적당히 연 다음, 책상 위로 기어올라 반대쪽에 꼴사납게 착지했다.

손전등을 켜고 남은 창문을 닫은 후 밖에서 주운 나뭇가지를 깨진 유리 조각 사이에 놓았다. 영장 없이 침입한 무모한 형사가 아니라 바람에 날려 온 물체가 입힌 피해처럼 보이게 하고 싶었다. 그는 책상에 놓인 서류를 뒤적이며 생각하는 사람, 로댕, 피에타, 미켈란젤로, 수영장, 병원 등 슬립과 살인 사건을 연결 지을 내용이 있나 찾았다. 이 서랍, 저 서랍을 뒤지던 그는 이내 좌절감을 느꼈다. 청구서, 납세 고지서, 다양한 단계의 예술품 복원 사진 외에는 아무것도 찾을 수 없었다.

이곳에 오래 머무를수록 자신의 형사 경력을 건 도박은 승산이 떨어진다는 생각에 그는 작업장으로 내려가는 문을 열었다. 아래층의 동상들이 어둠 속에 숨어 있던 네 명의 감시병처럼 위풍당당한 형체를 드러냈다. 1층으로 내려가는 계단 마지막 칸에서 그는 묵직한 물체에 발이 걸려 쓰러졌다. 고요한 공간에서 그 물체는 천둥 같은 소리를 내며 바닥에 세게 부딪치더니 금속 공구 상자로 굴러 들어갔다.

…다시 사방이 조용해졌다.

챔버스는 놀란 마음을 추스르며 쓰러진 물건에 손전등을 비쳤다.

"젠장." 그는 바닥에 커다란 흔적을 남기고 여전히 금속 캔에서 펑펑 새고 있는 액체를 보았다.

손쓸 방법이 없다고 판단한 그는 도르래 쪽으로 이동했다. 그곳에 감긴 굵은 밧줄을 따라 손전등을 비추면서 올가미 모양으로 마무리된 끝부분까지 이동하다가 뭔가를 발견하고 눈을 동그랗게 떴다. 그는 밧줄 안쪽을 자세히 살피려고 자리를 옮겼다. 굵은 밧줄에 거친 실밥이 튀어나와 있었다. 해묵은 밧줄은 때가 끼어색이 짙었다. 하지만 그가 본 것은 말라붙은 피와 사람의 머리카락이 분명했다.

그는 숨을 헐떡이며 호주머니에서 일회용 장갑 한 켤레와 증거물을 담을 봉투를 꺼냈다. 그 순간 젖은 타이어가 다가오는 소리…, 엔진 웅웅대는 소리가 들리더니 바깥에 차 한 대가 멈춰 섰다. 챔버스는 손전등을 끄고 동작을 멈췄다. 후두둑 쏟아지는 빗소리만 들릴 뿐이었다.

갑자기 금속 문이 열렸다.

가까운 조각상 뒤에 숨은 그는 머리 위의 스포트라이트가 번쩍 살아나자 몸을 움츠렸다. 곧이어 느긋하게 다가오는 발소리가 들렸다.

"내 이럴 줄 알았지!" 슬립이 의기양양하게 선언했다.

챔버스는 상대와 마주칠 순간을 예상하고 숨을 참았다. 하지만 열쇠 짤랑대는 소리와 멀어지는 발소리만 들렸다. …잠시 후 그 소리마저 뚝 멈췄다. 용기를 내어 조각상 주위를 둘러봤더니 슬립의 그림자가 쪼그리고 앉아 바닥에 떨어진 물건을 집고 있었다. 챔버스는 그것이 무엇인지 깨닫고 잔뜩 주눅이 들었다.

"여보시오?" 슬립이 외쳤다. "거기 누구 있소?"

챔버스는 커다란 연장을 든 그림자 팔을 지켜봤다.

"당장 나오시지!"

발소리가 점점 가까워졌다.

챔버스는 갈 곳도, 숨을 곳도 없는 공간 한가운데에 갇혀 있었다. 발소리에 맞춰 조각상 주위를 살금살금 움직였지만 발각되는 건 시간문제였다. 셔터문은 살짝 열려 있었지만 그가 숨어 있는 위치에서는 너무 멀었다. 그 순간, 사무실 문이 돌풍에 쾅 닫히며 슬립의 주의를 끌었다.

"거기 누구야?!"

슬립은 1층 작업장을 마지막으로 둘러보고는 천천히 계단을 올라갔다. 챔버스는 다음 조각상으로 후다닥 달려갔다. 들키지 않았다는 확신이 들자 또 다음 조각상 뒤로 이동했다. 청동 재질의 성자 뒤에 몸을 웅크리니 얼굴에 불어오는 바람과 손등에 떨어지는 빗방울이 느껴졌다. 결국 그는 간신히 밖으로 나가는 데 성공했다.

"젠장."

그는 작업장 한가운데 걸려 있는 증거물을 돌아보며 중얼거렸다. 증거물을 그렇게 포기하고 떠날 수는 없었다.

슬립은 사무실로 들어갔다.

기회를 포착한 챔버스는 트인 공간을 향해 힘껏 달렸다. 장갑이나 증거 봉투를 쓸 여유가 없어서 피 묻은 밧줄 가닥을 한 줌 쥐어뜯었다. 거기에 머리카락이 붙어 있기를 바라며 열린 문으로 잽싸게 빠져나갔다.

★

슬립은 나뭇가지를 손에 쥔 채 누군가가 깨진 창문 앞으로 후다닥 지나가는 소리를 들었다. 서둘러 통로로 나와 작업장을 내려다보니, 매달린 밧줄이 사냥감을 놓친 올무처럼 격렬히 흔들리고 있었다. 높은 곳에서는 젖은 발자국들이 선명히 보였다. 발자국들은 슬립의 조각상들 사이를 이동하다가, 어떤 이유로 다시 돌아오더니, 다시 폭풍 속으로 달아나는 궤적을 그리고 있었다.

8

목요일

챔버스와 윈터는 서로 아무 말도 하지 않았다.

아침 교통체증에 시달리는 원즈워스 대로를 지나는 내내 냉랭한 침묵이 이어졌다. 붉은 신호등이 앞 유리에 번지는 순간 '이슬비'가 '가랑비'와 '약한 소나기'의 중간쯤으로 바뀌었다. 오늘도 꿀꿀한 하루가 될 모양이었다.

챔버스가 한숨을 쉬었다. "가는 내내 부루퉁해 있을 거야?"

"형사님이 그 사람을 너무 무시하시니까요."

"어쨌든 같이 만나러 가고 있잖아?"

"마지못해 가시는 거잖아요." 윈터가 코웃음을 쳤다.

"우리가 찾는 사람이 맞는지 확신이 서지 않을 뿐이야." 챔버스가 늘어선 차량 뒤에 멈추며 말했다.

"그러면 형사님 용의자는요? 제 용의자는 더할 나위 없이 완벽하거든요." 윈터가 주장했다. "키도 크고 근육질이고."

"하지만 그 용의자는 자기 엄마랑 같이 산다며." 챔버스가 지적했다.

"그렇지만 적어도 늙지는 않았어요."

"내 용의자는 노련해. 그리고 영리하지."

"내 용의자도 마찬가지예요!" 윈터가 내뱉었다. "대학 강사라고요!"

"내 용의자는 혼자 일해. 자기 사업을 하지."

"아 그래요? 음, 내 용의자는…." 윈터는 대화가 좀 이상하게 흘러간다는 생각에 말꼬리를 흐렸다. "사익스 박사가 검사 결과를 알려줄 때까지는 다양한 가능성을 좀 열어 두시라는 것뿐이에요."

"당연히 그럴 생각이야." 챔버스는 마침내 신호를 통과해 주택가로 들어섰다. "자, 다 왔어." 그는 근사한 테라스식 주택 앞에 차를 대며 선언했다. 요정 조각상들이 단정한 정원 곳곳에서 낚시하고, 손수레를 끌고, 산책하고 있었다. "스카라망가의 은신처(제임스 본드 시리즈 《007 황금총을 가진 사나이》에 나오는 악당의 아지트로, 태국 푸켓의 어느 작은 섬이 실제 배경이다. – 옮긴이)랑은 거리가 먼데?"

"그만하세요." 윈터가 쏘아붙이고 차에서 내렸다.

그는 적갈색 복스홀 캐벌리어 앞에서 손짓한 다음 울타리 담장을 지나 현관문까지 앞장서서 나아갔다. 두 사람은 동시에 초인종에 손을 뻗었다.

"직접 하시겠어요?" 윈터가 초조하게 물었다.

"아니. 됐어. 자네한테 양보할게." 챔버스는 빙긋 웃으며 손을 거뒀다.

초인종 음악이 울리는 사이 그는 유쾌한 장식품들을 둘러봤다. 물이 흘러나오는 작은 바위 웅덩이, 이빨 자국이 잔뜩 찍힌 개 장난감 몇 개. 계단에는 시중에 유통되는 거의 모든 종류의 신문이 쌓여 있었다. 그때 어른거리는 형체가 유리문으로 접근했다. 잠금장치 세 개가 풀린 후에야 문이 열렸다.

윈터는 자신을 소개하러 나섰다가 하려던 말을 완전히 잊었다. 두 형사는 기이하게 생긴 남자를 응시했다. 10대 소녀의 말마따나 키가 크고 찰랑찰랑한 연갈색 머리였다. 층을 내어 자른 머리카락은 길이별로 따로 움직이는 듯했고, 그의 직업이 가진 전형적인 이미지에 걸맞은 트위드 재킷에 어두운 갈색 바지 차림이었다. 그러나 소녀가 미처 알려주지 않은 것은 곤충과 닮은 그의 얼굴이었다. 두껍고 동그란 안경 뒤에서 말똥말똥한 작은 눈이 휙휙 움직였고, 치아가 드러난 합죽한 입은 언제라도 그들을 꽉 깨물 것 같았다.

"셰퍼즈 부시 그린 경찰서의 애덤 윈터 순경이신가요?" 그가 침묵을 깨고 물었다.

"음. 네." 윈터가 대답했다. 짧은 통화에서 언급한 정보를 그토록 정확히 기억하다니 조금 놀라웠다. "그리고 이쪽은-"

"챔버스입니다." 챔버스가 윈터의 말을 잘랐다. "…그냥 챔버스라고 불러주세요."

남자는 그들을 찬찬히 뜯어봤다.

윈터는 꺼림칙한 기분이 들어 불안하게 웃었다. "만나 주셔서 감사합니다."

"오늘은 늦을 것 같다고 학교에 미리 연락했습니다. 그래야 수업 일정을 조정할 테니까요."

윈터도 챔버스도 어떻게 대꾸해야 할지 난감하여 가만히 있었다.

"좀 들어가도 될까요?" 윈터는 코츠가 거절하기를 반쯤 기대하며 물었다. 하지만 코츠가 옆으로 물러서서 공간을 내 주자, 두 사람은 우중충한 복도로 들어가는 수밖에 없었다. 등 뒤에서 잠금장치가 제자리로 돌아가는 소리가 들렸다.

그들은 거실에 들어섰다. 모양이 제각각인 안락의자가 뻥 뚫린 벽난로를 마주 보며 놓여 있고 레이스 커튼은 니코틴으로 누렇게 찌들어 있었다.

"좀 무섭네요." 윈터가 소곤거렸다.

"응, 나도." 챔버스도 동의했다. 하지만 집주인이 거실에 들어오자 두 사람은 예의를 차리며 미소를 지었다.

"앉으세요." 그가 말했다.

둘의 얼굴에 너덜너덜한 의자 가운데 어느 것이 덜 불편할지 결정하지 못해 우물쭈물하는 기색이 역력했다. 둘 다 같은 의자를 노리고 있음을 눈치채고 윈터가 그쪽으로 뛰어들다시피 주저앉았다. 엉덩이를 먼저 붙이는 데 성공한 그는 의기양양한 표정을 지었다.

"무슨 차 드실래요?" 남자가 물었다. "커피? 커스터드 크림?"

"고맙지만 괜찮습니다." 챔버스가 대답했다.

"조금 전에 마시고 왔어요." 윈터는 거짓말을 했다. "…커스터드 크림도 먹었어요."

챔버스는 파트너를 보며 고개를 저었다.

남자가 자리에 앉으러 갈 때 두 형사는 심하게 절뚝거리는 그의 걸음을 눈여겨봤다. 그는 언제라도 달려들 듯이 쿠션의 끄트머리에 걸터앉더니 까만 눈으로 둘의 일거수일투족을 관찰했다.

윈터는 수첩을 꺼내어 펼쳤다. "자, 로버트 더글러스 코츠 씨…."

"로버트 더글러스 시모어 코츠입니다." 남자가 정정했다.

"나이는 어떻게 되시죠?"

"서른둘입니다."

"우리가 왜 찾아왔는지 아세요?" 윈터는 이렇게 질문하며 벽난로 선반에서 멈춘 시계를 발견했다.

그는 슬픈 듯이 고개를 끄덕였다. "뉴스에서 들었어요. 알폰스 때문에 오셨죠."

"맞아요. 아는 사이였죠?"

"그 친구를 알게 된 건 행운이었어요."

"어디서 만났는지 물어봐도 될까요?"

챔버스는 불편할 정도로 강한 열기를 내뿜는 라디에이터에서 가장 가까운 의자를 고른 탓에 재킷을 벗어야 했다.

"스포츠 센터에서요."

"거긴 뭐 하러…?" 윈터는 질문을 얼버무렸다.

"수영하러 다녔어요."

"두 사람은…, 친구였나요?"

"사실상 선생과 학생의 관계에 가까웠죠. 제가 그 아이의 내면에 숨겨진 커다란 잠재력을 봤거든요."

윈터와 챔버스는 로버트 더글러스 코츠를 흘끔거리며 그의 숨겨진 잠재력은 얼마나 클지 가늠했다.

"어머니랑 사세요?" 윈터가 찜한 용의자와의 사이에 끼어들었다는 이유로 그에게서 따가운 시선을 받으며 챔버스가 물었다.

"지금은 아니에요." 코츠가 대답했다. "한 달 전에 요양원에 들어가셨거든요."

"발을 어쩌다 다쳤는지 물어봐도 될까요?" 윈터가 다시 치고 들어왔다. 코츠가 들은 척도 하지 않자 윈터는 다시 물었다. "혹시-"

"베였어요. …유리에요."

윈터와 챔버스는 코츠의 불안한 자세에 영향을 받은 듯 무심결에 몸을 앞으로 숙였다.

"어디서요?" 윈터가 그를 압박했다.

"스포츠 센터 샤워장에서요." 두 형사는 기대에 찬 표정으로 잠시 눈을 맞췄다. 윈터는 수갑을 어느 쪽 호주머니에 넣어뒀는지 기억을 더듬었다. "별로 관심 없으시겠지만 바닥에 깨진 주사기가 있었나 봐요. 그걸 밟고 발바닥이 찢어졌어요. 꽤 아프더군요. 다른 사람들이 다칠까 봐 눈에 띄는 유리 조각을 가까운 배수구로 쓸어 넣었어요. 그 일 이후로는 그곳에 두 번 다시 가지 않았고요."

남자의 그럴듯한 설명에 두 형사는 조금 경계를 풀고 마음을 놓았다.

"버크벡 대학에서 강의하시죠?" 윈터가 분위기를 바꿀 질문을 던졌다.

"네."

"미술사를 가르치신다고요?"

"그렇다고 할 수 있죠."

"그럼…, 조각에 대해 잘 아시겠어요?" 두 남자가 유심히 지켜봤지만 코츠는 아무 내색을 하지 않았다. 윈터가 질문을 이었다. "로댕의 〈생각하는 사람〉이라든지? 미켈란젤로의 〈피에타〉라든지?"

"물론이죠. 지금껏 창조된 가장 유명한 작품들인걸요."

"그러면 전문가로서―"

"미술사라는 분야는 굉장히 광범위합니다." 코츠가 그의 말을 잘랐다.

"우리보다는 잘 아실 테니까요." 윈터가 고쳐 말하자 코츠는 고개를 끄덕였다. "이 두 작품 사이에 어떤 연결고리가 있다고 보시나요?"

"연결고리라고요?"

"전혀 없다고 보세요?"

코츠는 어리둥절해 보였다. "알폰스가 죽은 것 때문에 오신 줄 알았는데요?"

"제 질문에 답해주세요."

그는 잠시 멍해 보이다가 손톱을 씹으며 곰곰이 생각했다.

"〈생각하는 사람〉은 원래 《지옥의 문》이라는 대작의 일부인데…." 조금 당황한 윈터는 그 말을 받아 적었다. "단테의 모습을 묘사한 걸로 아는 사람이 많지만 사실은 로댕 본인이 아닐까 추측하는 사람들도 있죠. 피에타는 죽은 아들을 품에 안은 성모 마리아를 표현한 작품이고요. 하나는 파리에, 다른 하나는 로마에 있어요. 제작연대는 수백 년이나 차이가 있죠. 하나는 청동, 하나는 대리석 재질이고요. …솔직히 공통점은 하나도 없는 것 같은데요."

"당신의 혈액 샘플이 필요합니다." 챔버스가 코츠와 윈터의 허를 한꺼번에 찌르며 불쑥 내뱉었다.

"제…, 피요?"

"수사 대상에서 제외시켜 드리려면요."

"물론입니다. 얼마든지 협조해야죠."

"감사합니다. 화장실 좀 써도 될까요?"

이번에도 코츠는 곧장 대답하지 않았다. 생각을 숨긴 채 어떻게 반응할지 계산하는 듯했다.

"이층에 있어요. 왼쪽 첫 번째 문입니다. 지저분해서 죄송하네

요."

챔버스는 고개를 끄덕이며 일어섰다. 대화를 마무리하도록 윈터는 남겨 두었다. 나가는 길에 구식 주방을 슬쩍 둘러봤지만 특이점을 발견하지 못한 채 계단을 올라 층계참에 다다랐다. 카펫에 다양한 색의 개털이 엉겨 붙어 있었다. 평소에는 온 집이 이런 꼴인데 그들이 방문한다는 연락을 받고 1층만 부랴부랴 치웠을 거라고 그는 추측했다. 실망스럽게도 두 개의 침실 문이 모두 닫혀 있었다. 열어보는 위험은 감수하지 않았다. 집 자체가 삐걱거리면서 그의 모든 움직임을 아래층에 있는 주인에게 고해바치고 있어서였다.

그는 화장실로 들어가 문을 닫고 곧장 약품 수납 선반으로 다가갔다. 코츠의 어머니가 평소 복용한 듯한 다양한 알약이 눈에 들어왔지만 별 의미는 없어 보였다. 실망한 그는 이 이상한 남자의 삶을 좀 더 깊이 파악하기 위해 썰렁한 공간을 둘러보았다. 딱히 뭘 해야 할지 몰라서 욕조에 들어갔다. 성에 긴 창문에 손을 뻗어 녹슨 걸쇠를 젖히고 뒤뜰을 내다봤다. 요정이 모여 사는 단정한 앞뜰과 대조적으로 집 뒤편은 잡초가 무성했고 한쪽 구석에 흙을 헤집어 놓은 곳도 있었다.

시간을 이미 너무 오래 끌었다는 생각에 챔버스는 창문을 닫고 변기물을 내리고 손까지 씻었다. 문손잡이로 손을 뻗다가 거기 매달린 공예 장식품을 보고 동작을 멈췄다. 그것을 뒤집어보니 나무에 이런 구절이 새겨져 있었다.

"너희의 죄가 주홍 같을지라도 눈과 같이 희어질 것이다."
이사야 1:18

챔버스는 얼굴을 찌푸리며 손잡이를 비틀어 문을 열고 아래층으로 내려갔다. 윈터는 이미 일어서서 떠날 준비를 하고 있었다.

"개들이 안 보이네요." 챔버스가 재킷을 집으며 말했다. 코츠가 그에게 경계하는 눈빛을 보냈다. "카펫에 털이 붙어 있더라고요." 챔버스가 설명했다.

"한 마리뿐이에요." 코츠가 말했다. "가엾게도 세상을 떠났답니다. 실은 꽤 최근에 죽었어요. 그 때문에 어머니가 정신줄을 놓으셨죠."

"유감이네요." 챔버스가 말했다. "어떤 개였죠?"

"잡종이었어요. 우리는 항상 떠돌이 개를 데려다 키웠죠."

"'남에게 대접받고자 하는 대로 너희도 남을 대접하라.' 성경의 한 구절이죠." 챔버스는 윈터의 어리벙벙한 표정을 무시하고 말했다.

코츠는 잠시 멍해 보이다가 그들이 찾아온 후 처음으로 웃어 보였다.

"우리 어머니처럼 말씀하시네요." 그가 두 사람을 문 앞으로 배웅하며 말했다.

차에 탄 윈터는 기대하는 눈빛으로 동료를 보았다.

"자…, 어떻게 생각하세요?"

"그래. 내가 틀렸어." 챔버스가 시동을 걸며 인정했다. "자네가 저 자식한테 관심 갖는 이유를 알겠어."

9

챔버스의 어머니가 비웃는 표정으로 메인 요리를 접시 가장자리로 밀었다. 전채요리를 겨우 한 숟갈 먹었는데 배가 부른 모양이었다.

"이건 또 뭐냐?" 그녀가 검사하듯 소스에 손가락을 찔러 넣으며 물었다.

"닭고기요." 이브가 퉁명스럽게 대답했다. "우리 고향에서 즐겨 먹는 날지 못하는 새죠. 우리 어머니 레시피대로 요리했어요."

"고향이라니, 어딜 말하는 거냐?"

"자메이카 말이에요."

"흠." 노부인은 전부 마뜩찮다는 듯 불쾌한 눈빛으로 주위를 둘러봤다.

"식사 다 하셨어요, 어머니?" 이브가 식탁에서 일어서며 물었다.

"그럼, 다했다마다." 루실은 얼른 치우지 못해서 안달 난 사람처럼 접시를 건네며 대답했다.

"디저트 준비하는 것 좀 도와줄래?" 이브가 챔버스에게 물었다.

"벌써 다 준비해 놨잖ㅡ"

"디저트 준비 좀 도와달라고!"

그는 순순히 일어섰다. "엄마, 한 잔 더 드릴까요⋯, 수돗물?"

"고맙지만 됐다." 챔버스가 자신의 동의 없이 몰래 물을 채우기라도 할까 봐 그녀는 유리잔을 손으로 덮었다.

"봤지?" 이브가 접시를 주방으로 옮기며 툴툴거렸다. "물까지 못마땅한 거야!"

"그래도 이 정도면 양호하지 않아?" 챔버스는 기대에 찬 미소를 지었지만 돌아오는 것은 '당신 오늘 딴 방 가서 자'라는 눈빛뿐이었다.

이브는 이내 그의 팔에 주먹을 날렸다.

"아얏!"

"왜 내 편을 안 들어주는 거야?"

"자기, 엄마는 그냥 좀…, 옛날 사람일 뿐이야. 가나 출신의 영국인이라는 자부심이 엄청 강하시지."

"그래서 당신이 '자메이카 출신'한테 시간 낭비하는 걸 안 좋아하시지?"

챔버스는 한숨을 쉬었다. "그런 말 한 적 없어."

"그러면 우리 애들은? 우리 애들도 똑같이 무시하실 건가?"

챔버스는 어쩔 줄 모르는 표정이었다. "당신…? 혹시…?"

이브는 팔짱을 꼈다. "그렇다면 어쩔 거야?"

"진짜…, 잘됐다."

"글쎄."

"오, 세상에! 너무 기뻐!" 그는 가슴에 손을 얹고 숨을 몰아쉬었다.

이브가 환히 웃었다. "그나저나, 오늘은 직장에서 무슨 일이 있었어?"

"밧줄에서 확보한 혈액과 머리카락이 우리 피해자…, 누구와도 일치하지 않아."

"그렇다면 피와 머리카락이 거기서 왜 나왔을까?"

"그러게. 거기서 왜 나왔을까?" 챔버스가 맞장구를 쳤다.

★

이튿날 아침 챔버스는 절뚝거리며 사무실로 들어섰다. 간이침대에서 자는 것을 피하기 위해 앞으로는 매번 언쟁에서 이브에게 져줘야겠다고 다짐했다. 인사는 건너뛰고, 그는 윈터에게 회의실로 따라 들어오라고 손짓했다. 문을 닫은 다음 그는 안도감에 끙끙 소리를 내며 바닥에 드러누웠다. 윈터는 당황하지 않고 수첩을 꺼내 그의 옆자리에 앉은 채 얼룩진 천장 타일을 올려다봤다.

"어떻게 저기다 커피를 쏟을 수 있었을까요?" 그가 물었다.

"반장이 맘에 안 드는 부하 직원한테 던졌지 뭐."

"그게 누굴까요?"

"나지."

"와. 얼룩이 꼭 밀레니엄 팰컨(《스타워즈》 시리즈에 나오는 우주선 – 옮긴이) 모양이네요." 윈터가 눈을 가늘게 떴다.

"나는 도끼날 모양이라고 생각했는데…. 하지만 촉망받는 살인 전문 형사인 자네 견해를 알게 되어 기쁘군. 그래, 첫 살인이 발생한 날 밤에 로버트 코츠의 알리바이는 뭐지?"

"집에 혼자 있었대요."

"뭐, 괜찮아. 새로운 각도에서 접근하게 해줄 증거물을 확보했으니까." 챔버스는 이렇게 선언하고는 재킷 호주머니에서 밝은 주황색 고무 장난감을 꺼내 윈터에게 건넸다. "개 장난감이야."

"잘하셨어요." 그가 칭찬하듯 말했다. "잠깐만요. …뭐라고요?"

"개 장난감이라고." 챔버스가 반복했다. "나오는 길에 그 집 앞마당에서 집어왔어."

"아무래도 하루 쉬셔야겠네요." 윈터가 제안했다. "그걸로 뭘 어떻게 하시려고요?"

"이빨 자국 좀 봐. 7개가 가까이 모여 있고 좀 떨어진 곳에 4개, 깊이 팬 자국 두 개는 나머지와 뚝 떨어져 있어."

"그래서요?"

"이 장난감 하나를 적어도 세 마리가 씹었다는 뜻이지. 그리고 2층에 올라가 봤더니 카펫에 여러 색의 털이 붙어 있었어."

"그래서요?"

"뒤뜰에는 무덤도 있었고."

"무덤이라니요?"

"…흙을 헤집어 놓은 곳."

윈터는 못 믿겠다는 표정이었다. "그걸 꼭 무덤이라고 할 수는 없잖아요."

"조각상 받침대에서 헨리 존 돌런을 발견한 날 밤에 우리가 했던 말 기억나?"

"무슨 말이요?"

"'애매하다'는 말. 시험 삼아 처음으로 살인을 해본 건 아닐까? 조건만 마련해놓고 궂은일은 날씨에 맡겼을지도. 대부분의 연쇄 살인범이 실제 사람을 죽이기 전에 뭐부터 시작하는지 알아?"

"동물을 괴롭히죠." 윈터는 이제 납득한 모양이었다.

"그런데 우리의 용의자 한 명이 놀라운 속도로 개를 해치우고 있어."

"그러면 토비어스 슬립은요? 사람 한 명은 우습게 들어 올릴 도 르래에 머리카락과 피가 잔뜩 묻어 있었잖아요. 수상한 건 마찬가진데요."

"이제 내 용의자가 마음에 드나 봐?"

"둘 중에서는요. 네, 그쪽이 더 의심스러워요."

"음, 나는 자네쪽 용의자가 더 맘에 들어."

"그래서, 어느 쪽에다 걸어야 할까요? 잘못 고르면 끝장인데
요."

챔버스는 잠시 고민했다.

"둘 다. 한꺼번에. 우리 중 하나는 정원을 파고 하나는 도르래
를 압수하고."

"영장 없이요?" 윈터가 회의적으로 물었다.

"영장 없이." 챔버스가 고개를 끄덕였다. "불시에. 이럴 땐 자신
감이 중요해."

"우리 둘 중 하나는 헛발질이네요."

"하지만 둘 중 하나는 제대로 짚는 거잖아." 챔버스가 지적했다.
"헴도 그건 무시 못 할걸. 내가 볼 때 이 두 미치광이 중 하나는
우리가 찾는 살인자가 틀림없어. …자네 생각은 어때?"

"저도 그렇게 확신해요."

"그렇다면 실패할 리 없겠지? 어때?"

"말씀대로 할게요. …그런데 언제요?"

"지금 당장. 꾸물거리다가는 또 누가 죽을지 알 수 없잖아."

회의실 문이 벌컥 열리고 루이스가 들어오다가 바닥에 누워 있
는 두 남자에게 걸려 넘어지며 벽에 커피를 튀겼다.

"뭐 하는 거야?" 그가 물었다.

"등 좀 풀고 있어요." 챔버스가 꼼짝도 하지 않고 대답했다. "간
밤에 간이침대로 쫓겨났거든요."

"음, 나랑 같은 신세군." 루이스가 커피잔을 탁자에 놓고 챔버스의 옆에 누우며 말했다. 그는 안도의 한숨을 내쉬었다. "마지막으로 내 침대에서 잔 게 언제였는지 기억이 가물가물해. …그건 그렇고 반장이 자넬 찾아."

"그것 말고는 새로운 소식 없어요?"

★

챔버스는 로버트 코츠의 집에서 15미터 떨어진 곳에 차를 댔다. 계기판 버튼을 만지작거리며 오후 1시 45분이 되기를 기다렸다. 작전을 실행하기로 윈터와 합의한 시간이었다. 그는 먹장구름을 올려다봤다.

"안 돼. 비야 내리지 마. 제발 비야-" 그 말이 신호라도 된 듯 하늘이 활짝 열리더니 순식간에 거리가 물바다가 되었다. "…참, 고맙기도 해라." 그는 중얼거리며 계기판의 시계를 다시 한번 흘끔 보았다.

13:42

시간이 거의 다 되었다. 그는 조수석 발밑 공간에 놓인 삽을 쥐고 밖으로 나갔다. 이웃집들을 지나갈 무렵에는 비에 흠뻑 젖은 채, 웃는 표정의 요정들이 지켜보는 집 정문으로 성큼성큼 들어갔다. 요란한 빗소리에 마당에 있는 요정 조각상들이 깨어나 쏟아지는 빗속에서 조그만 연장을 들고 열심히 일할 것만 같았다.

발차기 한 번으로 쪽문을 쪼개고 들어간 챔버스는 풀이 우거진 뒷마당으로 들어갔다. 바지에 걸린 가시덤불이 그를 뒤로 끌어

당겼다. 이웃집의 흔들리는 커튼을 보며 마침내 뒷마당 한쪽 구석, 2.5제곱미터 넓이의 땅에 도달했다. 시간이 별로 없다는 생각에 그는 양손을 높이 쳐들었다가 삽을 축축한 흙 깊숙이 찔러 넣었다.

★

"경찰입니다! 문 열어요!" 윈터가 슬립앤코 복원 보존 센터의 금속 셔터를 두드리며 외쳤다. "어서 열어요!"

셔터문이 벽에서 벌어지면서 틈 사이로 토비어스 슬립이 나타났다. 평소처럼 꾀죄죄하고 부스스한 모습이었다. 짙은 색 고글을 쓰고 손에 용접기를 들고 있었다.

"바닥에 내려놔요!" 윈터가 그 물건을 경계하며 명령했다. "내려놓으라고요!"

슬립은 시키는 대로 하고 고글을 벗어 얼떨떨한 표정을 드러냈다.

"도르래를 압수하겠습니다." 윈터가 건물 내부로 들어서며 말했다.

"일하는 데 필요해."

"그러시겠죠." 윈터가 다 안다는 듯이 말했다. "살인 사건의 증거물이거든요." 그는 두려움을 숨기고 창고 한가운데에 늘어진 밧줄로 다가갔다. 핏자국이나 머리카락은 전혀 보이지 않았지만 정교한 매듭에서 유난히 깨끗한 끄트러기가 튀어나와 있었다. "여긴 언제 잘렸죠?" 그가 급히 슬립에게 물었다.

"요즘은 기억이 예전 같지 않아." 그는 무심하게 대답했다. "잘 생각이 안 나네."

"사무실에 올라가서 딱 기다려요!" 윈터는 그에게 버럭 소리를 질렀지만 절박감에 목소리가 떨렸다. 상대방의 얼굴에 드러난 득의양양한 조소를 보니 그의 두려움을 감지한 것이 분명했다. "쓰레기통도 살펴보겠습니다."

"뒤쪽 골목으로 나가면 있을 거요. 맘껏 뒤져보쇼." 슬립은 이렇게 내뱉고 계단을 올라갔다.

밧줄을 노려보는 윈터의 안색이 좋지 않았다.

그와 챔버스는 이번 일에 전부를 걸었다.

"젠장." 챔버스에게는 좀 더 행운이 따라주기를 바랄 뿐이었다.

★

"이보세요, 형사님! …이보세요!" 우산을 쓴 로버트 코츠가 질벅대며 정원을 건너왔다. 챔버스는 녹초가 되었지만 1.5미터 깊이의 구덩이 바닥을 계속 파 내려갔다. 옆에 쌓은 진흙더미가 폭우에 쓸려내려 파는 것보다 더 빠른 속도로 구덩이가 메워지고 있었다. "대체 뭐 하시는 겁니까?"

"알폰스…, 코티야르의…, 실인 사건을…, 수사 중이죠." 챔버스는 헐떡이며 한 삽 가득 뜬 흙을 뒤로 던졌다.

"영장을 보여주시겠어요?" 그 말을 무시하고 챔버스는 계속 땅을 팠다. "형사님?"

"여기다 뭘 묻은 겁니까?" 챔버스가 비틀대다 흙벽에 기대며 물었다.

"거긴 어머니의 텃밭이었어요." 코츠가 웅크리고 앉아 눈높이를 맞추며 대답했다. 그의 검은 우산이 하늘을 가렸지만 비는 그치고 있었다. "형사님. 영장은…, 갖고…, 오셨냐고요?"

챔버스는 포기하고 삽을 땅에 던진 다음 고개를 치켜들고 코츠의 말똥말똥한 까만 눈을 마주 봤다.

"아니. 없어요."

"그렇다면." 코츠가 차분히 말했다. "당장 내 집에서 나가주세요. 오늘 안으로 내 변호사가 연락할 겁니다."

그가 일어서서 집으로 향하자 빗줄기는 다시 거칠어졌다.

챔버스는 서 있기조차 버거웠다. 발 주위로 물이 차오르고 있었다. 자신이 판 무덤 속에서 그의 경력이 끝장나는 얄궂은 순간이었다.

아무래도 망한 것 같았다.

10

북적대던 지하철 승강장에 어둠이 깔렸다.

제임스 '지미' 멧캐프는 지하철로 직접 여행을 한다기보다 남의 여행을 구경하는 기분이었다. 5분간 넋 놓고 지켜보던 여성이 일어서서 가버리자 퍼뜩 정신이 돌아왔다. 자기도 모르는 새 그녀를 보며 침을 질질 흘리고 있었지만 별로 개의치 않고 이런 작별의 매 순간을 즐겼다. 오랫동안, 어쩌면 영원히 마지막이 될지도 모를 즐거움이었다.

그는 웨스트민스터에서 휘적휘적 지하철을 내려 번잡한 거리로 나갔다. 눈부신 잿빛 하늘 아래에서 관심을 끌기 위해 서로 경쟁하는 차 소리, 목소리, 드릴 소리 때문에 그는 금방 감각 과부하 상태가 되었다. 지하철을 한참 타고 나온 터라 지상의 세상은 더욱 찬란했다. 그는 애써 정신을 추슬렀다.

"실례합니-"

한 청년이 유령처럼 쓱 지나갔다.

"실례합니다." 그는 또 한 번 시도했다.

"됐어요. 미안해요." 한 여자가 이렇게 말하며 돌아섰다.

수년간 유랑생활을 하며 소유물이라고는 등에 진 배낭의 3분의 2를 채운 물건이 전부인 처지가 되자 멧캐프는 이런 모욕적인 반응에도 이력이 났다.

"실례합니다." 그가 미소를 짓자 신문 가게에서 나오며 잔돈을 세던 남자가 화들짝 놀랐다. 머리 굴리는 소리가 들렸다. 그 남자는 손에 쥔 잔돈을 보다가 앞에 선 추저분한 인간으로 시선을 돌렸다. 빠져나갈 방법이 없다고 판단한 남자는 1파운드 주화를 뺀 나머지를 시큰둥하게 내밀었다. "괜찮아요. 어쨌든 고맙습니다." 멧캐프가 싱긋 웃었다. 그는 동전은 필요 없었다. "런던경찰청으로 가는 길 좀 알려주실래요?"

10분도 지나지 않아 그는 런던경찰청의 상징인 회전 간판의 그림자를 지나가다가 대번에 경비를 서고 있는 경찰들의 관심을 끌었다. 멧캐프는 구불구불한 길을 비틀비틀 걸어가 그들에게 꾸벅 인사를 한 다음 순식간에 팔을 격렬히 휘둘렀다. 그가 직접 만든 너클더스터(손가락 관절에 씌우는 금속 무기 – 옮긴이)에 뼈가 처참하게 부서진 경찰은 쓰러지기도 전에 의식을 잃었다.

건물 안으로 난입한 멧캐프는 누군가 반응할 새도 없이 보안 장벽을 뛰어넘었다. 그는 여러 사람을 쓰러뜨리며 로비를 가로질렀다. 사방에서 경찰이 다가왔다. 더러는 총기를 쳐들었지만 대부분 경찰봉을 휘두르며 다가왔다.

"그 자리에 서!" 무장 경찰 한 명이 소리쳤다. "움직이면 쏜다."

완전히 포위되었음을 인식한 노숙자는 동작을 멈추고 피 묻은 무기를 바닥에 떨어뜨렸다.

"좋아!" 멧캐프가 헐떡이며 말했다. "나를 잡아! 어서 잡으라고!" 그는 두 팔을 쳐들었다. 그의 왼손에 작은 비닐봉지가 들려 있었다.

"그게 뭐야?" 경찰이 조심스레 다가가며 물었다.

멧캐프는 여전히 숨을 몰아쉬고 있었다. "…증거야."

"무슨…?" 그가 투명한 봉지를 낚아채는 사이 다른 경찰은 멧캐프의 팔을 눌렀다.

"내가 저지른 범죄의 증거물." 노숙자는 손목에 수갑이 채워지자 빙그레 웃었다. "내가 아주 나쁜 짓을 했거든."

★

"…한나절 만에 민원이 두 건이나 들어왔어!" 헴이 호통을 치는 내내 챔버스와 윈터는 책상 맞은편에 숨죽이고 서 있었다. "코츠의 변호사가 이미 우리를 직권남용으로 고소했다고. 슬립은 가만히 있을 것 같아? 지금 내가 금요일 밤을 어떻게 보내고 있는지 알고 싶어? 상관이랑 법무팀을 만나 어떻게 하면 이 일이 신문사에 새 나가지 않게 단속할 수 있을지 궁리하고 있다고. 두 사건을…, 별개로…, 취급하라고 분명히 말했잖아!" 윈터가 손을 들었다. "뚫린 입이라고 '조각상' 같은 단어를 멋대로 지껄일 생각이라면, 당장 닫는 게 좋을 거야." 헴이 둘에게 경고했다.

윈터는 시키는 대로 했다.

"다른 사정이 있습니다." 챔버스가 입을 뗐다.

"다른 사정?" 헴이 코웃음을 쳤다. "부서진 동상을 고치는 게 직업인 남자가 돈을 받고 할 일을 했다는 사정이랑 스포츠 센터 회원 두 사람이 오며 가며 대화를 나눴다는 사정 말고?! '다른 사정'은 없어. 자넨…, 아무것도…, 못 찾았잖아!"

"다른 사정이 있다니까요." 챔버스가 반복하며 그를 자극했다. "아직 공식적으로 보고하지는 않았지만요. 그 아이가 살해된 장소에서 주삿바늘과 깨진 유리가 발견됐습니다. 우리가 볼 때-"

"자넨 틀렸어."

"아니-"

"자네가 틀렸다고 했잖아!" 헴이 고함을 치자 그들의 대화를 안 엿듣는 척하던 사무실 안의 모든 사람이 꿈쩍 놀랐다.

헴은 책상 위로 종이 뭉치를 던졌다.

"제임스 멧캐프라는 사람이 본인이 하이드 파크에서 헨리 존 돌런을 죽였다고 깨끗이 자백했어."

챔버스와 윈터는 의아한 표정을 지었다.

"25세. 노숙자. 주로 공원에서 시간을 보냈다는군. 기회를 엿보다가 범행을 저지른 거야."

"이걸 단순한 강도 사건이라고 보시는 겁니까?" 챔버스가 물었다. "그럴 리가 없잖아요."

"그래?" 헴이 서류를 다시 쥐고 훑어보기 시작했다. "마약을 파는 척하면서 피해자를 공원으로 유인했다고 여기 적혀 있어. 마약을 숨겨뒀다고 속여 제 발로 조각상 받침대에 오르게 했다는군. 목 뒤쪽에 주사기를 찔러 마비시킨 다음 지갑과 시계, 옷만 챙기고 죽도록 내버려 뒀다고 하고."

"하지만." 챔버스가 입을 열었다. "어떻게—"

"그 인간이 주사기를 증거로 가져왔다고!" 헴이 호통으로 그의 입을 막았다. "피해자의 피가 잔뜩 묻은 주사기에 약물이 남아 있었다니까. 사건 종결!"

챔버스의 표정이 일그러졌다.

"두 사건은 전혀 관련이 없어, 이 공명심에 환장한 멍청한 자식아." 헴은 이런 욕을 하며 쾌감을 느끼는 게 틀림없었다. "애당초 조각상 따위와는 아무 상관없었다고. 자넨 무기한 정직이야."

"정직이라고요?"

"들은 대로야." 헴은 윈터 쪽으로 눈을 돌렸다. "자네 처분은 그쪽 상관한테 맡기겠어. 이제 내 소관이 아니니까."

"알폰스와 니콜렛 코티야르는 어쩌고요?" 윈터가 물었다. 챔버스는 방금 들은 소식을 곱씹고 있었다.

"수사가 아직 진행 중이야. 이참에 방향을 바꿔 능력 있는 사람한테 넘겨줘야지."

"밧줄에서 발견된 피는요?"

"아이고, 미안해라." 헴이 비아냥거렸다. "자네가 초짜라는 걸 내가 깜빡 잊고 있었군. 그건 아무 의미가 없지. 두 얼간이가 불법적으로 손에 넣었으니 그게 어디서 난 증거인지 설명할 방법이 없잖아. 어쨌든 도르래는 깨끗하다며. 그럼 끝장이지 뭐! 둘 다 내 눈앞에서 썩 꺼져!"

아직도 어리둥절한 챔버스는 윈터를 따라 수사본부로 나갔다. 그들의 대화를 엿들은 동료들의 비열한 조소와 쑥덕거림은 못 들은 척했다.

루이스는 승강기 옆에서 그들을 기다리고 있다가 안으로 들어가는 챔버스의 등을 토닥였다.

챔비스는 멀뚱히 그를 보았다. "진짜 확실하다고 생각했는데요."

"그랬겠지." 그들 사이에서 승강기 문이 덜컹대며 닫히는 사이 루이스는 안됐다는 듯 씁쓸히 웃었다.

★

챔버스는 현관문이 쾅 닫히는 소리를 듣고 이브가 주방에 들어오기 전에 얼른 와인 한 잔을 따랐다. 그녀의 눈길은 조리대 위에서 지글거리는 팬, 식탁 한가운데서 깜빡이는 촛불, 그의 손에 들린 와인 잔, 붕대를 칭칭 감은 엄지, 챔버스가 얼굴에 장착한 어색한 미소로 차례차례 이동했다.

'정말 미안해' 한 조각, '우리 대체 왜 이럴까?' 두 조각에 '당신 얼굴 보니까 너무 기쁘다'를 고명으로 올리고, '당신을 위해 요리하다 엄지손가락을 심하게 데었지만 아픈데도 참고 이렇게 웃고 있어'를 조금 가미한 표정이었다.

그녀의 찡그린 얼굴이 슬슬 펴지더니 곧 화사한 미소로 바뀌었다.

해냈다.

"자기, 오늘 밤에 일하는 줄 알았는데." 그가 건넨 유리잔을 받아들며 이브가 말했다.

"사연이 좀 있지." 그가 이렇게 운을 떼고는 술을 몇 모금 천천히 음미했다.

"…뭐?"

"저녁 먹고 나서 얘기할게."

"아니. 지금 얘기해." 이브가 술잔을 옆에 내려놨다.

"알았어. 제발 화는 내지 말아줘. 내가 수사하던 사건 알지? 자기는 항상 나더러 직감에 따르라고 했잖아. 자신을 믿고 신념에 충실하라고."

"그런 말을 한 적은 없는데."

"음, 내가 의역을 좀 했어."

"나는 당신한테 직감만 따르지 말고, 어떻게든 직장에서 잘리지 않게 똑바로 처신하라고 했지. 자기 생각에만 충실하지 말라고 했고. 우린 돈 쓸 일이 많으니까. 신념 따윈 다 갖다 버리라고 했는데? 내 월급만으로는 생활비를 감당하기 어렵잖아?!"

"음."

"벤, 설마 해고당한 거야?"

"아니! 해고는 무슨!" 그가 호탕하게 웃자 이브는 아주 조금 안심했다. "…그냥 정직일 뿐이야."

"나 나갈래."

"뭐?"

"외출한다고. 당신 원래 오늘 저녁에 일할 거라고 했었잖아." 그녀가 침실로 성큼성큼 걸어가며 말했다. "직장 동료들 만나러 갈 거야."

"당신을 항상 못 잡아먹어서 안달이라는 그 재수 없는 동료들?"

챔버스의 면전에서 방문이 쾅 닫혔다. 뒤쫓아 갈 만큼 어리석지는 않았기에 그는 바닥에 주저앉았다.

"월요일 아침에 출근하자마자 납작 엎드릴게. 약속해." 그가 문틈으로 외쳤다. "나 망했어. 완전 망했다고. 난 그냥…, 사람이 또 죽어 나가기 전에 범인을 잡고 싶었을 뿐이야. 내가 뭔가 보여주려고, 다른 동료들보다 똑똑하다는 걸 증명하려고 설쳤다고 생각하지? 그런 거 아냐." 그는 즉흥적으로 내뱉은 독백을 잠시 곱씹으며 한숨을 쉬었다. "무고한 사람한테 나쁜 일이 생기는 걸 막을 수 있을 줄 알았어. 시도는 해봐야 했다고. 화나게 해서 미안하지만 그런 일을 한 건 안 미안해."

침실 문이 삐걱 열리더니 이브가 두 번째로 아끼는 원피스를 입고 방 밖으로 나왔다. 그녀는 슬며시 웃으며 그의 손을 잡았다.

"역시 당신답다."

"그래도 내가 헴한테 굽실거리길 바라는 거야?" 그가 희망을 품고 물었다.

"글쎄." 이브가 말했다. "어쨌든 이제 다 끝났다니 다행이야. 정말 끝난 거 맞지?"

"그냥…, 이건 말이 안 되는 징계야."

"지금은 좀 가만히 있어. 잘리지는 말아야 될 거 아냐. …나를 위해서도."

챔버스가 대답을 머뭇거렸다.

"벤! 끝났다고 말해!"

"끝났어. 끝났다고." 그는 항복했다.

"약속하지?"

"…약속해."

★

저녁 8시 15분, 챔버스가 버크벡 대학 앞에 차를 대는 순간 학생들 한 무리가 왁자지껄하게 지나갔다. 그러나 그들의 현란한 의상조차 챔버스의 주의를 끌지 못했다. 그는 밤늦도록 일하는 로버트 코츠가 언뜻언뜻 보이는 2층 창문에서 눈을 뗄 수 없었다.

추위에 떨면서 코츠가 과제를 채점하는 모습을 지켜봐도 얻을 건 없다고 판단한 챔버스는 시동을 걸고 차를 뺐다. 집으로 돌아가는 길에 슬립앤코 복원 센터에 들러야겠다고 생각했다. 히터를 조작하느라 고개를 숙이지 않고 마지막으로 한 번 더 2층을 흘끔거렸다면, 환한 창문을 통해 로버트 코츠의 심술궂은 얼굴을 보았을 것이다. 움직이는 차에 시선을 고정한 채 떠나는 챔버스를 지켜보는 말똥말똥한 눈을….

11

월요일

"여보세요. 나야." 챔버스는 어깨와 귀 사이에 수화기를 끼운 채 공중전화 투입구에 10펜스 동전을 하나 더 넣었다.

"뭐?"

"나야!"

"뭐라고?"

"벤이라고! …벤자민 챔버스. …당신이랑 한집에 사는 사람."

"벤? 연결 상태가 엉망이야. 당신 어디야?"

그는 유리를 통해 밖을 내다봤다가 아침부터 술을 처마시고 벽에 오줌을 갈기는 놈팡이를 목격하고 말았다.

"웨스트민스터." 거짓말이었다. "오른쪽에 국회의사당이 보이고 왼쪽에는…" 그는 왼쪽을 돌아봤다가 오만상을 찌푸렸다. 길고양이가 죽은 쥐를 먹고 있었다. "어, 주위 풍경이 상상되지? 당신한테 곧장 전화하고 싶었어. 징계가 취소되어 일터에 복귀하게 됐거든!"

"당신 이제 정직 아니야?"

"응. 당신이 내 모습을 봤어야 하는데. 침착하게 헴의 집무실에 난입해 문을 점잖게 쾅쾅 두드렸지. 앉으라길래 자리에 앉아서 면상에 대고 잘못했다고 싹싹 빌었어."

"잘했어."

"내일 1교대로 출근이야."

"나 이제 가봐야겠다. 그나저나 참 좋은 소식이다. 당신 인생이 다시 정상으로 돌아가는 건가?"

"응, 그럴 거야." 챔버스가 사랑한다고 말하려는 순간 그녀가 전화를 끊어버렸다.

"정상으로 돌아가. 정상으로 돌아가야지." 그는 혼잣말을 중얼대며 길을 건너 허름한 정육점으로 들어갔다.

챔버스가 들고 있는 자루 속에서 굵은 밧줄이 똬리를 튼 뱀 마냥 꿈틀거리자 계산대 뒤의 남자가 수상하다는 듯 그를 눈으로 훑었다.

"뭐 드릴까요?"

"최고급 돼지 피 1리터요."

★

윈터는 지각만큼은 절대 하고 싶지 않았다. 청바지와 점퍼 차림의 그는 억스브리지 로드에서 버스를 내린 다음 상가를 지나 셰퍼즈 부시 그린 경찰서로 달려갔다. 너무 허둥대느라 건물 밖에서 그를 기다리는 챔버스도 못 보고 지나쳤다.

"윈터!" 챔버스가 외쳤다.

"아. 안 돼요. 안 돼요. 안 돼요. 형사님이랑 얘기 안 할래요." 윈터가 그를 지나치며 말했다. "저를 그만큼 괴롭혔으면 됐잖아요?"

"정직은 면했을 텐데?"

"그렇긴 해요." 그가 인정했다. "투아웃이죠."

"자네 도움이 필요해."

윈터는 쓸쓸하게 웃고는 이글거리는 눈으로 챔버스를 노려봤다. "됐거든요."

"이러지 마. 뭔가 앞뒤가 안 맞는다는 건 우리 둘 다 알잖아. 이 두 사건은 서로 관련이 있다고."

"저는 아무것도 몰라요!" 윈터가 대꾸했다. 그 순간 이슬비가 내리기 시작했다. "범인이 자백했잖아요, 챔버스!"

"하지만 그 인간이 거짓말을 하고 있다는 걸 우리가 증명한다면? 우리가 내내 옳았다는 걸 증명하면 되잖아?"

윈터는 손목시계를 흘끗 보았다. "어떻게요?"

"우리가 그 둘을 도발하는 거야. 감정적으로 반응해 실수하도록 유도하는 거지."

"그런 상황이 왠지 참 익숙하게 느껴지네요." 그는 헙수룩한 동료를 위아래로 훑어보며 냉랭하게 말했다.

"난 준비됐어."

"구두에 피 묻었어요."

챔버스는 시선을 휙 떨어뜨렸을 뿐 해명하지 않았다.

"혼자서는 할 수 없으니까 그러지. 둘을 동시에 감시할 수는 없잖아."

"미안합니다." 윈터가 그를 외면했다.

"이봐, 자네도 그 사람들 만나봤잖아. 정신 나간 인간들이야. 우리가 자극하면 둘 중 하나는 발동이 걸릴 거야. 결국 본색을 드러낼 거라고. 우린 잠자코 기다리면 돼."

"정신 나간 소리 같네요."

"동의한다는 뜻인가?" 챔버스가 절박한 미소를 지으며 그에게 물었다.

윈터는 고개를 저었다.

"형사님을 도울 생각 없어요. 다시는 여기 오지 마세요. …잘

가요, 챔버스." 그는 돌아서서 가버렸다.

★

토비어스 슬립은 어둠 속에서 울리는 요란한 차량 경보음을 무시하고 서둘러 집 안으로 들어갔다. 흠뻑 젖은 밧줄을 바닥에 떨어뜨리자 그의 뒤로 구불구불한 피의 흔적이 남았다. 밧줄은 깔끔한 올가미 형태로 묶인 채 그의 승합차 후드에 놓여 있었다.

그만둘 때를 모르는 강력팀 형사가 일부러 남긴 메시지가 분명했다. 자꾸 이렇게 나댄다면 따끔한 맛을 좀 보여줘야 할 것이다.

슬립은 손을 앞치마에 닦으며 금속 계단을 올라 사무실로 들어갔다. 그는 깜박거리는 CCTV 모니터 앞에 앉았다. 해당 테이프 몇 분 분량을 되감은 다음 재생 버튼을 눌렀다. 그러자 화면 하단 모서리에 그의 승합차가 겨우 보였다. 특이사항 없이 30초가 지나갔지만 슬립은 뭔가를 기대하며 흑백 이미지를 자세히 들여다보고 있었다.

난데없이 승합차 앞의 콘크리트 바닥에 그림자가 드리우더니…, 묵직한 밧줄이 후드 위에 한 덩어리로 내려앉았다. 그의 카메라를 피하기 위해 굴다리 위에서 던진 모양이었다.

분노한 슬립은 괴성을 내지르며 책상을 주먹으로 내리쳤다. 흑백 영상이 영화의 엔딩 크레딧처럼 모니터 아래로 내려가고 있었다.

★

이브가 저녁 수업을 마치고 집에 도착했을 때 챔버스는 여전히 싱크대에서 손을 문지르고 있었다. 그녀는 묵직한 법률 서적을 내려놓으며 어리둥절한 표정을 지었다.

"설거지하는 거야?" 그녀가 물었다. 싱크대 밑에서는 식기세척기가 윙윙 돌아가고 있었다.

"응."

"자발적으로?"

"그래."

"…왜?"

"쓸모 있는 인간이 되려고."

"왜?"

"그냥." 그는 어깨를 으쓱하며 손톱 밑에 남은 피를 벅벅 문질렀다. "오늘은 외식할래?"

"피곤해."

"영화 볼래?"

"보다 잠들 거 같아."

"그럼 기분 풀 겸 산책이라도 하자." 그는 수도꼭지를 잠그고 행주에 손을 닦았다. "얼른. 축하하고 싶어서 그래."

"고작 해고 면했다고?"

"그뿐만이 아니야."

"그럼 뭐?"

챔버스가 다가가서 이브를 포옹했다.

"글쎄. 우리…, 당신…, 모든 게 축하할 만하잖아. 기분이 좋아. 전부 다 잘될 것 같아."

★

로버트 코츠는 혹독한 밤을 물리치는 가로등 밑을 지나갔다. 주

말 동안 그의 집 밖에 두 차례나 서 있던 은색 MG 마에스트로
가 없는지 확인한 다음 정원으로 들어갔다. 그런데 현관문 앞에
놓인 발 매트 한가운데에 봉투 하나가 단정히 놓여 있었다. 그는
쪼그리고 앉아 피로 쓴 듯한 짧은 쪽지를 펼쳤다.

너희의 죄가 주홍 같을지라도 눈처럼 희어질 것이다.

횅한 골목을 돌아보며 코츠는 눈으로 짙은 색 차들을 훑었다.
텅 빈 거리는 고요하고 싸늘했다. 나무가 내는 소리가 전부였다.
나뭇가지가 흔들리며 주홍빛 조각에 그림자를 드리우고 바람이
바스락대며 나뭇잎 사이를 지나갔다. 그는 쪽지를 조심스레 접어
다시 봉투에 넣고 현관문을 열었다.

12

화요일

근무 시작 후 아홉 시간에 가까워지자 챔버스의 열정은 시들해졌다. 예상되던 강설 대신 진눈깨비와 비가 가차 없이 쏟아지자 출동을 요구하는 전화는 줄었지만 현장 사이를 이동하는 시간은 네 배로 늘었다.

정신이 없었다. 아침에 사무실에서 한 시간을 보내면서 알폰스와 니콜렛 코티야르 사건 수사는 그만둬야 하나 고민했다. 그는 이미 살얼음판 위에 있었다. 드물게 발동한 자기 보호 본능이었지만, 수사가 어떻게 진행되고 있는지 하루 종일 촉각을 곤두세우느라 미칠 지경이었다. 오히려 직접 수사에 뛰어들지 않은 것이 후회되기 시작했다.

그는 교통체증 때문에 그레이트 포틀랜드 스트리트를 지나가기를 포기하고 차를 세웠다. 마침 반려동물 용품점 바로 맞은편이었다. 한 가지 생각이 번뜩 떠올라, 그는 악천후를 무릅쓰고 정체된 차량 사이를 지나 소박한 가게로 들어갔다.

"비가 억수같이 쏟아지네요!" 주인이 그를 맞았다.

챔버스는 정중하게 미소를 지으며 액세서리 코너로 향했다가 다양한 견종의 실루엣이 무늬처럼 찍힌 가죽 목줄 앞으로 다가갔다.

"도와드릴까요?" 주인이 물었다.

"아니요." 챔버스가 피식 웃으며 대답했다. "찾던 게 여기 있네

요."

★

2시간 30분 후 챔버스는 버크벡 대학 근처에 이르렀다.

근무 시간이 30분밖에 남지 않은 상황이라 더 이상 출동 연락을 받고 싶지 않았다. 저도 모르게 주말 저녁에 차를 댔던 위치로 돌아가 똑같은 2층 창문을 올려다봤다.

안경을 쓴 낯익은 얼굴이 거리를 내다봤다. 컴컴한 차 안에 있으면 코츠의 눈에 띌 리 없다고 확신하면서도 챔버스는 그가 창가에서 물러날 때까지 앉은 채로 몸을 납작 숙였다. 초조하게 시간을 확인하면서 라디오 채널을 이리저리 돌렸다. 폭풍 때문에 소리를 높여야 했다.

노래 세 곡을 듣고 나니 그와 함께 차 안에 갇혀 있던 얼마 안되는 열기조차 다 달아나고 없었다. 코츠의 사무실에는 계속 불이 밝혀져 있었지만 코츠의 모습은 한참 동안 보이지 않았다. 챔버스는 창문을 바라보며 코츠나 슬립이 어디에 있는지 언제든 정확히 알 수 있다는 데서 위안을 찾았다.

스피커에서 지직대는 잡음이 본 조비의 최신곡에 훼방을 놨다. 그는 계기판의 시계를 보고 한숨을 뱉었다.

"전 대원에 알린다. 전 대원에 알린다." 갑자기 무전 관리자의 목소리가 들렸다. "대영박물관에서 살인미수 사건 발생."

참 공교롭네. 그는 자신이 박물관 코앞에 있다는 사실을 의식하며 이렇게 생각했다.

"여기는 챔버스. 제게 배정해주시죠."

"알았어요. 신고자는 주사기를 든 남자에게 공격받고 다리에 감각을 잃었다고 합니다."

챔버스는 꼿꼿이 앉아 차에 시동을 걸었다. 와이퍼가 작동을 시작하고 전조등이 켜졌다.

"다른 전달 사항은 없습니까?" 그가 물었다.

"신고자는 그리스 조각품 전시장의 직원 사무실에 숨어 있습니다. …이제 배꼽 아래까지 아무 감각이 없다네요. 밖에서 가해자의 소리가 들려서 못 나가고 있답니다."

"잘 알겠습니다."

"지원팀 현장으로 이동 중."

"감사."

★

6킬로 떨어진 곳에서 윈터와 라일리는 무전으로 오가는 짧은 대화를 듣고 있었다. 윈터는 잡음이 사라진 후에도 조그만 검정 기계에서 눈을 떼지 못했다.

"꿈도 꾸지 마." 라일리가 경고했다. 처음으로, 그녀의 무뚝뚝한 말투에 그에 대한 진심 어린 걱정이 드러났다.

교대 시간이 15분밖에 남지 않았으므로 그들은 지금 돌아가도 시간을 넘길 터였고 챔버스를 도울 인력은 더 가까운 위치에 수십 명도 더 있을 터였다.

"윈터. …윈터!"

그는 라일리를 멍하니 돌아봤다.

"상관들이 더 이상은 봐주지 않을 거야. 나도 귀가 따갑도록 훈계를 들었어. 이쯤 해 두자."

그는 길 끝까지 차를 굴려 교차로에서 멈췄다. 왼쪽에는 집으로 가는 길이, 오른쪽에는 챔버스가 있는 곳이- 그의 경찰 경력이 끝장날지도 모를 곳이 보였다….

★

챔버스는 보행자 전용 광장 한가운데에 차를 팽개치고 웅장한 박물관을 떠받치는 기둥을 향해 계단을 올랐다. 피조물들의 솜씨를 칭찬하기 위해 찾아올 조물주를 맞이하기에도 손색이 없을 거대한 문을 지나, 그는 온갖 방향의 화살표가 가리키는 전시장 목록을 올려다봤다.

"그리스 조각품은 어느 쪽이죠?!" 그가 신분증을 내밀며 외쳤다. 안내데스크에 앉아 있던 여자가 그를 응시했다. "그리스 조각품 어딨냐고요?!" 그가 다시 물었다.

그녀는 로비 건너편을 가리켰다.

고요한 복도의 미로에 들어선 챔버스는 머리 위의 화살표를 따라가기 시작했다. 열린 석관, 용을 닮은 생물의 석상, 수염이 더부룩한 신의 거대한 머리 반쪽 등 초현실적인 이미지들이 휙휙 지나가면서도 그의 뇌리를 파고들었다. 마침내 그는 '기원전 400~325년 그리스와 리키아'라 표시된 전시장에 다다랐다.

챔버스는 경찰 태반이 비상수단으로 몸에 지니는 허접한 잭나이프를 꺼내 들고 조명이 은은하게 밝혀진 첫 전시장에 들어갔다. 신의 무리가 잠자는 거인처럼 그를 기다리고 있는 듯했다. 트인 공간에서 훤히 노출됐다는 생각에 불안해진 그는 허공에 놓인 다리처럼 전시장 전체를 가로지르는 가느다란 빛의 통로를 따라가 〈할리카르나소스의 묘〉 입구에 도달했다.

스포트라이트가 세월에 파괴되고 훼손된 조각상들에 기다란 그림자를 드리웠다. 벽과 비슷해 눈에 잘 띄지 않는 문을 발견한 그는 안으로 들어가 봤지만 안에는 청소용품뿐이었다. 문득 등 뒤에서 움직임을 감지한 그는 무기를 쳐들며 몸을 홱 돌렸다. 잠시 후 다음 전시장에서 후다닥 달아나는 발소리가 들렸다.

그 소리를 쫓아가다가 그는 또 다른 휑한 공간에 들어섰다. 열린 출입구에서 직사각형의 따뜻한 빛이 쏟아져 들어오고 있었다. 챔버스는 주위를 의식하며 문 쪽으로 천천히 나아갔다. 한 발짝씩 옮길 때마다 더 넓은 공간이 시야에 들어왔다. 문턱에 도달하니 사무실은 비어있고, 거치대를 벗어난 수화기에서 통화 종료음이 울리고 있었다.

바로 그때, 그를 향해 달려오는 발소리가 돌아왔다.

챔버스의 반응이 굼떴는지 목덜미에 날카로운 통증이 느껴졌다. 그는 앞으로 고꾸라지면서도 칼을 휘두르며 자신을 공격한 사람을 바닥에 쓰러뜨렸다. 엉성한 나무문이 다시 챔버스 쪽으로 닫혔지만 다시 그것을 힘껏 걷어찼다. 그를 공격한 사람은 잠금장치를 비틀어 열고 달아났다. 챔버스는 온 힘을 다해 문을 닫으려고 했지만 소용없었다.

갑자기 사방이 고요해졌다.

챔버스는 목에 손을 갖다 댔다. 손가락이 피로 축축해졌다. 애써 평정심을 유지하면서 그는 훈련받은 대로 다친 부위를 꽉 눌렀다. 찔린 상처에서 나온 뜨끈한 핏방울이 손등을 타고 흘러내렸다. 손가락과 발가락의 저릿한 감각은 무시하고, 바닥에 떨어진 칼을 집은 다음 문을 당겼다. 그를 공격한 사람은 흔적도 보이지 않았지만 근처 어딘가에서 경보음이 울렸다.

술 취한 듯 몽롱한 상태로 비상구를 통해 소리가 나는 골목으로 달려 나갔다. 차 한 대에 시동이 걸리면서 그에게 눈부신 빛을 쏘았다. 진눈깨비가 주위 공기를 왜곡하는 사이 포드 트랜싯은 사납게 역주행을 시작했다. 챔버스는 박물관 정면 쪽으로 차를 쫓아갔다. 시야에 살짝 지연이 생기자 마치 꿈결 속을 움직이는 기분이었다. 손가락의 저릿한 감각은 손바닥으로 퍼졌다. 짙은 주황색 승합차는 후진하다가 연석에 부딪치더니 차에 타는 챔버스를 향해 속도를 냈다. 무전기를 허겁지겁 더듬으며 그는 시동을 걸고 추격을 시작했다.

"상황실? …상황실 응답 요망!"

"수신 중."

"여기는 챔버스. 블룸스베리 플레이스에서 동쪽으로 향하는 주황색 승합차를 추적 중인데…." 그의 말이 어눌해졌다.

"다시 말해주세요. 어느 거리라고요?"

"블룸…리 플이스."

"챔버스 형사님, 무슨 말씀인지 못 알아듣겠어요. 위치가 어딘지 알려주세요."

승합차는 빨간 신호등을 무시하고 속도를 높여 쌩 지나갔다. 챔버스도 뒤따라 가속 페달을 밟았다. 왼팔이 옆구리에 축 늘어졌다. 환한 불빛이 차창을 홱 지나가는 순간 엔진이 기어를 바꾸라고 비명을 질렀지만 그는 계속 속도를 높였다. 80킬로…, 90킬로….

킴튼 피츠로이 호텔을 지날 때 챔버스는 운전대에 얼굴을 부딪치며 질주하던 승합차와 나란히 멈췄지만 운전석에 앉은 사람을 알아볼 수는 없었다. 그는 목에서 감각이 사라진다고 느끼면서 마지막 발악을 하듯 핸들을 꽉 쥐었다.

그의 차는 승합차의 후미에 충돌했다. 승합차는 빙글빙글 돌기 시작하고 챔버스의 차는 교차로에 부딪치며 뒤집혔다. 데굴데굴 구르며 금속과 유리 파편을 공중에 튀기다가 마침내 옆으로 쓰러진 상태로 멈추었다.

챔버스는 의식을 되찾았다. 그는 완전히 찌그러진 채 위태롭게 덜컹대는 차에서 튕겨 나와 길바닥에 엎어져 있었다. 몸은 전혀 움직여지지 않았고 말도 나오지 않았다. 부서진 승합차가 후진으로 다가오는데도 보고만 있어야 했다.

그는 소리를 지르려 했지만 미약한 신음소리만 간신히 새어 나올 뿐이었다. 부츠를 신은 발이 시야에 들어오더니 승합차 뒤에서 뭔가를 꺼내 성큼성큼 다가왔다. 챔버스는 소리쳐 애원하고 싶었다. 좌절의 눈물을 줄줄 흘리고 있을 때 그의 옆에 녹슨 톱이 놓였다. 챔버스는 자신을 굽어보는 형체를 감지했다. 그 그림자가 무릎을 꿇고 장갑 낀 손으로 톱을 집어 들자 공포감과 무력감에 휩싸였다.

아무런 고통도 느낄 수 없었지만, 챔버스는 그림자가 자신의 머리를 들어 올릴 때 머리카락이 두피에서 당기는 감각과 목덜미에 톱니가 눌리는 감각을 느꼈다….

그때, 요란한 엔진 소리에 뒤이어 순찰차가 모퉁이를 돌아 미끄러지는 소리가 들렸다. 파란 불빛이 깜박이면서 그의 밑에 깔린 유리 파편들이 반짝거렸다. 경고 사이렌이 울리자 그림자는 챔버스의 머리를 바닥에 내려놓고 승합차 쪽으로 내달렸다.

★

"후방이 파손된 주황색 승합차, 현재 버나드 스트리트에 진입!" 윈터가 무전기에 대고 외치는 사이 라일리가 차문을 벌컥 열고 차에서 내려 용의자가 탄 차량을 뒤쫓아 갔다.

"킴튼 피츠로이 앞에 구급차 대기 요망. 지금 당장!" 윈터도 차에서 내리며 덧붙였다. 눈앞에 펼쳐진 파괴의 현장을 납득하기까지 얼마간 시간이 걸렸다. 부서진 차의 잔해가 도로 곳곳에 흩어져 있었고, 아직 작동 중인 전조등 하나가 난장판이 된 도로를 비추고 있었다.

그는 입을 떡 벌렸다. 커다란 뱀 한 마리가 초록 눈을 번쩍이며 스르르 다가오고 있었다.

"경찰이다! 꼼짝 마라!" 라일리가 외쳤다.

윈터는 초현실적인 광경에서 억지로 주의를 돌리며 챔버스에게 달려갔다. 얼핏 보고는 죽었다고밖에 생각할 수 없었다. 목을 가로지르는 무시무시한 상처 틈으로 허연 뼈가 드러났고 피부가 벗겨진 오른쪽 다리는 휘청대는 차에 깔려 뭉개졌다. 숨이 턱 막혀 왔다.

"멈춰!"

속도를 높이는 주황색 승합차를 향해 라일리가 쫓아가며 소리쳤다. 용의자가 탄 차량은 뒷문이 덜렁덜렁 열린 채 끽끽거리는 소리를 내며 도로를 미끄러졌다.

챔버스 옆에 무릎을 꿇은 윈터는 희미한 맥박을 확인하고 안도했다. 차가 도로 위에 쏟아낸 휘발유 냄새가 코를 찔렀다. 재빨리 허리띠를 풀어 임시 지혈대를 만들다가 그는 멀리서 다가오는 불빛을 보았다. 후진하던 승합차가 브레이크를 밟더니, 방향을 틀어 다시 그들을 향해 속도를 높였다.

"형사님, 저 윈터예요." 그는 중상을 입은 동료에게 말을 걸었다. "괜찮으실 거예요." 그는 곁눈으로 그들을 향해 돌진하는 차량을 살피며 말했다.

길에서 뽑힌 차량 진입 방지 말뚝이 점점 고이기 시작하는 휘발유 웅덩이에 불똥을 튀겼다. 가죽 허리띠를 힘껏 당겼지만 그래 봤자 출혈이 조금 늦춰질 뿐이었다.

승합차의 엔진이 으르렁대며 가속되었다.

"어서 비켜!" 라일리가 순찰차 쪽으로 달려가며 소리쳤다.

윈터는 챔버스를 들어 올리려 했지만 꿈쩍하지 않았다. 그의 발이 뒤집힌 차 밑에 단단히 끼어 있었다. 다시 시도하려는 순간 시커멓게 고인 휘발유에 불꽃 하나가 떨어지더니 도로가 순식간에 활활 타기 시작했다. 승합차는 이미 몇 백 미터 앞까지 다가와 있었다.

"놔두고 달아나, 윈터!" 그의 파트너가 외쳤다. "그냥 두고 피하라고!"

윈터는 챔버스의 남은 다리를 꽉 붙잡고 비틀면서 잡아당겼다. 발은 마침내 풀려났다. 윈터가 거동을 못하는 챔버스의 손을 잡고 차 밑에서 끌어내자마자, 부서진 연료 탱크에 불이 붙었다.

일순, 폭발 때문에 모두의 눈이 멀었다. 윈터는 눈을 비비다가, 이제는 경로를 이탈해 순찰차 쪽으로 질주하고 있는 주황색 승합차를 발견하고 공포에 질렸다.

"라일리!" 윈터가 비명을 질렀다.

라일리는 영문도 모른 채 봉제 인형처럼 바퀴 밑으로 고꾸라지고, 그녀를 쓰러뜨린 승합차는 어둠 속으로 쌩하니 사라졌다.

"라일리?!"

윈터는 활활 타는 불을 배경으로 움직임이 없이 무너져 있는 라일리를 보며 외쳤다. 그녀를 향해 한 발짝 다가가다가 그는 자신이 챔버스의 다리에서 펑펑 쏟아진 피 웅덩이 안에 서 있다는 사실을 깨달았다.

충격에 빠진 윈터는 털썩 무릎을 꿇고 지혈대를 다시 조였다. 동맥 위로 자신의 온 체중을 실어 챔버스의 출혈을 막았지만, 쓰러진 라일리가 그를 향해 손을 뻗자 난감한 선택을 해야 했다. 그는 움직일 수 없었다. 그녀에게 다가갈 수 없었다.

"도와줄 사람들이 곧 도착해!" 빠른 속도로 다가오는 경광등을 보고 그가 필사적으로 외쳤다. "나 여기 있어, 라일리! 조금만 기다려! 30초만, 정말이야! 제발 기다려줘!"

그녀의 손이 콘크리트 바닥에 털썩 떨어졌다.

"라일리?" 그가 고함쳤다. "라일리!"

사이렌의 합창이 밤하늘을 가득 채웠다. 윈터는 주저앉으면서 길가 상점 불빛 속에서 흩날리는 진눈깨비를 보았다. 이토록 끔찍한 사건이 일어난 순간치고는 너무나 평온한 분위기였다. 60초 전에 목격한 새까만 뱀도 이제는 보이지 않았다. 그것이 진짜였는지, 조금 전에 생긴 일 중에 진짜가 있었는지 헷갈렸다. 정신을 차려야 한다고 생각하면서도 윈터는 눈을 감았다.

13

7년 후…

1996년 11월 15일 금요일

그녀는 무엇이 자신을 깨웠는지 헷갈렸다. 얼룩진 커튼을 통과하면서 얼룩덜룩해진 햇살인지, 노출된 어깨에 와 닿은 11월의 냉기인지, 거리에서 차 문이 닫히는 소리인지.

그녀는 비리비리한 친구 겸 마약 거래상 겸 가벼운 섹스 파트너 밑에 깔린 팔을 빼내 찢어진 매트리스에서 일어나 앉았다. 침대 시트가 마치 예술작품을 공개하듯 조금씩 벌어지고 있었다. 복잡한 문신이 그녀의 닭살 돋은 양팔을 따라 손까지 이어지고 등과 가슴을 완전히 뒤덮고 있었다. 쓰고 던진 주삿바늘을 밟지 않도록 조심하며 그녀는 편안히 하룻밤을 보낼 수 있었음에 감사했다. 일어서서 옷을 걸치고 있는데 아래층에서 현관문이 벌컥 열리는 소리가 들렸다.

"경칠이다!"

"엎드려! 어서 엎드려!"

묵직한 발자국들이 요란하게 층계를 오르는 사이, 그녀는 의식 불명인 지인을 버려두고 방을 휙 둘러본 다음, 머리에 쓴 점퍼의 끈을 당기며 복도로 나갔다.

"경찰이다! 무릎을 꿇어라!"

경찰들은 그녀의 친구 그렉의 방으로 들어갔다. 마약, 모조품, 출처가 미심쩍은 고급 자전거 부품을 쌓아두는 보물창고였다.

문간에 놓아둔 자신의 배낭과 부츠를 발견하고 욕을 중얼거리며 그것들을 가지러 살며시 다가가려는 순간, 여러 명의 경찰이 층계를 쿵쿵 오르는 소리가 들려 복도로 다시 들어갔다.

그녀는 옆방으로 후다닥 달려가 문을 닫고 경찰들이 지나갈 때까지 기다렸다.

"무슨…, 무슨 일이야?" 너덜너덜한 소파에 누워 있는 줄도 몰랐던 한 소녀가 그녀에게 물었다. 소녀는 마스카라로 얼룩진 눈 위로 머리카락을 늘어뜨리고, 한쪽 팔에 여전히 바늘을 꽂고 있었다.

"쉿!" 그녀가 소곤거렸다. "아무것도 아냐. 잠이나 자."

소녀는 시키는 대로 다시 누워 머리 위로 이불을 당겼다.

하지만 그녀는 죄책감을 조금도 느끼지 않았다. 학교 동창에 비쩍 마른 애인까지 달고 무사히 빠져나갈 재간은 없었다. 기회를 잡은 그녀는 다시 살금살금 복도로 나가 층계를 내려가기 시작했다. 경찰 네 명이 집에 더 들어와 아래층 복도를 메우고 출구를 막는 것을 보고 잠시 긴장했지만, 선택의 여지가 없다는 생각에 방금 나온 방으로 서둘러 돌아갔다. 그 순간 소동이 벌어졌다. 마약만큼이나 어리석은 결정에 중독된 그렉이 경찰에 맞서 싸우기로 결심한 모양이었다.

그녀는 살며시 문을 닫고 성에 낀 창문 쪽으로 달려가면서 잠에 취해 까딱거리는 소녀의 머리를 다시 베개 위로 밀었다. 창문의 윗부분만 열고, 좁은 틈새로 배낭을 먼저 밀어낸 다음 부츠를 한 짝씩 떨어뜨렸다. 창틀로 기어 올라갔다가 비상계단으로 뛰어내리면서 피부가 긁혀 허연 자국이 여러 개 생겼다.

런던은 평소처럼 잿빛이었다. 그녀는 부츠를 신고 어깨에 배낭을 걸친 채 골목으로 내려가기 시작했다. 어깨에 걸터앉은 악마의 꾐에 빠진 듯 그녀는 마지막 계단 열 칸을 생략하고 경찰차 후드 위로 뛰어내렸다. 뜻밖에도 차에는 사람이 타고 있었다. 무전기를 든 채 운전석에 앉아 있던 젊은 경찰관이 그녀를 올려다봤다.

"아, 젠장." 그녀는 차에서 뛰어 내려 맞은편 골목길로 질주했다.

마침내 팔리어먼트 스트리트에서 직장인의 행렬에 합류할 수 있었다. 정장 차림의 사람들 사이에서 자신이 너무 눈에 띤다는 생각에, 단발머리를 묶고 노점에 진열된 플라스틱 선글라스를 슬쩍했다.

전방 교차로에 멈춰서는 경찰차를 발견한 그녀는 태연하게 그쪽으로 걸어갔다. 곁눈질로 보니 그 차는 다시 도로로 진입하고 있었다. 다섯 발짝쯤 더 걸어가자 왱왱 울리는 사이렌 소리가 들렸다.

그녀는 직장인 한 명을 밀치고 거리를 질주하기 시작했다. 귀가 찢어지는 자동차 경적 소리를 들으며 레드 라이언 술집에 들어갔다가 뒤편으로 나와 더비 게이트 스트리트에 진입했다. 그녀가 가까운 건물의 뒷문으로 서둘러 이동하는 사이 사이렌 소리는 점점 커졌다. 순찰차가 그녀를 쫓아 모퉁이를 돌고 있었다.

"어서. 어서. 어서." 줄을 서 있던 그녀가 한자리 앞으로 이동하며 중얼거렸다.

입구를 지키는 남자에게 신분증을 건네며 그녀는 적절한 타이밍에 런던경찰청 출입문으로 들어섰다. 추적을 포기하고 돌아서는 경찰차를 보며 그녀는 회심의 미소를 지었다.

그녀는 내려야 할 곳보다 두 층 높은 곳에서 엘리베이터를 내려 계단을 통해 걸어 내려갔다. 아침마다 치르는 이 의식은 강력팀의 유리문을 슬쩍 들여다보기 위함이었다. 최근의 채용 동결과 간만에 생긴 마약 수사팀 내의 승진 인사 기회를 틈타 임시로 원치 않는 부서에 합류하긴 했지만, 짧은 경찰 생활 중에 배운 점이 있다면 위쪽보다는 옆쪽으로 이동하기가 항상 더 쉽다는 것이었다.

층계를 벗어난 그녀는 매무새를 조금 수습하러 화장실로 향했다. 꽉 막힐 대로 꽉 막힌 그녀의 훈련 담당자 데니스 트라우트와 마주치기 전에 얼굴을 씻고 코와 입술의 피어싱을 뺄 생각이었다. 보나 마나 그는 일찌감치 책상 앞에 앉아 업무에 열정을 불사르고 있을 터였다.

"깜짝이야. 웬일이에요, 마셜."

반대편 의자에 털썩 앉는 그녀를 보고 데니스가 소리쳤다. 쉰을 훌쩍 넘긴 그는 천성이 친절하고 온화하고 지루한 사람이었다. 데니스는 흡연을 하지 않았다. 음주도 하지 않았다. 모형 비행기를 좋아했다. 기침약도 물을 타서 먹을 것 같은 그가 마약 수사팀에서 어떻게 살아남았는지는 불가사의였다.

"한 시간이나 일찍 출근했네요!" 그는 속이 다 비치는 그녀의 점퍼와 찢어진 청바지를 못마땅한 눈빛으로 흘끔거렸다. "음, 마셜."

"네, 알아요, 안다고요." 그녀가 얼른 화제를 돌렸다. "오늘 아침에 제가 모르는 현장 급습이 있었나요? 들어오는 길에 본 것 같아서요."

데니스는 컴퓨터를 클릭하다가 눈살을 찌푸리며 사무실을 둘러봤다. "우리 쪽 일은 아니었어요." 그가 어깨를 으쓱했다.

"놓친 게 없다니 다행이네요." 그녀가 싱긋 웃었다. "커피 드실래요?"

"좋죠. 하지만 우선…, 내가 이런 말 할 입장은 아니지만…."

"말씀하세요."

"음…, 그렇게 많은 줄은 몰랐네요."

"문신 말씀이세요?"

"그래요."

마셜은 논점이 나오기를 기다렸다.

"한때 온몸에 '잉크' 칠갑을 했던 사람 입장에서 당신한테 피가 되고 살이 되는 조언을 해주고 싶네요."

"그런 말씀이라면 너무 좋죠." 마셜이 빈정거렸다.

"더 이상은 하지 말아요."

"와."

"내 말 오해 말아요. 지금이야 보기도 좋고 당신이 추구하는 분노의 바이커 이미지에도 맞겠죠. 하지만 세월이 흐르면 색이 바래면서 시퍼렇게 변하기 마련이에요. 당신이 내 나이가 되면 마치…."

"…마치…?" 적절한 단어를 궁리하는 그를 마셜이 재촉했다.

"…스머프 꼴이 될 거예요."

마셜은 웃음을 터트리며 일어서서 데니스의 어깨를 다정하게 쥐었다.

"명심할게요. 그럼 이제 커피나 한 잔 할까요?"

★

오후 7시 15분, 챔버스는 진입로를 올라 현관문으로 다가갔다.

그와 집 사이에 서 있는 공사용 비계는 귀가할 때마다 유치장에 얽힌 달갑지 않은 기억과 업무 스트레스를 상기시켰다. 콧물감기 때문에 자꾸 눈물이 찔끔찔끔 나고 코는 시뻘게진 상태로 그는 45분이나 늦게 집에 도착했다. 집 안 분위기가 구제할 수 없이 냉랭해지기에 충분한 시간이었다. 구두를 벗으며 그는 전쟁터의 동태를 살폈다. 이브는 주방에서 뼈 빠지게 일하고 있었고 싱크대에는 반쯤 마신 와인 한 병이 놓여 있었으며, 그의 어머니는 식탁에 앉아 아무 도움 안 되는 소리를 쏟아내고 있었다.

"우릴 다 죽일 참이냐. 그걸 또 데우게?"

"그리 되면 소원이 없겠네." 이브가 이렇게 혼잣말을 하고 나서 대답했다. "데우는 거 아니에요. 아직 끓이는 거죠. 그건 다르잖아요."

챔버스의 어머니가 코웃음을 쳤다. "네 고향에서나 그렇겠지."

"다녀왔습니다." 그가 적절한 순간에 끼어들었다. "늦어서 미안해." 챔버스가 이브를 도우러 달려가자 그녀는 그에게 형식적으로 입을 맞췄다.

"직장에서 무슨 일이 있었어?" 그녀가 물었다.

"일이야 항상 있지." 두 사람이 입을 맞춰 동시에 말했다.

그러자 노부인의 표정이 우그러졌다.

마침내 모두 밥상 앞에 앉자, 챔버스는 안도의 한숨을 내쉬며 오른쪽 무릎을 문질렀다. 이브는 걱정스레 그를 지켜봤다.

"당신 너무 무리했어. 하루 종일 서 있을 수 없다고 사람들한테 얘기했어야지."

"난 괜찮아. 남들한테 뭐 하러 내 약점을 떠벌리고 다니겠어?"

"누가 약점을 떠벌리래? 다리 얘기를 하라는 거지!"

"남들한테 알리고 싶지 않다니까!" 챔버스가 슬픈 표정을 지으며 이브의 손을 잡자 그의 어머니는 당장 달려들어 둘을 떼어 놓을 것 같은 표정을 지었다. "당신과의 약속을 딱 한 번 어긴 순간이 자꾸만 떠올라서 그래. 난 그게 싫단 말이야."

이브가 그의 손을 꽉 쥐었다.

아무렇지도 않은 척하는 것이 최선이라고 판단한 챔버스는 이브의 손을 놓고 식기를 집어 들며 억지로 웃었다.

"엄청 맛있어 보인다. 어서 먹을까?"

★

13시간이 흐르고 교대 시간이 무탈하게 끝난 후 마셜은 조그만 원룸으로 돌아갔다. 콘크리트 발코니에서 내다보이는 강 조망이 이 집의 유일한 장점이었다. 가방을 소파에 내던지고 그녀는 밤마다 하는 의식을 시작했다. 전자레인지에 1인분 간편식을 넣고 담배에 불을 붙인 다음 발코니로 나가 물 위에 비친 도시의 조명을 응시하는 것이었다.

밍밍한 라자냐를 입에 다 밀어 넣고 맥주 한 병을 따서 서류보관함 옆 바닥에 앉았다. 내용물은 이미 카펫 위에 흩어져 있었다. 그녀는 노숙자 제임스 '지미' 멧캐프가 서명한 자백서 사본을 집어 들었다. 그는 공원에서 헨리 존 돌런을 살해했음을 인정했다. 그 결과 종신형을 선고받고 7년 넘게 복역하는 중이었다.

전화선의 길이가 허락하는 한 전화기를 최대로 잡아당겨 페이지 하단에 적힌 벨마시 교도소의 번호를 눌렀다. 그녀는 작업 중인 스케치의 일부에 대충 음영을 넣으며 누군가가 전화를 받기를 기다렸다.

"여보세요. 수습 형사 마- …네, 또 저예요. 그래서 물어보셨어요? …네, …농담이시죠?! 죄송합니다. 그러니까, 잘됐네요! 내일은 어떨까요? …나중에 뵐게요."

수화기를 거치대에 놓고 그녀는 서류가 쫙 깔린 바닥을 내려다봤다. 알폰스와 니콜렛 코티야르의 미해결 사건 파일, 판큐로늄 브로마이드의 효과를 설명하는 페이지의 모서리가 접힌 약리학 백과사전, 벤자민 챔버스 경사 습격에 대한 보고서. 반납이 연체된 미술사 서적 세 권 중 하나는 두 페이지에 걸친《지옥의 문》이 펼쳐져 있었다. 고통과 번뇌를 아름답게 묘사한 로댕의 작품 위로 그녀는 맥주병을 쳐들었다. 고통과 번뇌는 그녀가 갈망하는 찰나의 쾌락이 지닌 가장 어두운 면모이기도 했다.

마셜은 술을 벌컥벌컥 마시며 미소를 지었다.

마침내 방향을 제대로 잡은 것 같았다.

14

토요일

"전 대원에게 전한다. 연갈색 머리의 건장한 백인 남성을 찾고 있다. 호남형에⋯."

"누가 내 얘기를 하나." 윈터가 주위를 두리번거리며 무전기에 대고 대답했다.

잡음이 지직거렸다.

"네, '연갈색 머리가 줄고 있는 뚱뚱한 백인 남성'으로 바꾼다면요. 더구나 이 남자는 늙지 않았어요."

윈터는 당황한 표정이었다. "늙었다고요? 내가?"

침묵이 흘렀다.

"⋯왜 말이 없어요?"

그때 날카로운 경고음이 울렸다. 그와 동시에 윈터가 슈퍼마켓 문밖으로 뛰어나갔다. "도둑이야!"

윈터는 풀럼 하이 스트리트로 내달렸다. 형광등에 익숙해진 눈이 햇빛에 적응하기까지 잠시 시간이 걸렸다. 아고스 슈퍼마켓의 깨진 창문을 통과하는 운동복 차림의 용의자를 뒤쫓아 공원으로 들어갔다.

"이봐!" 윈터가 병자처럼 콜록거렸다. 이미 심하게 숨이 차고 기력이 바닥났다. 그는 벤치를 뛰어넘으려다가 생각을 바꾸고, 낡은 자전거를 타고 가는 늙은 신사 쪽으로 직행했다. "어르신, 제가 차량을 좀 징발하겠습니다."

"내 마누라가 사준 자전거요."

"새로 바꾸시는 게 어떨까요?"

"마누라를?" 노인은 그 아이디어가 마음에 드는 모양이었다.

"자전거 말입니다."

"아. …그러면 싫소."

"알겠습니다. 그럼 다시 갖다 드릴게요. 약속드리지요."

노인은 마지못해 윈터가 자전거에 올라타는 것을 허락했다. 윈터는 불안하게 비틀대다가 지칠 줄도 모르는 범죄자를 뒤쫓아 페달을 밟았다.

속도를 높여 불과 몇 미터 뒤로 따라붙었을 때 남자가 출입문을 열고 운동장으로 들어갔다.

"멈춰!" 윈터가 헐떡이며 외쳤다. 이제는 속이 매스꺼웠다. "멈추라고, 이 자식아!"

하지만 그가 말을 듣지 않자, 윈터는 속도를 더 높이려고 안장에서 일어선 채 페달을 밟았다. 그는 핸들을 도망자의 등 쪽으로 틀어 전속력으로 돌진했다.

그는 눈을 질끈 감고…, 용의자와 강하게 충돌했다. 둘은 바퀴와 팔다리가 뒤엉킨 채 도로 한복판에 쓰러졌다. 윈터는 용의자의 가슴 위로 팔을 툭 떨어뜨렸다.

"다국적기업 세인즈버리 슈퍼마켓 경비로서 당신에게 고한다. 이대로는 못 가."

"알았어요, 알았어. 당신이 이겼어요." 시시각각 차량이 늘어나는 사이 남자는 재킷의 지퍼를 열고 아이언브루 음료 캔과《쥐라기 공원》비디오테이프를 꺼내 놨다.

"그래도 당신을 연행해야 돼." 윈터가 바퀴살 틈에서 힘겹게 다리를 빼내며 말했다.

"그래야겠죠."

"…그런데, 당신이 날 업어줘야 할 것 같아."

체포된 용의자의 도움을 받아 윈터는 당당히 슈퍼마켓으로 돌아갔다. 경보음이 그의 승리를 알리는 나팔 소리처럼 들렸다. 여드름투성이 10대 소년인 그의 상사 댄은 되찾은 상품을 넘겨받으면서도 시큰둥해 보였다.

"맛대가리 없는 탄산음료 한 캔이랑 '6천 5백만 년 동안 계속된 모험'이에요." 윈터가 비디오테이프 앞면의 홍보 문구를 읽으며 말했다. "감사 인사는 접어둬요."

"한 시간이나 자리를 비워도 되는 거예요?" 윈터는 그 반응에 조금 당황했다. "당신이 경찰놀이 하러 나간 사이 경보음이 최소 다섯 번은 울렸다고요."

"이 사람이 어떤 할아버지의 자전거도 박살냈어요." 형세가 자신에게 유리하게 돌아간다고 판단한 좀도둑이 어눌하게 덧붙였다.

"참 고맙네." 윈터가 비꼬았다.

남자는 슬며시 웃었다.

"그냥 보내줘요." 댄이 말했다.

"뭐라고요?!"

"물건은 되찾았잖아요. 내가 아는 사람이기도 하고요. 저 사람 할머니가 우리 집 근처에 살아요. 맞죠, 마커스?"

"아, 네." 윈터를 부축하고 있던 남자가 대답했다.

"그래도-"

"이건 명령이에요." 댄이 말했다. 윈터는 한 번에 손가락 하나씩 청년을 잡고 있던 손을 뗐다. 청년은 마치 고급 정장이나 되는 듯 입고 있던 트레이닝복의 매무새를 다듬더니 벙벙한 표정으로 슬금슬금 달아났다.

"내가 어떻게 관리자가 됐는지 알아요? 사람들의 마음을 읽는 능력이 있어서예요. 저 친구 다시는 훔치지 않을 거예요."

댄은 방금 서식지로 풀려난 야생동물 마냥 통로를 어슬렁대는 윈터의 포로를 보며 다 안다는 듯이 단언했다.

"저 자식 또 비디오 코너로 직행하는데요." 윈터가 지적했다.

"마지막 경고예요. 알겠어요?"

"네, 알겠어요."

다시 경보가 울리고, 도둑 마커스는 자취를 감췄다.

윈터는 댄을 돌아보며 분을 참느라 혀를 깨물어야 했다.

"음."

10대 소년은 본인한테 아무 잘못 없다는 듯이 나왔다.

"그러면 뒤쫓아 가보든지요." 댄이 윈터에게 말했다.

윈터는 피 냄새를 맡은 사냥개가 된 기분이었다.

"이 좀도둑놈! 게 섰거라!" 그는 절뚝절뚝 열린 문을 나가며 혼잣말을 했다. "이 짓을 하기엔 너무 늙었어."

★

마셜이 한참이나 허공을 응시하고 있을 때 금속 문이 요란하게 덜컹거렸다. 한 교도관이 어딘지 낯이 익은 남자를 면회소로 데려왔다. 그는 체포 서류에 첨부된 머그샷에 비해 훨씬 건강해 보였다. 키와 체격은 보통이었고 수염을 깔끔하게 깎았으며 제멋대로 자란 긴 머리는 귀 바로 위까지 손질된 상태였다. 남색 죄수복마저 맞춤복처럼 딱 맞았다.

"제임스 멧캐프 씨?" 그녀는 미소를 지으며 일어서서 손을 내밀었다. "수습 경찰 조던 마셜입니다." 그녀는 '형사'라는 호칭은 빼는 게 최선이라 여겼다.

"지미라고 부르세요." 남자가 대답했다. "이것 좀…." 그가 수갑 찬 두 손을 들어 보였다.

"좀 풀어주시겠어요?" 그녀의 요구에 교도관은 난감한 표정을 지었다. "괜찮아요. 교도소장님 허락을 얻었으니까요. 벗겨주세요."

남자는 요구에 따랐다.

"고마워요, 프랭크." 지미가 유쾌하게 말했다.

"옆에 있어 드릴까요?" 교도관이 마셜에게 물었다.

"아니. 감사합니다. 괜찮을 거예요."

"얌전하게 굴어야 돼, 지미." 교도관이 미소를 지었다. "토트넘 핫스퍼 경기 잊지 말고."

"그래, 알았어요." 젊은 남자가 껄껄 웃었다. 문이 닫히자 그는 마셜을 돌아봤다. "프랭크 저 친구, 간수 치고는 괜찮은 사람이에요."

마셜은 그에게 서류 더미 반대편에 앉으라고 손짓했다. 그를 위해 테이블 위에 차가운 물 한 병이 준비되어 있었다.

"우선, 면회에 응해 주셔서 감사합니다."

"자꾸 거절할 수가 있어야지. 한 스무 번은 정중하게 물어봤잖아요."

"스물두 번이었죠." 그녀가 경쾌하게 대답했다. 성인기의 대부분을 거리에서 노숙생활을 한 사람치고 그의 말투는 놀랍도록 점잖았다. 하지만 그런 생각조차 편견처럼 느껴졌다. 그녀는 순간의 결정이 한 사람의 인생을 어떻게 뒤바꿀 수 있는지 누구보다 잘 알았다. "시작하기 전에 뭐 좀 갖다 드릴까요?"

"괜찮아요."

"알겠습니다. 이미 짐작하셨겠지만 저는 창고에 처박혀야 마땅한 해묵은 사건을 상세히 재검토하는 임무를 맡은 말단 경찰이에요. 그냥 형식적인 절차일 뿐이죠. 하지만 며칠 전에 여기 교도소장님께도 말씀드렸다시피 사건 기록을 살펴보다가 당신의 유죄 판결에 영향을 준 증거에서 커다란 오류를 발견했어요. 그래서 당신이 본인의 범행이라고 주장하는 헨리 존 돌런 살인 사건의 정황에 대해 좀 더 정확히 확인해야겠다 싶었죠."

"내가 한 짓이에요." 지미가 불쑥 내뱉었다.

"네?"

"내가 했다고요. '주장하는' 게 아니라 내가 한 짓이 맞다니까요. 그렇게 자백도 했고. 더 이상 할 말 없습니다."

"그러시겠죠." 마셜이 슬며시 웃었다. 그녀는 앞에 놓인 서류 더미 중 하나를 흘끔 보았다. "기록을 보니까 당신은 18살 때부터 감옥을 들락거렸고 그 전에는 소년원에 있었다고 되어 있네요. 절도, 빈집털이, 무단 침입 등 전부 폭력과는 관계없는 범행이고요."

"맞아요."

"86년에 목숨을 끊으려고 하셨나요?"

"도와달라는 절규였을 뿐이에요." 지미가 별일 아니라는 듯 설명했다.

"다리에서 뛰어내렸잖아요."

"별로 높은 다리는 아니었어요."

"이 자료에 따르면 족히 다섯 달은 병원 신세를 졌던데요." 그가 말없이 어깨만 들썩하자 마셜은 말을 이었다. "바깥세상에서 가장 오래 지낸 시기는 87년 1월부터 그해 10월까지였네요. 그때는 뭐가 달랐죠?"

"난생처음으로 나를 보살펴주는 사람이 생겼거든요."

"그래서 어떻게 됐나요?"

"그 사람이 자신은 보살피지 않았어요." 지미는 기억이 아직도 생생한 듯 표정을 일그러뜨렸다. "내 팔자가 원래 이런가 봐요." 그가 다시 경계하며 말을 이었다. "어쩌다 보니 옆에 있던 사람을 다 떠나보내고 말았어요." 그는 물병을 집어 개봉한 다음 메마른 목을 적셨다.

"미안해요." 마셜이 진심으로 사과한 다음 조금 심란한 표정을 지었다. "불쾌하게 듣지 않으셨으면 좋겠는데, 제가 기대했던 모습은 아니시네요."

"뭘 기대하셨길래?"

"글쎄, 모르겠어요. 체포 서류상의 사진처럼 눈빛이 사납고 비쩍 마르고 땟국물 흐르는 마약 중독자랄까요. 하지만 그 정반대로 보이시네요. 감옥이 체질에 맞으시나 봐요." 그녀는 찬사에는 희롱이 담겨 있었지만, 수감자는 함박웃음을 지었다.

"여기가 연옥 같다고들 하지만 어찌 됐든 우리를 돌봐주잖아요."

"그리 생각하신다니 다행이네요." 마셜이 말했다. "왜 자수하셨어요?" 그녀는 노골적인 질문으로 방심한 그의 허를 찔렀다.

"음. 죄책감…, 때문이겠죠."

"돌런이 조각상 받침대 위에서 서서히 얼어 죽는다는 것을 알면서도 12시간 내내 방치한 죄책감 말인가요?"

"아마도요." 그는 방어적으로 팔짱을 끼며 대답했다.

"아, 하마터면 잊을 뻔했네요." 마셜은 서류를 내려놓고 그에게 좀 더 가까이 다가갔다. 그녀가 낮은 소리로 말했다. "저 좀 도와주실래요? 비밀리에요."

그는 경계하는 눈치였다.

"제 오랜 친구가 얼마 전에 여기 투옥됐어요. 그 친구를 만나러 여기 드나들다가 사람들 눈에 띄면 곤란하거든요. 그래서 제 대신 메시지를 좀 전해주실 수 있을까 하고요. 그 친구 어머니랑 새미가 잘 지내고 있다고만 전해주시면 돼요."

"어머니랑 새미라고요?"

"네. 그래 주시겠어요?"

"얼마든지요. 친구 이름은 뭐죠?" 지미가 팔짱을 풀며 물었다.

"아마 '로디'로 알려져 있을 거예요. …오귀스트 로댕이라고?"

그녀는 유명한 프랑스 예술가의 이름을 언급하며 그의 얼굴에 떠오르는 얼빠진 표정을 면밀히 살폈다.

"모르는 사람이에요." 지미가 대답했다. "그래도 사람들한테 물어볼게요."

마셜은 다정하게 방긋 웃었다. "마취제는 어디서 구하셨어요?"

"그 얘기는 내가 체포될 때 경찰한테 했는데요. 공원에서 일하던 사람을 통해서요."

"아, 맞다. 빅 토니였던가, 아니, 미키 D였나요?"

"빅 토니요."

"앤서니 스튜어트 베이커라고도 알려져 있죠." 그녀가 다른 파일을 집어 들며 말했다. "공교롭게도 학생들한테 약을 팔았다는 혐의로 당신이 체포된 지 일주일 후에 체포되었어요." 그녀는 책갈피가 표시된 페이지를 휘리릭 넘겼다. "지금 제가 베이커에게서 압수된 약물 목록을 보고 있는데요, 참 다양한 약물을 소지하고 있었지만 그 중에 판큐로늄 브로마이드는 없네요. 이상하지 않나요?"

"…좀 이상하긴 하네요." 지미는 자신의 배에 손을 갖다 댔다. "저기, 컨디션이 좀 안 좋아요. 가서 좀 누워 있어야겠어요."

"한 가지만 더요."

"미안해요. 정말 가봐야겠어요." 그가 일어섰다.

"마지막으로 한 가지만요." 마셜이 애원했다. "다시는 귀찮게 하지 않을게요. 약속드려요."

"…그럼 한 가지만요." 지미가 고개를 끄덕이고 다시 자리에 앉아 팔짱을 꼈다.

"좋아요. 그러니까, 지미, 내가 만약 당신이 정말 사람을 죽였다고 한순간이라도 믿었다면 당신 수갑을 풀어주고 교도관을 내보냈을까요?"

이제 지미는 꽤 아픈 사람처럼 보였다.

"걱정 마세요. 비밀은 지켜드릴 테니까. 이해합니다. 바깥세상은 험하니까요. 지옥을 겪을 만큼 겪고 나면 연옥에 들어가고 싶어지기 마련이죠."

"무슨 말씀인지 모르겠네요." 설득력 없는 말투였다. 그는 어설픈 포커페이스를 숨기느라 물 한 모금을 더 마셨다.

"당신, 오른손잡이네요." 마셜의 지적에 지미는 당황했다. "…물병을 잡는 걸 보니까요." 그녀가 설명했다.

"네? …그래서요?"

"당신이 여기 갇힌 이후 7년 동안 법의학은 장족의 발전을 이뤘어요. 우리 살인범은 왼손잡이였죠." 그녀가 어쭙잖은 거짓말로 위험한 도박을 시도했다. "조각상 받침대에 찍힌 발자국을 보면 왼발잡이이기도 하고요. 나야 잘 모르지만 체중 분산 같은 걸 조사하면 다 나오나 봐요." 그녀가 아무 파일이나 집어 빈 페이지를 읽는 시늉을 했다. "약물 주입 각도와 멍 주위의 선명한 손가락 지문을 고려할 때 범인이 오른손잡이일 물리적 가능성은 없다.'"

그녀는 단호히 파일을 닫고 테이블에 다시 던졌다.

"당신의 결백을 증명해 여기서의 안락한 삶을 끝장낼 수 있어요. 하지만 그와 별개로 헨리 존 돌런에게 그런 짓을 한 사람이 따로 있다는 게 문제예요. 그 이후로 그자가 니콜렛 코티야르라는 여자와 아들 알폰스도 살해했죠. 알폰스는 내게 무척 특별한 사람이었어요. 그 범인이 아직도 세상을 버젓이 활보하고 있어요. 수년간 그자가 다른 사람들을 얼마나 해치고 다녔는지 알 수가 없죠. 당신이 도와주면 우리가 그자를 막을 수 있어요."

"어떻게 도와야 하죠?"

"진실을 말해주세요. 물론 비공개로요. 그날 밤에 있었던 일을 전부 알고 싶어요. 당신이 어떻게 돌런의 피가 묻은 바늘과 주사기를 손에 넣었는지, 거기 마취약이 들어 있다는 사실을 어떻게 알았는지."

양손에 얼굴을 묻고 지미는 한숨을 푹 쉬었다.

"지미, 당신은 원하는 걸 얻었잖아요. 그럴듯한 거짓말과 어느 경찰관의 얼굴에 갈긴 주먹질 한 방으로 거리 생활을 청산했죠. 그렇다고 이 일에 당신 책임이 없는 건 아니에요. 그자가 다른 사람들한테도 몹쓸 짓을 했다는 사실을 이제는 당신도 아니까요."

그는 못 믿겠다는 듯 그녀를 뒤돌아보며 물었다. "비공개라고 했죠?"

"비밀 지킬게요. …그리고 이건." 그녀가 테이블 위의 서류를 가리켰다. "전부 없앨 거고요."

"맹세해요?"

"맹세해요."

그는 심호흡하더니 고개를 끄덕였다. "…좋아요."

★

"2번 통로에 검은 옷차림의 여자 대기 중. 반복한다, 2번 통로에 검은 옷차림의 여자 대기 중. 경비원과 대화 요망."

화장실에 있던 윈터는 얼굴에 묻은 흙을 다 씻어내지도 못한 채 무전기를 집어 들었다.

"이동 중."

찢어진 유니폼에 흙이 엉겨 붙어 있었다. 그는 슈퍼마켓 진열대로 되돌아갔다. 공포 영화에서 튀어나온 듯한, 검은 머리에 가죽으로 온몸을 휘감은 젊은 여성이 복도 끝에서 그를 기다리고 있었다.

"안녕하세요!" 윈터는 자신의 지저분한 행색을 뜯어보는 그녀의 탐탁찮은 시선을 의식하며 유쾌하게 인사했다. "아, 미안합니다. 너무 바빴어요. 좀도둑을 뒤쫓느라, …두 번이나요. …나랑 얘기하고 싶다고 했다고요?"

"혼선이 좀 있었나 봐요." 마셜이 말했다. "저는 애덤 윈터 순경을 찾고 있었거든요."

"어, 그렇다면 제가 그 사람…, 그러니까, 애덤 윈터입니다."

그녀는 미심쩍다는 듯 그를 훑었다. "아! …그러시군요! 얘기 좀 해요."

"지금 얘기하고 있잖아요."

"대화를 말하는 거예요, 대화." 마셜이 설명했다.

"내가 지금 경찰 신분이 아니라는 건 아시죠? 그래서…, 이런 일을…."

"네. 알만하네요."

"그런데 제 휴식 시간이 2시부터라서요."

마셜은 시계를 확인하고는 일단 그곳을 떠나기로 했다. "그럼 그때 돌아올게요."

"이봐요, 잠깐만요! 그나저나 무슨 일이죠?"

마셜은 한숨을 푹 쉬며 그를 돌아봤다.

"저를 기억 못 하시나 본데 우리는 만난 적이 있어요. 7년쯤 전에 브리지 스트리트 스포츠 센터에서요. 그때 당신은 누군가의 살인 사건을 '수사'하고 있었지만, 제가 보기엔-"

"알폰스 코티야르." 윈터가 회상에 잠긴 채 중얼거렸다. "그리고 그의 어머니 니콜렛. 당신은…, 당신은 담배를 피우던 소녀였고."

"맞아요."

마셜은 애써 놀라지 않은 척했다.

"기왕 기억해낸 김에…, 혹시 지미 멧캐프라는 이름도 기억나요?"

"당연하죠. 그 자식이 헨리 존 돌런을 죽였다고 자백하는 바람에 우리 수사가 끝장이 났는데."

"맞아요. 실은, 오늘 아침에 제가 그 사람을 만나봤어요."

"왜요?"

"본인 입으로 하는 말을 듣고 싶어서요. 그의 자백을 들어야 했어요."

"음. 자백은 이미 했잖아요."

마셜은 고개를 저었다.

"그는 죽이지 않았다고 자백했어요. …그 말은 당신과 챔버스 형사가 줄곧 옳았다는 뜻이죠. 엉뚱한 사람이 옥살이를 하고 있다는 것, 살인 사건들 사이에 연결고리가 있다는 것, 살인자가 유명한 예술작품을 흉내내고 있다는 것. …전부 옳았어요."

15

"이제 나가도 되죠?" 마셜이 슈퍼마켓 문으로 들어서며 물었다.

원터는 고개를 끄덕이며 유니폼 위에 걸친 플리스 점퍼의 지퍼를 채웠다.

"이 길을 내려가면 카페가 있어요. 원한다면-" 원터가 말했다.

"실은." 그녀가 말을 잘랐다. "그보다 좀 더 먼 데로 가려고요. 차는 있으세요?"

"아니요."

"그러면 저랑 같이 타야겠네요."

두 사람은 밖으로 나갔다. 원터는 가게 앞에 불법 주차된 오토바이로 다가가는 마셜을 어리둥절하여 지켜봤다. 그녀는 오토바이 뒤편에 묶인 헬멧을 풀어 그에게 건넸다.

"이런. 어떻게 타야 할지…."

"뭐래요?" 그녀가 짜증을 냈다. "얼른 타세요."

그날 오전에 겪은, 이륜차에 얽힌 불쾌한 경험 때문에 주저하던 그는 마지못해 그 말에 따랐다.

"그런데…, 내가 뒤에서 껴안아야 하나요?" 원터가 물었다.

마셜이 변태 보듯 눈을 흘겼다.

"여기랑 여기를 잡아요." 그녀가 시범을 보인 다음 잠시 경계하는 눈으로 그를 뜯어봤다.

원터가 팔을 너무 단단히 감아서 마셜은 호흡이 곤란해질 지경이었다. 그녀는 올드 모트레이크 묘지 쪽으로 방향을 틀었다. 외부와의 경계를 표시하는 나무들이 다양한 붉은색과 갈색조를 띠고 있었다. 그녀가 오토바이를 멈춘 순간, 윈터가 뛰어내려 지구에 돌아온 우주비행사 마냥 풀썩 쓰러졌다. 그는 헬멧을 벗고 숨을 헐떡였다.

"묘지라니요?" 그가 화를 내며 물었다. "나를 묘지로 데려오려고 이 고생을 시켰어요?!"

"평화로운 곳이잖아요." 마셜이 이유를 댔다. "은밀한 곳이기도 하고. 잠시 산책이나 하죠."

윈터는 일어서서 그녀와 함께 묘비 사이를 거닐기 시작했다.

"경찰일 그만두신 지는 얼마나 되셨어요?" 마셜이 스스럼없이 물었다.

"음. 이번에는…, 5개월이요. 건강 문제로." 그가 설명했다.

"아. 죄송해요. 괜한 걸 물었네요."

"괜찮아요. 사실 곧 복귀할 거예요. 슈퍼마켓 경비 알바는 그때까지 임시로 하기 딱 좋죠. 내가 워낙 잠꾸러기인데 이제 아홉 시 넘도록 쿨쿨 잘 수도 있거든요. 살판났죠! 그래…, 지미 멧케프가 뭐라던가요?" 윈터는 화제를 바꿔 그녀를 재촉했다.

점심시간의 3분의 1이 이미 지나갔다. 아까 댄의 사무실에서 자신의 이름 옆에 빨갛고 커다란 X자가 있던 것을 봤던 것이 떠올랐다.

마셜은 자꾸만 뜸을 들였다. "점심시간이 딱 17분밖에 안 남아서 말이죠." 윈터가 상기시켰다.

바람이 한바탕 묘지를 휩쓸자 나무 사이로 죽음의 소리가 바스락거렸다. 수많은 잎사귀의 시체가 사후 경직된 듯 묘지 위에서

색을 잃고 딱딱해졌다. 마셜은 자신의 고독한 모험을 다른 사람과 공유하게 되자 불안감에 심호흡했다.

★

지미 멧캐프는 쉴 새 없이 몸을 오들오들 떨었다. 추위는 그를 덮치는 데 그치지 않고 집어삼켰다.

"스탠리?"

그는 친구를 가만히 흔들었다. 노인은 무심결에 최후의 순간을 맞을 장소로 선택한 출입문 앞에 죽은 듯이 쓰러져 있었다. 그날 오후만 해도 이 베테랑 노숙자는 숙소에 들어가겠다고 지미에게 약속했지만, 그의 옆 계단에 놓인, 내용물이 반쯤 남은 병을 보니 아무래도 그는 이 밤을 보낼 다른 방법을 선택한 모양이었다.

"아, 스탠리." 지미는 슬프게 한숨을 짓고는 무릎을 꿇고 노인의 주머니를 뒤적였다. 잔돈 3.72파운드와 그에게 더 이상 필요 없을 털모자, 마시다 만 위스키 병이 나왔다.

친구를 추모하기 위해 술을 꿀꺽꿀꺽 들이켜며 지미는 그의 손을 다정하게 쥐었다. 그리고는 다시 일어서서 뒤돌아보지 않고 그곳을 떠났다.

두 시간 후, 눈을 뜨고 있기가 힘들어지자 지미는 억지로 몸을 움직였다. 멈추면 얼어 죽는다는 사실을 알기에 밤새도록 도시를 걸을 작정이었다. 그는 베이즈워터 로드의 낯익은 잔디밭으로 방향을 틀었다가 사람들의 목소리를 듣고 놀랐다. 이런 매서운 추위에 누가 이토록 늦은 시간까지 밖에 나와 있는지 의문이었다.

길을 따라 조금 더 올라가니 공원 근처에서 남자 둘이 걷고 있었다. 한 사람은 덩치 큰 근육질이었고 다른 사람은 좀 더 날씬하고 키가 작았다. 틀림없이 술에 취한 듯 큰 남자가 빙판 위에서 발을 헛디디자 다른 남자가 그를 붙들려다가 같이 도로 위에 포개지며 넘어졌다. 두 사람은 깔깔 웃을 뿐 다시 일어날 생각도 하지 않았다. 날씬한 남자가 큰 남자 위에서 몸을 틀면서 둘은 키스를 나눴고….

★

"이런. 이런. 이런." 윈터가 걸음을 멈추며 말했다. "큰 남자가 헨리 존 돌런 같은데요? 그러니까 우리가 전혀 몰랐던 게이가 또 등장한다는 거죠?!"

"제 얘기 잠자코 좀 들어주면 안 돼요?" 마셜이 그를 타박했다.

"미안해요. 계속해요."

★

남들의 은밀한 순간을 방해했다는 생각에 마음이 불편했지만 지미는 자신의 절박한 처지로 사생활 침해를 정당화할 수 있었고, 술 취한 사람들이 멀쩡한 사람들보다 관대할 거라는 생각도 들었다. 떨어지는 함박눈이 가로등을 가리는 사이 6미터 떨어진 거리에서 지미는 다시 일어서는 한 쌍을 지켜봤다. 날씬한 남자 쪽이 돌런을 공원 입구로 이끌고 있었다.

지미는 공원 출입문 옆에서 서서 자신의 존재는 까맣게 모른 채 구불구불한 길을 비틀비틀 걷는 두 형체를 주시했다. 그는 호주머니에 든 칼 손잡이를 쥐며 고민했다. 물론 칼을 쓸 생각은 없었다. 조금 겁만 주면 된다. 30초도 안 되어 일이 다 끝난 적도 있었다.

예전에 얼굴이 불그스름한 어떤 사업가는 마치 기다렸다는 듯이 그에게 지갑을 넘겼다. 털끝 하나 다치지 않고 다음 날 아침 동료들에게 들려줄 흥미진진한 이야기를 손에 넣었다고 생각한 모양이었다. 하지만 아직도 죄책감은 지미의 마음을 무겁게 짓눌렀다. 그는 산전수전을 다 겪었고 인생은 뜻대로 풀리지 않았지만 스스로를 나쁜 사람이라 생각한 적은 없었다.

아직 결정을 내리지 못한 채 지미는 얼마간 거리를 유지하며 두 사람을 따라갔다.

"자기 말마따나 밖에 나오니까 참 좋네."

"자긴 초저녁부터 침대로 직행할 생각이었나 봐!" 다른 남자가 낄낄거렸다.

기회를 엿보던 지미는 칼을 꺼내고 걷는 속도를 높였다. 하지만 그 순간 마른 남자가 돌런의 손을 잡고 숲으로 이끌었다.

지미는 욕을 내뱉으며 오던 길을 돌아봤다. 공원에는 아직 사람이 하나도 없었다. 포기하기에는 너무 드물게 찾아온 기회였고, 오늘만큼은 밤을 보낼 방이 꼭 필요했다.

그는 새로 쌓인 눈을 뽀득뽀득 밟으며 늘어선 나무 사이로 들어섰다. 두 남자는 작은 공터로 들어갔다. 그곳에 텅 빈 채로 서 있는 커다란 조각상 받침대가 불길하게 느껴졌다. 그 자리를 차지하고 있던 이가 어둠을 틈타 공원 어딘가를 어슬렁거릴 것만 같았다. 눈에 띄지 않으려고 쪼그려 앉은 지미는 날씬한 남자가 조각상 받침대를 오르는 모습을 지켜봤다.

"어딜 올라가?" 돌런이 그의 등 뒤에서 외쳤다. "제정신이야?"

"이리 와." 마른 남자가 말했다. "깜짝 선물이 있어."

"아니! 난 절대 안 올라가!"

"절대?" 그가 장난스레 묻고, 시야에서 사라지더니, 피크닉 바구니와 돗자리를 갖고 다시 나타났다.

그날 일찍 와서 그곳에 숨겨둔 모양이었다. 그는 샴페인 한 병을 꺼내 마개를 땄다. "좋을 대로 해."

돌런은 씩씩거렸다. 짜증난 시늉을 하며 돌로 된 조각상 받침대에 붙은 꽁꽁 언 사다리를 올라갔다.

지미는 자신의 불운에 허탈하게 웃으며 칼을 다시 호주머니에 넣었다.

그곳을 떠나려는 순간, 날씬한 남자의 갑작스런 태도 변화가 지미의 관심을 끌었다. 돌런이 사다리를 오르는 사이 그 남자는 바구니에서 무언가를 꺼냈다. 침착하게 도구를 조립하는 손놀림에서 술기운은 전혀 느껴지지 않았다.

지미는 소리를 질러 경고하고 싶었지만 뭐라고 해야 할지 알 수 없었다. 그냥 뭔가 이상하다는 느낌이었다. 그는 마침내 사다리 끝에 도달한 돌런을 두려운 마음으로 숨죽여 지켜보았다.

"나 좀 도와줘!" 돌런이 씰걸 웃었다. 그는 모서리를 잡고 오르려고 버둥댔다.

다른 남자가 천천히 다가가더니 왼손을 뻗어 육중한 짝꿍을 돌 위로 끌어 올렸다. 그리고 그의 뒷목에 뭔가를 푹 찔렀다.

"무슨 짓이야?!" 돌런이 호통을 치며 위태롭게 벌떡 일어서자 다른 남자는 뒤로 무르춤했다. "무슨 짓을 한 거야?!" 돌런은 이렇게 소리치며 찔린 상처를 문질렀다.

그림자 속 남자는 말이 없었고 돌런은 맥없이 무릎을 꿇었다.

지미는 3미터 위에서 전개되는 사건에 정신이 팔려 저도 모르

게 앞쪽으로 슬슬 나아가다가 어느새 숲 밖의 탁 트인 공간까지
나와 있었다.

"다리에 감각이 없어." 공포와 혼란에 빠진 돌런이 숨을 헐떡
였다. "나한테 무슨 짓을 한 거야?" 그가 물었다. "아무…, 감각이
없어. 아무…, 것도…."

정신을 차린 지미는 그의 머리 위 어딘가에 있을 남자의 눈을
피해 서둘러 조각상 받침대 밑으로 달려갔다. 가장 가까운 공중
전화박스가 어디였는지 기억을 더듬고 있는데, 세련된 갈색 구
두 한 켤레가 그의 옆에 툭 떨어졌다. 잠시 후에는 검정 양말 한
짝…, 또 한 짝이 하늘에서 떨어졌다. 지미는 그곳에서 벗어나기
로 마음먹었다가 찢겨진 셔츠가 날개 부러진 새처럼 바람에 맥없
이 펄럭이며 떨어지자 주춤했다. 셔츠가 착륙하는 순간 작고 단
단한 물건도 그 한가운데 떨어졌다.

지미는 조각상 받침대에서 최대한 멀리 물러나며 바늘 끝이 진
홍색으로 물든 젖은 주사기를 내려다봤다. 저 위에서 돌 표면으
로 뭔가가 끌려가는 소리를 들리자 그의 심장은 터질 듯 쿵쾅거
렸다. 지미는 비싸 보이는 구두와 피 묻은 주사기를 움켜쥐고 숲
속으로 냅다 달렸다. "정말 미안해요." 그는 이렇게 울먹였다.

★

"그자가…, 울었다고요?" 윈터가 못 믿겠다는 듯 물었다.

"그래요."

그는 의아한 표정이었다. "그 다음은…?"

"지미 멧캐프는 원래 구두만 자기가 갖고 주사기와 바늘은 경
찰에 갖다줄 생각이었지만 공중전화 앞에서 생각을 바꿨대요. 돌

런은 이미 죽었을 텐데 살인 무기를 본인이 손에 쥐고 있으니 그
것이 거리 생활을 영원히 벗어날 보증수표처럼 느껴진 거예요. 그
사람의 진술 녹취록은 들어봤어요?"

윈터는 고개를 저었다.

"담당 형사는 덕분에 일이 수월하게 해결됐다고 생각한 게 틀
림없어요. 유도 신문을 통해 지미가 얼마나 힘들게 살았는지 털어
놓게 하고 딴 마음 먹기 전에 서명하도록 재촉했죠."

"보나 마나 헴이 시켰겠네. 챔버스가 옳다는 걸 인정하기 싫어
서 지미를 살인범으로 못 박았을 걸요." 윈터가 한숨을 지었다.

태양이 구름에서 서서히 벗어나기 시작했다.

"살인자 용모는 멧캐프가 당신에게 설명해줬겠죠?"

"별것 없어요." 마셜이 대답했다. "백인. 키는 180 정도. 나이는
스물에서 서른다섯 사이지만 더 먹었을 수도 있대요. 짙은 색 머
리. 세련된 말투. 날씬한 체형."

"그게 다라고요?"

"그게 다예요."

"살인자가 주사기를 썼다면서요."

"멧캐프가 깨끗이 닦고 자기 지문을 잔뜩 찍었죠. 자기 이야기
가 의심받을 위험을 없애고 싶었을 테니까요."

"망할 놈의 지미 멧캐프." 그가 혀를 찼다.

"맞아요, 망할 놈." 마셜도 동의했다.

"그렇다고 자기가 이번에 번복한 그 진술을 근거로 재수사하는
걸 허락하진 않겠죠? 자기가 증거를 말살하고 몇 년이나 거짓말
을 해왔으니까-"

"네, 그럴 일은 없을 거예요."

"망할 놈의 지미 멧캐프." 윈터가 되풀이했다. "좋아요. 그럼…, 중요한 질문 하나 할게요. 나한테 왜 이런 얘기를 하는 거죠? 챔버스가 아니라?"

"두 사람 다 거르는 게 최선이었겠죠." 마셜이 퉁명스레 대답했다. "하지만 대안이 없었어요."

윈터는 그녀의 신랄한 말에 인상을 구겼다.

"…제가 언젠가는 강력팀으로 옮길 계획이라서요. 하지만 지금 당장 그곳으로 쳐들어가 내 미래 상관한테 섣부른 추리를 늘어놓는다면 그런 일은 절대 일어나지 않겠죠. 제게 선배님이 필요한 이유는 우리 둘 다 이 일의 내막을 알기 때문이에요. 보고서에는 담기지 않은 사실들이 많잖아요. 선배님이 빈칸을 채워주시기 바라요."

"이를테면?"

"챔버스 형사님이 로버트 코츠의 뒤뜰을 파던 날 거기서 뭘 찾고 있었나요? 진짜 시체라도 기대했던 건 아니죠?"

"개였어요."

"…개라고요?"

"챔버스는 로버트 코츠가 우려스러운 속도로 유기견을 살해하고 있다고 믿었어요. 동물에서 실제 사람으로 옮겨간 다음 맨 먼저 죽인 대상이 헨리 존 돌런이라고 봤죠."

"재밌네요." 마셜이 머리를 굴렸다. "자, 다음으로 넘어가죠. 챔버스가 공격당한 날 밤에 무슨 일이 있었는지에 대해 두 가지 다른 버전의 설명을 읽었어요. 둘 다 출처가 선배님이더군요."

"그래서요?" 윈터가 다소 방어적으로 반응했다.

"하나는 그날 밤의 면담 기록이었고 다른 하나는 다음 날의 공식 진술서였어요. …뱀은 어떻게 됐나요?"

그는 대답하기 싫은 눈치였다.

"사실 그 뱀들이 진짜였는지 아닌지도 아직도 모르겠어요. 챔버스는 피를 철철 흘리면서 도로에 누워 있었어요. 차는 불지옥이었고 라일리는…." 윈터는 잠시 그 순간으로 돌아갔다. "아무튼 내 인생 최악의 밤이었어요. 지금 생각해도 악몽 같고요. 그때는 내가 어떤 헛것을 봤다고 해도 전혀 놀랍지 않죠. 블룸스버리의 거리를 기어 다니는 뱀에 대해 다음 날에도 기사가 전혀 나지 않은 걸 보고 정신 감정은 안 받아도 되겠다 싶어서 그 내용을 빼기로 한 거예요."

"그날 뭘 봤는지는 본인이 가장 잘 아실 텐데요." 마셜이 그를 압박했다. 그녀는 걸음을 멈추고 다시 물었다. "뱀을 봤어요?"

"방금 얘기 했-"

"뱀을…, 봤냐고요?"

윈터는 발을 질질 끌었다. "…봤어요."

"저는 그 말 믿어요. …높은 사람들은 챔버스가 공격을 당한 후에도 세 사건을 연결 짓는 걸 거부했죠?"

"그날 밤 이후로 나는 그 사건에 거의 관여하지 않았어요. 챔버스가 본인 입으로 주삿바늘에 찔렸었다고 말할 만한 상태가 되었을 때는 이미 사흘 후였는데, 그 사이에 수술을 두 차례 거치면서 피를 수혈받았어요."

"증거가 사라졌군요."

"사라졌죠." 윈터가 고개를 끄덕였다. "그분도 약물이 주입된 것에 대해 강하게 주장한 것 같지는 않아요."

"왜요? 챔버스 형사님은 왜 자신을 죽이려 한 사람을 적극적으로 찾지 않았을까요?"

"그건 그분한테 직접 물어보지 그래요."

"…그럴 생각이에요. 그러니까 선배님은 그 이후로 알폰스와 니콜렛 살인 사건 수사에는 관여하지 않았다는 뜻이죠?" 그녀가 가시 돋친 말투로 물었다.

윈터는 고개를 저었다. "그렇다기보다는 내가 관여하는 걸 사람들이 원치 않았어요. 한때 지역 마약 거래상을 용의자로 지목하고 체포까지 하더니만 결국 전부 흐지부지됐죠."

마셜은 고개를 끄덕였다. "파일에서 확인했어요."

"다음에는 스포츠 센터 맞은편 아파트에 살던 스토커가 지목됐어요." 그가 기억을 더듬었다. "하지만 그때쯤에는 진짜 아무나 끌어다 붙이더군요. 세상에 나쁜 놈들이 넘쳐나긴 해도 그중에 우리가 찾는 사람은 없었어요."

"헨리 돌런의 여자친구를 만나볼 생각이에요." 마셜이 말했다. "돌런이 어두운 공원에서 낯선 남자와 손을 잡고 돌아다니는 걸 알고 있었는지 확인하려고요. 로버트 코츠가 요즘 어디 있는지도 알아내야겠죠. 당시에는 주요 용의자였잖아요. 지금도 그렇긴 하지만."

"토비어스 슬립은요?" 윈터가 물었다. "7년 전 사건에 대한 지미 멧캐프의 모호한 기억만을 근거로 그를 아예 배제하는 건가요?"

"꼭 그런 건 아니에요." 마셜은 그들이 멈춰선 자리 옆의 묘비를 향해 턱짓했다. 또 한 차례 돌풍이 숲을 흔들고 지나갔다.

토비어스 퍼시벌 슬립 1932 - 1996
평생 일에 헌신한 사람.

"이 사람이 범인이었을 가능성도 없지 않아요." 윈터는 속으로 비문 내용을 경멸하며 말했다.

"그럴지도 모르죠." 마셜이 동의했다. 그녀의 안색이 약간 창백해 보였다. "차라리 그랬으면 좋겠네요. 그래도 확실히 밝혀야죠."

16
일요일

윈터는 어둠 속에서 잠을 깼다.

피부가 축축이 젖은 채, 그는 저도 모르게 꼿꼿이 일어나 앉았다. 이불은 방 가운데 불룩하게 쌓여 있었다. 숨을 헐떡이며, 그는 겁에 질려 다리에 손을 뻗었다. 아직 제자리에 붙어 있는지 확인해야 할 것 같았다. 전등을 켰지만 사방은 전혀 안정감을 주지 못하는 밋밋한 흰 벽뿐이었다.

"어휴." 그가 내뱉었다. 눈을 비비며 침대에서 나와 창문 앞에서 여전히 깜깜한 거리를 내다봤다. 유일한 생명의 흔적은 아래층 제빵사가 벌써부터 부지런히 빵을 만드는 소리뿐이었다.

커튼을 놓자, 창턱에 놓여 있던 표창장 액자가 뒤집힌 채 카펫 위로 떨어졌다. 그냥 내버려 두고 싶은 마음이 굴뚝같았지만 집으려고 쭈그리고 앉았다. 뭐 하러 이렇게 오래 갖고 있었나 싶었다. 그의 '용기'를 기리고, 잊고 싶던 밤을 끊임없이 상기시키는 물건이었다.

파트너가 길에서 비참하게 죽어가는 모습을 보면서 어떻게 용감할 수 있었다는 건지.

챔버스의 다리를 붙잡고 껙껙 울던 그가 용감했다고?

자신의 트라우마를 감당하지 못해 다섯 번이나 휴직을 한 사람에게 무슨 용기가 있었을까?

액자를 주방으로 가져가 쓰레기통에 던지자 금세 기분이 좀 나아졌다.

이가 맞지 않는 욕실 창틈으로 찬바람이 숭숭 들어왔다. 선반 뒤편에 파록세틴(우울증 치료제의 일종 - 옮긴이) 한 통이 보였다. 이 약을 여태 보관했다는 사실은 자신에 대한 믿음이 거의 없다는 증거였다. 그는 물 한 모금과 함께 알약 두 개를 삼키고 거울 속 모습을 응시했다. 과체중에 머리숱은 줄어가고 있었다. 늘 그랬지만 지금도 경찰 노릇을 제대로 할 수 없었고 잠드는 것조차 두려웠다.

한심한 놈.

이래선 안 되겠다는 생각에 그는 침실로 돌아가 아래위로 트레이닝복을 입고 온 세상 사람들이 깨어나기 전에 달리기를 하러 나섰다. 이웃들에게 방해가 될까 봐 까치발로 걸으며 문을 살며시 닫았다.

★

복도를 쿵쿵대는 마셜의 발걸음이 이웃집 개를 자극했다. 그녀는 현관문을 발로 차서 열었다. 너무 지쳐서 부츠를 벗을 기운도 없이 침대에 엎드렸다.

그녀의 독특한 외모는 종종 뱀파이어와 비교당했다. 특히나 겨울에 며칠씩 햇빛을 아예 못 보고 야간 근무를 하고 나면 더 흡사해졌다. 블라인드를 건드리지 않으면 그녀의 관짝 만한 원룸은 며칠 내내 잠만 잘 수 있는 암실이 되었다.

피곤해 죽을 지경이었다. 당장이라도 곯아떨어질 것 같았지만 억지로 버티고 있었다. 마셜의 생각은 그녀가 통제할 수 없는 위험지대를 떠돌고 있었다.

며칠 내내 눈이 내렸다. 오래된 굴다리도 눈 무더기로 막혀 있었다. 다리 밑으로 들어가려 했지만 쌓인 눈 때문에 지나갈 수 없었다. 그곳에 찢어진 현수막이 뱀처럼 둘둘 말린 채 땅에 늘어져 있었다.

인근 건물들은 찢어진 현수막처럼 얼어붙은 채 황량하게 방치되어 있었다. 오래전부터 비어있었거나 문을 열지 않은 모양이었다. 그래서 그녀는 큰길에서 내려온 한 사람의 발자국이 오른쪽으로 방향을 틀어 슬립앤코 복원 센터의 녹슨 셔터문 앞에서 갑자기 끝난 것을 보고 안심했다. 눈 더미 뒤편의 침묵은 그녀를 골탕 먹이려는 의도적인 무반응이 분명했다. 그녀는 한참이나 그 자리에 서서 문이 열리기만을 기다렸다. 그리고 셔터로 걸어가 금속 문에 몸을 부딪쳤다. 우레 같은 메아리는 그녀의 자신감을 크게 과장했는데….

슬립의 세계로 들어서는 관문을 넘자 온도가 급락했다. 그녀의 축축한 숨결이 불안을 드러냈다. 천장을 올려다보니 수백만 개의 고드름이 매달린 날카롭고 초현실적인 광경이 눈에 들어왔다.

손에 새 경찰 신분증의 딱딱한 감촉이 느껴졌다. 그때 등이 구부정한 토비어스 슬립이 반짝이는 계단을 손으로 가리켰다. 얼음 덮인 금속 계단이 어둠 속으로 이어지고 있었다.

사무실은 따뜻했다. 낡은 난방기가 불처럼 빛을 내는 사이 그들은 책상 위에 사건 파일을 펼쳐놓고 대화를 시작했다.

그는 마셜을 조롱했다. 한 마디 한 마디에 악의가 가득했다. 자신은 나무랄 데가 없는 사람이라 착각하고 있었다. 불리하면 나이를 무기로 앞세웠다. 그의 능글맞은 미소에 역겨움을 느끼며 마셜은 알폰스의 흑백 사진을 내려다봤다. 복사된 문서에서는 형체만 겨우 알아볼 수 있을 뿐이었다. 경찰을 놀릴 수 있는 마지막 기회를 맘껏 즐기는 듯한 이 남자 때문에 마셜은 속이 부글부글 끓었다.

둘 다 자리에서 일어섰다. 마셜은 비좁은 사무실에서 나가는 토비어스 슬립에게 소리를 빽 질렀다. 런던경찰청 마크가 찍힌 문서가 거대한 눈송이처럼 작업장 위로 팔랑팔랑 떨어지고 마셜은 그를 따라 나가….

왜소한 몸뚱어리가 계단 맨 아래 칸에 누워 있고, 진홍색 웅덩이가 바닥에 서서히 번지고 있었다. 한참처럼 느껴지는 시간 동안 그녀는 어떤 감정이 느껴지기를 기다리며, 방금 자신이 때려눕힌 토비어스 슬립을 응시했지만 아무런 느낌이 없었다.

마셜은 다시 토비어스 슬립과 대화를 나누던 사무실로 올라가 사건 관련 서류를 정리하고 VCR에서 보안 테이프를 꺼냈다. 점퍼 소매로 자신의 지문이 묻은 탁자를 문지르고 나가는 길에 문손잡이와 난간도 잊지 않고 닦았다. 슬립의 피가 스민 마지막 문서까지 챙긴 후, 마셜은 목도리를 감고 다시 눈 속으로 나갔다.

17

월요일

유난히 고된 두 차례의 교대 근무를 마친 마셜은 아홉 시에 근무가 끝나는 윈터가 조금 부러웠다. 세 번의 현장 급습과 런던 시티 공항과의 협동 작전 때문에 그녀의 사적인 조사는 교대가 끝난 이후로 미뤄야 했다. 잠이 절실했지만 마셜은 마침 그녀의 근무 시간 이후에 짬이 난다는 헨리 돌런의 옛 애인이 무척 고마웠다.

마셜은 폭우를 뚫고 달려가 미용실 문을 두드렸다. 완벽하게 치장한 여성이 딱하다는 눈빛을 숨기지 않은 채 로비 소파에 앉으라고 권하자 마셜은 약간 주눅이 들었다. 그녀는 가방을 풀면서, 그곳에서 일하는 다른 여성들의 딱하다는 시선도 애써 무시했다. 그들은 퇴근을 앞두고 정리를 하느라 부산을 떨고 있었다.

"아, 언짢지 않으셨으면 좋겠는데, 데이브도 여기 오기로 했어요." 리타가 태닝한 피부에 어울리는 남동부 해안 억양으로 말했다.

"데이브라니요?" 마셜이 물었다.

"데이브 손튼. 내 남자친구예요. 나만큼이나 헨리를 잘 알았죠."

마셜이 메모를 하는 사이 그녀가 지금껏 본 사람 중 가장 덩치가 큰 남자가 다가와 두 사람 옆에 앉았다. 풍채는 당당했지만 어리숙해 보였고 로봇처럼 흐느적거리며 느릿느릿 움직였다. 리타가 기다란 손톱으로 부주의하게 다루면 터져버릴 것만 같았다.

"내가 근육남을 워낙 좋아해서요." 리타가 데이브를 꽉 잡으며 말했다. 그 순간 창밖에 첫 가로등 불빛이 들어왔다.

"만나주셔서 고맙습니다." 마셜이 말문을 열었다.

"경찰이 요구하는데 달리 선택의 여지가 있겠어요?"

마셜은 얼른 말을 이었다.

"해묵은 상처를 헤집으려고 찾아온 건 아니랍니다. 예전에 하신 진술은 제가 속속들이 알고 있으니 같은 얘기를 반복시킬 생각도 없고요."

"그런데 왜 이러는 거요?" 데이브가 힘을 과시하듯 몸을 앞으로 기울였다.

"최근에 새로 밝혀진 사실이 있거든요. 그 얘기에 집중하고 싶어요." 마셜이 설명했다.

"범인은 잡았잖아요?" 데이브가 짜증 낼 건더기를 잡았다. "그 노숙자가 자백했잖아요!"

"그자가 세상에 다시는 못 나오게 하는 게 제 일이죠." 마셜이 거짓말을 하며 두 사람의 반응을 살폈다. "그러려면 빌미가 될 거리를 아예 없애야 하거든요. 안 그러면 변호사들이 허점을 찾아낼 거예요. …늘 그렇듯이요."

"그러니까 이건 그냥 형식적인 조사란 말이요?" 데이브가 물었다.

마셜은 인상을 찌푸리지 않을 수 없었다.

"형사님이 방금 그렇게 말씀하셨잖아." 리타가 그에게 핀잔을 주었다.

"그냥 해본 소리야." 그는 어깨를 들썩이고는 몸이 허락하는 최대한 뒤로 기댔다.

"그 새로운 사실이란 게 뭐죠?" 리타가 마셜을 돌아보며 물었다.

마셜은 그들의 뒤편에서 귀를 쫑긋 세운 여자들을 의식하고 목소리를 낮췄다. "헨리의…, 성적 지향과 관계가 있어요."

리타는 더 얼빠진 표정을 지었다. "네? 그 사람이 침대에서 어느 방향을 선호했냐고요?"

"음. 아니. 성적 취향 말이죠. …이성애인지 동성애인지."

데이브가 여자친구의 손을 슬그머니 잡았다.

"대체 무슨 소리예요?" 리타는 이렇게 따졌지만 진작부터 뭔가 알고 있는 것이 분명했다.

"죽은 날 밤에 남자랑 같이 있는 모습이 목격됐어요."

"하." 리타가 웃음을 터뜨렸다. "그렇다고-"

"목격자에 따르면 둘이서 손을 잡고 가더래요." 마셜이 그녀의 말을 끊었다. "키스도 했다는데요."

"나도 알고 있었어요. 내가 그렇다고 했잖아?" 그녀가 데이브에게 물었다. "그럴 줄 알았어요!"

"아셨어요?" 마셜이 물었다.

"'알았다'기보다 낌새를 차렸죠."

"그런…, 소문이 돌긴 했지." 데이브가 리타에게 팔을 두르며 애매하게 덧붙였다.

"같이 있던 남자가 누구인지 밝혀야 해요." 마셜이 말했다.

"내가 어떻게 알아요?!" 리타가 역정을 냈다. 눈물이 완벽한 메이크업을 망치고 있었다.

"자주 어울리던 사람이 있었나요?"

"없었어요." 그녀는 도리질했다. "…다만…."

마셜이 허리를 꼿꼿이 세웠다. "다만?"

리타는 데이브를 보며 말했다. "그 사람 생일 파티에…, 못 보던 남자가 왔었잖아. 기억나?"

"그래." 그가 고개를 주억거렸다. "기억나는 것 같네."

"그 남자 이름을 아세요?" 마셜이 물었다.

둘 다 고개를 저었다.

"내가 나타나자마자 가버렸거든요." 리타가 씁쓸하게 말했다. "이제야 이유를 알겠네요."

"어떻게 생겼는지 기억나세요?"

"백인 남자였어요. 남부 억양에 고상한 말투. 체격은 보통이었고 짙은 색 머리에, 꽤 잘생겼던 것 같아요. 워낙 오래전이라 확실치는 않지만요."

"이 중에 아는 얼굴이 있으실까요?" 마셜이 토비어스 슬립과 로버트 코츠의 사진을 건네며 두 사람에게 물었다. 벅찬 기대감에 그녀는 숨을 참았다.

"…없어요." 리타기 대답했다.

"없네." 데이브가 사진을 돌려주며 말했다.

마셜은 목소리에 실망을 숨기지 못하고 다시 수첩을 집었다.

"그 남자에 대해 또 생각나는 거 있으세요? 뭐든지?"

데이브가 뭔가 떠올린 모양이었다. 때마침 그의 머리 뒤 가로등이 마치 큐 사인처럼 쨍 켜졌다.

"승합차를 몰고 다녔던 것 같은데."

"승합차요?" 마셜이 들떠서 반문했다.

"그걸 어떻게 알아?" 리타가 데이브에게 물었다.

"생일 파티에서 자기 차를 빼야 한다며 내 차를 치워달라고 했었거든. 그 주변이 주차가 불편하잖아."

"차 색깔은요?" 마셜이 소리치듯 물었다.

데이브는 얼굴을 우그리며 머리를 쥐어짰다. "…주황색이었던 것 같은데."

"감사합니다." 마셜이 이미 가방을 주섬주섬 챙기며 말했다. "많은 도움이 됐어요."

★

저녁 8시 40분까지는 슈퍼마켓에 손님이 드물었다. 곧 윈터가 꼼짝없이 선반에 물건을 채워야 한다는 뜻이었다. 마셜이 그를 도왔다.

"대박이죠?" 그녀가 티백 상자를 한 아름 안아 선반을 채우며 말했다. "그날 밤에 챔버스랑 선배님 둘 다 주황색 승합차를 봤잖아요. 이제 헨리 돌런 살인범의 인상착의에 부합하는 누군가가 같은 차를 몬다는 사실이 밝혀졌어요!"

"쓸 만한 정보네요." 윈터가 고개를 끄덕였다.

"'쓸 만하다'뿐인가요."

"그렇다고 아직 이 사실을 알폰스나 그 애 어머니와 연결 지을 수는 없어요."

"리타와 지미 멧캐프가 설명한 인상착의가 모두 로버트 코츠에게 적용될 텐데요?"

"아니. 전혀. 돌런의 여자친구가 그 남자더러 '잘생겼다'고 했다면서요."

"그건 주관적인 평가니까요."

"아무리 주관적이라도 그렇죠. 꼭 사마귀처럼 생겼더라구면."

"그럼 이건 어때요? 헨리 존 돌런과 알폰스는 둘 다 살해당하기 몇 주 전에 자신의 인생에 새로운 친구를 받아들였어요. 사회와 담을 쌓고 사는 상태였는데도 그는 금방 두 사람과 친밀한 사이가 되었죠. 돌런의 경우 애인이었고, 알폰스의 경우에는 강력한 남성 롤 모델이었잖아요. 그건 우연일 수 없어요."

윈터는 감탄하는 표정이었다. "당신 '경찰' 노릇에 꽤 소질 있네요?"

마셜이 싱긋 웃었다. "7년 전에도 그렇게 말씀하셨죠."

"그런데 중요한 사실 한 가지를 빼먹었네요." 윈터가 말했다. "당신이 애인과 친구에게 로버트 코츠의 사진을 보여줬지만 둘 다 그를 알아보지 못했어요."

마셜은 그 사소한 사실에 딱히 반응을 보이지 않았다.

"…우리가 뭔가 놓치고 있나 봐요."

"그럼 이제 챔버스를 끌어들일 때가 됐나?"

마셜이 마지못해 고개를 끄덕였다. "그분께 연락하시려고요?"

"이건 당신 개인의 복수혈전이잖아요. 직접 하지 그래요?"

"저는 그분이랑 모르는 사이예요!"

"알았어요." 윈터가 한숨을 뱉었다. "…내가 전화하죠."

★

다음 날 저녁, 마셜과 윈터는 캠던에 있는 '검은 개Black Dog'라는 술집까지 같이 택시를 타고 갔다. 챔버스는 수년간 본 적 없는 남자와 일면식도 없는 여자를 선선히 만나주기로 했다. 윈터는 초조하게 발을 까딱거리고 손톱을 물어뜯으며 창밖을 스쳐

가는 도시에 흩뿌리는 비를 응시했다.

"왜 그렇게 안절부절못하세요." 앞에서 운전기사가 무전으로 말다툼을 하는 사이 마셜이 말을 걸었다.

"괜찮아요. 그냥 하도 오랜만에 만나는 거라…."

"얼마 만인데요…?"

"구급차에 실려 가는 모습이 마지막이었죠."

"두 분 파트너 아니었나요?" 마셜이 어리둥절하여 물었다.

"아니었어요."

"그분 입원하셨을 때…, 병문안 안 가셨어요?"

"안 갔어요."

"그런데도 그분이 용서했다고 생각하세요?"

"아니요."

"이런 얘기는 진즉에 했어야 하는 거 아니에요?"

"…그러게 말이에요."

★

운하 둑에 자리 잡은 눅눅하고 작은 건물에는 '젖은 개Wet Dog'라는 이름이 더 적절할 성싶었다. 축축한 구두에서 풍기는 발 냄새에 퀴퀴한 맥주 냄새와 벽난로 옆에 자리 잡은 도베르만 냄새, 역겨운 칵테일 냄새가 뒤섞여 있었다.

윈터와 마셜은 창가의 구석 자리로 비집고 들어갔다. 그들은 바를 차지한 소란한 단골들이 가벼운 욕지거리를 주고받는 모습을 보며 말없이 맥주잔을 기울였다.

"저분이에요. 이쪽으로 오고 있어요." 윈터가 소곤거리며 일어섰다.

그는 불안에 떨고 있었다. 마셜도 챔버스를 맞으러 일어섰다. 엉거주춤 일어난 그들의 모습은 마치 저 멀리서 다가오는 왕족을 영접하는 듯했다.

"챔버스!" 윈터는 밝게 웃으며 그와 악수했다.

"오랜만이네." 그가 자신의 다리를 흘끔거리는 마셜의 시선을 의식하며 대답했다.

"와주셔서 감사해요. 이쪽은 조던 마셜 순경이에요."

"챔버스예요." 그가 자신을 소개하며 조금 길다 싶게 그녀와 악수를 했다. 그는 마셜의 팔을 기어오르는 현란한 문신, 검은 옷, 수많은 피어싱을 유심히 살폈다. "강력팀 소속인가?"

"마약팀입니다. …지금은요." 마셜이 대답했다.

챔버스는 유쾌한 미소를 지으며 자리에 앉았다.

"이거 시키실 것 같아서요." 윈터가 그의 앞으로 맥주잔을 밀며 말했다.

"절대 아닌데." 챔버스가 슬며시 웃었다. "그래도 고맙네."

그가 술을 한참 들이켜는 사이 침묵이 내려앉았다.

챔버스는 입술 위에 묻은 맥주를 닦으며 그들을 진득이 응시했다.

"그래…." 윈터가 망설이다가…, 딴소리를 했다. "여기 단골 아니셨어요?"

마셜이 눈을 굴렸다.

"한때는 그랬지." 챔버스가 고개를 끄덕이며 공간을 따뜻한 시선으로 둘러봤다. "몇 년 만에 처음이야. 그래도 약속장소로 적절한 것 같네. …아직도 셰퍼즈 부시에 근무해?"

"슈퍼마켓이에요." 윈터가 명랑하게 대답했다. "하지만 곧 복귀하려고요. 사실 오늘 인사팀 담당자를 만났어요."

"잘했네." 챔버스가 고개를 끄덕였다. "잘 생각했어."

긴장된 분위기가 돌아오자 이번에는 전원이 술을 꿀꺽꿀꺽 마셨다.

"그래서." 원터가 다시 입을 열었다. "말씀드렸듯이 형사님과 상의하고 싶었어요. 그 사건-"

"헨리 돌런, 알폰스와 니콜렛 코티야르 사건 말이지." 챔버스가 대신 말을 맺었다.

"맞아요."

"이미 말했듯이 나는 관심이 없어. 자네가 내게 받을 수 있는 도움은 앞으로 2.5파인트를 마시는 동안 끌어내는 게 전부가 될 거야." 챔버스가 단호히 선언했다.

"그러면 구태여 여기까지 오신 이유가 뭐죠?" 마셜이 따졌다.

"내가 필요 없으면 지금이라도 가지 뭐." 그가 자리에서 일어섰다.

"그럴 리가요." 원터가 마셜을 흘겨보며 말했다. "형사님 도움이 필요해요."

챔버스는 뭔가 기대하며 젊은 형사를 바라봤다. 그녀가 건넨 떨떠름한 사과에는 그를 도로 주저앉히기에 충분한 진심이 담겨 있었다.

"좋은 질문이긴 하네. 내가 여기 온 유일한 이유는 7년 전에 이 녀석이 내 목숨을 구했기 때문이야. 이제 당신들이 무슨 말을 하러 왔는지 한번 들어보자고."

다음 25분 동안 술을 한 잔씩 더 마시면서 마셜은 자신이 그 사건과 어떻게 얽혀 있는지 이야기했다. 지미 멧캐프의 비공식 자백과 헨리 돌런의 숨겨진 애인, 주황색 승합차, 토비어스 슬럽의 죽음에 대한 공식 입장을 설명하고 두 피해자의 인생에 공통적으로 수수께끼의 인물이 갑자기 나타났다는 자신의 추리를 공유했다.

"로버트 코츠와 다시 이야기해 볼 생각이에요." 마셜이 말했다. "내일요. 학생인 척하며 '우연한' 만남을 연출하고 친분을 쌓는 거죠."

"친분을 쌓는다?" 챔버스는 열렬히 고개를 끄덕거리고는 잔을 들어 남은 술을 모조리 비운 다음 테이블에 쾅 내려놨다. "음, 잘해봐. 몸조심하고." 그는 일어서서 딴말 없이 술집을 나가버렸다.

마셜은 윈터를 돌아봤다. "이게 무슨 상황이죠?"

"역시 이럴 줄 알았어요."

"설마 이 일에 진짜 관심이 없겠어요?" 그녀가 외투를 집으며 쏘아붙였다.

"어이. 어디 가려고요?"

"저분에게 제 생각을 정확히 밝히려고요."

"기다려요. 내가 보기에 그건…, 잠깐만요!" 윈터는 쏜살같이 챔버스를 따라 나가는 그녀를 보며 테이블 밑에서 다리를 겨우 빼냈다.

"저기요!" 마셜이 컴컴한 운하 길을 성큼성큼 걸으며 외쳤다. "챔버스 형사님!"

챔버스는 분노의 한숨을 내쉬며 걸음을 멈추고 돌아섰다.

윈터가 중재를 하러 달려왔다.

"부끄러운 줄 아세요." 마셜이 챔버스에게 다짜고짜 내뱉었다.

"뭐?"

"이젠 피해자가 더 이상 진짜 인간처럼 느껴지지도 않을 만큼 냉소적이고 무심해지신 거예요? 그냥 쉽게 돌아서 버리면 그만이죠? 알피나 살인자는 안중에도 없고요. 두 사람 다 마찬가지예요!" 그녀는 윈터까지 노려보며 소리쳤다. "수사하는 시늉만 했죠. 월급 꼬박꼬박 타면서 어디 편한 자리 없나 기웃거리다가…, 또 병가 낼 궁리만 하고." 그녀가 윈터를 또 쏘아보며 덧붙였다.

"무슨 소릴 하는 건지 모르겠네." 챔버스의 목소리는 차분했지만 눈빛은 이글거렸다.

잠시 후 빗방울이 떨어지기 시작했다. 운하가 부글부글 끓기라도 하는 듯 수면에 잔물결이 생겼다.

챔버스가 윈터를 돌아봤다.

"내가 이 성난 아가씨가 벌인 전쟁에 끌려 들어가야겠어?" 그는 마셜에게 다시 주의를 돌리며 말했다. "당신은 형사가 아니야. 형사라고 할 수도 없지. 당신 팔 안쪽에 주삿바늘 흉터 가리려고 마리아랑 예수를 문신한 거 내가 눈치 못 챘을 것 같아? 로댕은 어디다 새겼을까?"

마셜의 눈길이 저도 모르게 자신의 다른 쪽 팔로 옮겨갔다.

"…그래봤자 10대 시절의 짝사랑 때문에 이러고 있는 거잖아?" 챔버스가 그녀에게 지적했다. "집어치워. 이제 당신은 그 친구 얼굴도 기억 못 할걸. 당신은 인생에 처음으로 찾아온 의미 있는 상대에게 집착을 버리지 못하고 방황하는 어린애일 뿐이야. 그런 감정을 형편없는 행동을 정당화하는 데 이용하고 있잖아. 피해자들이 안중에도 없는 건 바로 당신이라고."

"챔버스!" 선을 넘은 챔버스를 저지하려는 듯 윈터가 날카롭게 외쳤다.

마셜은 눈물이 쏟아질 것 같아 등을 돌렸다.

챔버스는 그녀를 울릴 뻔했다는 데 조금 미안해져서 한숨을 내쉬었다.

"그 일은 그냥 놔버리고 싶어. 한 걸음씩 디딜 때마다 그 기억이 자꾸 떠오른다고. 더 이상은 싫어."

"저는 뭐 잊은 줄 아세요?" 윈터가 따졌다. "제가 왜 형사님 병문안도 안 갔게요? 제가 왜 한 달씩 일하는 둥 마는 둥 하다가 자꾸 병가를 낸다고 생각해요? 눈을 감을 때마다 거기로 돌아가기 때문이에요. 형사님의 망가진 다리에 내 허리띠를 감고, 마치 지옥처럼 검은 뱀들이 우리 주위를 스르르 기어 다니고, 형사님의 동맥을 붙잡고 있느라 6미터 떨어진 길바닥에서 혼자 죽어가는 라일리를 보고만 있어야 했어요! …형사님을 도저히 볼 수가 없었다고요."

눈물이 그의 뺨 위를 또르르 구르는 순간 머리 위에서 하늘이 열렸다.

윈터는 고개를 들어 씁쓸하게 웃었다. "그거 아세요?! 악몽이 되돌아왔어요. 그런데도 저는 아직 이러고 있잖아요?"

마셜은 윈터를 자신의 집착에 끌어들인 책임이 있는 사람으로서 감히 그와 눈을 맞출 수도 없었다.

"그런 줄은 몰랐네." 챔버스가 옛 동료의 등을 토닥였다. 그는 목청을 고르고 말을 이었다. "우리가 정보를 전부 공유하던 시절에 자네한테 말하지 않은 게 있는데…, 물론 아무한테도 말 안 했어. 7년 전에 자네가 내 생명을 구했다는 건, 단순히 다리 때문에 한 말이 아냐. 내가 거기…, 속수무책으로 쓰러져있을 때…, 그자가 돌아왔었어."

"살인자 말씀인가요?" 마셜이 물었다.

챔버스는 고개를 끄덕였다.

"그놈이 차를 후진했어. 자기 승합차에서 내려서 내 쪽으로 다가왔어." 오랜 세월 간직한 비밀을 털어놓으면서 이제 챔버스의 눈도 붉어졌다. "손에 쇠톱을 들고…"

마셜이 손을 입에 갖다 댔다.

"내 머리카락을 한 움큼 쥐고 머리를 똑바로 놓더니…, 피부를 파고드는 톱니가 생생하게 느껴졌어…. 목 뒤의 상처는 차 사고로 생긴 게 아냐."

윈터의 안색이 창백해졌다.

"바로 그 순간에 생각지도 못한 자네가 모퉁이를 돌아 모습을 드러낸 거야. …나를 살린 거지."

"맙소사." 윈터가 이렇게 내뱉으며 자신의 얼굴을 문질렀다.

마셜은 살인자를 쫓다가 이미 지옥까지 갔다 온 이 두 남자를 섣불리 판단하고 부당한 막말을 했음을 깨닫고 입을 꾹 닫았다.

"이 사건 때문에 나는 이미 한 번 죽다 살아났어." 뼛속까지 흠뻑 젖은 챔버스가 말했다. "전부 아내와의 약속을 어겼기 때문이야. 미안하지만 같은 실수를 반복할 수는 없어. 그럼 가볼게. 기분이 더러워서." 그는 돌아서서 떠나기 전에 한 마디 덧붙였다. "몸조심해. …당신들 둘 다."

18

수요일

피부가 칼날에 슥 베이자, 피 한 방울이 진홍색 눈물처럼 그의 뺨을 타고 내렸다.

"젠장." 챔버스가 웅얼거렸다. 거울 속 자신을 얼마나 오래 들여다보고 있었는지 알 수 없었다. 그는 면도기를 내려놓고 세수를 했다.

아직 뺨에 티슈를 댄 채 챔버스는 멍하니 아침 식사를 쿡쿡 찔렀다.

"직장에 무슨 일 있어?" 이브가 커피잔을 든 채 이렇게 묻고 나서 그가 노상 하는 대답을 따라 하려고 입을 벌렸다.

"…응?"

그녀가 커피잔을 내려놨다. "무슨 일인데?"

챔버스는 힘없이 미소를 지었다. "아무것도 아냐. 그냥 잠을 좀 설쳐서."

"다리가 또 아픈 거야?"

"응." 그가 거짓말을 했다.

이브는 남은 커피를 내려놓고 시계를 보았다.

"출근해야겠어. 오늘은 법정에 나가야 하거든. 다 먹은 거야?" 그녀가 이렇게 물으며 그의 접시에 손을 뻗었다.

"미안. 뭐라고 했어?" 그가 넋 나간 사람처럼 물었다.

"다 먹었냐고?" 이브가 다시 물었다. "아니면 마저 먹을 거야?"

챔버스는 괴로운 표정으로 이브를 올려다보며 그녀의 손을 쥐었다.

"…아직 결정을 못 했어."

★

너덜너덜한 청바지와 플란넬 셔츠 차림의 마셜은 어깨에 배낭을 메고 버크벡 대학교의 복도를 걷고 있었다. 너바나(1987년에 결성되어 1994년, 멤버인 커트 코베인의 자살로 해체된 미국의 얼터너티브 록 그룹 - 옮긴이)와 레이지 어게인스트 더 머신(1990년대 초부터 활동한 미국의 메탈 그룹 - 옮긴이) 티셔츠의 물결에 섞이려는 노력을 너무 소홀히 한 건 아닌지 걱정이었다. 그녀는 표지판의 안내에 따라 유리 지붕이 덮인 복도를 지나갔다. 꽃을 피운 나뭇가지처럼 별관에서 뻗어 나온 복도였다.

그녀의 계획은 이랬다. 지금은 일단 접촉부터 시작한다. 전공을 잘못 선택해 인생을 망쳤다고 확신하고 눈물을 짜는 인문대 학생으로 위장한다. 진짜 관심사인 조각 전공으로 편입할 방법에 대해 조언을 구한다.

대학 입학시험 때 미술 과목을 공부하면서 얻은 보잘것없는 지식을 전날 저녁 내내 복습했지만 아주 피상적인 대화 이상은 자신이 없었다. 얄팍한 미술 지식이 탄로 날 위기에 처하게 되면 눈물로 무마할 작정이었다.

로버트 코츠가 행여 자신을 알아볼까 봐 두렵기도 했다. 물론 쓸데없는 걱정이었다. 당시에 그녀는 스포츠 센터 아르바이트생에 불과했으니까. 하지만 챔버스의 냉소적인 직언에 돋친 진실의 가시 때문에 아주 오랜만에 자신이 방황하는 10대처럼 느껴졌다.

현대적인 연결통로를 벗어나 고요한 복도로 들어서자 퀴퀴한 냄새가 되돌아왔다. 문 위에 붙은 명패는 그녀가 제대로 찾아왔다는 증거였다. 그녀는 긴 복도의 중간쯤에서 걸음을 멈췄다.

교수 로버트 D.S. 코츠 박사

마셜은 심호흡하며 눈물 연기를 할 준비를 마치고 문을 두드렸다.

…반응이 없었다.

다시 두드리고 기다리다가 문손잡이를 돌려보았다. 잠겨있었다. 왼쪽을 힐끔 살피고…, 오른쪽을 살핀 다음, 호주머니에서 스위스 군용 칼을 꺼냈다. 구식 문고리쯤은 얼마든지 딸 자신이 있었다. 문틈에 손톱 줄을 밀어 넣고 억지로 벌렸더니 결국 딸깍 소리가 났다.

"무슨 일입니까?" 옆 출입구에서 누군가 물었다.

마셜은 도구를 뒷주머니에 쑤셔 넣고 시뻘건 얼굴로 그쪽을 돌아봤다.

"코츠 교수님을 찾고 있어요." 그녀가 코를 훌쩍이며 말했다.

"오늘은 안 계세요." 민소매 셔츠를 입은 키 작은 남자가 의심 가득한 목소리로 말했다.

"그분께 할 얘기가 있어요. 급한 일이에요!"

"수요일마다 어머니를 뵈러 가세요. 내일 아침에 출근하실 거예요."

"알겠습니다." 그녀가 이미 뒷걸음질을 치며 울먹였다.

"누가 다녀갔다고 전해드릴까요?" 남자가 뒤에서 외쳤다.

"네!" 마셜은 무성의하게 대답하고 가장 가까운 출구로 직행했다.

★

학교 정문 맞은편에 차를 댄 윈터는 아침 식사로 롤빵을 입에 쑤셔 넣던 중에 허겁지겁 밖으로 나오는 마셜을 목격했다. 나머지는 쓰레기통에 버린 다음 손가락을 빨고 길을 건너려다가, 챔버스를 발견하고 멈칫했다. 그는 교정을 일직선으로 가로질러 마셜에게 다가가고 있었다.

둘 사이에서 빠지기로 결심하고 윈터는 벽에 기대 앉아 두 사람의 몸짓 언어를 흥미롭게 지켜봤다. 입모양을 읽으며, 그는 멀리 떨어진 곳에서도 대화의 요지를 파악했다고 확신했다.

★

"먼젓번 저녁에 저한테 너무하셨어요!" 마셜은 요란하게 손짓을 하며 이렇게 말하는 듯했다.

챔버스는 두 손을 쳐들었다. 화해나 낙관의 몸짓이겠지만 솔직히 부적절해 보였다. 그리고는 오른손을 가슴에 얹었다.

"너무 미안해서 가슴이 아프네."

★

"나 입모양 읽기에 좀 소질 있나 봐." 윈터는 자화자찬하며 조금 전에 먹다가 쓰레기통에 던진 아침 식사를 내려다봤다. 내용물이 포장지 밖으로 전혀 벗어나지 않은 걸로 보아 적어도 다른 쓰레기와 접촉하지는 않은 듯했다. 보는 사람이 있는지 살핀 다음 그는 손을 뻗어 그것을 다시 주웠다. 그 바람에 둘의 대화를 몇 마디 놓치고 말았다.

★

"코츠를 찾았어?" 챔버스가 마셜에게 물었다.

이 말은 알아듣기 쉬웠다.

"아니요. 수요일은 맥도날드에 간대요."

"맥도날드?"

"네, 맥도날드요." 마셜이 고개를 끄덕였다.

"그럼 우리도 가보자고. 가만, 윈터는 어딨지?" 챔버스가 그녀에게 물었다.

"저쪽에요." 마셜이 윈터가 있는 쪽을 가리켰다.

윈터는 쓰레기통에서 건진 아침 식사를 들어 보이며 인사했다.

"난 저 친구가 정말 존경스러워." 챔버스가 이렇게 말하는 것 같았다. "저 친구는 최고야."

마셜이 동의하며 고개를 끄덕였다. "네, 윈터가 최고죠."

★

"내가 최고지." 윈터는 씩 웃었다. 이번에는 더러워진 롤빵을 진짜로 버리고 일어섰다. 두 사람이 길을 건너오고 있었다. "안녕하세요." 윈터가 말을 붙였다.

"어젯밤에는 미안했어." 챔버스가 사과했다. 이제 잘 들리긴 했지만 가슴이 아프다는 몸짓은 하지 않아서 별로 진실하게 느껴지지 않았다. 윈터가 괜찮다는 듯 손을 흔들었다.

"자네 차야?" 챔버스는 승합차에 오르면서 못마땅한 표정을 지었다.

윈터는 자랑스레 계기판을 두드리고는 끈적끈적한 손을 좌석에 문질렀다.

"오늘 아침에 렌트했어요. …뒷좌석에 죄수를 실어야 할지도 모르니까."

나오는 대로 지껄이는 소리가 분명했지만 챔버스는 할 말을 참았다.

마셜을 뒤따라 차에 탄 챔버스는 안전벨트를 맸다. 세 사람은 따분하기 짝이 없는 영화를 보는 관객처럼 나란히 앉아 있었다.

"우리가 무슨 얘기를 나눴는지 알려드릴게요." 마셜이 제안했다.

"필요 없어요." 윈터가 다 안다는 듯이 말했다. "맥도날드 어쩌고 라고 했잖아요?" 마셜과 챔버스 모두 황당하다는 표정을 지었다.

입모양 읽는 능력을 더 단련해야겠다고 생각하며 윈터는 시동을 걸었다.

"아무래도 나한테도 말해주는 게 좋겠어요."(발음상 입모양이 비슷한 '톨 오크스Tall Oaks'를 '맥도날드McDonald's'로 착각했다는 뜻 – 옮긴이)

★

톨 오크스 요양원의 주차장은 서투른 운전자가 모는 바퀴 간격이 긴 승합차를 염두에 두고 설계된 곳은 아닌 듯했다.

"그러다 부딪친다." 챔버스가 그들과 최신형 포드 피에스타 사

168

이의 좁아지는 간격을 내려다보며 경고했다.

"아니, 절대 안 부딪쳐요." 윈터가 우겼다.

"내가 왜 거짓말을 하겠어?!"

"후진했다가 다시 들어오세요." 마셜이 훈수를 두었다.

"알았다고요!" 윈터가 한숨을 쉬며 기어를 찾았다. "잔소리 좀 그만해요. 운전이 오랜만이라서 그래요."

"맙소사." 챔버스가 얼굴을 가리며 중얼거렸다. "코츠가 우리 중 하나를 발견하면 끝장이야. 그냥 도로에 주차해."

요양원 바로 건너편에 주차 공간을 발견한 세 사람은 차에서 내렸다가 계획을 마무리하기 위해 다시 뒷좌석에 모였다.

"윈터가 후진하다 들이받을 뻔했던 적갈색 복스홀 캐벌리어 봤어?" 챔버스가 물었다. "코츠 차잖아. 그자가 건물 안에 있다는 뜻이야." 그는 외투 호주머니에서 뭔가를 꺼냈다.

"그거…, 도청기인가요?" 윈터가 들떠서 물었다.

"당신 혼자 저기 들여보내기 불안해서." 챔버스가 마셜에게 그것을 건네며 말했다.

마셜은 그 생각을 못 한 자신이 조금 어리숙했다고 느끼며 셔츠 밑에 그것을 고정하기 시작했다.

"우리가 듣고 있을 거야." 챔버스가 그녀를 안심시켰다. "이상한 낌새가 보이면 나랑 윈터가 곧바로 달려갈 거라고."

"괜찮을 거예요." 그녀가 옷깃을 세우며 말했다. 챔버스는 헤드폰을 귀에 갖다 댔다. "마이크 테스트. 하나. 둘. 하나. 둘."

그는 고개를 끄덕였다. "그래, 어쩔 '작정'이야?"

"우리 어머니를 이 요양원에 옮기고 싶다고 하면서 내부를 둘러보려고요. 그동안 혼자 돌보느라 너무 힘들었고 아픈 어머니를 두고 대학에 다니면서 인생의 열정을 추구하기도 어려우니…"

"좋네." 챔버스가 평했다.

"코츠의 모친이 어떤 상태인지 아세요?" 마셜이 물었다.

"모르지."

"아깝네요." 그녀가 한숨을 쉬었다. "그걸 공통의 화제로 삼을 수 있었을 텐데요. 자, 그럼 행운을 빌어주세요." 그녀는 잠시도 주저하지 않고 차에서 뛰어내려 문을 닫았다.

"잘 다녀와." 챔버스가 중얼거렸다.

챔버스가 윈터에게 헤드폰을 건네자 그는 기다렸다는 듯이 머리에 썼다.

"형사님께서 돌아오시니까 좋네요!" 그가 승합차 안에서 볼륨을 조절하며 소리쳤다.

"안 돌아왔어." 챔버스가 중얼거렸다. 귀에 헤드폰을 덮고 있어 듣지 못하는 남자가 아닌 자기 자신에게 하는 말이었다.

★

오전 나절에 마시는 커피라니. 완벽한 타이밍이었다. 북적북적한 휴게실에서 환자와 가족들 사이를 어슬렁대는 마셜에게 아무도 눈길조차 주지 않았다. 코츠가 그곳에 없다는 사실을 금방 알아차린 그녀는 '거주동'이라 표시된 여러 개의 문 쪽으로 슬금슬금 이동했다. 적절한 순간을 노리고 있는데, 때마침 보드게임을 하던 무리에서 다툼이 일어났다. 몇몇 직원이 그쪽으로 달려간 틈을 타 마셜은 서둘러 움직였다. 벽에 걸린 화이트보드에 유용한 정보가 적혀 있었다.

20호 주디스 하트
21호 메러디스 코츠
22호 캐럴 맥닐

고통에 찬 비명이 온 복도에 울렸다. 방 번호 수가 커질수록 소리는 요란해졌다. 17호를 지나갈 무렵, 해독이 가능한 단어가 몇 개 들렸다.

"독이 들었어! 전부 독을 탔잖아!"

쨍그랑 깨지는 소리가 들리더니 몇 칸 떨어진 문에서 간호사 한 명이 나왔다. 커피로 얼룩진 제복에 진절머리 나는 표정이었다. 마셜은 죄 지은 사람처럼 긴장했지만 남자는 그녀에게 전혀 관심을 보이지 않고 휙 지나갔다. 19호와 20호를 지나, 마셜은 21호의 열린 문 앞에 멈췄다. 내부에서 소란에 뒤이어 누군가 노래를 부르며 달래는 소리가 들렸다.

"우리가 가진 것이 오직…, 시간뿐이라면…, 당신과 나누겠어요…, 내게 필요한 건…, 그것뿐."

가느다란 목소리가 노래에 합류하면서 비명은 가라앉았다.

"내 모든 시간을…, 당신과…, 함께 할 수 있다면…, 시간은…, 나의 편이니까요."

"기분이 좀 나아졌어요, 엄마?" 남자가 물었다.

마셜은 여자의 주름진 손을 잡는 그를 보았다.

"자, 앉혀드릴까요? 커피도 좀 갖다 드리고?"

이런 상황에서는 '우연한' 만남을 설계할 방법이 없다고 판단하고, 마셜은 돌아서서 남들의 눈에 띄기 전에 서둘러 나갔다.

승합차에 올라타자 조금 전 목격한 대화가 그녀를 괴롭혔다.

"거기에 왜 들어갔는지 잊은 거예요?" 윈터가 농담조로 물었다. "연쇄 살인범 찾으러 갔잖아요. 당신 연쇄 살인범 찾으러…, 들어갔다고요."

"타이밍이 안 좋았어요!" 그녀가 버럭 화를 냈다. "병실에서 자기 어머니한테 밥을 먹이고 있었어요. 노인은 정신이 오락가락하는 것 같았고요."

"그 노인한테서 뭘 좀 알아낼 수 있을까?" 챔버스가 물었다.

"방금 본 모습에 따르면 가능성이 없어 보여요. 그래도 나중에는 상태가 달라질지 모르죠."

챔버스는 고개를 끄덕였다. "코츠가 다음에는 어디로 가는지 지켜보자고."

또 40분이 지난 후 그들은 요양원에서 나오는 로버트 코츠를 보았다. 그는 손가락에 끼운 열쇠를 돌리며 휘파람을 불고 있었다. 머리카락은 전보다 짧아졌고, 곤충 같은 생김새는 그에게 잘 어울리는 세련된 안경으로 꽤 보완되었다.

"지난번에 봤을 때보다 멋을 좀 부린 것 같네요." 윈터가 말했다.

마셜은 눈살을 찌푸렸다. 대학 교수가 차에 올라 운전하는 모습을 보자 그녀를 괴롭히던 의심이 되돌아왔다.

"좋아." 챔버스가 말했다. "저놈을 따라가."

윈터는 차에 기어를 넣었다.

★

"저 자식은 집에 가고 있는 거야." 챔버스의 눈에 익은 동네였다.

"앞지르지 그래요?" 마셜의 요구에 윈터는 모퉁이를 돌고 나서 발에 힘을 꾹 주었다. 시속 160킬로로 과속 방지턱에 부딪치자 그의 차량 렌트 보증금이 길에 팽개쳐지는 소리가 들렸다.

"무슨 생각해?" 챔버스가 마셜에게 관심을 보이며 물었다.

"어떻게 하면 우연한 만남을 가장할 수 있을지…"

"다 왔어요!" 윈터가 브레이크를 밟고 집을 가리키며 선언했다. "정원 요정들이 사는 집."

마셜은 배낭을 쥐고 차문을 휙 열었다.

"이봐." 챔버스가 뒤에서 불렀다. "우리가 듣고 있을 거야." 그녀는 차문을 쾅 닫고 서둘러 대문으로 들어갔다. "이번에도 무사히 다녀와." 그가 중얼거렸다.

윈터는 집에서 조금 떨어진 길가에 주차했다. 눈에 익은 적갈색 차가 지나가자 둘은 계기판 밑으로 몸을 숙였다.

윈터가 먼저 헤드폰을 썼다.

"…하나. 둘. 마이크 테스트. 하나. 둘." 스피커에서 마셜답지 않은 불안한 목소리가 나왔다. "세 목소리가 들려서야 할 텐데요…"

그들은 사이드미러를 통해 코츠가 차에서 내려 열린 대문으로 다가가다가 잠시 멈칫하는 모습을 보았다.

"…그 사람이 오고 있으니까요."

19

"거기서 뭐 하는 겁니까?"

마셜은 깜짝 놀라 스케치북을 손에서 놓쳤다. 스케치북은 꼭 비꼬는 것만 같은 '어서 오세요' 매트 위에 펼쳐진 채로 떨어졌다. 그녀는 뒤로 돌아서며 민망하고 당황한 표정을 지었다.

"뭐 하고 있냐고 묻잖아요?"

"아, 저는 어…, 코츠 씨 되시죠?" 그녀가 쭈뼛대며 물었다. "죄송합니다. 코츠 교수님이라 해야겠죠."

그 말을 뱉는 순간 눈앞의 남자는 전혀 다른 인물로 변신했다. 자세가 꼿꼿해지면서 키가 5센티는 더 커지고, 입술이 닫히면서 뻐드렁니가 감춰지고, 안경 뒤의 눈마저 수축하는 듯 보였다. 당황한 학생 연기를 하고 있긴 했지만 마셜은 진짜로 말문이 막혔다.

"맞아요." 그가 그녀를 구석구석 뜯어보며 대답했다.

"아! 그냥 문틈으로 쪽지를 밀어 넣으려던 참이에요. 교수님이 안 오실 줄 알고…." 그녀는 손을 내밀며 그에게 한 걸음 다가갔다. "다시 인사드릴게요. 처음 뵙겠습니다! 저는 로라예요."

그는 악수를 하는 둥 마는 둥 하고 한 걸음 물러나 그녀의 해명을 기다렸다.

"…이 동네로 이사할 생각이거든요. 65번지로요." 그녀는 지나오면서 이웃집 정원에서 본 '임대' 표시를 떠올리며 이야기를 꾸며냈다. "옆집 부인과 얘기를 했는데요. …그분 성함은 모르시죠?"

코츠는 고개를 저었다. 불청객을 따뜻하게 맞이하는 기색은 전혀 없었다.

"어쨌든, 그분과 미술 얘기를 나누다가 제 그림을 보여드렸어요." 마셜은 손에 쥔 스케치북을 가리켰다. "그러면서 제가 대학에서 미술 공부를 하고 싶다고 했더니 그 부인이 이웃에 버크벡 대학 미술 교수가 산다고 하시지 뭐예요!"

"그랬군요." 코츠가 조금 경계를 풀었다.

"그러면, 이웃사촌끼리…, 혹시 시간이 괜찮으시면 지금 차 한 잔 어때세요? 어떻게 하면 미대에 편입할 수 있을지 조언을 구하고 싶어서요. 어느 과에 지원하는 게 가장 좋을지 궁금해요." 그녀는 기대를 품고 미소를 지었다.

코츠는 손목시계를 흘끗 내려다보며 난처한 표정을 지었다. "미안하지만 오늘은…."

"차 한 잔이면 돼요. 그 정도 시간은 있으시겠죠?"

"시간이 많진 않아요."

"정말 감사해요!"

코츠가 곤충 같은 눈으로 자신을 바라보자 마셜은 어색하게 몸을 비비 꼬았다. 우스꽝스런 연기를 그에게 간파당하는 기분이었다.

"관심 분야는 어느 쪽이죠?" 그가 테스트하듯 물었다.

"조각이요."

"현대? 추상?"

"고전이요."

그는 알았다는 듯 고개를 끄덕였다. "마음에 드네요. …좋아하는 예술가는?"

"대답하기 어렵네요. 딱 한 사람만 고른다면, 교수님은요?"

"베르니니."

"그러면 저는…." 마셜은 이제부터 그를 어디까지 압박할지 고민하며 심호흡을 했다. "…첼리니요."

★

100미터 떨어진 길가에서 대기하던 윈터는 그녀의 대답을 들으며 잔뜩 긴장해 기도하듯 양손을 모으는 챔버스를 지켜봤다. 아무래도 그녀가 틀린 대답을 한 모양이었다.

★

마셜은 숨도 제대로 쉬지 못하고 자신의 대답을 곱씹는 코츠를 보고 있었다. 무표정한 얼굴은 어떤 감정도 드러내지 않았다. 그러다 그는 갑자기 이를 드러내며 환히 웃었다.

"이 분야에서 몇 안 되는 진짜 대가죠." 그가 인정했다. 예술가와 더불어 마셜의 취향을 칭찬하는 말이었다.

그는 현관문을 가리켰다.

★

"오, 이런." 윈터가 필요 이상으로 호들갑스럽게 외쳤다. "마셜이 집 안으로 들어가요!"

"괜찮을 거야." 말은 그렇게 해도 챔버스의 얼굴에 근심이 번졌다.

"핑계는 생각해봤어요?" 윈터가 헤드폰을 들어 올리며 무심히 물었다.

"뭐?"

"저기 쳐들어가려면 구실이 필요하잖아요. 7년이 흘렀어요. 우리 중 한 명이라도 그럴듯한 이유를 대야 할 것 같은데요?"

챔버스는 바보를 보듯 동료를 응시했다.

"그건 자네한테 맡길게." 그는 마셜이 집 안에 들어서면서 도청기로 내보내는 소리에 귀를 쫑긋 세웠다.

★

코츠가 우편물과 구겨진 종이를 주우려고 몸을 숙인 사이 마셜은 위태롭게 쌓인 서류 더미, 몇 년 치 고지서, 복도 구석구석에 흩어진 서신을 훑었다. 편지 한 통이 유난히 눈에 띄었다. 그녀가 그쪽으로 한 발짝 다가가는 순간 계단을 후다닥 내려오는 발소리가 들렸다.

까만 래브라도가 흥분해서 날뛰다가 그녀를 넘어뜨릴 뻔했다.

"안녕." 그녀는 웃으며 개를 쓰다듬었다. "귀여운 녀석이네요." 코츠에게 말했지만 그는 강아지가 그의 다리를 툭툭 건드려도 아무런 애정 표시를 하지 않았다. "이름이 뭐예요?"

"아직 이름을 붙이지 못했어요." 그는 주방으로 들어갔다. 래브라도도 그를 졸졸 따라갔다.

"신발을 벗어야 하나요?" 마셜이 복도에서 어정거리며 물었다.

"그럴 필요 없어요."

집 안은 못 견디게 더웠고 해묵은 곰팡내를 풍겼다. 정교하게 페인트칠한 천장 밑에 우중충한 벽지가 붙어 있었고 남는 공간 없이 구식 장식품이 빽빽이 들어차 있었다. 서른아홉 살의 교수에게는 어울리지 않는 공간이었다. 1960년대풍의 주방으로 들어가니 코츠가 그릇에 개밥을 담고 있었다.

"여기서 혼자 사세요?" 마셜이 무심한 척 물었다.

"네." 코츠가 손을 씻고 주전자에 물을 채우며 대답했다. "어머니가 요양원에 들어가셔서요. 돌아오실 때를 대비해 가구를 전부 그대로 뒀는데 아무래도 힘들 것 같네요." 그는 가스레인지에 불을 켜고 그 위에 주전자를 놓았다. "좀 봐도 될까요?" 그는 마셜이 손에 든 스케치북을 가리켰다.

"아." 마셜은 당황했다. 이런 상황을 예측하지 못하다니 어리석었다. 그 안에 담긴 세 장의 그림이 그녀의 정체를 순식간에 폭로할 수도 있었다. "별로 잘 그리지 못해서요." 그녀가 부끄러운 듯 거절했다.

"그래도 한번 보고 싶네요."

"죄송하지만 안 되겠어요." 그녀는 웃으며 뒤편의 조리대에 스케치북을 내려놨다.

물이 끓기 시작하자 코츠는 안경을 벗고 눈을 비볐다. 래브라도는 낑낑거리며 식탁 밑으로 들어갔다. 갑작스런 분위기의 변화를 감지한 마셜은 핑계를 주워섬기고 달아나고 싶은 생각이 굴뚝같았지만 얼굴에 억지로 수줍은 미소를 지었다.

"알았어요, 보여 드릴게요. 대신 너무 흉보진 마세요." 그녀는 스케치북을 다시 집어서 건넸다.

코츠는 안경을 쓰고 스케치북을 받아 들고 식탁에 앉았다. 주전자 주둥이에서 나오는 증기가 가끔 휘파람처럼 선율을 만들어 냈다. 마셜이 주방 건너편에서 불안하게 바라보는 가운데 코츠가 첫 장을 펼쳤다. 연필과 여백으로 생생하게 표현한 로댕의 〈생각하는 사람〉이었다.

"좋은데요." 그가 이렇게 평가하는 순간 주전자가 노래하기 시작했다.

마셜은 불안한 미소를 지었다. "감사해요. 이제 그만 돌려주시겠어요?"

그는 그 말을 못 들은 척하고 페이지를 넘겼다. 미켈란젤로 〈피에타〉의 비극적인 장면이 나왔지만 그는 감정을 거의 드러내지 않았다. 인류의 구세주가 어머니의 무릎에 애처롭게 누워 있었다.

불길에서 벗어나려는 듯 주전자가 덜컹거리기 시작했다. 그러나 코츠는 마지막 미완성 작품으로 페이지를 넘겼다. 벤베누토 첼리니의 〈메두사의 머리를 벤 페르세우스〉를 어둡게 표현한 스케치였다. 반신半神의 전리품이 된 고르곤의 뱀 머리가 소름 끼치도록 세밀하게 묘사되어 있었다.

다음 페이지가 비어있는 것을 확인하고, 코츠는 스케치북을 덮으며 일어섰다. 등 뒤의 주전자가 이제 비명을 지르고 있었다. 코츠는 주전자 불을 끄고 선 채로 그녀를 응시했다.

마셜은 코츠가 손에 무기를 들었다는 사실을 의식하며 펄펄 끓는 액체가 담긴 주전자에서 눈을 떼지 않았다.

"당신 참 영리하네요, 조던." 코츠가 입을 열었다.

"감사합니다." 마셜은 이렇게 대답하고 나서야 실수를 깨달았다. 그녀는 갈라지는 목소리로 그의 말을 바로잡았다. "…로라예요."

"처음에는 못 알아봤지 뭐예요." 코츠의 혐오스런 작은 입이 말려 올라가더니 조소하는 표정을 지었다.

마셜은 배를 한 방 걷어차인 기분이었다. 그녀는 간절한 마음으로 복도 너머 현관문을 내다봤다.

"전혀 나답지 않았죠." 그는 펄펄 끓는 주전자를 들고 그대로 서 있었다. "나는 누구든 다 기억하거든."

그가 한 발짝 다가오자, 당황한 마셜은 찬장 앞에 있던 도자기 조각상 하나를 바닥에 떨어뜨렸다.

"맙소사! 정말 죄송합니다." 그녀는 쭈그리고 앉아 깨진 조각을 줍다가 파들거리는 손을 베고 말았다. "저를 다른 사람이랑 착각하셨나 봐요." 그녀의 말에는 설득력이 없었다. 바닥에 핏방울이 똑똑 떨어졌다.

"아닐걸. 당신, 알폰스 친구잖아." 그는 고개를 까딱하더니 눈을 감고 기억을 더듬었다. "스포츠 센터에서 같이 일했었지. 그 애가 아가씨 얘기를 많이 했는데, 이런 말 하긴 뭣하지만 전부 좋은 얘기는 아니었어."

마셜은 고개를 저었다. 눈에 눈물이 핑 돌았다.

"여기 찾아온 진짜 이유가 뭐지?" 코츠가 그녀와 주방 문 사이를 몸으로 가리며 물었다.

"죄송한데 무슨 말씀인지 통 모르겠네요. 이만 가봐야겠어요. 실례했습니다."

코츠는 꿈쩍하지 않고 그녀의 얼굴에 번져가는 감정을 홀린 듯 응시했다.

"좋을 대로 해." 그의 손에 들린 주전자가 움찔거렸다.

마셜은 움직이지 않았다. 그가 너무 가까이 있어 지나가기 힘들어 보였다.

"지나갈 수가 없잖아요."

"못 지나갈 게 뭐 있어." 그녀가 옷깃을 입까지 세우는 모습을 보고 코츠는 히죽 웃었다.

"나갈 수가 없어요." 그녀가 큰소리로 외쳤다. "도와주세요!

그 순간, 앞문과 뒷문이 동시에 벌컥 열리더니 챔버스와 윈터가 달려 들어왔다. 두 사람은 주방에 서 있는 유력 용의자를 에워쌌다.

"괜찮아?" 챔버스가 바닥에 떨어진 축축한 피를 발견하고 마셜에게 물었다.

그녀는 고개를 끄덕이고 그의 옆으로 달려갔다.

"지난번 그 커스터드 크림 먹으러 돌아왔어요." 윈터가 코츠에게 말했다. 적절한 구실이 아니라는 사실은 본인도 마음속 깊은 곳에서 느끼고 있었다.

코츠는 주전자를 싱크대에 내려놓고 손님들을 번갈아 살폈다.

"아, 챔버스 형사네요." 그는 고개를 까딱하며 알은체했다. "애덤 윈터…, 순경." 그는 이제 전부 이해가 된다는 듯 그들의 이름을 기억해냈다. "다 지나간 사건인 줄 알았는데."

"마침 근처에 있었거든." 챔버스가 어깨를 으쓱했다. "우리 친구를 좀 데려가려고."

"개도요." 마셜이 겁에 질려 구석에 웅크린 동물을 가리키며 덧붙였다.

"그래, 개도." 챔버스가 동의했다.

"개는 못 가요." 코츠가 단호히 말했다. "영장이라도 갖고 내 집에 쳐들어왔냐고 물어봤자 입만 아프겠죠?" 그들의 무응답이 그 대답이었다. "그럼 모두들 이만 나가주세요." 그는 퉁명스레 말을 마치고 마셜을 돌아봤다. "다시 만나서 반가웠어, 조던." 그는 웃음을 지으며 그들을 집에서 몰아냈다. 그리고는 부서진 현관문 앞에 서서 정원을 건너가는 그들을 지켜봤다.

대문에 도착한 챔버스는 손가락을 입에 물고 큰 소리로 휘파람을 불었다.

"자, 이리 오렴!" 그가 외치자 강아지가 두 번 부를 필요도 없이 코츠를 스치고 달려와 바깥에서 기다리던 그들을 따라나섰다.

"죄송해요." 마셜이 승합차에 올라타며 말했다.

윈터가 시동을 걸었다. "어디로 모실까요?"

"일단 여기서 좀 벗어나자고." 챔버스가 떠나는 그들을 지켜보는 코츠를 지켜보며 대답했다.

★

"첼리니라니?!" 챔버스가 고함을 쳤다.

윈터는 공설운동장 맞은편에 차를 대면서 자신이 뭔가를 놓치고 있다고 확신했다.

"그래야 그 자식한테 인정을 받죠." 마셜이 주장했다.

"너무 성급했어. 그래서 정체가 탄로 난 거잖아!"

"그건 아닐 거예요." 마셜은 그렇게 부인했지만, 챔버스의 말이 사실일 거란 생각에 한숨을 지었다.

"어느 쪽이든." 챔버스가 말했다. "우린 끝장이야." 그는 차에서 내리더니 문을 쾅 닫고 가버렸다.

"…첼리니?" 윈터가 물었다.

개가 빈 좌석으로 폴짝 뛰어올랐다.

"첼리니를 알 줄은 몰랐네요." 그녀는 손에 생긴 쓰라린 상처를 소매로 눌렀다.

"코츠가?"

"아니요. 챔버스가요." 그녀가 가로수 길을 걸어가는 그를 지켜보며 침울하게 대답했다. "〈메두사의 머리를 벤 페르세우스〉 말이에요. 챔버스가 공격을 당한 날 밤에, 살인자가 재현하려 한 작품이 그게 아닌가 싶었거든요. 그의 세 번째 '예술작품'이랄까요."

"메두사라고요?" 윈터가 물었다. "그래서…, 뱀이?"

"갓 베어낸 적의 머리도 필요했을 테고요." 그녀가 고개를 끄덕이며 스케치북을 집으려 더듬거리다가, 서둘러 나오느라 그것을 코츠의 주방에 두고 왔음을 깨달았다.

"맙소사." 윈터가 헉 소리를 냈다.

"역시 코츠였어요." 마셜이 단호히 말했다. 순간적으로 마셜의 머릿속은 자신이 밀어 넘어뜨리는 바람에 죽은 토비어스 슬립의 망가진 시체 이미지로 채워졌다. "전부 그 사람 짓이었어요. 이제 확신이 들어요. 그런데 오늘 제가 만난 코츠는 7년 전에 만난 사람과는 다른 사람 같았어요." 그녀는 잠시 말을 멈추고 생각을 정리했다. "동일 인물이지만 같은 사람은 아니었다고요. 이게 말이 되는 소린가요?"

"전혀."

"아까 요양원에서 본 로버트 코츠와도 다른 사람이었어요."

"뭔 소리예요?"

"헨리 존 돌런의 옛 애인이 제가 보여준 사진에서 코츠를 못 알아본 이유를 알 것 같아요. …코츠는 카멜레온 같은 변신의 귀재예요."

"카멜레온?"

"인격을 고르고 거기에 맞게 외모까지 바꿔서 상대가 원하는 사람이 되는 거죠."

윈터를 돌아보니 그는 전혀 이해가 안 되는 표정이었다.

"어떻게 생각하세요?"

"내 생각에는…, 챔버스한테 알려야 할 것 같아요."

두 사람은 차에서 내려 나무 밑으로 이동했다. 나뭇잎의 붉은 색이 주위의 빛까지 물들이는 느낌이었다. 새 반려동물도 촐싹대며 그들 옆에서 에너지를 태웠다.

"괜찮으세요?" 마셜이 챔버스에게 물었다.

"몇 분만 더 끌었으면 좋았을 텐데. 실수였어. 내 잘못이야. 다시는 그 자식한테 말려들지 말았어야 했는데. 모든 게 수포로 돌아갔어."

"그렇다고 아예 헛짓거리를 한 건 아니에요." 윈터가 주장했다. "적어도 개는 구출했잖아요." 그가 나무 위로 달아나는 다람쥐를 쫓다가…, 거대한 똥을 싸는 개를 지켜보며 지적했다.

챔버스는 별 감흥이 없어 보였다.

"이걸 건졌어요." 마셜이 호주머니에서 구겨진 편지를 꺼내 그에게 건넸다.

"이게 뭐지?"

"코츠의 생모가 코츠가 태어나기 전부터 웨스트 퍼트니에서 농장을 임차한 모양이에요." 마셜이 설명했다. "그날 뭔가를 찾겠다고 그 집 정원을 파헤친 게 실수는 아니었어요. …엉뚱한 위치라서 그렇죠."

20

7년 반이 넘도록 사건에서 물러나 있던 챔버스는 조금 전 마셜이 코츠의 집에서 훔쳐 온 편지에 적힌 주소에 가보기로 했다. 코츠의 생모가 임차했던 퍼트니 농장은 현재 완즈워스 자치구 의회가 관리하는 부지였다.

이미 상당한 시간이 지났으니 로버트 코츠는 틀림없이 경찰서에 민원을 제기하고, 충직한 변호사와도 상의했을 것이다. 수사팀이 번잡한 행정과 징계 절차에 시간을 뺏기며 유력 용의자에게 손도 대지 못하는 7년이라는 세월 동안, 코츠는 여유롭게 증거를 은폐했을 가능성이 컸다.

그래서 일단 팀을 나눠 접근하기로 했다. 증거가 은폐되어 있을 수 있는 퍼트니 농장 관련 정보를 챔버스가 찾는 사이, 마셜과 윈터는 코츠의 어머니를 시작점으로 삼는 것이 합리적이라는 그녀의 의견에 따라 톨 오크스 요양원으로 돌아갔다.

퍼트니 농장을 관리하고 있는 의회 자원봉사자가 담배를 천 개비쯤 피운 사람이 풍길 법한 퀴퀴한 악취를 풍기며, 내키지 않는 표정으로 챔버스를 상대하러 나타났다. 그 남자는 불룩한 똥배 아래쪽을 민망한 기색도 없이 긁적이며 구깃구깃한 편지를 다시 읽었다.

"8-6-1 구역이네요." 그가 최소한의 인사말도 생략하고 대뜸 말했다. "거긴 어…, 도버하우스 로드죠."

그는 편지를 챔버스에게 돌려주고 돌아섰다. 또 일거리 하나 해치웠다는 듯이.

"그렇군요." 챔버스가 일어서며 말했다. "갑시다." 남자는 한 대 얻어맞은 표정이었다. "그쪽으로 데려다줘요. …지금 당장."

★

톨 오크스에 도착한 마셜과 윈터를 안내할 사람이 복도에 나타 났다.

"안녕하세요! 메이시예요!" 여자는 파티에 놀러 온 손님을 맞듯 그들에게 밝게 인사했다. "메러디스의 담당자랍니다. 절 따라오세 요. 그분 방을 보여 드릴게요."

마셜과는 정반대로 이 여자의 얼굴에는 삶의 기쁨이 충만했다. 꽃 사진을 찍고 날개 부러진 새가 건강을 회복할 때까지 보살피 는 선량한 사람이겠지만, 그런 존재들에게 고통을 주는 세상에는 무지한 유형이 분명했다.

"아, 이걸 누가 떨어뜨렸을까?" 명랑한 간병인이 복도에서 그들 앞에 멈추며 물었다. 풍만한 몸에 꽉 끼는 유니폼을 입은 그녀는 끙끙대며 바닥에 떨어진 빗을 집다가 엉덩이와 등판의 일부를 윈 터와 마셜에게 드러냈다. "미안해요. 못 볼 걸 보셨죠!" 그녀가 쿡 쿡 웃었다.

"혹시…, 화성인 마빈인가요?" 그녀의 등에 있는 특이한 문신을 본 윈터는 얼떨결에 이렇게 물었다.

"네, 맞아요!" 메이시가 환히 웃었다. "그 만화 좋아하세요?"

그는 조금 곤란한 표정을 지었다. "음, 남들만큼은…, 좋아해요."

"코츠 부인이 가끔씩 말썽을 부린다고 들었어요." 마셜이 무의 미한 대화를 끊고 한마디 했다. 하지만 그 사실을 어떻게 알았는지는 언급하지 않았다.

"아, 귀여운 분인걸요." 메이시가 말했다. "하지만 말씀대로예요. 그럴 때가 있죠. 그래서 제가 그분을 맡은 거예요. 그분 아드님이 지금까지 본인보다 어머니를 더 잘 다루는 사람을 딱 두 명 봤는데 제가 그중 하나래요." 그녀가 자랑스레 호호 웃었다. "저야 뭐 작은 일에도 정성을 다할 뿐이죠. 다 왔네요. 이 방이에요." 그녀는 문을 두 번 두드리고 메러디스 코츠의 개인 병실로 들어갔다. 노파가 반듯이 누워 천장을 물끄러미 바라보고 있었다.

"이 일은 비밀로 해주세요." 마셜이 간병인에게 당부했다.

"물론이에요. 저는 안 들어갈 거예요. 부인한테 붙잡힐 거 같아서요." 메이시가 속살거렸다.

"도와주셔서 감사합니다." 마셜은 문을 닫고 침대 옆에 앉았다.

"코츠 부인? …코츠 부인?" 노쇠한 여인은 고개를 돌렸지만 마셜이 그곳에 없는 듯 멍하니 보다가 딴생각에 빠진 듯했다.

"메러디스라고 불러도 될까요?" 그녀는 이제야 마셜을 알아봤다는 듯 멀뚱하던 얼굴에 미소를 지었다. "메러디스, 아드님에 대해 여쭤볼 게 있어서 찾아왔어요."

마셜이 헛된 노력을 이어가는 사이 윈터는 화장대를 등으로 가린 채 상단 서랍을 살짝 당겼다. 안에 잠옷과 속옷이 들어 있었다. 그 아래 칸 역시 옷이 잔뜩 들어 있었다. 맨 아래 서랍에는 손이 닿지 않아 재빨리 무릎을 꿇고 손잡이를 당겼는데….

그 안에서 찾은 오래된 사진첩을 손에 쥐고 다시 일어서는데 뭔가가 바닥에 떨어졌다. 윈터는 허리를 굽혀 그것을 집었다.

"음, 마셜."

윈터가 아직 앨범의 한 페이지에 꽂히지 못한 채 봉투에 담겨 있는 최근 사진들을 그녀에게 건넸다. 첫 번째는 미남 버전의 로버트 코츠가 웬 매력적인 여성에게 팔을 두르고 있는 사진이었다. 두 사람은 진심으로 행복해 보였다. "코츠의 학생이었나 봐요."

두 번째 사진에서는 같은 여성이 '93년도 졸업식'이라 적힌 현수막 앞에 졸업 가운 차림으로 서 있었다.

새로 발견된 이 사진들을 두고 윈터와 의미심장한 시선을 교환한 다음 마셜은 노파 쪽을 돌아봤다.

"메러디스, 이 사람이 누구죠?"

노파는 떨리는 손으로 사진을 가리키며 대답했다. "우리 로버트야."

"이 여자는요?" 마셜이 끈기 있게 물었다. "로버트랑 같이 있는 사람이요."

이 연약한 노파가 한순간 멀쩡한 정신으로 돌아왔음을 감지하고 마셜은 슬픈 미소를 짓는 그녀를 지켜봤다. 노파는 처음으로 마셜과 눈을 맞췄다.

"…엘로이즈. 참 괜찮은 아가씨였는데…."

"엘로이즈라고요? 혹시 성도 아세요?" 마셜이 다정하게 물었다.

그녀는 고개를 저었다. "옛날에는 나를 보러 찾아오곤 했어."

"여기로요? 마지막으로 온 게 언제였나요?"

그 질문에 메러디스는 다시 넋이 나갔다. 리셋된 사람처럼 멍한 표정으로 돌아갔다.

마셜은 한숨을 푹 내쉬며 다시 일어나 사진첩을 훑어보는 윈터 옆으로 갔다. 여러 해를 아우르는 로버트 코츠의 다양한 모습을 보니 마치 형제들의 사진을 모아놓은 것 같았다. 그의 외모는 극단적으로 왔다 갔다 했고 몸집도 늘었다 줄었다 했다. 옷차림도 집에서 만든 천연 삼베옷부터 말쑥한 정장까지 온갖 유행을 아울렀다.

"우리한테 꼭 필요한 물건이에요." 마셜이 그에게 속삭이며 주위에 보는 사람이 없는지 확인하는 사이 윈터는 사진첩을 재킷 주머니에 쑤셔 넣었다.

★

관리인은 한 발짝씩 뗄 때마다 숨을 헉헉대면서 챔버스를 출입문 안쪽의 평범한 땅뙈기로 안내했다.

"여기가 8-6-1 구역이에요." 그가 이미 다음 담배를 꺼내며 말했다.

다 쓰러져가는 헛간에 그 해 수확한 시든 채소가 쌓여 있었고 한쪽 구석에는 엉킨 나뭇가지가 방치되어 있었다.

"땅을 좀 파도 괜찮겠죠?" 챔버스가 가까이 있는 삽 한 자루를 가리켰다.

남자는 알아서 하라는 듯 어깨를 으쓱했다.

챔버스는 도구를 가져와 축축한 땅에 찔러 넣고 땅을 파기 시작했다.

★

요양원의 옛 방문자 명부는 외부에 보관 중이었다. 시간에 쫓기는 상황이었지만 어느 해부터 살펴봐야 할지도 막막했다. 막다른 길에 이른 기분이었다.

"선배님은 차를 몰고 대학교로 가보세요." 마셜이 서둘러 주차장으로 이동하는 길에 윈터에게 당부했다. "엘로이즈라는 사람에 대해 뭐든지 좀 찾아보세요."

"그래요. 그런데…, 지금 나는 경찰이 아니라 경비원이잖아요."

"그러면 연기를 해야죠! 상상력 좀 발휘하시라고요. 시간이 없어요! 앨범은 제가 가져가야겠네요."

윈터가 재킷의 지퍼를 열고 사진첩을 건넸다. "왜요? 어디 가려고요?"

"수사를 재개하려면 코츠를 헨리 존 돌런 살인과 엮어야죠. 우리가 인정받을 수 있는 좋은 기회예요."

★

녹슨 금속이 지면으로부터 불과 1미터 깊이에서 단단한 물체에 부딪쳤다.

챔버스는 삽을 옆으로 던지고 무릎을 꿇고 앉아 구멍을 들여다봤다. 나머지를 손으로 파내자 흙 속에서 허연 조각이 반짝이며 모습을 드러냈다. 그는 그 표면에 남은 흙을 깨끗이 털어냈다. 반질반질한 조각 밑을 손가락으로 판 다음 그것을 조심스레 땅에서 뽑았다. 길이가 10센티미터도 안 되고 한쪽 끝이 더 날카로운 것이 뼈가 틀림없었다. 그는 벌떡 일어서서 휑한 공터 저편에서 구시렁대고 있는 의회 자원봉사자를 보았다.

"이봐요!" 챔버스가 소리를 질러 남자의 관심을 끌었다. "저거 운전할 수 있어요?" 그는 입구 옆에 서 있는 소형 굴착기를 가리켰다.

★

엘로이즈의 사진 세 장을 챙긴 윈터는 버크벡 대학에 들어가

영장은 물론이고 경찰 신분증도 없이 한 졸업생의 개인 정보를 빼낼 방법을 궁리했다. 여태 떠올린 가장 그럴듯한 아이디어는 연락이 끊긴 가족 행세하기, 화재경보기 당기기, 또는 (그 성패가 수많은 요인에 달려 있지만) …행정직원 유혹하기 등이었다.

중앙 계단에 가까워지자 그는 걷는 속도를 줄이고 거대한 트로피 진열장 앞으로 갔다. 가져온 졸업 사진을 1992년도 여자 라크로스 우승팀 사진 옆에 두고, 머리 위로 금빛 트로피를 쳐들고 있는 젊은 여성과 비교했다. 그 사진 밑에 이런 문구가 붙어 있었다.

엘로이즈 브라운(주장)

"하." 그는 자신이 대견하여 싱긋 웃었다. "날로 먹었네."

★

택시를 타고 이동하는 10분 만에 사방이 어두워졌다. 마셜은 미용실 앞에 내려 문을 당겨봤지만 잠겨있었다. 삐딱하게 걸린 '영업 끝' 표시를 보고 그녀는 시간을 확인했다. 쌍욕을 중얼거리면서 창을 두드리던 그녀에게 갑자기 빛이 쏟아지면서 리타의 얼굴이 나타났다.

"이렇게 불쑥 찾아와서 죄송해요." 마셜이 이틀 만에 또 만난 돌런의 옛 애인 맞은편에 앉으며 말했다. "그래도 이 중에 낯익은 사람이 있는지 여쭤봐야 해서요."

전부 같은 사람이라고 설명하기보다 일단 여러 다른 사람들의 사진인 듯 들이밀 작정이었다.

리타는 사진첩을 훑어보기 시작했다. 마셜은 사진을 한 장 한 장 살피다가 자꾸 그냥 넘어가는 그녀를 보며 점점 희망을 잃었다. …그 순간 페이지를 넘기던 그녀가 사진 하나를 보고 실눈을 떴다.

"이 사람이요." 그녀가 새빨간 손톱으로 사진을 톡톡 두드렸다.

"확실한가요?" 마설이 물었다.

"100퍼센트 확실해요." 리타는 고개를 끄덕였다. "그 사람이 맞아요. 헨리의 '특별한' 친구."

★

추위가 닥치자 다리가 시큰거렸다. 약은 고통을 조금 덜어줄 뿐이었다. 커피를 간신히 손에 쥔 채 챔버스는 손전등을 들고 현장을 발굴하는 의회 근로자들을 지켜봤다. 굴착기 두 대가 몇 시간이나 흙을 옮기고 나머지 사람들은 손으로 땅을 팠다. 이 소동으로 쑥덕공론을 펼치는 이웃 주민들과 할 일 없는 10대들이 관중으로 몰려왔다. 그가 요청한 순찰차가 인근 지역을 통제해 지금까지는 사람들의 진입을 그럭저럭 통제했다.

"저기요, 형사님." 머리부터 발끝까지 흙을 뒤집어쓴 남자가 말을 꺼냈다. "아까 1사분면이 언제 끝났는지 물으셨죠?" 그가 얼빠진 표정으로 물었다.

챔버스는 고개를 끄덕이고 그를 따라 5×5미터 크기로 파인 구덩이로 내려가 수북한 뼈 사이를 조심스레 디뎠다. 동물 수십 마리의 유골 중 일부는 아직 형체가 온전히 남아 있었다. 수년에 걸쳐 형성된 공동묘지였다.

"여기에 굴착기를 몇 대나 더 동원할 수 있죠?" 챔버스가 남자에게 물었다.

"3사분면은 거의 끝났습니다." 남자가 대답했다. "2사분면도 얼마 남지 않았고요. 지금 가진 기계로도 충분할 텐데요."

챔버스는 일꾼들에게 미안한 마음을 느끼며 농장을 둘러봤다. 동일한 간격의 울타리 옆에 헛간들이 자리하고 있었다. 어둠 속에서 보니 작은 마을 같았다.

"오늘 밤에 다 끝내야 해요." 챔버스가 말했다. "내일은 나머지를 파야 하니까."

"어…, 뭐라고요?"

"얘기했잖아요. 전부 파헤치라고요."

★

개는 발밑 공간에 웅크리고 있었다. 히터가 뜨거운 공기를 뿜어내고 엔진이 부드럽게 웅웅대는 렌트카 안에서 보내는 밤은 의외로 아늑했다. 윈터는 아까와 같은 나무 밑에 주차했다. 코츠의 집에서 모퉁이를 돌면 보이는 조용한 공원은 런던경찰청에서 파견한 형사들을 만나기에 더할 나위 없는 장소였다.

유리창을 두드리는 소리에 개가 고개를 홱 들었다.

"마셜 형사님?" 창문이 내려가자 제복 경찰이 물었다.

"그런데요?"

"챔버스 경사님이 무전으로 당신을 찾으세요."

"고맙습니다." 그녀는 윈터를 돌아봤다. "같이 가실래요?"

"안 돼요." 그가 하품했다. "개는 누가 돌보고요."

마셜이 그 형사의 차로 따라가 무전기를 들자 그와 동료는 담배를 피우러 간다며 자리를 비켜주었다.

"챔버스 형사님?"

딸깍 소리가 났다. "수신 상태 확인 중. …오버."

"아직 무장대응팀을 기다리고 있어요. 일단 그 집은 감시하고 있어요. 오버."

"체포 영장이 발급됐다. …오버." 챔버스가 말했다.

"제때 나왔네요. 형사님도 이쪽으로 오셔야겠어요. 오버."

"여기도 일손이 딸린다. 오버."

"아직 인간 유해는 안 나왔나 봐요? 오버."

"아직은. 역시 돌런이 그자의 첫 번째 희생자였던 거야. 오버."

모퉁이를 돌아오는 전조등 불빛 때문에 마셜은 눈을 찡그렸다.

"도착한 모양이네요. 가봐야겠어요. 오버."

"몸조심해. 오버."

"알겠습니다. …통신 끝."

★

"어서! 어서! 서둘러!"

윈터는 로버트 코츠의 집을 급습하는 무장 경찰들을 지켜보며 꿔다 논 보릿자루가 된 기분이었다. 현장에 맨 처음 나타난 경찰관은 윈터가 발로 차서 부순 자물쇠를 본인이 열었다고 주장하며 공을 가로챘다. 검은 형체들이 망사 커튼 사이를 누비며 작은 집 안으로 흩어졌다. 그림자 인형극 같은 현장 급습이었다.

★

마셜은 마치 자신이 주인공이라도 되는 듯 마지막으로 집 안에 들어갔다. 사방에서 "완료!"라는 외침이 들리기 시작하자 그녀는 당황하여 휑한 복도를 살폈다. 가구는 남아 있었지만 우편물 더미는 사라지고 없었다. 지나가다가 거실을 힐끔 보니 역시 휑했다.

"여기서 모닥불을 피웠네요." 한 경찰관이 주방으로 들어가며 말했다. 테라스에 내놓은 네 개의 금속 쓰레기통에서 아직도 연기가 피어오르고 있었다.

식탁 위에 놓인 자신의 스케치북을 보고 마셜은 찜찜한 기분에 눈살을 찌푸렸다. 실망하여 철수하기 시작하는 경찰들 사이를 비집고 들어간 그녀는 식탁으로 다가갔다. 코츠는 소유물을 전부 불태운 듯했지만 이것만은 남겼다. 그녀에게 베푼 친절이라고는 도저히 상상할 수 없었기에 다른 목적으로 남겨 두었다고 볼 수밖에 없었다.

그녀는 주저하다가 자신이 그린 〈생각하는 사람〉, 〈피에타〉, 미완성인 〈메두사의 머리를 벤 페르세우스〉를 펼쳐보았다. 숨을 죽이며 페이지를 넘기다가 마셜은 심장이 내려앉는 기분을 느꼈다. 그 순간 등 뒤에서 윈터가 들어왔다.

"그 자식이 사라졌다면서요?" 그가 숨을 씨근거렸다. "마셜? 무슨 일이에요?"

그는 마셜의 옆자리에 앉으며 그녀의 어깨 너머를 흘끔거렸다.

그녀는 다음 그림…, 다음 그림…, 그다음 그림을 넘겨다보고 있었다.

"이게 다 뭐예요?" 그가 물었지만 마셜은 들은 척도 하지 않았다. "…마셜?"

그녀가 천천히 고개를 돌렸다.

"맙소사, 윈터." 그녀의 표정이 멍했다. "우리가 무슨 짓을 한 거죠?"

21

목요일

이브는 알람이 울리기 5분 전에 잠에서 깼다. 온종일 법정에서 보내야 하는 날에는 이렇게 꼭두새벽부터 설레발을 치고는 했다. 챔버스를 깨우지 않으려고 어둠 속을 더듬거리다가 겨우 알람시계를 껐다. 의자에 걸쳐 둔 옷을 집어 침실을 나오기까지 딱 두 번만 휘청거렸다. 새로운 개인 기록이었다.

침실 문을 닫고 숨을 고른 다음 주방 조리대 위에 놓인 TV를 켰다. 볼륨은 변함없이 들릴락 말락 한 크기로 설정되어 있었다. 커피 메이커에 물을 채우던 그녀는 전날 아침에 내린 커피가 어쩜 이리 따뜻한가 싶어 당황했다. 냉장고에서 우유를 꺼내는 순간 등 뒤에서 아침 뉴스가 들려왔다.

"…지지부진하던 강변 개발 지역 인근 주민들은 오늘 아침에 일어난 끔찍한 범죄의 여파를 경계하고 있으며…"

그녀는 하품을 하며 가장 아끼는 머그에 설탕 두 스푼을 넣고…, 한 스푼을 더 넣었다.

"…젊은 여성의 시신입니다. 현장에 나온 경찰에 따르면 팔다리 중 적어도 하나가 없는 것으로 보입니다. 과거에 절단된 것인지 이번에 범인의 손에 훼손된 것인지는 알 수 없지만…"

스피커에서 웅웅대는 끔찍한 소식에 귀를 쫑긋 세우던 그녀는 볼륨을 높였다.

"…이 역시 아직은 확인되지 않았습니다. 그러나 몇몇 소식통에 따르면 시신의 자세가 특정 예술작품과 묘하게 닮았다고…"

불길한 기시감을 느낀 이브는 그만 들으면 그 사건이 없던 일이 되기라도 하는 듯 TV를 음소거했다. 남편은 몰랐으면 하는 마음에 잠시 서서 고민하다가 결국 알려야겠다고 판단했다. 커피 메이커의 온도가 올라가면서 내는 딸깍 소리는 무시하고 다시 침실로 향했다. 빛 한 줄기가 어둠을 반으로 가르고 있었다.

"벤." 조용히 그를 불렀다. "…벤." 그의 옆에 앉아 손을 뻗었다. 매트리스를 눌러보고 이불을 젖혔더니 침대는 비어있었다. 그녀는 벌떡 일어서서 침대 머리에 놓인 전등을 켜고 고요한 집을 향해 소리쳤다. "…벤?!"

★

챔버스는 커피가 담긴 보온병을 손에 쥐고 경찰 저지선 밑으로 몸을 숙였다. 그는 제일 먼저 다가온 경찰에게 신분증을 내밀었다.

"강력팀 챔버스입니다."

"맙소사!" 젊은 경찰은 안도의 한숨을 쉬었다.

"…맞아요, 그 챔버스." 그가 반복했다. 비몽사몽간에 너무 거들먹거린 건 아닌지 신경 쓰였다.

경찰은 환히 웃었다.

"아 진짜, 이렇게 반가울 수가. 어서 오세요. 이쪽으로." 그는 챔버스를 언덕 아래 강가로 안내했다. 인간 크기의 형체에 지저분한 담요가 덮여 있었다. 싸늘한 새벽하늘 아래에서 보니 꼭 허접한 핼러윈 의상 같았다. "차 안에 이것밖에 없어서요." 챔버스의 표정을 읽은 경찰이 해명했다.

"벗겨 봐요."

"하지만…, 언론에서-"

"기자들은 우리보다 월급을 훨씬 많이 받는 사람들이 상대하겠지. 지금 당장은 증거 보존이 훨씬 중요한 거 아닌가?"

"그렇긴 하지만-"

"이봐요!" 챔버스가 호통쳤다. 기자들 걱정은 너무 일렀다. "그렇게 신경 쓰이면 차단막이 도착할 때까지 이 볼썽사나운 담요를 들고 저기 서 있지 그래요? 일단은 벗…, 겨…, 요."

핀잔을 들은 젊은이가 희생자의 모습을 드러내려 움직이자 챔버스는 마음을 다잡았다.

강둑에 찰랑대는 물을 지켜보는 사이 담요가 걷히고 그가 두려워하던 부서진 걸작이 모습을 드러냈다. 심장이 내려앉는 기분이었지만 억지로 시신 쪽으로 눈길을 돌렸다.

나뭇잎을 엮어 복잡한 형태로 땋은 머리가 정수리를 감싸고 있었다. 아름다운 여성의 상체는 노출되어 있었다. 허리에 느슨하게 두른 얇은 천이 산들바람에 하늘거렸다. 어쩐지 그녀는 평화롭고 행복해 보였다. 입가에는 미소의 흔적마저 남아 있어 양쪽 어깨 바로 밑에서 절단된 팔의 단면이 한층 더 섬뜩하게 느껴졌다. 양팔이 떨어진 부위가 울퉁불퉁한 그림자를 드리웠다. 피부는 부러진 대리석처럼 거칠고 부자연스럽게 마감되어 있었다. 훼손된 육체로 재탄생한 〈밀로의 비너스〉였다.

충분히 살펴본 챔버스는 풀이 우거진 강둑을 다시 오르기 시작했다. 신참 경찰은 구멍이 숭숭 뚫린 담요를 아직도 당당히 들고 있었다.

"저기요!" 그가 뒤에서 챔버스를 불렀다. "어디 가세요?"

"당신을 도울 사람을 깨우려고요."

"그게…, 형사님 아니에요?!"

뒤돌아보지도 않고 챔버스는 고개를 저었다. "난 아니에요."

★

"자." 웨인라이트 경감이 입을 열었다. "마약팀 수습 형사랑…" 자신이 아직 수습이라는 사실을 잊고 있던 마셜은 왠지 부끄러워 다른 사람들의 눈길을 피했다. "…노련한 강력팀 형사, 그리고…" 이 깐깐한 여성은 앞에 놓인 서류를 다시 들여다보며 말했다. "…세인즈버리 슈퍼마켓의 경비원이 7년 묵은 사건을 무단으로 파헤치고 다니는 이유가 뭔지 설명해줄 사람?"

웨인라이트는 헴 이후 세 번째로 강력팀을 맡게 된 경감이었다. 헴은 '개인 사정'으로 모두에게 놀라움을 안기며 경찰을 떠났다. 챔버스는 그의 사직 사유가 못마땅했다. 그가 부하 직원 한 명을 때려눕힌 것이 진짜 이유였기 때문이었다. 물론 그 모든 사정은 비밀에 부쳐졌고, 헴의 오랜 지인은 자격 미달에 업무부적격에 정신이상인 그가 머리를 꼿꼿이 쳐들고 전액 연금과 영웅 대접을 받으며 퇴직할 수 있게 손을 썼다.

웨인라이트는 헴에 비하면 신선한 공기 같은 존재였다. 지나치게 원칙에 얽매일 때도 없지 않았지만 대체로 공정하고 다정한 사람이었다. 개고생, 오랜 야간 근무, 정크 푸드, 직장 스트레스로 인한 알코올 의존증을 거치며 이 자리에 오른 그녀는 피부에 마른 강바닥처럼 깊은 주름이 패어 실제보다 10년은 더 늙어 보였다.

"…아무도 없나?" 아무도 대답하지 않자 그녀가 재촉했다.

윈터가 헛기침을 했다.

"음, 제가 고속 차량 추격전을 끝내고 돌아온 직후에 시작된 일인데…《쥬라기 공원》비디오를 훔쳐 달아나는 절도범을 뒤쫓다가 둘 다 녹초가 되었죠. 그래서 저는…." 아무도 이야기에 귀를 기울이지 않았다.

챔버스가 자신의 이마를 손으로 때리는 소리를 듣고 윈터는 말꼬리를 흐렸다.

"네, 저 두 분의 설명을 들으시는 편이 낫겠네요." 그는 이렇게 결론을 내리며 쭈뼛쭈뼛 의자에 앉았다.

웨인라이트는 챔버스를 돌아봤다.

"이미 혐의를 벗은 사람을 조사하는 이유를 좀 설명해 보겠어?"

챔버스가 눈살을 찌푸렸다. "실제로 범행을 저지른 사람이니까요."

"하지만 자네는 애초에 이 수사를 하지 말았어야 할 사람이지." 경감이 주장했다.

나머지 두 사람은 책상 위로 주거니 받거니 이어지는 논쟁을 관전하고 있었다.

"하지만 우리가 조사하지 않았다면 그자의 범행 사실이 발각조차 안 됐겠죠. 우리 말고는 누구 하나 조사할 사람이 없었으니까요." 챔버스가 격분하며 지적했다.

"일단 허락부터 받았어야지."

"팀장님이 허락하셨을까요?"

"…안 했겠지."

챔버스는 당장이라도 폭발할 듯이 분노하여 양팔을 쳐들었다.

"이봐." 웨인라이트가 차분히 말했다. "자네가 한 행동이 마음에 안 든다는 뜻이 아니라, 그런 행동 때문에 자넬 징계해야 한다는 뜻이야. 알아들었어?"

"말도 안 돼요."

윈터가 머뭇머뭇 손을 들었다.

"네?"

"제 징계는 슈퍼마켓 관리자들에게 맡기시면 안 될까요? 또 지각하게 생겨서요. 관리자 댄이 노발대발할 거예요."

"좋아."

"다행이다. 그러면 저는 가도 되죠?"

"안 돼." 웨인라이트는 이미 지쳐 보였다.

"그리고 마셜." 그녀가 마셜을 쳐다보았다. "아직 내 짜증을 돋우지 않은 건 자네뿐이야. 어떤 상황인지 설명 좀 해줄래?"

"…그러니까 그자가 다섯 가지 그림을 더 그려 넣었다는 거야?" 안색이 창백해진 웨인라이트가 15분 만에 처음으로 입을 열었다. "그러니까 아직 살인 네 건이 더 남았다?"

"그런 의도라고 추정해야겠지요." 마셜이 고개를 끄덕였다. 하루 종일 그녀를 괴롭히던 욕지기가 다시 뱃속에서 꿈틀거렸다.

"맙소사." 웨인라이트가 탄식하며 의자에 털썩 주저앉았다. "그걸 왜 우리한테 알려주는 거지? 그런 스케치를 왜 남기는 거야?"

"모르겠습니다." 마셜이 어깨를 으쓱했다. "우리를 조롱하려고? 아니면, 시험하려고? 어느 쪽이든 그 집 주방에 우리가 몰려갔을 때 그자는 자신이 우리의 타깃이라는 사실을 눈치챈 거죠. 그래서 더 이상 잃을 게 없다고 느낀 겁니다." 그녀가 죄책감을 느끼며 말을 마쳤다.

"자, 그럼 이렇게 하지." 웨인라이트가 단호히 대답하고 챔버스를 돌아봤다. "챔버스 형사, 자네가 이 사건을 지휘하도록 해."

"방금 뭐라고 하셨습니까?" 그가 당황하여 물었다.

"자네 사건이잖아."

"아니, 아니, 아닙니다. 다른 사람한테 넘기시죠."

"처음부터 자네가 맡았던 수사잖아. 더구나 내내 옳게 추리했으니 자네야말로 누구보다 이 남자를 잡을 적임자라고 보는데. 이 일을 맡으면 안 될 이유가 있다면 한 가지만 말해보겠어?"

몸을 거북하게 꿈틀대던 윈터는 동료를 흘끗 쳐다봤다. 맞은편의 마셜은 눈을 내리깔고 묵묵히 앉아 있었다.

"…없습니다." 챔버스가 답답하다는 듯 고개를 저었다.

"그럼 결정됐네. 마셜을 지원 인력으로 요청할까? …물론 본인이 원한다면?" 웨인라이트가 마약팀 형사를 돌아보자 그녀는 열렬히 고개를 끄덕였다.

"그러시죠." 챔버스가 퉁명스레 대답했다. "사람이야 많을수록 좋으니까."

"그리고 윈터…." 경감의 입에서 자신의 이름이 나오자 윈터는 잔뜩 기대하며 허리를 꼿꼿이 세웠다. "…자넨 그 '댄'이라는 사람이 노발대발하기 전에 일터로 돌아가는 게 좋겠어."

"아." 그가 조금 실망한 표정을 지었다.

"그래, 이제 뭘 할 계획이지?" 웨인라이트가 그들에게 물었다.

"엘로이즈 브라운을 조사하려고요." 마셜이 대답했다. "한때 코츠와 연인관계였어요. 만나봐야죠."

"이제 저희가 공식적으로 이 수사를 맡게 됐으니, 그자의 대학 연구실을 수색하고 싶습니다." 챔버스가 씁쓸하게 입을 열었다.

"그건 두세 번째로 미뤄도 될 일이야. 일단 이 나라의 모든 이목이 그 남자한테 쏠리도록 만들어야 해. 언론에 뿌릴 코츠의 사진을 구해봐." 웨인라이트가 말했다.

"정말 이 사건이 언론에 알려지기를 원하십니까?" 챔버스가 물었다.

"내가 원하고 말고는 상관없어. 다른 선택의 여지가 없잖아. 마셜 말대로 이 남자는 카멜레온이야. 우리 능력만으로 찾을 수는 없다고."

"기자들한테 어느 선까지 공개할 작정이십니까?" 챔버스가 이브에게는 어디까지 숨길 수 있을지 가늠하며 물었다.

"충분히 알려야지." 웨인라이트가 신중하게 말했다. "…진실을. 7년간 잡히지 않았던 로버트 코츠가 오늘부로 공식적인 연쇄 살인범이 되었다고 말이야."

22

챔버스는 엘로이즈 브라운을 만나러 가는 길에 윈터를 일터까지 데려다주겠다고 제안했다. 아니나 다를까, 징글징글한 런던의 교통체증 때문에 이 호의는 지독한 불편을 초래했다.

"저기, 있잖아요." 윈터가 뒷좌석에서 큰소리로 외쳤다.

마셜은 돌아봤다가 대번에 후회했다.

"젠장, 윈터! 바지 좀 입어요!"

"누가 보랬나!"

"'저기, 있잖아요.'라면서요. 그러면 당연히 돌아보죠!" 그녀가 두 눈을 앞차에 고정한 채 쏘아붙였다. 그 사이 윈터는 두 발을 차창에 붙이고 몸을 꿈틀대며 유니폼을 껴입었다.

잠시 침묵이 흘렀다.

"…저기, 있잖아요?"

"뭐?!"

"혹시…, 음, 그러니까…, 저도 엘로이즈 브라운을 같이 만나러 가게…, 제 근무가 끝날 때까지 기다려주실 수 있나 해서요."

"농담이지?" 챔버스가 물었다.

"그냥 해본 생각-"

"이건 살인 사건 수사야. 코츠는 이미 사람을 또 죽일 거라고 선포한 셈이고. 1분 1초가 급하다고. 그런데도 우리더러 자넬 기다리라고?"

"듣고 보니까…. 네, 선배님 말씀이 옳아요. 못 들은 걸로 해주세요." 윈터가 무안해했다.

"너무 타박하지 마세요." 마셜이 챔버스에게 말했다. "윈터가 아니었으면 우리는 엘로이즈 브라운의 존재조차 몰랐을 거 아녜요." 그녀는 윈터를 돌아보며 격려하듯 빙그레 웃었다. "에잇, 또 눈 버렸네. 셔츠는 어디 갔어요?!"

"당신쪽 문에 끼였잖아요." 그가 허리띠 위로 뱃살을 늘어뜨린 채 대답했다.

마셜은 조수석 문을 재빨리 열었다 닫고는 폴로셔츠를 뒤로 던졌다.

"물론 챔버스 형사님이 허락하셔야 되겠지만, 제가 나중에 들러서 무슨 일이 있었는지 전부 말씀드릴게요, …알겠죠?" 그녀가 윈터를 돌아봤다.

"괜찮겠죠?" 윈터가 허락을 기대하며 챔버스에게 미소를 지었다.

챔버스는 마지못해 고개를 까딱하고 슈퍼마켓 앞에 차를 세웠다.

"그럼 나중에 봐요." 윈터가 내리며 말했다.

챔버스와 마셜은 껑충거리며 멀어지는 그에게 자식을 일터로 보내는 부모처럼 손을 흔들었다.

★

"여기가 확실해?" 챔버스가 지하 화장실로 내려가는 통로 입구를 시큰둥하게 바라보며 물었다.

"확실해요." 마셜이 번쩍번쩍한 새 간판을 가리키며 대답했다.

갤러리.SW7

철문을 밀고 돌계단을 내려가자 요란한 공사 소음과 퀴퀴한 지린내가 점점 강렬해졌다. 복작복작한 지하 공간에 다다를 무렵에는 그야말로 눈이 따가울 지경이었다.

"아! 오셨어요!" 밝은 갈색 머리를 발랄하게 묶은 매력적인 여성이 상큼하게 웃었다. 헐렁한 티셔츠에 페인트가 잔뜩 말라붙어 있었다. "화장실 수리하러 오신 거죠?"

낄낄대는 마셜을 쩨려보며 챔버스는 겸연쩍게 신분증을 꺼냈다.

"아니요. 저는 강력팀 벤자민 챔버스 형사입니다."

"형사님들이 오시기로 한 게 오늘이었나요?" 그녀는 정신없이 웃다가 미간을 구겼다. "화장실 수리는 언제 오는 거야?"

세 사람은 잠시 말없이 서 있었다. 그녀는 수리공이 언제 오는지 챔버스가 진짜 알기라도 바라는 모양이었다.

"성함이 엘로이즈 브라운 맞으시죠?" 그가 재차 확인했다. 이런 정신없는 여자한테는 그럴 필요가 있어 보였다.

"네. 저예요. 악수는 하겠지만…," 그녀가 자기 손을 내려다봤다. "이게 무슨 영문인지 잘 모르겠네요." 손에 묻은 얼룩을 셔츠에 슥 닦는 모습을 보고 두 형사는 조금 꺼림칙했다. "죄송해요. 내가 그렇게 더럽게 굴었나? 이젠 감이 없어졌네요. 지금은 볼품 없지만 페인트 몇 번만 칠하면 이 도시에서 가장 세련된 갤러리가 될 거예요."

'호박에 줄긋는다고…'라는 표현이 문득 떠올랐지만 챔버스는 입 밖으로 꺼내지 않았다.

"죽었다 깨어나도 지상에 이렇게 넓은 공간을 얻을 순 없을 거예요." 그녀가 자기만의 제국을 둘러보며 유쾌하게 말했다. "이곳은…, 런던 한복판에서 찾은 석유나 마찬가지죠."

"석유가 맞는지는 잘 모르겠네요." 챔버스가 불결해 보이는 웅덩이를 뛰어넘으며 중얼거렸다. "얘기 좀 할 수 있을까요, 어디…, 다른 데 가서?"

엘로이즈가 어깨를 으쓱했다. "그래요."

★

마셜과 엘로이즈 둘 다 램브란트 호텔을 간절히 바라봤지만, 챔버스가 돈을 낼 거라는 짐작에 그의 제안에 순순히 동의했다. 세 명은 길가에 위치한 맥도날드의 끈적끈적한 테이블에 앉았다. 챔버스는 음식을 입에 욱여넣으며 마셜이 진행하는 면담에 귀를 기울였다.

"쉬운 질문부터 시작할게요. 로버트 코츠와 사귀셨나요?"

"네. …쉬운 질문 맞네요!"

"언제부터 언제까지요?"

엘로이즈는 잠시 생각하다가 손가락을 꼽기 시작했다.

"94년 3월부터 11월까지 8개월이요. 보는 사람이 없을 때 복도에서 이야기를 나누고, 가능할 때마다 조금씩 짬을 내서 만났어요. 그이는 남들이 우리 사이를 눈치채는 걸 원치 않았거든요. 그 원칙에 지나칠 정도로 집착했어요. 우리의 첫 번째 '공식' 데이트는 제 졸업식 날 저녁이었죠." 그녀는 챔버스를 보고 눈살을 찌푸렸다. "그 햄버거 두 개째죠?"

"새벽 다섯 시부터 쫄쫄 굶었어요!"

"로버트는 어떤 사람이었나요?" 마셜이 질문을 이었다.

이번에도 엘로이즈는 한참 답을 고민했다.

"잘생기고, 매력적이었어요." 그녀는 방금 로버트가 지나가며 자신을 칭찬하기라도 한 듯 얼굴을 붉혔다. "엄청 똑똑하고…, 열정적이었죠."

"열정적이라고요? 어떤 점에서요?"

"모든 면에서요. 만난 지 겨우 석 달 만에 내게 청혼했다든지…."

마셜이 눈썹을 치켜세웠다.

"…그날 이후로도 날마다 결혼하자고 졸랐어요." 그녀가 슬픈 듯이 덧붙였다. "그때는 로맨틱하다고 생각했는데, 지금은 잘 모르겠네요."

"관계는…, 자주 있었나요?"

"와우! 내 성생활을 당신이랑 여기 있는 햄버거 킬러한테 시시콜콜 까발려야 하나요? 그게 왜 궁금한지는 알려주셔야죠."

"당신의 옛 애인은 연쇄 살인범이에요." 챔버스가 퉁명스레 끼어들었다. "89년에 세 명을 죽이고 오늘 아침에도 한 명을 살해했어요. 젊은 여자의…, 양팔을 잘랐다고요."

마셜이 그를 향해 '당신 미쳤어요?' 하는 표정을 지었다.

"왜 그래?" 그가 감자튀김 한 줌을 집으며 말했다. "곧 뉴스에 도배가 될 텐데 뭐."

이 소식을 소화하느라 몇 분간 말이 없던 엘로이즈가 고개를 끄덕였다.

"이런 말씀 드려 죄송하지만." 마셜이 말을 이었다. "그런 인간과 8개월을 함께하셨다는 것에 대해 별로 충격을 안 받으시네

요."

"네, 별로 놀랍진 않아요. 이미 그 관계는 끝났고 각자의 길을 가면서 상대를 다시는 안 보려고 애쓰는 중이니까요."

"애쓰고 있는 중이라고요?" 마셜이 물었다.

"로버트는 요즘도 종종 연락해요. 편지며…, 꽃도 보내고요. 나는 그냥 무시하는 편이지만요."

"마지막으로 연락 온 건 언제였나요?"

"글쎄. 몇 달 됐어요." 엘로이즈가 어깨를 으쓱했다.

"사귀는 동안 그에게 뭔가 수상한 점은 없었나요?"

"사소한 일이긴 한데." 거리 어딘가에서 펼쳐지는 사건을 지켜보는 듯 엘로이즈가 창밖을 내다보며 말했다. "사귀고 있을 때 그 사람이 우리 집에 자주 찾아왔어요. 다 좋았고 우리는 행복했죠. 그런데 밤마다 누군가 벽을 긁적대는 소리가 들렸어요. 우리 머리 바로 옆에서 뭔가가 자꾸 부스럭대는 거예요."

"쥐였나요?" 마셜이 물었다.

"맞아요. 쥐가 나타나면 형사님은 어떻게 하세요? 쥐덫을 사잖아요. 나도 그렇게 했어요. 쥐를 생포해서 밖에 풀어줄 수 있는 인도적인 덫이 아니었어요. 내가 구한 건 용수철에 튼튼한 금속 막대가 붙어 있어서 잡힌 쥐를 으깨 죽이는 유형이었어요. 그때까지만 해도 별 생각 없이 덫을 설치했는데…, 아침에 보니까 덫이 통째로 사라졌더군요. 아래층 주방으로 내려갔다가 그 어느 때보다나 자신한테 강한 혐오감을 느꼈어요. 그 무해한 작은 동물이 막대로 고정되어 있더군요. 고통에 몸부림치면서요. 시간을 되돌려 녀석을 풀어주고 싶었어요. 벽 속에 아늑한 집을 만들어 작은 조명도 밝혀주고요. 지금 생각해보니 밤에 쥐가 긁적대는 소리를 들으면 마음이 편해졌던 것 같아요. 내가 절대 혼자가 아니라는 뜻이었으니까요. 어쨌든 로버트가 쥐를 먼저 발견하고 내가 호들 갑을 떨기 전에 그 가엾은 녀석을 풀어주기로 했나보다 짐작했어요. 그래서 주방을 몰래 나가려다가 그 사람이 서랍에서 치즈 칼을 꺼내는 모습을 봤어요. 끝에 두 갈래 포크가 달린 아주 날카로운 칼 있잖아요. 그 순간 싱크대를 봤다가 피 묻은 칼 두 자루를 더 발견했어요. 내가 헉 소리를 냈더니 그 사람이 나를 돌아보더군요. 그는 아무 말 없이…, 무심한 표정과 공허한 눈으로 그 자리에 서 있었어요. 처음 보는 사람 같더군요. …그 사람의 진짜 모습을 본 게 그때가 처음이었는지도 모르죠. 어린아이들이 가끔 각다귀 날개를 떼는 장난을 하잖아요? 잔인한 지배행위지만 '정상적이고 순수한 호기심'으로 포장되곤 하죠. 자연 질서 속에서 자신이 차지하는 위치와 자신이 하는 행동의 결과를 이해하지 못하는 데서 비롯된 미성숙한 행동이라는 이유로 정당화되곤 해요." 나사 풀린 사람 같던 그녀가 이제는 대학 졸업자답게 조리 있는 설명을 하고 있었다. 로버트 코츠만큼이나 극적인 변신이었다. "뭐랄까, 그 사람은 작은 동물을 괴롭히는 걸 즐긴다기보다 그렇게 안 하고는 못 배기는 것 같았어요."

챔버스는 남은 햄버거 부스러기를 다시 포장지로 쌌다.

"신고는 했어요?" 마셜이 물었다.

"어디에요?" 엘로이즈가 예민하게 반문했다. "경찰한테요? 이미 죽어가는 쥐의 섬뜩한 모습을 정확히 설명하라고요? 그런다고 구급 헬기를 보내진 않을 텐데요. …아닌가요?"

마셜은 조금 당황한 표정이었다.

"두 사람이 같이 개를 키우지 않았나요?" 챔버스가 좀 더 걱정되는 문제를 떠올리며 질문했다. 그는 마셜을 휙 돌아보며 물었다. "우리 개는 어떻게 됐지?"

"지금은 윈터의 어머니가 돌보고 계세요."

"아, 다행이네." 그가 안도했다.

"어머니께서 버티라는 이름을 붙였대요."

"버티? 영 안 어울리는데." 그는 못마땅한 듯 코웃음을 치고 원래 질문으로 돌아갔다. "둘이서 개를 키웠나요?"

"아니요. 왜요?"

"그냥 물어봤어요." 엘로이즈는 잠시 그의 눈치를 살피다가 기회를 포착하고 궁금하던 질문을 던졌다. "그 사람이…, 여자 팔을 잘랐다고 하셨나요?" 그녀가 몸서리를 치며 소리 죽여 물었다.

"여자가 몸을 움직이지 못하게 만든 다음에요. …당신의 쥐처럼." 챔버스가 대답했다. 엘로이즈가 그 시신을 직접 봤어야 한다는 듯 그의 목소리에 가시가 돋쳐 있었다.

"맙소사."

"…그래놓고 〈밀로의 비너스〉와 똑같은 자세로 만들어 놨더군요." 그가 덧붙였다.

엘로이즈는 미동도 하지 않았다. 그녀의 얼굴에 핏기가 싹 가셨다. 바깥 하늘에 먹구름이 밀려와 식당 전체에 그림자를 드리웠다.

"왜 그래요?" 그녀의 표정을 살피던 마셜이 물었다.

"그냥…, 너무 로버트다워서요. 그 사람에겐…, 추한 것에서 아름다움을 창조하려는 욕구가 있어요. 그리고 나는 그의 그런 모습을 가장 사랑했던 것 같아요." 그녀가 쓸쓸하게 웃었다. "정말 역겹죠? 이상한 소리 같겠지만, 받아들일 수 없는 현실에 대처하는 그 사람만의 방식인지도 몰라요."

"과거에도 그런 일이 있었나요?" 마셜이 캐물었다.

"학교에 불이 났을 때 미대 건물 절반이 소실됐어요. 그 사람이 수년간 만든 작품들은, 대체할 수도…, 반복할 수도 없잖아요. 그런데 로버트가 어떻게 했는지 아세요? 한 주 내내 폐허 속에 틀어박혀 불에 탄 작품들을 기억나는 대로 재현했어요. 뛰어난 잿빛 조각품들을 만들었죠."

"조각품이라고요?" 마셜이 반문하며 챔버스와 시선을 주고받았다.

엘로이즈는 코츠에 대해 조금 전에 들은 사실에 아랑곳하지 않는 듯 그 기억을 떠올리며 아련한 미소를 지었다.

"정말 대단하다 싶었어요. …진짜로. 맞다! 내가 팔이 부러져서 몇 달 동안 그림을 그릴 수 없던 때도 마찬가지였어요. 의기소침한 내 기분을 풀어주려고 로버트가 꼬박 이틀을 내 옆에 앉아 깁스 위에 그림을 그렸어요. 비할 데 없이 놀라운 작품이었죠."

"뭘 그렸는데요?" 마셜은 경찰이라기보다 시샘하는 친구처럼 그녀에게 물었다.

엘로이즈가 눈을 반짝이며 생긋 웃었다. "우리 둘을 아폴로와 다프네로 표현했어요. …왜 그러시죠?!" 그녀가 맞은편에 앉은 두 형사의 근심스러운 표정을 보고 당황하며 물었다.

"저희랑 같이 좀 가 주셔야겠어요."

★

"자네가 창문에다가 가짜 피를 뿌린 거 아냐? 더 무시무시한 분위기를 연출하려고?" 위풍당당한 예술작품과 나란히 놓인 범죄 현장 확대 사진들을 보고 질겁한 챔버스가 말단 경찰에게(그의 이름은 아무도 몰랐다) 짜증을 내며 물었다.

열정이 지나친 이 젊은이는 범죄현장을 전시할 공간을 늘리기 위해 경찰서 창문에까지 사진을 붙여 놨다. 창틈으로 빛이 스며들자 유리에 붙은 사진들의 섬뜩함이 한층 더 강조되었다.

그들은 추가 조사를 위해 엘로이즈를 런던경찰청으로 데려왔다. 강력팀의 오싹한 사무실은 급속히 늘어가는 팀원들이 모여 사건 수사를 진행하는 본부였다.

엘로이즈가 자신을 둘러싼 소름 끼치는 이미지에 매료된 채 벽과 창문가를 한 바퀴 도는 사이 챔버스는 부하들을 내보내고 조명을 켰다. 이미지들은 모두 코츠가 만들어놓은 범죄현장 사진과 조각상 사진이었다.

"전부 로버트 짓인가요?" 그녀가 아득하고 몽롱한 목소리로 물었다.

마셜이 고개를 끄덕이며 목소리를 충분히 낮춰 대답했다. "네."

"어찌 보면 아름답지 않나요?" 엘로이즈가 물었다. "…물론, 끔찍하긴 하죠. 희생된 사람들이 가엾기도 하고요." 그녀는 재빨리 덧붙였지만 담갈색 눈에 스치는 경탄을 숨길 수는 없었다.

"천천히 살펴보세요." 마셜이 말했다. "아무리 사소한 정보라도 생각나는 대로 알려주시면 우리한테 중요한 단서가 될 수 있어요."

"로버트가 본인 인생의 결정적인 순간들을 재현하고 있다는 것 외에 더 이상 무슨 설명을 해야 할지 모르겠어요. …하지만 그건 이미 알고 계시잖아요." 그녀는 두 사람의 당혹스런 표정을 마주했다. "…아직 모르셨나요?"

"좀 더 자세히 말씀해 주시겠어요?" 마셜이 제안했다. 전혀 모르는 티를 내기보다 이렇게 묻는 편이 낫다는 생각이었다.

"시신들이 이 순서대로 발견됐나요?" 엘로이즈가 물었다.

"그랬어요."

그녀는 호주머니에서 안경을 꺼내 코에 얹고 그림을 감상하듯 헨리 존 돌런의 부검 사진을 들여다봤다.

"로버트는 〈생각하는 사람〉을 늘 좋아했어요. 《지옥의 문》에 묘사된 혼란의 한가운데서 깊은 사색에 빠져 있는 이 고독한 인물을요. 몰입과 고립을 동시에 겪고 있는 인물이죠." 그녀가 설명했다. "다른 해석도 있어요. 자신이 만든 아홉 개의 지옥을 생각하는 단테라고 믿는 사람들도 있고-"

"로댕 본인이라는 사람들도 있죠." 챔버스가 그녀 대신 설명을 마쳤다. 그가 한 말 중에 가장 유식한 말이었기에 챔버스는 가급적 많은 사람들이 들었기를 바랐다.

"로버트는 두 번째 학설을 믿었어요. 그는 자신을…, 지적이고…, 창조적인 존재로 보았거든요. 갇혀 있는 세계에 속하지 않은 사람이었다고 할까요? 그래서 로버트는 자신의 진가를 알아보지 못하는 세상 사람들 때문에 그의 잠재력이 낭비된다고 여겼어요."

"당신은 그의 그런 사고방식을 경계하지 않았나요?" 챔버스가 그녀에게 물었다.

"오만과 예술은 떼려야 뗄 수 없어요." 엘로이즈는 어깨를 으쓱했다. "그 사람은 항상 그런 주제를 그림으로 집요하게 표현했고요. 남들이 몽상이나 하면서 쓰레기나 끼적거릴 때 그는 자기도 모르는 사이에 뛰어난 그림을 그리곤 했어요." 그녀는 미켈란젤로의 걸작처럼 죽은 아들을 안고 있는 니콜렛 코티야르 앞으로 이동했다. "〈피에타〉네요. 자기 어머니를 묘사한 게 틀림없어요." 그녀가 단언했다.

"메러디스요?" 마셜이 놀라서 불쑥 물었다. 차라리 180센티미터 크기의 정원 요정을 묘사했다면 믿을 것 같았다.

"아니. 그 사람 친어머니 말이에요." 챔버스와 마셜의 눈길이 서로 마주쳤다. '자세히 좀 설명해줄래요?' 따위의 말을 반복하기에 적절한 순간 같았다.

"마약 중독자였어요." 엘로이즈가 말을 이었다.

마셜은 무의식적으로 팔 안쪽의 주삿바늘 자국을 긁적였다.

"…헤로인 중독이요. 갓 태어난 로버트도 그 약물의 영향을 받았을 정도였죠. 메러디스한테서 전혀 못 들으셨어요?" 그녀는 의외라는 듯 물었다.

마셜은 말없이 고개를 저었다. 이 대화가 노인의 치매 악화라는 주제로 넘어가는 것은 원치 않았다.

"한마디로 로버트는 아주 작고 허약한 아기로 태어났어요. 생후 며칠 사이에 숨이 두 번이나 멈췄대요. 그는 자신이 죽기 직전까지 갔었다는 사실을 받아들이기 힘들어했어요. 그때 죽었다면 그가 성취하고 창조한 모든 것이 세상에 존재하지 않았을 테니까요." 그녀가 손가락을 튕겼다. "맛이 갈대로 가버려 아기의 상태도 인식하지 못하는 여자의 품에 안겨있다는 사실을 인정할 수 없었던 거예요."

"성모 마리아는 중독자가 아니었는데요." 마셜이 지적했다.

"하지만 니콜렛 코티야르는 중독자였어." 챔버스가 말했다. "그리고 알폰스가 코츠를 얼마나 따랐을지는 말할 필요도 없겠지."

엘로이즈는 그 말을 듣고 궁금하다는 듯이 두 형사를 번갈아 보았지만 둘 다 설명하지 않았다.

"그래서 알폰스가 코츠의 '걸작'에서 그자의 역할을 맡게 된 거야."

"그런 논리는 헨리 존 돌런한테도 적용돼야 할 것 같은데요." 마셜이 회의적으로 말했다. "그쪽에서는 닮은 점을 별로 찾을 수가 없잖아요."

"우리가 상상력이 너무 부족한 걸지도 몰라. 좀 더 상징적인 의미가 담겨 있을지도. 헨리 돌런은 누가 봐도 남자다움의 전형이잖아. 시대를 잘 타고났으면 백댄서나 텔레비전 엑스트라로 '낭비'되기보다 검투사나 장군쯤은 됐을걸."

"이제야 좀 로버트처럼 생각하시네요." 엘로이즈가 말했다. "사실 우리가 그 사람 머릿속 깊숙이 들어간대도 그 의중을 정확히 이해하기는 어려울 거예요. 우리가 아는 건 그 사람이 자기만의 뒤틀린 방식으로 추한 행위 속에서 의미와 아름다움을 찾으려 했다는 것뿐이죠. 이유는 알 수 없어도 그는 이 이미지를 선택해 자신의 트라우마를 표현했어요." 그녀는 실제 조각품의 사진을 가리켰다.

"이건 어떤가요?" 챔버스가 사진 한 장을 가리키며 그녀의 대답을 재촉했다.

"〈메두사의 머리를 벤 페르세우스〉네요. 여긴 왜 시체 사진이 없죠?"

"완성을 못해서겠죠."

"좋은 추측이네요. 결국 그녀를 해방시킨 사람이 로버트 코츠였어요."

"그의 친모 말인가요?" 마셜이 물었다.

엘로이즈는 고개를 끄덕였다.

"메러디스에게 입양되었지만 로버트는 열한 살까지 친어머니를 매주 만나야 했어요. 그때까지도 친모가 그의 삶에 미치는 영향력은 대단했고 그래서 그는…." 그녀가 말꼬리를 흐렸다. "이제는 그 일에 대해 밝혀도 상관없겠죠. 그는 메러디스의 캐비닛에서 아편성 약물을 훔쳐 중독에서 회복 중이던 친모가 마실 차에 탔어요. 같은 주에 그녀는 무단 점유 중이던 집에서 의식을 잃은 채 발견됐고요. 결국 그녀는 아들에게 접근금지 처분을 당했어요. 그녀의 결백은 끝내 밝혀지지 않았고요. 그 작은 행동은 인생 최대의 강적을 상대로 한 로버트의 승리를 상징해요. …그가 페르세우스로 선택한 사람이 누구였죠?"

"그 시체는 결국 찾지 못했어요." 챔버스가 말했다.

"그럼 메두사의 잘린 머리로 선택된 사람은 누구였나요?"

"…나요."

엘로이즈는 곤혹스런 표정을 지었다. "저런…, 형사님이 자꾸 걸리적거리니까 복수의 대상으로 삼았나 보네요."

"그러게 말입니다."

그녀는 다음 범죄 현장 사진들로 넘어갔다. 훼손된 반라의 〈밀로의 비너스〉가 강둑에 서 있었다.

"이 여자는 누구죠?"

마셜은 서류를 참고할 필요도 없이 대답했다.

"미술대학에서 일하는 탐신 풀러예요."

"내가 졸업한 다음에 들어왔나 봐요. 이것들은 뭐죠?" 그녀가 증거 봉투에 담긴 반질반질한 녹색 잎사귀들을 가리키며 물었다.

"희생자 주위에 흩어져 있었어요." 챔버스가 설명했다. "그런데 인근 지역의 어떤 나뭇잎과도 일치하지 않네요. 분석을 의뢰하긴 했는데-"

"월계수네요." 엘로이즈가 말했다. "월계수 잎이에요. …일종의 메시지죠." 그녀는 처음으로 적당한 혐오와 비애가 담긴 표정으로 훼손된 시신을 바라보았다.

"메시지라고요?" 마셜이 반문했다.

엘로이즈는 고개를 까딱하고 한숨을 푹 쉬었다. "…이 작품은 나랑 관계가 있어요."

23

신고를 받고 출동한 배리는 전조등이 물수제비를 뜨는 돌처럼 수면을 가로지르자 시동을 껐다. 핸드브레이크가 수상쩍게 끽끽거렸다. 그는 차에서 내려 호숫가를 순찰하기 시작했다. 울퉁불퉁한 지형을 손전등으로 비추면서 그냥 지긋지긋한 캐나다 거위이기를 기도했다.

호수를 4분의 1쯤 돌았을 즈음 예상대로 질퍽질퍽한 둑에서 보송한 흰 깃털이 처음으로 손전등 불빛에 잡혔다. 깃털들은 조금 전에 경험한 시련 때문에 아직도 충격에서 헤어나지 못하는 듯 바람에 파들거리고 있었다. 빽빽한 숲으로 들어갈수록 백색은 점차 진홍색으로 바뀌었다. 깃털 뭉치는 꼼짝하지 않고…, 물에 흠뻑 젖은 채…, 죽어 있었다.

쓰러진 나무에서 번들거리는 핏자국을 발견한 배리는 나무를 기어오르다가 그 반대쪽에서 성체 백조 두 마리의 시체를 찾았다. 기다란 목은 늘어진 채 뒤틀려 있고 한때 날개가 붙어 있었을 위치에는 날개 대신 검은 구멍이 입을 벌리고 있었다.

"이게 대체 뭐야?" 그가 웅얼거렸다.

없어진 백조의 날개를 찾으려고 주위에 손전등을 비추면서도 세상 어떤 여우도 커다란 백조 두 마리를 한 번에 해치울 수 없다는 생각은 이미 하고 있었다. 누군가 고의로 백조 두 마리를 잡아서 날개를 떼어간 것이 틀림없었다. 대체 이런 끔찍한 짓을 벌인 이유가 뭘까?

고요 속에 홀로 호숫가를 헤매려니 기분이 으스스해졌다. 그는 나무를 다시 넘어 호수 쪽으로 허겁지겁 달려가면서 백조 시체는 아침에 처리하기로 마음먹었다.

★

원터를 만난 마셜은 미리 챔버스의 동의를 얻어 뜻밖에 수확이 컸던 엘로이즈 브라운과의 대화를 그에게 전하고 다음 날 아침으로 예정된 회의에도 초대했다. 그 회의에서 엘로이즈가 나머지 스케치에 대해 하나하나 설명할 예정이었다.

"월계수 잎의 의미는 아직 이해가 잘 안 돼요." 원터가 소곤거렸다.

"두 사람의 관계를 상징하겠죠." 마셜은 더 이상 설명을 덧붙이지 않았다. "코츠는 〈밀로의 비너스〉 주위에도 나뭇잎을 잔뜩 뿌려놨잖아요. …예술, 결혼, 님프(그리스 로마 신화 속에 존재하는 '정령'으로 자연에 깃들어 있는 존재이자 보통 젊은 여성의 모습으로 등장한다 - 옮긴이 주)와 관련이 있지 않겠어요?"

"참 명확한 설명이네요."

"제 능력 밖인데 어쩌겠어요? 어쨌든 그 여자는 본인과 관계가 있다고 단언했죠."

"그러면…, 우리가 엘로이즈를 보호해야 한다는 뜻이죠?"

"그건 챔버스가 알아서 할 거예요. 그래도 그 여자는 코츠가 자신을 해칠 리 없다고 확신하던걸요."

원터는 회의적인 표정으로 말했다. "…로버트 코츠와 중독자였던 친모는 공영 주택에 살았을 거예요…. 그가 어머니에게서 벗어나기 전까지는요."

"그건 확인해 볼게요. 그런데 왜요? 무슨 생각을 하시는 거죠?"

"알폰스와 중독자 어머니도 공영 주택단지에 살았잖아요."

"같은 곳일까요?" 마셜이 흥미를 느끼며 물었다.

"당신이 그랬잖아요. 조각상은 그자가 살면서 겪은 사건들을, 희생자들은 살면서 만난 사람들을 상징한다면서요. 그렇다면 장소에도 의미가 있을 수 있죠."

"흠." 마셜이 곰곰 생각했다. "선배님이 챔버스 형사님께 가끔이라도 이런 예리한 의견을 냈다면 좋았을 텐데요."

★

"여보, 나-"

챔버스는 문간에서 얼음이 되었다.

이브는 이미 잠옷으로 갈아입고 팔짱을 낀 채 그를 기다리고 있었다.

"…뭐 때문인지는 몰라도 미안해." 챔버스가 힘없이 웃었다. 그는 둘이서 오붓하게 보내기로 한 저녁 시간 내내 코츠의 연구실을 수색했다.

"내가 또 무슨 잘못을 했더라?"

"당신 대체 무슨 짓을 하고 다니는 거야?"

"그…, 글쎄." 그가 말을 더듬었다.

이브는 텔레비전 앞으로 성큼성큼 다가가 VCR을 재생했다.

"…연쇄 살인범입니다. 수사를 이끄는 벤자민 챔버스 경사가 최근에 발생한 잔혹한 살인 현장을 조사하고 있으며…."

이브가 TV를 껐다.

"아." 챔버스가 말했다. "그거."

"또 그 자식이네. 조각상에 환장한 인간! 당신한테 이런 짓을 한 놈!" 그녀가 챔버스의 다리를 가리켰다. "나랑 분명히 약속했잖아."

"여보, 난-"

"여보 소리 집어치워!"

"좋아." 그가 양손을 쳐들었다. "이브…, 진짜 안 하려고 애를 썼는데-"

"애를 썼다고?" 그녀가 쓸쓸하게 웃었다. "충분히 안 썼겠지! 이 사건 때문에 이미 죽을 뻔했다는 얘기도 안 했지?"

"그거야 사건 파일에 다 나와 있잖아."

"아침마다 경찰청 로비조차 중간에 안 쉬고는 못 지나간다는 얘기는 했고?"

"나는-"

"이 사건을 맡기면 차라리 경찰을 그만두겠다는 말은 했어, 안 했어?"

챔버스는 한숨을 푹 쉬었다. "…안 했어."

"그래놓고 무슨 애를 써?"

챔버스는 섣불리 입을 열었다가 약속을 어긴 것도 모자라 거짓말까지 했다는 걸 들키고 밤새 들들 볶일 게 뻔했기에 머뭇거렸다. 그의 침묵에 짜증이 난 이브는 침실로 획 들어가 문을 쾅 닫았다.

★

"나만 아니었어도 아직 살아있을 텐데요."

윈터가 의아한 표정을 지었다. "누구 말이에요?"

224

"탐신 풀러요."

윈터는 여전히 헷갈리는 표정이었다.

"밀로의 비너스 말이에요!" 마셜이 까칠하게 외쳤다. 마셜은 자신의 머릿속을 온통 차지한 그 이름을 윈터가 벌써 잊었다는 데 부아가 났다. "내가 그냥 내버려 뒀으면…, 그자도 범행을 멈췄을 텐데요. 더 이상 아무 짓도 안 하고 있는데 내가 요양원에 쳐들어가는 바람에…. 이제부터…, 그자가 누구를 해치든 내 책임이에요. 전부 내 책임이라고요."

윈터가 한숨을 푹 쉬며 말했다. "미안하지만 그렇게 터무니없는 소리는 살다 살다 처음이에요. 우린 경찰이잖아요." 그가 자랑스레 말했다. 자신이 지금은 경찰 신분이 아니라는 사실은 까맣게 잊은 듯했다. "경찰은 나쁜 놈들을 잡아야죠. 그자들이 어떤 앙갚음을 시도하더라도요. 그 여자의 죽음에 책임이 있는 사람은 로버트 코츠밖에 없어요. 안타까운 사건이지만 그자는 이미 세 명을 죽이고도 처벌받지 않았잖아요. 그러니 그런 생각 말아요."

15분 후에 윈터의 근무 시간이 마침내 끝나자 두 사람은 다시 거리로 나섰다.

"시간이 별로 안 늦었네요." 그가 재킷의 지퍼를 올리며 말했다. "아직도 배고파요? 어디 가서 술 한 잔 할까요?"

"고맙지만 됐어요. 너무 피곤해서 집에 갈래요."

"그래요." 윈터가 미소 지었다. 그녀에게 데이트 신청을 한 것으로 들리지는 않았을지 조금 걱정이었다.

"걱정 말아요." 당황스럽게도 마셜이 그의 표정을 정확히 읽은 듯했다. "그런 뜻 아닌 거 아니까."

"엥? 그럼! 당연하죠. 그런 생각은 한 적도…." 그가 말을 흐지 부지 끝냈다. "어쨌든 내일 봐요."

"네. 내일 봬요."

"저기요, 마셜!" 떠나려는 그녀를 윈터가 갑자기 불렀다. "…조 던, 나는 당신 친구예요." 그의 진심이었다.

마셜은 환하게 웃었다. "…알아요."

하지만 윈터가 고개를 끄덕이고 반대 방향으로 멀어지자 마셜 의 표정은 금세 일그러졌다. 마음이 비명을 지르고 있었다. 마이 다 베일의 판자집과 패링던의 스트립 클럽 중 어디가 더 가까운 지 필사적으로 생각했지만 전혀 알 수 없었다.

오늘 밤에는 집에 가기 틀린 모양이었다.

24
금요일

"선배님은 천재가 분명해요." 마셜이 윈터에게 알은체했다. 그녀는 전날 밤과 똑같은 옷차림으로 런던경찰청 로비의 낡은 소파에서 그를 맞으러 다가왔다.

"알아요." 윈터가 고개를 끄덕였다. 두 사람은 엘리베이터 쪽으로 다가갈수록 여기저기 널려 있는 온갖 신문에서 멀어질 수 있어 마음이 조금 편해졌다. 하나같이 제1면에 똑같은 〈밀로의 비너스〉 사진이 실려 있었다. "…그나저나 나더러 천재라니, 이유가 뭐죠?"

"코츠와 그의 어머니가 공영 주택에 살았을 거라고 하셨잖아요. 알폰스와 니콜렛이 살던 집과 같은 곳이었어요. 우연이 아닌 것 같아요."

윈터는 챔버스에게 믿음직해 보일 요량으로 입고 온 정장이 조금 불편했다. 마지막으로 입었을 때에 비해 살이 꽤 찐 탓에, 기회를 봐서 변태처럼 보이지 않고 벨트를 한 칸 풀 방법을 궁리해야 했다.

"다른 장소들은요?" 그가 물었다. 둘은 함께 건물을 오르기 시작했다.

"코츠가 지금껏 거친 주소지는 딱 두 곳이에요. 그래도 일단 전 직장 목록을 뽑았고, 거래 은행에도 반복적이거나 눈에 띄는 금

전 거래가 있으면 알려달라고 요청했어요. …하지만 우리의 가장 큰 소득은 역시 엘로이즈 브라운이죠."

"그 여자가 무슨 말을 했길래요?" 자신이 마셜이나 챔버스에 비해 존재감이 없다고 느껴온 윈터가 마셜에게 물었다. 회의에 들어가서 망신을 당하기 전해 지금껏 놓친 정보를 전부 파악하고 싶었다.

엘리베이터 문이 덜컹대며 열리자 마셜은 먼저 밖으로 나가 의외라는 표정으로 그를 돌아봤다.

"그건 엘로이즈한테 직접 물어보시면 되잖아요."

윈터의 얼굴에 자부심이 나타났다가 대번에 의심으로 바뀌었다.

"웨인라이트가 허락한 거예요?"

마셜은 한참 뜸을 들이다가 대답했다. "…그럼요."

"엘로이즈는 내가 여기 왔다는 거 모르겠죠?"

"그럴걸요."

★

윈터는 엘로이즈에게서 눈을 떼지 못했다.

분위기가 싸해지고 있었다.

모두가 눈치를 챘다.

윈터는 로버트 코츠가 그토록 지적이고 아름다운 여성을 어떻게 꼬셨는지 도저히 이해할 수 없었다. 우중충한 조사실 안에서도 엘로이즈는 재미와 긍정의 기운을 발산하며 그녀를 만난 행운아들의 하루를 환히 밝혔다.

"또 시작이네요." 마셜이 윈터를 쿡 찔렀다.

"미안." 그는 앞에 놓인 서류로 억지로 눈을 돌렸다.

사무실이 시끌벅적해졌다. 형사들은 서류를 한 아름씩 껴안은 채 분주히 오가고, 전화기는 쉴 새 없이 울리며 쏟아지는 제보를 받았다. 전국 범위의 언론 보도 이후 상황이 급박하게 돌아가고 있었다.

수사에도 진전이 생기는 듯했다. 〈밀로의 비너스〉가 발견된 지도상의 위치를 확인한 엘로이즈는 옛 기억을 술술 떠올렸다. 엘로이즈와 코츠는 핌리코 역에서 지하철을 내려 강가를 걸은 적이 있었다. 새 아파트 단지가 들어서기 전 범죄 현장 사진들을 살펴본 엘로이즈는 그곳이 두 사람이 첫 키스를 나눈 지점이라고 확신했다. 코츠의 과거 직장 목록에 따르면 그는 3년 연속으로 여름마다 대영박물관에서 일했다. 그 장소들 모두 그가 모방한 예술 작품들만큼이나 중요한 의미가 있다는 사실이 분명해졌다.

"이제 알겠어요!" 마셜이 옆 책상에 놓여 있던 지도에서 드넓은 녹지의 바로 오른쪽을 가리키며 선언했다.

"타이버니아 중학교예요. 코츠가 다닌 학교죠. 하이드 파크에서 길 몇 개만 건너면 되는 곳이네요."

챔버스는 자세히 들여다보다가 눈살을 찌푸렸다. 그 사이에 놓인 네 개의 도로와 공원이 신경쓰였다. 번뜩 떠오른 생각에, 그는 자신의 책상으로 돌아가 런던 지하철 노선도와 도시 주변으로 복잡하게 얽힌 버스 노선도를 가져왔다.

"원즈워스에 있는 정원 요정의 집에서 통학했겠지?"

"맞아요." 마셜이 대답했다.

챔버스는 만족스레 손가락을 톡톡 두드렸다.

"근처에 지하철역이 없어. 28번 버스를 타면 그 학교로 갈 수 있지만 공원 반대편에 내려야 해. …살인 현장은 그자가 날마다 학교까지 걸어가던 길에 있을 거야."

"거의 다 잡았어요." 마셜이 안도의 미소를 짓자 챔버스는 고개를 끄덕였다.

"거의 다 왔어."

★

인간은 얄팍하고 단순한 존재이며 아름다움은 인간의 근본적 결함을 이용하는 도구에 지나지 않는다. 특정 집단과 어울리고, 남들에게 과장된 자신의 이미지를 투사하고, 마음에 드는 짝을 유혹하는 등 가장 원시적인 형태의 동물적 행동을 뒷받침하는 수단일 뿐이다. 로버트 코츠는 그 개념을 누구보다 잘 이해하는 사람이었다.

대부분의 사람들은 어설프고 촌스러운 대학 교수에게는 쉽게 다가가지 않을 것이다. 그러나 잘생기고 매력적인 모습의 남자라면 그와 함께하고 싶은 사람, 그와 비슷해지고 싶은 사람들과 쉽게 우정을 쌓고 강렬한 인상을 남길 수 있을 것이다.

그러나 오늘은 어느 쪽에도 해당하지 않았다. 오늘 그는 세상의 무게에 짓눌린 듯 구부정한 자세로 느릿느릿 걷고 있었다. 눈이 마주치는 모든 사람에게 '제발 내 고통을 당신과 나누게 해주세요'라고 호소하듯 간절한 미소를 지으며 슬금슬금 피하는 그들을 지켜봤다. 그는 멋진 그림자를 드리워 턱선을 돋보이게 하던 수염을 밀고 베이지와 갈색 톤의 가장 수수한 옷을 골랐다. 움직이지 않을 때는 하나의 바윗덩어리 같았다.

오늘은 사람들의 눈에 띄지 말아야 했다.

★

조각상	위치	피해자	사건
생각하는 사람	하이드 파크	헨리 존 돌런	그의 출생? 어디에도 속할 수 없는 예술가이자 지식인
피에타	크랜브룩 공영 주택	알폰스와 니콜렛 코티야르	마약의 영향으로 어머니의 품에서 죽을 뻔한 아기
메두사의 머리를 벤 페르세우스	대영박물관	벤자민 챔버스 그리고 ???	마침내 자신의 손으로 중독자 어머니를 제거
밀로의 비너스	강변 산책로	탐신 풀러	

챔버스는 펜 뚜껑을 닫고 엘로이즈를 돌아봤다.

"〈밀로의 비너스〉에 대해 설명 좀 해주세요."

오늘도 페인트가 튄 셔츠를 입고 온 그녀가 일어서서 오전 내내 준비한 자료를 발표했다.

"〈밀로의 비너스〉는 기원전 100년경 안티오크의 알렉산드로스가 만들었다고 추정되는 대리석 조각상이에요. 실물보다 조금 큰 크기로, 파리 루브르 박물관에 전시 중이죠."

엘로이즈를 격려하듯 웃어 보이며 윈터는 그녀의 설명을 꼬박꼬박 받아 적었다. 가장 철저한 형사조차 수사에는 전혀 도움이 안 된다고 여길 만한 정보였다.

"'밀로스의 아프로디테'라는 이름으로도 불리죠."

"아프로디테요?" 챔버스가 아는 이름이라는 듯이 물었다.

엘로이즈는 고개를 끄덕였다. "사랑과 미의 여신이죠."

"그러니까 당신을 상징하는 거겠죠." 윈터의 말에, 챔버스와 마셜이 동시에 그를 돌아봤다. "우리가 보기에 코츠가 그 조각상을 당신으로 여겼다는 뜻이에요." 그가 재빨리 덧붙였지만 얼굴은 금방 시뻘겋게 달아올랐다. "아, 그러니까… 제가 당신더러 아름답다고 말하는 게 아니라 코츠가 틀림없이 당신이 아름답다고 생각했을 거란 뜻이에요."

마셜이 눈을 굴렸다.

챔버스는 고개를 저었다.

둘 다 다시 정면으로 몸을 돌렸지만 안타깝게도 윈터는 아직 끝나지 않은 모양이었다.

"…당신이 아름답지 않다는 뜻은 아니에요. …당신은 누가 봐도 아름다우니까."

엘로이즈의 얼굴에 어색한 미소가 번졌다.

"제 말은-"

챔버스가 참다못해 윈터의 말을 끊었다. "그러니까 아프로디테예요, 비너스예요?"

"둘 다 맞아요." 엘로이즈가 대답했다. "아프로디테는 그리스, 비너스는 로마 명칭이죠. 같은 여신의 다른 이름이에요. 하지만 예술작품이다 보니 다른 해석도 있어요. 로버트도 그랬지만, 애당초 작품의 주인공이 아프로디테가 아니라고 믿는 사람들도 있어요. 포세이돈의 청혼을 받고 세상의 끝, 아틀라스로 달아난 암피트리테라는 견해죠."

"당신이 코츠의 청혼에 퇴짜를 놓은 것처럼요." 마셜이 덧붙였다. 엘로이즈가 지난번에 그 조각상이 코츠의 인생에 자신이 등장했다는 것을 상징한다고 그토록 자신 있게 주장한 이유를 이제 알 것 같았다.

"맞아요."

"그럴듯하네요." 챔버스가 이렇게 판단하고 다음 조각상의 이름을 적기 위해 펜 뚜껑을 열었다.

"그럼 다음으로 넘어갈게요. 〈큐피드의 키스로 되살아난 프시케〉입니다."

★

눈을 바닥으로 내리깔고, 머리카락은 멋대로 흐트러트리고, 손에는 밋밋한 색의 수수하기 짝이 없는 꽃다발을 든 로버트 코츠는 남의 눈길을 끌지 않은 채 퀸 엘리자베스 병원의 복도를 누빌 수 있었다. 그가 가져온 배낭은 생각보다 훨씬 무거웠다. 그것을 어깨 위로 끌어 올리며 그는 앞에서 다가오는 수면 부족 상태의 잡역부 두 명을 유심히 지켜보았다. 코츠를 스쳐 가는 순간 그들의 대화는 절정에 이르렀다.

"…이미 늦었어. 이번 전철까지 놓치면 마누라가 나를 죽이려 들 거라고. 이것 좀 벗게 도와줄…."

코츠는 방향을 틀어 그들을 뒤따라갔다. 수다쟁이 잡역부는 퇴근할 생각에 벌써부터 흰 작업복을 벗고 있었다. 두 사람이 '직원 전용'이라 적힌 문에 도착하자 코츠는 잠시 멈춰 서서 게시판을 보는 척하다가 그들이 안으로 들어가기 전에 입력하는 네 자리 비밀번호를 눈여겨봤다.

찰칵하고 닫히기 전에 묵직한 문을 잡은 코츠는 목소리가 멀어지기를 기다렸다가 탈의실로 들어갔다. 사물함의 미로를 헤치고 두 사람을 뒤쫓고 있으니 다시 말소리가 들렸다.

"지금까지 본…, 최악…, 스트립쇼…!" 처음 듣는 목소리가 웃음을 터뜨리고 바지 한 벌이 바닥에 툭 떨어졌다. "자, 어서! 서둘러!"

맨발이 타일을 밟는 소리에 이어 샤워기 쉭쉭대는 소리가 들렸다.

코츠는 배낭을 내려놓고 다음 줄의 마지막 사물함까지 쭉 이동해 몸을 숨겼다. 남자가 코앞에 있었다. 모퉁이 저편에서 사물함에 옷을 걸고 있는 그의 맨살이 언뜻언뜻 보였다.

"제길!"

타일에 물건 떨어지는 소리가 온 탈의실에 울렸다.

이 순간이 기회임을 감지한 코츠가 트인 공간으로 나섰다. 남자는 무릎을 꿇고 옷이 잔뜩 쌓인 벤치 밑을 더듬느라 그의 존재를 눈치채지 못했다.

코츠는 소리 없이 다가갔다.

★

"이런 전설이 전해온답니다. 옛날 옛적, 지금은 그 이름도 잊혀진 큰 도시에, 세 공주가 살았어요. 그 중 막내인 프시케 공주는 비너스와 비교될 만큼 아름다웠다죠. 하지만 비너스 여신은 이 소문이 못마땅했어요. 질투에 사로잡힌 여신은 아들 큐피드를 보내 화살로 공주를 쏘게 했지요. 프시케를 흉측한 야수와 사랑에 빠뜨리려는 사악한 의도였답니다. 그런데 어쩌다 큐피드가 실수로 자기 화살에 찔렸고, 가장 먼저 눈에 띈 존재인 프시케에게 미친 듯이 빠지게 되었죠.

그다음에는 어찌어찌해서 개미와 황금 양의 도움을 받고 보이지 않는 연인에게 납치혼을 당하게 돼요. 중간에는 얘기가 좀 엉뚱하게 흘러가다가 결국 조각상에서 묘사하는 장면에 이르죠. 비너스가 프시케에게 약병을 들고 저승에 들어가 프로세르피나의 아름다움 한 조각을 얻어오라는 명령을 내린 거예요.

프시케는 성공적으로 임무를 완수하고 지상으로 돌아오지만 불타는 호기심을 억제하지 못해요. 지금까지 들은 경고를 전부 무시하고, 약병의 뚜껑을 열고 내부를 들여다봐요. 병에는 아름 다움이 아니라 스틱스의 밤(그리스 신화에서 스틱스는 세상을 둘러싸 고 저승으로 흐르는 증오의 강으로, 이 강물을 마시면 영원한 잠에 빠지 게 된다. - 옮긴이)이 가득 들어 있었지요. 프시케는 깊고 오랜 잠 에 빠지고 말아요. 잠든 그녀는 결국 큐피드에게 발견되지요. 그 는 그녀를 품에 안고 화살을 찔러 잠을 깨웠어요.

마침내 비너스의 손아귀를 벗어나 영생을 얻은 프시케는 큐피 드와 결혼해요. 둘이 영원히 함께할 수 있게 된 거죠."

★

샤워실에 늦게까지 남아 있던 잡역부는 수건으로 몸을 감싸며 탈의실로 나오다가 때마침 벤치 밑에서 데오도런트 캔을 찾는 동 료를 보았다.

"잠깐만." 그는 틈을 비집고 지나가 구겨진 옷더미에 손을 뻗었 다. 하지만 옷가지 하나가 없어졌다는 사실을 대번에 알아차렸다. 그는 어리둥절한 표정으로 동료를 돌아봤다. "이봐, 내 유니폼 못 봤어?"

★

낡은 다과 수레는 매끄러운 바닥을 구른다기보다 지진을 견디 고 있는 듯 받침에 놓인 도자기 컵을 요란하게 달그락거렸다. 흰 작업복 상의와 짙은 색 바지 차림의 로버트 코츠가 수레를 밀며 회복 병동의 이 방 저 방을 누벼도 누구도 눈 하나 깜짝하지 않았다. 강력한 선풍기가 윙윙 도는 소리도 그의 존재를 숨기는 데 도움을 주었다. 선풍기가 사방으로 시원한 바람을 뿜어내는 사이 보초병처럼 병동을 살피던 그는 간호사 휴게실 옆에 수레를 멈추고 빈 콘센트에 주전자를 꽂았다. 몇몇 사람이 후다닥 지나가며 신경을 거슬렀지만, 코츠는 결국 누구의 관심도 끌지 않고 침착하게 스위치를 켠 다음 밖으로 나갔다.

★

"그래서…." 챔버스가 어리벙벙한 표정으로 입을 열었다. "이 이야기에서는 당신이 프시케 같은데요?"

"맞아요." 엘로이즈가 대답했다.

"그러면 프시케가 뭔가를 가지러 저승에 다녀온 건 어떤 사건을 의미하나요?"

"내가 당한 사고를 가리키는 거예요." 그녀가 슬픈 듯이 대답했다. "그때가 가을이어서 퇴근하기 족히 한 시간 전부터 깜깜했어요. 평소에 가장 선호하는, 그리니치 공원을 통과하는 경로로 자전거를 타고 집에 돌아가다가…." 그녀는 한숨을 쉬었다. "차에 치였어요." 그녀는 지금도 그다음 일이 믿기지 않는다는 듯 말을 멈췄다. "그 차가 멈추는 소리는 들렸는데…, 잠깐 서 있다가…, 쌩하니 가버리더군요. 나를 그대로 내버려 두고요. 자전거와 나는 둘다 심각한 상태에 빠졌어요. 내가 그곳에서 크게 다쳐 의식을 잃고 쓰러져 있다는 사실을 아무도 몰랐죠." 그녀는 고개를 들고 설핏 웃었다. "그런데 로버트가 나를 발견했어요. 내가 집에 돌아오지 않자 밤새 나를 찾아다닌 거예요. 그가 나를 찾아 자동차 뒷좌석에 태울 때의 느낌이 아직도 생생해요."

"공원 어느 쪽이었나요?" 마셜이 중요 장소 목록에 추가하기 위해 펜을 꼿꼿이 세우며 물었다.

"그리니치 천문대 바로 옆이요. 그 사고로 팔이 부러졌어요. 그 사람은 병원 매점에서 사온 어린이용 미술 도구 세트만으로 내 깁스 위에 걸작을 그렸죠. …한순간도 내 곁을 떠나지 않았어요."

챔버스와 마셜은 의미심장한 시선을 교환했다.

"어느 병원이었죠?" 두 사람이 동시에 물었다.

★

들어오지 마시오
대청소 중

"뭔 일이래요?" 잠긴 문들과 여기저기 흩어져 입구를 막고 있는 노란 원뿔들을 보고 수위가 물었다.

"중증 전염병 환자래요." 복도를 어슬렁거리던 코츠가 나른한 목소리로 대답했다.

남자는 얼굴을 찡그렸다. "얼마나 걸린대요?" 수위는 어디 내다 버릴까 고민하는 듯 자신이 밀고 있는 휠체어에 앉은 노인을 내려다봤다.

"30분. …45분쯤." 코츠는 어깨를 들썩했다. "더 오래 걸릴지도 모르고요." 코츠는 하위계층의 충성심을 이용해 양해를 구하듯 고개를 까딱했다. "다른 분들한테도 전해주실래요?"

"그래야지. 고마워요." 그 남자는 더 이상의 정보 없이도 '윗사람들'이 쉬쉬하는 음모론을 퍼뜨릴 만반의 준비가 되어 있었다.

"그럼 다시 대기실로 돌아갑시다, 데스!" 그는 멀쩡히 잘 들리는 듯한 자신의 환자에게 소리를 빽 질렀다. 코츠가 멀어지는 그들을 바라보는 사이 5분으로 맞춰둔 디지털시계의 타이머가 0이 되었다.

코츠는 보는 사람이 있는지 확인하며 자신이 만든 바리케이드를 뛰어넘은 다음 슬그머니 병실 안으로 들어갔다. 얼굴에 산소마스크를 쓰고 실린더를 열자 쉭쉭 소리를 내며 공기가 샜다. 실린더 손잡이를 쥐고 짧은 연결통로로 돌아가 맨 끝에 보이는 이중문으로 들어갔다.

북적대던 병동은 이제 완전히 고요해졌다. 선풍기는 바닥과 책상에 널브러진 사람들에게 여전히 오염된 공기를 내뿜고 있었다. 그는 네 발로 기려고 안간힘을 쓰는 뚱뚱한 간호사를 밟고 간식 수레로 다가갔다. 전기 주전자를 끄고 수레 밑 보관함을 열어 배낭을 꺼냈다.

간호사 휴게실 뒤편에 매직펜으로 적힌 면회자 목록을 확인한 다음 그는 6인용 병실 한 곳에 들어갔다. 왼쪽 침대에 잠든 쇠약한 여자를 경멸하듯 바라보다가 세 개의 빈 침대를 지나 방 끝에 누워 있는 두 사람에게 다가갔다. 둘 다 의식을 잃고 애처롭게 늘어진 채 목숨을 낡아빠진 기계 장치에 의탁하고 있었다. 연갈색 기계 하나는 테이프로 겨우 고정되어 있을 정도였다.

코츠는 창가 쪽 침대에 누워 있는 여성에게 접근해 아무런 망설임도 없이 화면을 하나하나 끄고 다양한 경보와 신호를 죽였다. 그녀의 폐로 공기를 밀어 넣던 주머니가 멈추고, 몸으로 되돌아가던 따뜻한 혈액이 끈적해지고 느려지는 과정을 그는 매료된 듯이 지켜보았다. 맞은편 침대로 이동해 거기 누운 남자를 응시했다. 몸에 붕대를 친친 감고 있었지만 약물로 유도된 수면에 빠진 그는 평화로워 보였다. 코츠는 눈을 감고 산소 호흡기의 쌕쌕대는 소리와 자신의 호흡을 일치시켰다. 그 외에는 고요하기만 한 병동에서 그는 묘한 위안을 느꼈다.

호흡기를 끄기가 꺼려질 지경이었다.

그는 엄지손가락을 기계에 겨눈 채, 이 생지옥에서 자신의 감정을 이입할 수 있는 몇 안 되는 사람 중 한 명을 마지막으로 내려다보았다.

이 남자는 더 아름다운 죽음을 맞을 자격이 있었다.

그는 스위치에서 손을 떼고 산소통을 내려놓았다. 배낭의 지퍼를 열고 금속 틀과 불룩한 비닐봉지를 꺼낸 다음 병실 전체에 커튼을 쳤다.

여전히 그에게는 할 일이 많았다.

25

"차에서 대기해!" 챔버스는 병원 입구에 차를 댔다. 경찰차 세 대가 이미 도로를 차지하고 있었다. 그와 마셜, 윈터가 모두 차에서 내렸다. "얘기했잖아. 차에서 대기하라니까!"

"죄송해요. 저한테 하시는 말씀이 아닌 줄 알고…." 윈터가 입을 열었지만 챔버스와 마셜은 이미 그 소리가 들리지 않을 만큼 멀어져 넓은 유리문 밖에서 어쩔 줄 모르고 있는 기자 무리를 뚫고 지나가는 중이었다. "뭐, 관심도 없으시겠죠." 조금 무안해진 그는 엘로이즈 곁으로 돌아와 '어쩌겠어요?'라는 듯 어깨를 들썩했다.

그녀도 손잡이를 당겨 밖으로 나왔다.

"저기요!" 윈터는 두 형사를 뒤따라 서둘러 병원으로 들어가는 엘로이즈를 뒤에서 불렀다. "…이봐요!"

★

그들은 문 앞을 지키는 남자에게 신분을 밝히고 아수라장이 된 병동으로 들어갔다. 관리팀은 가스 누출이 없었는지 확인한 다음 수상쩍은 주전자를 치웠다. 간호사들은 침착하게 모든 창문을 열고, 이제는 회복 중인 동료들을 보살피며 범죄 현장이 된 병실에서 평소처럼 소임을 다하고 있었다. 모퉁이를 돌던 챔버스는 마음을 가라앉힐 틈이 없었다. 그들을 기다리고 있는 현장을 마주하자 그는 한 대 얻어맞은 듯이 숨이 턱 막혔다.

초현실적이고…, 아름답고…, 잔혹했다.

"세상에." 마셜이 그의 옆에서 입을 떡 벌렸다. 챔버스처럼 그녀도 병실에 한 발짝도 들일 엄두를 못 내는 듯했다.

병실 맨 끝, 두 침대의 정중앙에 펼쳐진 흰 날개 한 쌍은 무릎을 꿇은 남자의 척추에서 돋아난 것만 같았다. 천장에 닿은 날개가 창문으로 쏟아져 들어오는 빛을 가리면서 두 개의 기다란 그림자가 생기자 두 형사는 본능적으로 뒤로 물러섰다.

"챔버스?" 마셜이 소리죽여 그를 불렀다. "…챔버스?"

"잠깐 시간 좀 줘." 그가 말했다.

마셜은 이해한다는 듯 고개를 끄덕이고 그곳에 서 있는 챔버스를 방해하지 않도록 다른 동료들을 막아섰다.

"마셜이에요." 그녀는 제복 경찰에게 자신을 소개했다. 그는 무엇부터 시작해야 할지 몰라 우왕좌왕하고 있었다. "챔버스 형사님이랑 같이 일하고 있어요."

"아! 이렇게 반가울 데가!" 그는 이렇게 인사하며 날개 달린 끔찍한 시신을 돌아봤다. "진짜, 이게 대체 뭐 하는 짓일까요?!"

그녀는 두 시신을 바라보았다. 남자와 여자였다. 병실 저편에 아무렇게나 널브러진 듯한 시신은 알고 보면 너무나 낯익은, 세심하게 연출된 자세를 취하고 있었다. 벌거벗은 남성의 체중을 그의 쭉 뻗은 오른 다리가 떠받쳤고 그의 팔에는 죽은 여성의 몸이 안겨 있었다. 허리에 감긴 침대 시트가 간신히 그녀의 존엄을 지켰다.

마셜은 시신들 주위를 돌아 창가로 다가갔다. 햇빛 아래서 보니 날개는 가느다란 줄로 고정되어 있었다. 역겹게도, 천사 날개는 실제로 죽은 남성의 몸에 박혀 있었다. 검은 피가 아직도 상처에서 고리 모양으로 배어나고 있었다.

"백조…, 날개 같네요." 제복 경찰이 말했다.

마셜은 고개를 끄덕이며 쭈그리고 앉아 바닥에서 돋아난 것처럼 보이는 복잡한 금속 틀을 살폈다. 다양한 지점에서 구부러지고 꺾인 채 두 '소재'를 제 위치에 고정하고 있었다.

"여기서 만든 게 아냐." 챔버스가 다가오는 소리를 듣지 못한 마셜은 그의 말에 화들짝 놀랐다. 그는 장갑 낀 손을 뻗어 금속 지지대의 끝을 적당히 힘을 주어 변형했다. "잘 구부러지네. 알루미늄인가? 화살통에 상품명이나 로고가 찍혀 있나?" 그가 물었다.

"어떤 상표요?" 마셜이 반문했다. 아직 찾아볼 생각도 못했다.

"이것 좀 보세요." 제복 경찰이 바닥을 가리켰다.

챔버스는 일어서서 들여다봤다.

"프시케를 깨울 때 사용한 화살과 스틱스의 밤이 담긴 약병이군."

"어…, 뭐라고요?"

"신경 쓰지 마세요." 마셜이 경찰에게 말했다. "그나저나 언제 발견됐죠?"

"청소부가 한 30분 전에 병실에 들어와 보니 모두 바닥에 쓰러져 있더래요."

"기절 상태였나요, 아니면 의식이 있지만 움직일 수 없었나요?" 마셜이 캐물었다. "그 둘은 차이가 있거든요."

"음. 확인해 볼게요. 누가 들어오거나 나가는 걸 기억하는 사람은 아무도 없는 모양이에요. 투명인간이 왔다 갔는지."

"아무렴." 챔버스가 낙담하여 중얼거렸다.

경찰은 그를 힐끗 보았다. 챔버스가 자신의 경찰 자질을 비꼬는 것인지 아니면 범인이 진짜 투명인간이라 믿는 것인지 아리송한 모양이었다.

"역시 로버트 코츠 짓이에요. 그렇죠?" 경찰이 그들에게 물었다. "…조각상을 만들어 놓은 걸 보면?"

챔버스는 침착하게 그를 돌아봤다.

"이미 기자들이 쫙 깔렸어요. 입단속 잘 시키세요, 알겠죠?"

"물론입니다."

"좋아요. …이제 나가 봐요."

"네, 경사님."

큐피드의 날개를 사이에 두고 챔버스와 마셜은 서로를 응시했다.

"전 그림을 봤어요." 경찰관의 발걸음이 병실에서 멀어지자 그녀가 얼빠진 표정으로 입을 열었다. "무슨 일이 닥칠지 알고 있었어요. …그런데도 이런 상황은 예상 못 했어요."

"약병은 확인하셨어요?" 문간에서 누군가가 물었다.

병실 반대편 구석에 엘로이즈가 서 있었다. 그녀의 얼굴에 두려움이나 역겨움은 흔적도 없었다. 오로지 감탄뿐이었다.

윈터가 그녀를 뒤따라 병실로 들어왔다. 두 사람이 들어오면서 부딪치지 않으려고 피했던 경찰관이 바짝 붙어서 따라 들어왔다.

"나랑 같이 온 사람들이에요." 챔버스가 이렇게 설명하며 경찰을 내보냈다. 그리고 두 사람을 나무랐다. "차 안에 있으라고 했잖아."

"저야 열심히 말렸죠." 윈터가 숨을 쌕쌕거렸다. 그의 얼굴에는 감탄은 흔적도 없고 오로지 두려움과 역겨움뿐이었다.

"당신들은 여기 있으면 안 돼." 챔버스가 말했다.

"약병은 확인해 봤어요?" 엘로이즈가 그의 말을 못 들은 척 다시 물었다.

"여긴 범죄 현장이에요!"

"로버트 일이잖아요!" 그녀가 받아치고는 날개 달린 신과 공주가 있는 쪽으로 살금살금 다가갔다. 초롱초롱한 눈으로 앞에 펼쳐진 장면을 모조리 흡수하고 있었다.

챔버스는 지극히 불쾌한 표정을 지으며 바닥에 펼쳐진 침대 시트 위의 도자기 병으로 다가갔다. 그는 쪼그리고 앉아 뚜껑을 쥐었다가 잠시 주저했다. 앙심을 품은 여신들과 저승의 저주에 얽힌 전설이 머릿속을 스쳐 지나갔다.

그는 뚜껑을 살며시 열고…, 안을 들여다봤다.

"뭐가 들었어요?" 윈터가 멀찍이 떨어진 복도에서 외쳤다.

"잎이네." 챔버스가 걱정스런 눈으로 엘로이즈를 보았다. "…월계수 잎."

★

"맘에 안 들어." 챔버스가 말했다. 그와 마셜은 커피와 신선한 공기를 마시려고 안뜰로 나갔다. 하지만 그곳은 진작부터 흡연자들이 점령하고 있었다.

"지금까지 우리한테 도움을 얼마나 많이 줬는데요."

"당신도 아까 병실에서 그 여자 얼굴을 봤을 거 아냐. 묘하다고 해야 하나? 코츠만큼이나 이 상황을 즐기고 있어."

"그렇다고 엘로이즈가 이 일에 관여했다는 뜻은 아니잖아요."

마셜이 지적했다.

"우리를 돕는다고 꼭 관여하지 않는다는 뜻도 아니지."

그녀가 고개를 끄덕이며 다시 나타난 11월의 햇살에 눈을 찌푸렸다.

"관여했을 가능성이 있다는 건 동의해요."

"그리고." 챔버스가 말을 이었다. "그 자식은 현장마다 나뭇잎을 뿌리고 있어. 그 여자한테 보내는 연애편지처럼."

"그렇다면 엘로이즈가 우리를 돕는 이유는 뭘까요?"

"그놈과 같은 이유지. 코츠가 우리한테 당신 스케치북을 남긴 이유는 뭐라고 생각해?"

"지난번에도 얘기했듯이 조롱할 의도겠죠." 마셜이 추측했다. "아니면 협박? …도움을 구하는 외침?"

챔버스는 고개를 저었다.

"로버트 코츠는 게임을 하는 데는 관심이 없을 거야. 언제든 언론사를 찾아갈 수 있었는데도 그러지 않았잖아. 유명해지려는 것도 아니고 세상 사람들에게 이해받으려는 것도 아니야. 그냥 자신을 위해서 이런 짓을 하는 거라고."

"그러면 한동안 손을 뗀 이유는 뭘까요?"

"그걸 알면 얼마나 좋겠어. 이유가 뭐든 그놈은 우리를 위해서가 아니라 자기 사정으로 잠시 손을 놨을 뿐이야. 그걸 잊어선 안 돼." 그가 시계를 확인했다. "웨인라이트가 곧 도착할 거야. 왜 시신 둘이 늘었는지, 병동 전체가 약에 취해 마비됐는지 설명해야 돼."

"제가 도울게요."

"내가 알아서 할게. 당신은 엘로이즈랑 이야기를 좀 나눠보고 그 여자를 가까이 둬야 할지 말아야 할지 결정해."

"그 결정을 제게 맡기신다고요?" 마셜이 놀라며 물었다.

"나는 할 일이 너무 많아서 말이지." 그는 이 말만 남기고 건물 안으로 돌아갔다.

★

"저 사람들이 누구라고?" 웨인라이트 경감이 물었다. 언제 다시 펄럭이기라도 할까 봐 그녀는 가짜 신의 날개를 뚫어지게 응시하고 있었다.

"하비에르 루이스와 오드리 페어차일드입니다."

"뉴스에 나온 사람들 아니야?!" 그녀가 긴장하여 외쳤다. 챔버스는 자신의 수첩을 참고하다가 이 모든 사건이 시작된 이후로 신문을 집어 들거나 TV 앞에 앉을 틈도 없었음을 깨달았다. "장기 이식으로 유명해진 커플이잖아?" 그녀가 대답을 재촉했다.

"네. 폐 이식입니다. 여자 쪽이-"

"낭포성섬유증이었지." 웨인라이트가 그의 말을 잘랐다. 이제 두 사망자를 바라보는 그녀의 표정이 완전히 달라져 있었다. "6개월 시한부였고."

"네." 챔버스가 아무 쓸모없는 수첩을 접으며 대답했다.

"남자 쪽이 자기 폐를 주겠다고 제안했다지. 의사들은 결코 쉬운 일이 아니라며 만류했고. 조직이 완벽하게 맞아야 하고 두 번째 기증자가 나타나지 않으면 그의 목숨이 위태로워질 만큼 많은 조직을 떼어내야 한다면서 말이야. 그래도 그는 개의치 않고 밀어붙였는데 어찌어찌 기적이 일어났어. …수술을 받기 전에 결혼식을 예약했다고 뉴스를 탔잖아, 오드리가 진단을 받은 지 6개월째

되는 날이었다고." 웨인라이트가 슬픈 표정으로 말했다. 비극적으로 죽은 연인을 안아주기라도 할 기세였다. "…왜 하필 이 사람들일까?"

"공교롭게 그 시간에 이 병원에 있었던 것뿐이죠." 챔버스가 어깨를 으쓱했다. "결혼이야 늘 되풀이되는 주제고요. 그냥 '남자가 사랑하는 여자를 구했다'는 단순한 이유일 수도 있어요. 솔직히 그놈 속을 누가 알겠습니까?"

챔버스의 상관은 그의 솔직함에 조금 당황했다.

"코츠는 정신 나간 인간이에요." 챔버스의 목소리에 살짝 날이 서 있었다. "그자의 뒤틀린 사고방식으로 이 시답잖은 구실을 희생자들과 어떻게 연결 지었는지 알 길이 없죠. 다음에는 누구를 노릴지, 어떤 행동을 할지 예측할 방법도 없고요. 그자는 현실을 사는 인물이 아니니까요. 남들의 예술작품과 …장소를 흉내 내는 따라쟁이일 뿐이에요." 그가 단호히 평가했다. "범행 장소가 매우 중요합니다. 우리가 앞으로도 코츠보다 잘 통제할 수 있는 것은 장소밖에 없죠."

웨인라이트는 그의 타당한 결론에 고개를 끄덕였다. "이제 어떻게 할 거야?"

"그의 전 약혼녀에게 도움을 받아 중요한 장소의 목록을 뽑았어요. 이 사건이 해결될 때까지 날마다 24시간 내내 그 모든 장소를 감시해야 합니다."

"장소가 몇 군데야?"

"네 군데 정도요."

"딱 일주일 줄게." 웨인라이트가 말했다. "그때까지 아무 성과가 없으면 어차피 우리는 전부 좌천이야."

★

마셜과 엘로이즈는 병원 구내식당 한쪽 구석에 빈 테이블을 발견했다. 두 여성은 한 눈에도 잘 안 어울리는 한 쌍이었다. 엘로이즈는 화장기 없는 얼굴에 울긋불긋한 옷을 대충 걸치고, 곱슬곱슬한 머리를 아무렇게나 질끈 묶었는데도 아름답기만 했다. 늘 그렇듯 검정색으로 온몸을 휘감은 마셜은 겹겹이 껴입은 짙은 색 옷과 가죽 때문에 동작이 부자연스러워 보였다.

윈터는 최대한 오래 뭉그적대다가 50분을 남기고 1시간 거리인 일터로 출발했다. 여드름쟁이 댄보다 먼저 도착하면 괜찮을 터였다. 다른 가게에서 온 건방진 신입 소피가 고자질만 안 하면 좋을 텐데.

마셜은 도대체 왜 자신이 그런 사정까지 알아야 하나 싶어 고개를 절레절레 흔들었다.

두 여자는 빤하지만 불쾌한 주제는 일부러 피하고 주로 갤러리에 대해 이야기를 나눴다. 엘로이즈는 자신의 갤러리 운영 계획에 대해 신나게 설명하다가 마셜이 그곳을 코츠가 시체를 남길지도 모를 장소로 언급하자 조금 흥이 깨진 듯했다. 대화가 자연스레 소강상태에 빠지자 마셜은 마음에 품고 있던 진짜 의문을 꺼내 놨다.

"기분이 이상했어요. …시체를 난생처음 본 거라. TV에서 봤을 때랑은 전혀 다르던데요. 그냥 가만히 누워 있는 사람이 아니라 아예 다른 존재로 변한 느낌이었어요." 마셜이 말했다.

"나는 괜찮던데요." 엘로이즈가 말했다.

"덤덤해 보이셨어요. 우리 사무실에 붙어 있던 범죄 현장 사진들을 볼 때도…, 그리고 이번에도요." 마셜은 대답을 기다리며 말을 멈췄다.

"무슨 말을 듣고 싶으신 건지 잘 모르겠네요."

"보는 순간에 어떻게 당황하지 않으셨죠?" 마셜이 불쑥 물었다. "조금 전에 저나 챔버스가 목격한 가장 충격적인 범죄 현장을 보셨는데요."

엘로이즈는 의자에 등을 기대며 찻잔에 담긴 플라스틱 젓개를 만지작거렸다.

"아름다워서요."

"아름답다고요? 시체였잖아요."

"비극적인 동시에 아름다운 것들도 있는 법이죠."

마셜은 엘로이즈를 유심히 지켜보며 어떻게 반응할지 고민하다가 직설적으로 나가는 게 최선이라고 판단했다.

"챔버스가 당신을 걱정해요. 솔직히 저도 그렇고요."

"뭘 걱정한다는 뜻이죠?"

"코츠의 살인 행각이 성공하기를 바라는 건 아닌지."

"…맞아요."

마셜은 기가 막혀 팔짱을 끼고 맞은편 여자를 쏘아봤다.

"그렇다면 우리 수사에 심각한 문제가 생긴 건데요."

"이유는 잘 모르겠어요. 양심에 따르자면, 코츠가 사람을 또 해치기 전에 당신들을 도와 그를 막고 싶어요. 하지만 예술가의 입장에서는 우리 모두 어떤 형태로든 그의 천재성을 확인할 수 있어서 영광이라고 생각해요. 내게는 그가 이…, 컬렉션을 완성하는 것을 보고 싶은 마음도 분명히 있어요."

"컬렉션이라뇨?" 마셜은 간담이 서늘해졌다. 머리가 지끈거리기 시작했다. "좋아요. 대답해주세요. 당신이 선택해야만 하는 상황이 되면 어떤 쪽으로 마음이 기울까요?"

"솔직히 모르겠어요."

마셜은 격분하여 고개를 저었다.

"아직 그를 사랑하시나 봐요? …이런 험한 꼴을 보고도?"

"…네."

"그 사람이 두렵지 않으세요?"

"너무 두려워요."

"그자는 괴물이니까요!" 마셜이 내뱉었다. 주위가 빙빙 도는 기분이었다.

"아, 맞는 말이에요." 엘로이즈가 동의했다. "…하지만 그는 나의 괴물이죠."

26

누리끼리한 셔츠와 아직 형태를 유지하고 있는 게 신기하다 싶을 만큼 심하게 좀먹은 재킷 차림의 필립 이스턴 경사는 은퇴만 바라보며 겨우겨우 버티고 있는 지쳐 빠진 경찰의 전형이었다.

온갖 것을 보고 온갖 일을 겪은 그는 많은 경우 모르는 게 약이라는 당연한 결론에 도달했다.

눈코 뜰 새 없던 오전을 보내고, 이스턴은 빵집에서 산 간편식을 손에 든 채 해로우 온 더 힐 경찰서의 책상으로 돌아왔다.

"손님이 오셨어요." 동료가 그에게 알렸다.

이스턴은 한숨을 푹 쉬었다. "난 식사를 좀 해야겠는데. 자네가 좀 해결하면 안 될까?"

"실종 신고랍니다." 동료가 어깨를 으쓱했다. "…경사님 담당이 잖아요."

이스턴은 고개를 쳐들고 채광창을 통해 하늘을 째려봤다.

"대체 쉴 틈이 일 분도 없네!" 그는 이렇게 한탄하고 사무실을 나가는 내내 큰 소리로 불평했다. "어떻게 점심 한 끼 먹을 시간도 없는 거냐고!"

하지만 식사를 옆에 내려놓고 자리에 앉는 순간 그는 상냥한 얼굴로 싹 바꾸었다. "이스턴 경사입니다. 필이라고 부르셔도 돼요."

맞은편에 앉아 있던 초췌한 여인은 한마디도 알아듣지 못한 듯 눈만 끔벅거렸다.

"자, 그럼." 그는 동료가 휘갈겨놓은 몇 가지 정보를 훑었다. "그리스인이시라고요?" 그가 과장되게 관심을 표시했다. "그래, 어떤 일로 찾아오셨습니까…." 그가 곁눈질로 서류를 보았다. "…파, …파, …돕, …우, …루 부인?"

"파파도풀루." 그녀가 아주 어색한 억양으로 말했다.

"포파도파도풀루라고요." 그가 엉터리로 따라 했다. "실종 신고를 하러 오셨다고 들었는데요?"

"내 아들이." 서툰 영어였지만 목소리에 담긴 근심은 분명히 전달되었다. "집에 안 와서…." 그녀는 안절부절못했다.

"…일하러 갔다가 안 돌아왔나요?" 이스턴이 추측했다.

"네! 일하러. 오늘 일하러 가고 집에 안 와요."

"오늘요?" 그의 목소리에 살짝 긴장이 들어갔다. "포파-, …이름을 불러도 되겠습니까?"

"스피리둘라."

그가 얼굴을 일그러뜨렸다.

"…혹시 중간 이름은 있으십니까?" 파파도풀루 부인의 멀뚱한 표정이 돌아왔다. "사실 저희가 그리스식 이름에-"

"그 애는…, 어린애나 마찬가지…." 그녀가 그의 말을 잘랐다.

"알겠습니다." 이스턴은 신고서의 '발달 장애'란에 동그라미를 쳤다. "전에도 이런 일이 있었습니까?"

"아니요!" 그녀가 울음을 터뜨렸다.

이스턴은 티슈를 건네며 최대한 편안한 미소를 지었다.

"그러면 몇 가지 사실 확인을 하겠습니다. 아드님의 전체 이름을 알려주시겠어요?"

"에반 이오아누 파파도풀로스."

"포파도팔루 아니고요?"

"파파도풀로스(그리스어 이름에는 대개 성별에 따라 다른 접미사가 붙는다. 여성형 접미사는 'ou', 남성형 접미사는 's'다. - 옮긴이)."

이스턴은 그녀에게 철자를 쓰게 했다. "생년월일은요?"

"1973년 10월 7일."

"그러면…, 스물두 살이네요." 이스턴이 자신의 암산 능력을 과시하느라 필요 이상으로 큰 목소리를 냈다. "…잠깐만요. 스물셋인가?" 결국 그는 손가락으로 세어야 했다. "다음으로 넘어가겠습니다. 키는?"

"아! 254."

이스턴은 얼떨떨한 표정을 지었다. "가능하면 센티미터로 말씀해 주실래요?"

"네. 254."

그는 볼펜 뚜껑을 닫고 그것으로 초조하게 책상을 두드렸다.

"일단, 그 얘기는 나중에 하죠. 최근에 에반이랑 같이 찍은 사진 있습니까?"

"네." 그녀는 핸드백을 뒤져 다른 가족들과 함께 찍은 아들의 사진을 건넸다.

이스턴은 사진을 응시하다가 심란해하는 여인을 흘끔 보고는 주변에서 키득거리는 동료들을 둘러봤다. 그는 조심스럽게 볼펜 뚜껑을 다시 열었다.

"키 254cm."

★

그리니치 천문대(사고)

화재로 불탄 미술대학(버크벡 대학교)
생모의 무덤
월계수 나무

중환자실에서 시신들이 실려 나가고 이불 위에 놓인 흰 날개들이 바닥에 질질 끌려가는 장면은 적어도 한해 내내 악몽의 소재가 될 듯했다.

챔버스는 병원 측에 강당 대여를 요청했다. 다른 사람들이 도착하기 전에 그는 지워지지 않는 매직펜이 아닐지 의심되는 펜으로 화이트보드에 로버트 코츠에게 의미 있는 장소들을 나열했다.

기자 회견을 마치고 다소 지쳐 보이던 웨인라이트 경감이 처음으로 들어와 맨 앞자리를 잡았다. 곧이어 마셜이 나타났다. 그녀는 무례해 보이지 않는 선에서 부담스러운 여성 상관으로부터 최대한 멀리 앉을 수 있는 위치가 어디쯤일지 궁리하는 것이 분명했다. 빈 의자 두 개를 띄우고 앉는 것이 정답인 듯했다.

"이게 다 모인 건가?" 챔버스가 마셜에게 의미심장하게 물었다. 안뜰에서의 대화를 마지막으로 두 사람은 밀린 이야기를 할 기회가 없었다.

때마침 엘로이즈가 헐레벌떡 들어왔다.

"미안해요!" 그녀가 숨을 몰아쉬었다. 테이크아웃 커피잔을 손에 든 채 그녀는 마셜에게서 두 칸 떨어진 자리에 앉았다.

"좋아요." 챔버스가 입을 열었다. "엘로이즈 브라운, 이분은 우리 팀의 웨인라이트 경감님이에요. 팀장님, 이쪽은 로버트 코츠의 옛 약혼자 엘로이즈 브라운입니다." 챔버스는 서로를 소개한 다음 곧장 본론으로 들어갔다. 그는 화이트보드를 가리키며 말했다. "남은 살인 세 건이 발생할 가능성이 있는 장소 네 곳입니다."

"다섯 곳일지도 몰라요." 마셜이 큰 소리로 말했다. "엘로이즈의 갤러리도 있잖아요?"

챔버스가 웨인라이트를 돌아보니 그녀는 떨떠름하게 고개를 끄덕였다.

그는 그것을 목록에 추가했다.

"팀장님이 다음 주 내내 이 모든 장소를 감시하라는 서류에 결재하셨습니다. 단, 우리가 좀 더 분발해야 해요." 그가 마셜 쪽을 보며 말했다.

미래의 상관 앞에서 좋은 인상을 남기고 싶은 마셜은 앞으로 7일간 죽도록 추운 차 안에서 죽치고 있을 생각에 황홀하다는 표정을 지었다.

"…윈터도, 힘을 내주면 좋겠네요." 챔버스가 뒤늦게 생각났다는 듯이 덧붙였다. 그는 웨인라이트를 설득해 한때 경찰이었던 윈터가 의사 소견서를 받고 인사부서 면접을 거쳐 현장에 가능한 빠르게 복귀할 수 있도록 조치했다. "문제는 우리의 역량을 어디에 집중하느냐 하는 겁니다." 그가 엘로이즈를 돌아보며 말했다. "이 장소들 중 가능성이 높은 곳부터 순위를 정해 보시겠어요?"

"실은…, 제가…." 그녀는 말을 더듬거렸다. 그의 질문이 곤혹스러운 것이 분명했다.

"대충 추측해 보세요." 챔버스가 그녀를 재촉했다.

엘로이즈는 음료를 내려놓고 일어서서 그의 보드 마커를 받아 들었다. 잠시 화이트보드를 응시하다가 그녀는 첫 줄을 과감하게 지웠다.

"…여긴 아닐 거예요."

챔버스가 움찔했다.

"그러면 목록을 새로 만들어 보시죠." 그가 화이트보드를 가리키며 요구했다.

1. 불
2. 무덤
3. 숲
4. 천문대
5. 갤러리

그녀는 챔버스에게 마커를 돌려주었다.

"설명해주세요." 챔버스가 요구했다.

"음, 제게는 갤러리가 중요한 장소지만 그 사람에게는 아닐 거예요. 그래서 가능성이 없지는 않아도 가장 적다고 생각해요. 그리고 제가 겪은 교통사고라는 소재는 로버트가 그 병원에서 이미 충분히 다룬 것 같네요." 그녀는 순서를 조정한 목록을 다시 흘끔 보았다. "로버트에게 가장 중요한 것, 그를 규정하는 것은 예술이고…, 다음은 어머니에 대한 증오…, 그다음은 나와 우리의 관계예요." 그녀가 씁쓸하게 말을 마쳤다.

"월계수 잎을 보면 그렇지 않은 것 같은데요." 챔버스가 주장했다. "이 모든 것이 당신을 위해…, 또는 당신에게 접근하기 위해 벌이는 행동인지도 몰라요."

"로버트는 절대 나를 해치지 않을 거예요."

"하지만 나는 그럴 위험을 무릅쓸 생각이 없습니다. 우리 모두 같은 생각이죠." 챔버스가 웨인라이트를 보며 말했다. "엘로이즈,

이 시점부터 당신은 24시간 내내 보호받게 될 겁니다. 우리랑 같이 있을 때가 아니면 유능한 제복 경찰이 옆에서 지켜줄 거예요. …아니면 윈터나." 그는 화이트보드를 돌아보며 말을 이었다.

"그럼 다음 조각상에 대해 설명해 주세요." 챔버스가 엘로이즈에게 부탁했다. "사모트라케의…, 날개 달린 여신 니케라고요?"

"발표 자료는 없지만 대충 설명해 드릴게요." 엘로이즈는 미소를 지었지만 목소리는 날카로웠다.

"이제 '날개 달린'이라는 말에 거부감이 생기네요." 마셜이 한마디 했다. "다른 신인가요?"

"여신이죠." 엘로이즈가 설명했다. "니케라는 여신이에요."

"그런 이름은 금시초문이네요." 챔버스가 자리에 앉으며 말했다.

"그럴 리가요. 스포츠 브랜드 나이키의 회사명을 어디서 따왔을까요? 모든 롤스로이스의 전면에도 그녀의 모습을 본 딴 은빛 여인이 붙어 있을 텐데요? 올림픽 메달에도 니케가 등장한답니다. 승리의 여신인 니케는 팔라스와 스틱스의 딸이에요. 그리스인들은 니케가 그들을 천하무적으로 만들어 줄 거라 믿었어요. 어떤 일에서도 성공할 수 있는 힘과 스피드를 준다고요. 승리자에게는 그녀가 월계수 화환을 씌워준다고 생각했죠."

세 번째 여성 조각상에서 월계수 잎이 갖는 중요성은 누구도 굳이 언급할 필요가 없었다.

"이 조각상은 그의 생애에서 어떤 사건과 관계가 있죠?" 챔버스가 물었다.

"모르겠어요." 엘로이즈가 대답했다.

"니케는 당신이죠?"

"네."

"그럼 알 것 아니에요." 챔버스가 따졌다.

"다그치지 마세요, 챔버스." 마셜이 그를 나무랐다.

챔버스는 마셜의 의견과 상관없이 코츠의 옛 애인에게 적대감이 생긴 참이었다.

"사람들의 목숨이 달려 있어요!" 그가 버럭 소리를 질렀다. "잘 생각해봐요!"

"챔버스 형사!" 웨인라이트가 챔버스를 단호히 저지했지만 그는 엘로이즈를 계속 압박했다.

"코츠에게 뭘 줬다거나? 어떤 보상을 했다거나? 그자가 혼자서 할 수 없는 일을 도운 적이 있다거나?!"

금방이라도 울음을 터뜨릴 것 같던 엘로이즈가 갑자기 이제 알겠다는 표정을 지었다.

"화재였어요! 잿더미에서 조각품을 만든 사건이요. …화재예요!"

"보상은요?" 그가 물었다.

엘로이즈는 오랫동안 잊고 있던 기억을 소환했다.

"그 사람은 우리가 그 작품들을 마무리한 날 밤에 제게 다시 청혼했어요. 흙으로 만든 흑백의 형체와 도형에 둘러싸인 곳에서요. 흑백의 배경 속에서 색채라고는 로버트와 나 둘뿐이었고…, 제가 유일하게 '좋아요'라고 대답한 순간이었죠."

만족한 챔버스는 반응을 기대하며 마셜을 바라봤다. "그렇다면 더 이상 꾸물댈 이유가 없겠지?"

★

세 호위무사가 이야기를 나누는 사이 엘로이즈는 몇 발짝 뒤에서 따라가고 있었다. 사람이 별로 없는 출구를 찾느라 그들은 끝도 없는 병원 복도를 터벅터벅 걸었다. 구체적인 기억을 억지로 마주하자 내면에서 자극된 의외의 감정이 그녀가 지금껏 자신을 기만해왔음을 일깨웠다. 인생에서 가장 황홀했던 하룻밤을 잊어야 할 실수로 낙인찍은 것이었다. 그의 청혼을 받아들인 것을 어린 자신의 충동적인 결정으로 치부했었지만 사실 그 순간만큼 강한 확신을 가진 적은 없었다.

세 사람은 그녀를 소재로 대화를 나누고 있었다. 자꾸 뒤를 돌아보며 미소를 짓는 마셜을 보면 알 수 있었다. 좋은 의도였겠지만 핼러윈 때 입는 드라큘라 신부 같은 차림을 한 그녀의 창백한 얼굴은 웃을수록 더 음침해 보였다.

엘로이즈는 맞은편에서 다가오며 그녀의 산만한 수행단에 지나치게 관심을 보이는 남자를 발견했다. 흙빛 옷을 입고 배낭을 짊어진 그의 모습이 왠지 낯익었다. 그의 걸음걸이도…, 그의 머리카락도…, 그의 이목구비도 아닌…, 무언가가.

둘 사이의 간격이 점점 좁아지자 엘로이즈는 그 낯선 이와 눈을 맞췄다. 그녀는 단번에 그를 알아보고 헉 소리를 냈다. 코츠 역시 형사들의 뒤를 따라가는 그녀를 보고 똑같이 경악한 듯했다.

그녀는 숨을 쉴 수가 없었다. 입을 열어도 말이 나오지 않았다. 이제 코츠는 불과 몇 미터 앞에 있었지만 멈추지 않고 그들 일행 쪽으로 직행하고 있었다. 그는 왼손을 보일 듯 말 듯 그녀의 옆구리에 갖다 댔다. 그녀를 향한 완벽한 신뢰의 표시였다.

마셜이 인상을 썼다. "엘로이즈? 괜찮아요?"

그녀는 둘로 찢어진 기분이었다. 형사들 무리가 코츠와 스친 순간에는 숨조차 쉴 수 없었다. 아까 마셜이 했던 말이 그녀의 머릿속을 맴돌았다.

'선택해야만 하는 상황이 되면 어느 쪽으로 마음이 기울까요?'

'솔직히 모르겠어요.'

입을 꾹 닫은 채 그녀는 고개를 까딱했다.

엘로이즈가 코츠와 똑같이 손을 펼쳐 둘의 손가락이 맞닿는 찰나 마셜이 뒤를 돌아봤고…, 코츠는 사라졌다.

엘로이즈는 심장이 마구 두근거렸지만 뒤를 돌아보고 싶은 충동을 힘겹게 눌렀다. 울음이 터질 것 같았지만 얼굴에서 환한 미소를 지우지는 않았다.

이제 그녀는 분명히 깨달았다.

★

"정문을 잠가야 해. 저 창가에, 맞은편 건물에 사람이 있잖아."

챔버스가 소리쳤다. 재로 덮인 땅 위를 디딜수록 그의 구두에도 먼지가 쌓였다.

그와 마셜은 병원에서 엘로이즈를 웨인라이트에게 맡기고 도시 반대편의 버크벡 대학으로 달려왔다. 아직 조명이 켜져 있는 시간에 현장을 파악하기 위해서였다. 손상된 식물에서 돋은 싱싱한 줄기처럼 기존 구조 주위로 새로 증축된 건물에는 별도의 통로가 있었다. 화재가 삼킨 건물이 있던 자리에는 새 건물의 그림자만 드리워져 있었다.

강의실을 잃은 강의는 고든 광장에 위치한 미술대학 부지에서 대부분 진행할 수 있었기에 건물 보수가 절박하지 않은 모양이었다. 이제 이 구역은 금속 울타리, 원색의 경고와 안전 표지판, 쓰레기가 넘쳐나는 폐기물 수거통이 차지하고 있었다. 오래전에 굴착기가 쌓아 올린 오물이 재 때문에 시커먼 부지 한복판에 세 개의 커다란 무더기를 이루고 있었다. 챔버스는 지난 며칠간 비가 오지 않았다는 데 감사해야 했다. 이 현장은 평소에도 접근조차 어려운 진창 상태일 것이다. 화재가 전염병처럼 휩쓸고 지나갔을 구역과 대학 부지를 큰 울타리가 분리하고 있었다.

"이 투광 조명등은 어떻게 제어하는 건지 좀 알아봐요." 챔버스는 경찰 한 명에게 두꺼운 전선 몇 개가 연결된 제어함을 가리키며 지시했다.

"알겠습니다."

"전 대원과 차량은 30분 안에 각자 위치로 이동하세요!" 그는 나머지 팀원들에게 소리쳤다. "그리고 당신은…, 그래요, 당신!" 챔버스가 누군가를 불렀다. "여긴 꼭 군대가 휩쓸고 지나간 모양새네요. 다들 여기서 나가면 빗자루로 우리가 남긴 흔적을 최대한 지워요. 그자를 겁먹게 하면 곤란하니까." 그는 정문 옆의 마셜을 발견하고 다가갔다. "괜찮아?"

"한쪽은 입구, 한쪽은 출구예요." 그녀가 보고했다. 이제 출입구 두 곳이 더 확보되었다.

"좋아." 챔버스가 현장을 만족스레 둘러보았다. 그가 보기에 이제는 공사장이라기보다 거대한 우리 같았다. "마셜, 아직 내 질문에는 대답 안 했잖아. 정말 괜찮은 거야?"

"그냥…."

"그냥 뭐?"

"다 잘돼가고 있지만-"

"그래도 누군가는 죽을 거다?" 챔버스가 대신 문장을 마쳤다.

마셜은 고개를 끄덕였다.

"그걸 막기 위해 우리가 할 수 있는 게 없잖아요. 그래서 마음이 불편해요. …네. 알아요." 그녀는 챔버스가 말도 꺼내기 전에 덧붙였다. "그자가 다음에 누구를 노릴지 알아낼 방도가 없다는 거. 너무 찜찜해요. 어쨌든 형사님이 병원에서 말씀하셨듯이 '죽은 사람을 구할 수는 없다'는 건 사실이죠."

챔버스는 그녀 옆의 벽에 기댔다. "온 국민이 그자를 찾고 있잖아. 경찰은 그자를 아는 사람을 전부 탐문하고 있고."

"그래도 못 찾을 거예요."

"그래. …그래, 못 찾겠지." 그가 신중하게 말했다. "하지만 여긴 중요한 곳이야. 그토록 오래 끌던 사건이 전부 끝나는 곳이 여기라고. …그리고 고마워."

마셜이 의아한 표정을 지었다.

"나는 이 일에서…, 그자에게서 손을 뗐었지. 하지만 다시 돌아왔어. 이제 처음으로 우리가 이기고 있는 거야. 코츠는 올 거야. 안 오고 못 배길걸. 우린 그때까지 기다릴 거고. 그래서…, 어쨌든 고마워."

그 마음을 이해할 것 같아 마셜은 그의 팔을 다정하게 토닥였다.

"고맙다는 인사는 다 끝나고 나서 하세요."

"형사님!" 투광 조명등 제어함 옆에 웅크리고 있던 경찰이 그를 불렀다. "형사님을 찾고 있어요!" 그가 자신의 무전기를 가리켰다.

챔버스는 찌푸린 얼굴로 자신의 무전기 볼륨을 높여 부서진 문장의 끝부분을 들었다.

"…지금 당장 출동 바란다, 오버."

그는 무전기를 벨트에서 분리했다. "여기는 챔버스. 나한테 한 말씀인가요? 오버."

"그래요. 퍼트니의 농장에서 의회 근로자로부터 연락이 왔어요." 관리자가 말했다. 챔버스는 마셜과 같이 듣기 위해 무전기를 들어 올렸다. "인골로 추정되는 뼈가 발견됐답니다, 오버."

그는 마셜과 눈빛을 교환했다.

"그렇군요. 신고자에게 현장 활동을 즉시 중단하라고 전하고, 법의학 팀에게 현장에서 만나자고 전해주세요, 오버."

"알았어요. 통신 끝."

"숨 돌릴 틈도 없구먼." 챔버스가 하품을 했다. "오늘 밤도 잠자기는 글렀어." 그가 마셜에게 말했다. "당신은 꼭 가지 않아도-"

"같이 갈게요." 그녀가 얼른 나섰다.

"그러던가."

★

"이건 다른 뼈들만큼 깊이 묻혀 있지 않더군요." 발굴을 지휘하던 수염 기른 의회 인부가 말했다.

퍼트니 농장 녹지는 초토화되었다. 뿌리째 뽑힌 헛간들이 작업선 밖에 기우뚱하게 서 있고, 이제는 대부분의 구역에 흙더미가 쌓이거나 구덩이가 파여 있었다. 인부가 그들을 안내했다. 소형 굴착기를 지나, 세 사람은 사체의 일부가 노출된 얕은 무덤 주위에 둘러섰다. 사체는 부패가 한참 진행되어 해골에 가까웠다. 고대의 기사를 연상시키는 석검이 몸 위에 놓여 있었고, 허연 뼈 위

264

에 너덜너덜한 옷 조각이 붙어 있었다. 무덤 자체는 기껏해야 1미터 깊이로, 서둘러 암매장한 것이 분명했다.

"검의 출처가 어딘지는 알 만하네." 챔버스가 중얼거렸다. "그런데 묻힌 지 꽤 됐겠어. 신원 파악이 쉽지 않을 듯해."

"크리스토퍼 라이언이요." 수염 기른 인부가 신원을 알려주었다.

챔버스는 그 남자를 이상한 눈으로 보았다.

"이 사람이…, 누군지 아신다고요?" 그는 발치에 놓인 아이언 메이든 앨범 표지(1980년대 영국의 유명 헤비메탈 밴드. 앨범 표지에 주로 해골의 모습이 주를 이룬다 - 옮긴이) 같은 모습을 다시 살피며 물었다.

인부가 챔버스에게 코팅된 흙투성이 신분증을 내밀었다.

"작업을 그만두라는 지시를 받기 전에 발견했어요. 시체 밑에 튀어나와 있더군요. 뒷주머니에 들어 있었나 봐요."

신분증까지 놓친 걸 보면 코츠가 시체를 허둥지둥 처리했다는 추정은 신빙성이 더 높아졌다. 챔버스가 고맙다는 표시로 고개를 끄덕이자 남자는 동료들에게 돌아갔다. 눈이 푹 파인 사체 옆에는 챔버스와 마셜만 남겨졌다.

"코츠가 시체를 낭비할 리 없을 텐데요." 마셜은 바로 이 순간 자신이 죽으면 화장을 하라고 하겠다고 결심했다. "어떻게 생각하세요?"

"메두사가 없다면 페르세우스는 더 이상 쓸모가 없지." 챔버스가 대답했다. 목 뒤의 흉터가 팽팽하게 당기는 기분이었다. 그는 하늘에 낮게 걸린 11월의 태양을 올려다봤다. 얼굴에 쏟아지는 온기를 느끼며 심호흡을 하고는 슬며시 웃었다. "오늘은 저녁노을

이 참 아름답겠네."

마셜은 그의 근거 없는 추론에 눈살을 찌푸렸다.

챔버스는 무덤을 뒤로 하고 차를 세워둔 곳으로 성큼성큼 움직였다.

27

서서히 잠식해오는 밤에 맞서 마지막까지 버틴 하늘의 한 조각이 주황과 분홍으로 타올랐다. 시커먼 구름은 먹잇감에게 비참하고 끔찍한 죽음을 불러올 포식자를 함께 데려오고 있었다.

챔버스는 하늘에서 타오르던 불이 꺼지면서 창문을 차지한 자신의 지친 얼굴을 응시했다. 이 사건이 시작될 때는 젊은이였는데 지금은 머리가 희끗희끗하고 노상 약을 달고 사는 만신창이가 되었다. 한때 상당한 존재감을 과시했던 직장에서 지금도 꿋꿋이 버티고 있지만, 더 이상 당당하지 않았다. 왕년에는 이틀 연속 밤을 새도 거뜬했는데 이제는 항상 맥 빠진 사람처럼 보였다. 항상 번뜩이던 총기는 서서히 둔해지고 있었다….

그는 분명 뭔가를 놓치고 있었다.

"아, 잘됐다! 여기 계셨네요." 복도 저편에서 누군가 소리치며 이쪽으로 다가왔다.

드류 사익스 박사였다. 그의 어머니와 늘 사이가 좋았기에 챔버스는 이 청년이 어머니의 자리를 물려받자 큰 기대를 품었다. 불행히도 그는 은퇴한 박사의 인품을 거의 물려받지 못한 듯 건방지고 경박했다. 다만 챔버스와는 비교적 충돌이 적은 것을 보면 젊은 사익스도 그를 꽤 좋아하는 듯했다.

두 사람은 복도 맨 끝에 있는 문을 향해 같이 걷기 시작했다.

"좋은 소식부터 들으실래요, 나쁜 소식부터 들으실래요?" 사익스가 물었다.

"좋은 소식."

"지난번에 말씀드린 아가씨 있잖아요, 피오나? 오늘 세 번째 데이트예요. 그게 무슨 뜻인지 아시죠!"

챔버스는 하이파이브를 기다리는 그를 못 본 척하고 짜증을 누르며 물었다.

"시신 소식은?"

"아, 맞다. 참. 이런, 전부 나쁜 소식밖에 없네요."

"기가 막히는구먼."

그들은 법의학 실험실로 들어갔다. 병원에서 실려 온 사망자들이 이미 바퀴 달린 금속제 침대에 누워 있었다. 그 옆에 있는 탁자 위에는 피투성이 깃털 무더기 두 개가 놓여 있었다. 챔버스는 혐오감을 느끼며 로버트 코츠에 대한 엘로이즈의 평가를 떠올렸다. 각다귀의 날개를 뜯는 어린애처럼 굴고 있다고.

"그 자식 점점 미치광이가 되고 있네요." 사익스가 볼을 부풀리며 말했다. "둘 다 이미 진정제를 잔뜩 맞은 상태여서인지 주삿바늘 자국은 없어요. 여자애는-"

"오드리 페어차일드." 챔버스는 그의 전문가답지 못한 태도에 역정이 났다.

"네. 오드리 페어차일드요. 명백한 질식사예요. 그놈이 산소 호흡기를 뗀 순간…, 게임 끝났죠. 그런데 남자는…." 두 사람은 옆 침대로 이동했다. "아직 살아있을 때 날개가 부착됐어요. …의식은 없어도 분명히 살아 있었어요."

챔버스는 흰 깃털 무더기를 흘끔 돌아봤다. 부러진 뼈가 탁자 가장자리에 칼날처럼 기다랗게 튀어나와 있었다.

"미쳤군."

"그러게요. 등 뒤에서 날개가 양쪽 폐에 구멍을 내는 순간 깃털에 피가 잔뜩 튀었고 치명적인 혈기흉이 발생했어요."

챔버스는 멍해 보였다.

"한 마디로 이 남자는 자기 피에 익사했어요." 경박한 사익스마저 그 말을 하며 진저리를 쳤다.

"폐 이식 수술 다음 날 질식사와 익사라." 챔버스가 생각을 입 밖으로 뱉었다. "참 아이러니하군."

그는 시계를 봤다.

"안색이 왜 그러세요? 어디 안 좋으세요?" 사익스가 진짜 걱정된다는 듯이 물었다.

상황이 안 좋았다.

"괜찮아. 그냥 어딜 좀 가봐야 해서. 전기 주전자는 살펴봤어?" 병원에서 가져온 증거물이 아무렇게나 놓여 있는 것을 보고 챔버스가 물었다.

"그 자식 완전 천재예요." 사익스가 평범해 보이는 가전제품을 돌아보며 대답했다.

"그러니까, 저걸로 그 많은 사람의 폐를 한꺼번에 오염시킨 건가?"

"네, 확실해요." 법의관이 고개를 끄덕였다. "의심의 여지가 없죠. …그래도 평범한 주전자로는 불가능한 일이에요."

챔버스가 그를 멀뚱히 보았다. "당최 무슨 소린지."

"폐 손을 봤을 거예요. 구조를 바꾸고 발열체를 초음파 막으로 교체하고 주둥이를 좁히고 분리하는 등 주전자에서 나오는 기체가 더 잘 분산되게끔 개조했겠죠. 즉, 주전자를 가장한 확산기라는 뜻이에요. 판큐로늄 브로마이드를 끓이기만 하면 효과가 없어요. 100도에서 물이 증발하면 약품은 용기 바닥에 고스란히 남거든요. 하지만 초음파 막을 정확한 주파수에 맞추면 물과 약품이 동시에 증발해 마른 안개가 되죠. 근처에 선풍기가 있었을 텐데요?"

"그랬을지도 모르지." 챔버스가 어깨를 으쓱했다. 그는 당시에 병실에서 발견된 날개 달린 시체에만 정신이 팔려있었다.

"반경 수 미터까지 퍼져서 그 범위 안에 있는 사람을 전부 쓰러뜨렸지만 치명적인 농도는 아니었을 거예요. …말씀드렸듯이 천재가 틀림없어요."

챔버스는 이런 전개가 조금 마뜩잖아 피곤한 듯 눈을 비볐다.

"그러니까 주사도 놓지 않고 사람들을 마비시켰다는 뜻이에요. 참 대단하다는 말밖에…. 본인이 가진 카드를 다 쓰지도 않은 셈이잖아요." 하지만 막 떠오른 생각에 그는 인상을 찌푸렸다. "치료 방법은 있나? …마비를 풀 방법?"

"아트로핀과 네오스티그민 혼합물을 해독제로 쓸 수 있어요."

"구급차에 그런 약물도 싣고 다녀?"

"아트로핀은 있겠지만 그걸 투여할 생각은 못 했을 거예요. …왜 그러시죠?"

"그러면 현장에 맨 처음 찾아간 우리가 그 약물을 갖고 갔어야 했나?"

사익스가 거북한 듯 뜸을 들이다가 대꾸했다. "형사님은 의사가 아니잖아요."

"그렇다고 사람들의 생명을 구할 수 없다는 뜻은 아니지." 챔버스가 맞받았다. "특히 이번처럼 사람이 와글와글한 공간에 독가스가 한 방 터졌을 때…." 사익스는 여전히 확신이 없어 보였다.

"이봐, 드류. 그럴 때 해독제가 있으면 누군가의 생명을 구할 수도 있잖아. 그게 우리가 될 수도 있고."

그가 한숨을 푹 쉬었다. "장담은 못 하지만 검토해 볼게요."

"고마워." 이 요구는 최대한 밀어붙였다는 생각에 다음 주제로 넘어갔다. "토양 분석은 어떻게 돼가?"

"일단 성분은 분석했지만 아직 다른 토양 시료들을 기다리고 있어요."

챔버스는 2분 만에 다시 시계를 확인했다.

"생각해보니 이 백조의 출처를 찾는 데도 같은 방법을 적용할 수 있겠더군요." 사익스는 백조 날개가 쌓여 있는 탁자로 걸어가며 말했다. "이 깃털 전체에 아직 소량의 물기가 남아 있어요. 샘플을 채취해 그 구성 성분을 백분위표로 분석한 다음 도시 인근에서 떠온 다른 시료와 비교하면 되죠."

숨도 돌리지 않고 그는 컴퓨터로 다가갔다.

"손이 많이 드는 일이에요. 시간도 꽤 걸릴 테고요. 하지만 이런 말도 있잖아요. '참는 자에게 복이…'" 그는 화면에서 고개를 들었다가 자신이 혼자라는 사실을 깨달았다. 당황하여 이동식 침대 밑을 확인하던 그는 혼자서 얼마나 떠들었나 싶어 무안해졌다. "…있나니.'"

★

"전 이제 정말 괜찮아요."

"세월이 많이 흘렀지만 수사에 복귀하면 당시의 악몽이 되살아나지 않을까요?"

"아닐 거예요." 윈터가 거짓말을 했다.

인사팀 직원이 양식을 작성했다.

"지금까지 챔버스 형사와의 호흡은 어땠죠?"

"좋았어요."

"충돌은 없었나요?"

윈터는 캠던의 술집에서 그들을 두고 휙 나가버리던 챔버스를 떠올렸다.

"…언쟁은 없었나요?"

그는 운하 둑에서 세 사람이 서로에게 고래고래 악을 쓰던 장면을 떠올렸다.

"…감정이 격해진 적은 없었나요?"

그와 마셜, 챔버스가 눈물을 글썽이던 장면을 떠올렸다.

윈터는 아랫입술을 삐죽 내밀고 고개를 저었다. "그런 적 없었어요."

"당신 주치의에게 듣기로 최근에는 처방전을 받으러 가지 않았다던데…." 그녀는 팩스를 흘깃 보았다. "…한동안 파록세틴을 처방받지 않았다던데요. 더 이상 필요 없다고 생각하는 건가요?"

그는 호주머니 속 약통이 다리에 눌리는 감각을 느꼈다.

"…네. 말씀드렸듯이 전 이제 괜찮습니다."

★

이스턴은 '손비'라는 원예용품점 입구에서 10분 넘게 기다리는 중이었다. 매장의 어둑한 구석에서 번쩍이는 크리스마스 조명을 응시하고 있으니 최면에 빠져드는 기분이었다.

"이스턴 형사님?" 콧수염을 기른 남자가 그를 백일몽에서 끌어냈다. "저스틴 흄입니다. 여기 관리자예요." 두 사람은 악수를 나

녔다. "다들 에반 때문에 얼마나 속을 끓이나 몰라요. 실종된 것도 안타깝지만, 그 친구가 워낙 착하고 점잖은 청년이거든요."

그는 이스턴을 조잡한 조명이 켜진 복도 입구로 데려갔다.

"에반은 여기서 무슨 일을 합니까?"

"이것저것 잡일을 봐주고 있어요." 남자의 말투에 살짝 죄책감이 담겨 있었다. "의외겠지만 그 친구 몸집과는 전혀 관계가 없어요. 아이들이 에반을 무척 따르고 그 친구도 아이들을 예뻐하죠. 진짜 거인이랑 같이 놀 기회가 어디 흔하겠어요! 다만 에반은 영어가 서툴고 조금…" 그는 적절한 단어를 고르느라 잠시 시간을 끌었다. "…굼뜨죠." 결국 실패한 듯했다.

"그건 거인증 환자의 공통된 특징 아닙니까?" 이스턴이 물었다. 고용주로서, 이곳에 에반의 진료 기록이 보관돼 있을 거란 생각이 번뜩 들었다. 그의 어머니의 짧은 영어로는 풀 수 없었던 의문들을 해소할 수 있을지도 모른다.

"에반은 거인증이 아니에요."

그의 폭탄선언에 이스턴은 걸음을 멈추고 남자를 돌아봤다.

"키가 254센티미터라면서요!"

"의학적으로 그렇다는 뜻이에요." 관리자가 해명했다. "사실은 소토스증후군이라는 병인데, 제가 알기로 아기 때 비정상적으로 성장했다가 성인이 되면 성장 속도가 늦춰진대요. …보통은요. 그래서 에반이-"

"학습장애가 있다고요?" 그가 다른 자극적인 표현을 쓰기 전에 이스턴이 선수를 쳤다.

"맞아요." 그는 비좁은 공간의 문을 열었다. 책상 위에 비디오테이프가 무더기로 쌓여 있었다. "형사님 보시라고 준비해뒀어요.

오늘 아침부터 촬영된 영상은 이게 전부예요."

"돌아갈 때 가져가겠습니다. 여기 에반의 사물함이나 개인 소지
품이 있습니까?""그럼요. 이쪽으로 오세요."

그들은 우중충한 직원실로 들어갔다. 맞은편 벽 전체에 엉성한
파란 문이 가득했다. 관리자가 임의의 문을 열자 실종된 거인의
청바지 다리 한쪽이 촉수처럼 바닥에 쏟아졌다. 문 안쪽에는 허
리를 완전히 꺾은 채 어머니를 껴안고 있는 에반의 사진이 붙어
있었다.

이스턴은 관리자를 응시하다가, 그와 똑같은 복장으로 탁자에
앉아 있는 직원으로 시선을 옮겼다.

"에반도 저런 유니폼을 입습니까?"

"네."

이스턴은 고개를 끄덕였다. 평상복이 여기에 있으니 실종된 남
자는 아직 유니폼 차림일 터였다.

"오늘 에반의 교대 시간은 언제였죠?"

"새벽 다섯 시요. 다들 꺼리는 시간이지만 배송 받을 사람 한
명은 있어야 하거든요."

이스턴은 사물함 문을 닫았다. "현장을 좀 보여주세요."

관리인과 함께 적재 구역에 들어간 이스턴은 몸을 덜덜 떨었다.
바람이 불 때마다 커다란 미닫이문 세 개가 요란하게 덜컹거려
추위가 막아지지 않았다.

"카메라는 어딨습니까?" 한 대도 보이지 않자 이스턴이 물었다.

"밖에는 있는데 여기 안쪽에는 없어요." 경솔하게도 반팔 셔츠
만 입고 나온 관리자가 말했다.

이스턴은 단정하게 쌓인 상자들 사이를 거닐며 바닥에 떨어진 담배꽁초, 벽에 기대어 있는 자전거, 모든 금속 덧문 옆에 붙어 있는 빨간 스위치 두 개를 꼼꼼히 살폈다.

"오늘 배송된 물건도 여기 있습니까?"

"네."

"전부 다요?"

"네."

"이 문들은 밖에서도 닫을 수 있습니까?"

"아니요." 이스턴은 흥미롭다는 듯 고개를 끄덕이고는 화물의 미로를 계속 어슬렁거렸다. "뭘 찾으시는지 여쭈어도 될까요?"

"딱히 없습니다." 그는 바닥에 새로 뿌려진 듯한 흙을 보고 주춤했다. 쭈그리고 앉아 도자기 화분에 생긴 짙은 색 균열을 엄지손가락으로 문지르다가…, 그 옆에 놓인 화분은 아예 반으로 갈라져 있음을 발견했다. 그 옆에는 커다란 파편이 떨어져 있었다. 그는 인상을 쓰며 묵직한 화분을 하나씩 끌어내 흙에 스민 진홍색 얼룩을 드러냈다.

"제가 전문가는 아니지만." 콧수염을 기른 남자가 이스턴의 어깨 너머에서 말했다. "확실히 안 좋은 징조 같네요."

이스턴이 한숨을 쉬었다. 왜 그에게는 험한 일만 닥치는 걸까?

"그러게요, 저스틴. 징조가 분명히 안 좋네요."

★

아직 작업복 차림의 윈터는 7층 계단에서 잠시 숨을 고르며 에베레스트를 정복한 사람처럼 아래를 내려다봤다. 그러나 자축의 분위기는 오래가지 못했다. 땀 한 방울 흘리지 않고 그를 따라오고 있는 비실비실한 노파를 발견한 탓이었다.

"좀 지나갑시다, 젊은이." 노파가 바로 뒤에서 하는 말을 듣고 원터는 옆으로 비켰다. 검은 머리를 길게 기른 젊은 남자도 할머니 뒤에서 쇼핑백을 잔뜩 든 채 낑낑대며 올라오고 있었다. 남자는 딱 마셜처럼 검정 부츠를 신고, 수염을 거뭇하게 기르고, 가죽 재킷을 입고 있었다. 남자는 인사치레로 원터에게 고개를 까딱하더니 할머니의 문 앞으로 갔다. 아직 숨을 고르고 있던 원터는 그들의 짧은 대화를 엿듣지 않을 수 없었다.

"참 싹싹하기도 하지. 젊은이 아니었으면 어쩔 뻔했어."

"집 안으로 옮겨 드릴까요?"

"아니. 아니. 이제 됐어요."

"알겠습니다. 도움이 필요하시면 문만 두드려 주세요."

"그러리다."

문이 닫혔다.

"계단이 참 무시무시하죠." 남자가 원터의 생각을 읽은 듯 한마디 했다. 원터는 엘로이즈 가까이에 잘생긴 로큰롤 청년이 산다는 사실이 탐탁지 않았다. 남자는 층계참의 나머지 문 두 개 중 하나에 당당히 들어갔다.

"꼴 보기 싫은 자식." 원터가 그를 경계하며 중얼거렸다.

원터는 호흡이 웬만큼 안정되자 손등에 휘갈긴 주소를 재차 확인하고 23호의 문을 두드렸다. 집 안에서 들리던 말소리가 뚝 그쳤다.

"누구세요?" 누군가가 외쳤다.

"슈퍼마켓에서 온 애덤 원터입니다." 잠금장치가 찰칵 소리를 내며 문이 빼꼼 열리더니 여자 경찰이 팽팽한 사슬 뒤에서 그를 위아래로 훑어봤다. "반가워요." 윈터가 환히 웃었다.

"늦었네요."

"7층까지 올라오느라."

성질 급한 여자 경찰은 사슬을 뽑고 그를 집 안으로 들이자마자 코트를 집어 떠날 채비를 했다.

"오늘은 아무 이상 없었어요. 그럼 내일 올게요." 그녀는 벽시계를 보았다. "8시까진데 12분이나 지났네요." 그녀가 까칠하게 지적하고 문을 쾅 닫았다.

"좋은 경찰 같네요." 그가 소파에 웅크리고 앉은 엘로이즈에게 말했다.

편한 트레이닝 바지와 적어도 두 사이즈는 큰 헐렁한 점퍼 차림에, 아무렇게나 틀어 올린 머리에서 곱슬곱슬한 밤색 머리카락 몇 가닥이 흘러나와 있는데도 윈터는 그녀가 눈부시게 아름답다고 생각했다.

그는 엘로이즈와 눈을 맞췄다.

"인사팀 복직 면접에 멋지게 성공한 사람이 누구게요!"

"당신인가요?"

"…아니요. 나는 겨우겨우 통과했어요. 그 정도면 충분하죠." 그는 손에 쥔 봉지를 들어 보였다. "배고프실 것 같아서요. 피자, 아이스크림, 도리토스를 사 왔어요."

"전부 영화관 군것질거리네요." 엘로이즈가 일어나서 봉지를 받아들었다.

"반가운 얘기네요. 왜냐면…" 그는 등 뒤에서 검은 물체를 꺼냈다. "《쥐라기 공원》 비디오랍니다!"

"와!" 그녀가 화사하게 웃으며 작은 주방에 들어가 피자를 데울 오븐을 켠 다음 아이스크림을 냉동실에 넣었다.

윈터는 재킷을 벗으며 현관문을 다시 잠근 다음 매트 위에 신발을 벗어 던졌다.

"이웃들을 만났어요." 그가 가볍게 말했다. "좋은 사람들 같더군요."

"네, 도리스는 참 재밌는 사람이에요. 크리스는 여기서 산 지 2년 됐는데 그동안 다섯 마디 이상 나눠본 적이 없어요. 집에 통 안 붙어 있어요." 윈터는 조금 안심했다.

"그래도 집에 있을 때는 항상 티를 내요. 당신도 메탈리카를 들으면서 자야 할 거예요." 그녀가 농을 했다.

"그림을 그리고 있었네요." 그는 침실 이젤에 놓인 캔버스를 보고 말했다.

"머리를 좀 식히려고요."

엘로이즈가 저녁 식사를 준비하는 동안 윈터는 휑한 방을 어슬렁거리며 희게 칠한 벽과 당당히 드러낸 인더스트리얼 풍의 배관을 유심히 살펴보았다. 얼마 안 되는 가구는 소박하고 실용적이었으며 불필요한 잡동사니는 일절 없었다.

"집 분위기가 마음에 들어요." 윈터가 말했다.

"뭐라고요?" 그녀가 스낵을 한입 가득 우물거리며 물었다.

"이 집 인테리어가 마음에 든다고요. 꼭 당신처럼 '예술적인' 미니멀리즘풍이네요."

"아. 네. 별말씀을요. '인테리어'랄 게 있나요. 전 완전 거지인데요. 돈이 있어야 뭘 사든 말든 하죠."

"아." 그는 조금 당황했다.

"세계에서 가장 비싼 도시에 살면서 예술에 대한 선입견에 도

전하는 논란 속 예술가가 되려니 생각만큼 돈을 긁어모을 수 없더라고요." 그녀가 우스갯소리를 하며 잔 두 개에 와인을 따랐다.

"일하는 중이라서요." 윈터가 사양했다.

"그럼 월급도 받는 거예요?"

"그러면 좋을 텐데요."

"그러면 지금은 그냥 일하기를 희망하는 상태인 거네요?" 엘로이즈가 그를 놀렸다. "저녁 사다 줘서 고마워요. 설마 나 혼자 마시게 하지는 않겠죠? 어서요! 한 잔만 받아요."

윈터가 그쪽으로 다가갔다.

"알겠어요." 윈터의 의지는 그가 조금 전에 밟은 도리토스처럼 부스러졌다. 그가 잔을 들자 엘로이즈도 자신의 잔을 들었다.

"건배!"

"비디오를 끌까요?" 대사가 많은 장면에서 전략적으로 영화를 정지시키며 윈터가 제안했다.

"네?" 브라키오사우루스 등장 장면부터 가로등만 내다보고 있던 엘로이즈가 물었다. "아니, 재미있는데요."

"로버트가…, 걱정되시는 거죠."

"아니…, 그럴지도…, 잘 모르겠네요."

윈터는 이해한다는 듯 고개를 끄덕이더니 뜬금없이 말을 꺼냈다. "어렸을 때 기니피그를 키운 적이 있어요."

엘로이즈는 어리둥절한 표정이었다.

"이름은 델 보이 트로터(1980년대부터 방송된 BBC 시트콤 《Only Fools and Horses》의 주인공 – 옮긴이)." 윈터의 말에 엘로이즈는 깔깔 웃었다.

"기니피그한테 델 보이 트로터라는 이름을 붙였다고요?"

"네."

"그냥 델 보이라고 하지 않고요?"

"그러면 너무 친한 척하는 것 같잖아요?" 그가 정색하고 반문했다. "그를 델 보이라 부른 건 친한 친구와 가족들뿐이고, 나머지 사람들은 항상 성까지 붙여서 불렀어요. 그게 문제가 되나요?"

"아니요." 그녀가 킥킥거렸다. "얘기 계속하세요."

"어쨌든 델 보이 트로터가 좀 이상해지기 시작했어요. 뱅글뱅글 돌고…, 정신이 오락가락하는 것 같았어요. 수의사한테 데려갔더니, 델 보이 트로터를 안락사시키겠다는 거예요. 그 말에 저는 울음을 터뜨렸죠. 그에게 간청했어요. 용돈으로 치료비를 내겠다고 했지만 저승사자 같은 수의사는 들은 척도 안 했어요. 설상가상으로 우리 엄마까지 수의사랑 한 편을 먹지 뭐예요. 그래서 내가 어떻게 했게요?"

"어떻게 했죠?"

"저승사자가 주사기를 가지러 가기를 기다렸다가 진료대에서 델 보이 트로터를 낚아채 집으로 냅다 달렸어요. 이층으로 올라가 짐을 쌌죠. …내 물건은 바지랑 초콜릿 바만 챙기고 자전거 바구니에 기니피그 먹이와 깔개를 가득 실었어요."

"자전거에 바구니가 있었나요?"

"네." 윈터가 민망한 듯 해명했다. "목숨이 달린 이런 긴급 상황에 꼭 필요하잖아요. 우리는 집에서 달아났어요. 아무 대책 없는 두 도망자가 낯선 땅에서 새로운 삶을 개척하러 떠난 거예요. 마을 두 곳을 거쳐 누군가의 온실에서 하룻밤을 보낸 다음 엄마한테 전화해 데려가 달라고 했어요."

"재미있네요. 델 보이는 어떻게 됐나요?" 윈터가 얼굴을 찌푸리자 엘로이즈가 덧붙였다. "…트로터 말이에요."

"아, 죽었어요. 그 가엾은 녀석은 내가 학교를 빼먹고 가출하기 전에 이미 죽은 것 같아요. 상태가 워낙 안 좋았으니 차라리 안락사하는 편이 나았을지도 몰라요."

엘로이즈는 억지로 웃음을 참았다. "참 슬픈 얘기네요."

"내가 하고 싶은 말은…, 아무리 사랑하는 존재라도 놓아줘야 할 때가 있다는 거예요. 실수에서 얻은 교훈이죠. 델 보이 트로터한테 한 것처럼 하면 안 돼요."

그 말에 엘로이즈가 다정하게 웃었다.

"왜 그래요?"

"아무것도요. 그냥 당신 이야기가 마음에 들어요."

윈터는 잠시 그녀를 의아한 눈으로 살피다가 리모컨을 집었다.

"이제 이 변호사가 똥 누다가 잡아먹히는 장면을 볼래요?"

엘로이즈는 도리토스를 한 움큼 쥐고는 꿈틀대며 편안히 자리를 잡았다.

"어디 틀어봐 줘요."

엘로이즈가 이를 닦는 사이 윈터는 소파에 자신의 잠자리를 마련했다. 런던경찰청 담당자에게 상황을 보고하고 현관문과 창문이 잘 잠겼는지 재차 확인했다. 긴 잠옷 바지와 러닝셔츠 차림으로 욕실에서 나온 엘로이즈는 화장을 지우자 더 아름다워 보였다.

"…왜 그래요?" 그녀가 물었다.

"아무것도 아니에요." 그가 베개를 불룩하게 다독이며 대답했다.

"음, 나는….."

"네. 난 여기서 잘 거예요. …당연히."

"잘 자요."

"잘 자요."

그녀는 수줍게 웃어 보이고 침실로 들어가 문을 닫았다.

몇 분 후에 윈터는 물 한 잔을 떠다 놓고 불을 끈 다음 옷을 입은 채 잠자리에 들었다. 그 순간 끼익 소리가 나면서 침실 문이 살짝 열렸다.

"윈터?" 엘로이즈가 속삭였다.

"네?" 그는 어둠 속에서 일어나 앉았다.

"이 방…." 애초부터 코츠가 자신을 해칠 리는 없다고 확고하게 주장하던 그녀가 물었다. "문을 열어놔도 될까요?"

"그럼요."

"고마워요." 그녀는 침대로 돌아가 윈터를 등지고 모로 누웠다.

윈터는 거실 한 켠에서 그녀의 침실을 바라보며 잠시 그대로 앉아 있었다. 그녀의 어깨가 호흡에 맞춰 들썩이는 모습이 보였다. 지극히 평범한 동작이었지만, 그는 밤새 지켜봐도 질리지 않을 것 같았다. 억지로 눈을 떼고 다시 소파에 누워 천장을 보는 순간 이미 그녀가 그리웠다.

★

오후 10시 34분.

챔버스와 마셜은 2시간 반 넘게 어둠 속에 앉아 있었다. 이브와의 말다툼을 머릿속에서 백번쯤 반복 재생하기에 충분한 시간이었다.

그녀는 자신을 걱정하고 있었다. 자동차 사고 이후, 이브의 눈에 그는 언제까지나 연약한 존재였다. 자신을 보는 그녀의 눈빛에서 챔버스는 늘 그런 느낌을 받았다. 그 사건이 일어나기 전에는 그녀에게 천하무적의 초인이었지만 이제는 무력한 범죄 피해자일 뿐이었다. 그 생각을 하자 그는 속이 울렁거렸다. 그가 전화로 그토록 심한 독설을 퍼부은 이유도 그 때문일 것이다.

새 미대 건물을 감싼 공사용 비계 밑에 주차된 차는 그림자에 숨어 있었다. 차 앞유리로 내다보이는 열린 출입문이 마치 액자에 둘러싸인 유화 같았다. 그는 무전기를 집었다.

"알파가 전 대원에게, 체크인." 챔버스가 시야를 일부 가린 세 개의 검은 잿더미를 의식하며 소리 죽여 말했다.

"…베타, 이상 무."

"찰리, 이상 무."

쉭쉭대는 전자음이 들렸다.

"델타, 이쪽도 이상 없어요."

챔버스는 단말기를 제자리에 놓으며 초조감에 한숨을 쉬었다. "이 자식은 대체 어디 있는 거야?"

오후 11시 14분.

이날 처음으로 터지는 하품을 억누르며 챔버스는 미지근한 나머지 커피를 해치웠다.

오전 12시 22분.

시동을 걸어 노출될 위험을 감수할 수는 없었기에 챔버스와 마셜은 퀴퀴한 냄새가 밴 담요로 몸을 꽁꽁 싸맸다.

"그 커피는 마시지 말지 그랬어요." 마셜이 앞 유리에 엉기는 얼음 결정을 보며 말을 꺼냈다.

"왜?"

"오줌 누러 나갔다가는 물건이 뚝 떨어질걸요."

챔버스는 짜증 난 표정이었다. "걱정해줘서 참 고맙네. …마침 마렵던 참인데."

오전 1시 37분.

약이 오른 챔버스는 조수석에서 살살 코를 고는 마셜을 게슴츠레한 눈으로 흘겨보면서 교대 시간만 손꼽아 기다렸다.

오전 2시 44분.

운전석에서 요란하게 코를 고는 챔버스 옆에서, 마셜은 눈을 동그랗게 뜨고 하늘을 올려다보며 생각에 잠겼다.

오전 3시 33분.

"깼어요?" 마셜이 챔버스를 쿡쿡 찔렀다. "챔버스! 깼냐고요?"

"어, 깼어!" 그가 확실히 잠을 깨려고 자기 얼굴을 찰싹 때렸다. "수신 상태 확인 시간이에요." 그녀가 알렸다.

"알았어." 그는 송신 버튼을 찾다가 단말기를 두 번이나 떨어뜨렸다. "전 대원." 그가 하품했다. "수신 상태 확인."

"베타, 잘 들린다."

"찰리, 양호."

"델타, 아직 깨어있어요. …겨우요."

오전 4시 18분.
"커피는 마시지 말랬잖아요." 차에 돌아온 챔버스를 보며 마셜이 의기양양하게 핀잔을 주었다. 그는 언 손가락으로 아직도 앞지퍼를 더듬거리고 있었다. "이제 좀 시원해요?"
챔버스가 이를 딱딱거리며 대꾸했다. "…엄청."

오전 5시 5분.
"정문 쪽 움직임 포착!" 무전기에서 목소리가 지직댔다. "정문 쪽 움직임 포착!"
금세 정신을 바짝 차린 챔버스와 마셜이 어둠 속을 들여다보니, 보이지 않는 누군가 또는 무언가가 문을 건드리고 지나간 듯 문이 흔들리고 있었다.
"뭐가 보여요?" 마셜이 그쪽에서 눈을 떼지 않은 채 속삭였다.
"아무것도 안 보여." 챔버스가 주저하다가 무전기를 집었다. "델타, 그쪽인가? 거기서는 보이나? 코츠 맞아?"
잡음이 몇 차례 지나간 후 대답이 들렸다.
"아니요. 죄송합니다. 고양이네요. 그냥 고양이예요. 다들 다시 주무시죠."
"말은 쉽지." 챔버스가 불편한 듯 몸을 꿈틀대며 중얼거렸다. "오줌이 또 마렵네."

오전 6시 46분.
밤이 물러가고 하늘은 주황색과 남색이 뒤섞여 얼룩덜룩해졌다.

챔버스는 소변보러 나갔다가 좀비에게 물린 사람의 몰골이었고 마셜이라고 딱히 나은 상태는 아니었다.

"우리가 엉뚱한 데서 기다렸나 봐요." 새벽이 되자 그녀는 당당하게 목소리를 높였다.

"여기가 맞아." 챔버스가 단언했다.

"그럼 우리가 여기 있다는 사실을 알았나 보죠."

"누군가가 그놈한테 우리가 여기 있다고 귀뜸했을지도." 그는 좌절감에 계기판을 쾅 내리쳤다. "괜히 생고생 했네!" 그가 차에서 내리며 내뱉었다.

"챔버스!" 마셜이 속삭였다. "어디 가세요?!"

"…자러."

28

챔버스는 이브가 출근하는 토요일이라는 사실을 떠올리며 그녀가 나가기 전에 집에 돌아가려고 최선을 다했지만 터질 듯이 북적대는 도시가 도와주지 않아 이동 속도는 점점 더 느려졌다. 모퉁이를 돌아보니 그녀의 차는 이미 떠나고 없었다. 그는 터덜터덜 진입로를 지나 조용한 집으로 들어갔다.

더 이상 연기를 계속할 필요가 없어서 절뚝거리며 냉장고로 갔지만 메시지는 붙어 있지 않았다. 심지어 그의 비밀 기념품 보관함에 추가할 간결한 지시나 통보 쪽지도 없었다. 그는 이브가 가장 좋아하는 커피숍에서 음료를 사 들고 그녀의 일터로 찾아가 볼까 생각했다. 그녀에게 미안하고, 가시 돋친 말들은 본심이 아니었고, 지난주 내내 그녀가 못 견디게 보고 싶었다는 마음을 전하고 싶었다. 하지만 그런 짓을 하면 이브가 얼마나 질색할지를 생각하니 웃음만 나서 그냥 계획을 접기로 했다. 이브의 표현에 따르면 '집안 문제를 밖에다 여봐란듯이 까발려' 그녀의 동료들에게 신나게 씹어댈 안줏거리를 던져주는 짓이었다. 죄책감이 담긴 꽃다발이나 후회로 포장된 초콜릿처럼 도둑이 제 발 저릴 때 하는 뜬금없는 방문으로 보일 터였다.

조리대 위에 절취선 찍힌 봉투가 그를 기다리고 있었지만 챔버스는 열어볼 마음도 나지 않았다. 급여 명세서에 뭐라고 적혀 있을지는 정확히 알고 있었다. 그는 자신의 신체와 정신 건강을 희생했고 결혼 생활은 정상 궤도를 크게 이탈했다. 그래봤자 저 아랫집에 사는 초등학교 교사보다 적은 봉급이었다.

그는 봉투를 광고 우편물 더미에 던지고 진통제 세 알을 삼켰다. 그리고 절뚝거리며 침실로 들어가 곧바로 침대에 엎어졌다.

★

예고한 대로, 우거지상 경찰은 정확히 8시 12분에 엘로이즈의 아파트 문을 두드렸다.

"딱 제시간에 오셨네요!" 윈터는 슈퍼마켓에 지각할 판이었지만 유쾌하게 그녀를 맞았다.

"그건 아니에요. 25분간 집밖에 앉아서 책을 읽었거든요."

그의 미소가 사라졌다. "기가 막히네요."

그녀는 동요하지 않고 외투를 입는 윈터를 지켜봤다.

"오늘 밤에는 《블레이드 러너》어때요?" 그가 엘로이즈를 돌아보며 외쳤다.

"카레 사 오기로 한 것도 잊지 마세요!"

그가 킥킥 웃으면서 뭔가 재치 있는 말로 받아치려는 순간, 잔뜩 심술이 난 우거지상이 그의 면전에서 문을 쾅 닫았다.

★

겨우 세 시간을 자고 돌아온 챔버스가 일터에 도착해서 처음으로 들른 곳은 법의학 실험실이었다. 사익스는 역시나 평판에 걸맞게 행동하고 있었다. 농장에서 옮겨온 부패한 유해를 탁자 위에 방치한 채 스낵을 우걱우걱 먹고 있었다.

챔버스의 동료가 그 신분증에 표시된 크리스토퍼 라이언이라는 이름을 조사해 그럴듯한 후보를 찾아냈다. 런던에서 활동하는 유명 화가로, 현대적인 주제에 전통 재료와 기법을 적용해 세계적으로 인정을 받은 인물이었다. 그의 대표작인 〈버스 정류장의 낯선 사람들〉은 카라바조(16~17세기 이탈리아를 대표하는 화가 – 옮긴이)의 미감과 기법이 돋보이며, 경찰차에 방화하는 폭도들을 소재로 한 그림은 장 앙투안 와토(17세기 프랑스의 풍속화가 – 옮긴이)의 분위기와 연출 방법을 연상시켰다.

그는 1995년 기준으로 실종된 지 6년이 지나 공식적으로 사망 추정자가 되었다.

"무슨 말을 듣고 싶으시죠?" 사익스가 과자봉지를 비틀어 밀봉하며 물었다. "그 사람이 확실하냐고요? 그렇다고는 못 하겠어요."

챔버스는 한숨을 쉬었다.

"그 가족한테 연락해서 지문을 가져올게."

"지문이라고요?!" 박사가 웃음을 터뜨렸다. "어떤 손가락에서 얻으려고요? 이 유골에서 쓸 만한 조직은 하나도 뽑을 수가 없다고요!"

"그럼 피나…, 머리카락…, 아니면 옷에서…." 챔버스가 고쳐 말했다.

갑자기 피로가 밀려왔다.

"네, 네. 그것 참 엄청 도움되겠네요!" 사익스가 짜증스레 빈정댔다. "지금 당장 신분을 밝혀내라고 하신다면 제 소견으로는…." 그는 모여 있는 뼛조각들을 내려다봤다. "…말라깽이 인간."

챔버스는 넌더리를 내며 문으로 향했다.

"추리물 애호가로서 범인을 추리해보면." 사익스가 그의 뒤에서 외쳤다. "제 생각에는 히맨(1980년대에 큰 인기를 끌던 미국 애니

메이션 시리즈의 주인공. 회색 해골의 성에 살며 힘의 검을 휘둘러 악당을 물리친다. - 옮긴이)이…, 회색 해골의 성에서…, 힘의 검으로 한 짓 같네요!" 챔버스가 등 뒤로 문을 닫았지만 사익스의 목소리는 복도까지 들렸다. "DNA를 가져오시라고요!"

★

"챔버스 형사님!"

사무실에 두 발짝도 들어서기 전에 그의 주위로 몇몇 형사가 모여들었다.

"무덤에서 발견된 칼은 첫 살인 현장의 부서진 조각상에서 가져온 게 거의 확실해요." 누군가 큰소리로 알렸다.

"나도 그렇게 생각했어."

"연락처 정보가 너무 오래됐지만," 다른 동료가 목소리를 높였다. "그래도 지금 당장 크리스토퍼 라이언의 여동생을 찾아가 볼 생각입니다."

"좋아." 챔버스가 대답했다. "법의학 실험실에서 DNA 샘플이 필요하다는군. 가서 라이언의 인생에 새로 등장한 사람이 있었는지 구체적으로 물어봐. 코츠 사진도 몇 장 가져가고. …라이언에 대한 정보를 최대한 갖고 돌아와야 해. 재정 상태, 옛 주소, 근로 내역…, 전부 다."

"네, 알겠습니다." 여자가 대답하자 이번에는 흐느적대는 남자가 다가왔다.

"주황색 승합차에 단서가 있을지도 모릅니다." 그가 인쇄된 서류를 챔버스에게 건넸다. "전화로 제보가 들어왔어요. 파손 부위를 수리했다는 정비소 사장이 언론에 설명한 내용입니다."

챔버스는 서류를 훑어본 다음 돌려주었다.

"7년 묵은 기억은 우리한테 별 의미가 없어. 정비소 측에 구체적인 정보를 내놓으라고 해. 우리 쪽에 차량 등록 번호, 결제 내역, 코츠가 쓰던 가명이나 주소를 넘기지 못한다면 더 이상 시간 낭비하지 마."

"당장 연락할게요." 남자가 대답하고 물러나자 기대에 찬 다음 얼굴이 나타났다.

"용의자를 목격했다는 제보가 세 건 더 들어왔습니다. 이즐링턴, 캠버웰, 하이버리 지역에서요."

"이즐링턴이랑 하이버리부터 확인해봐. 서로 비교적 가까우니까."

그 형사가 고개를 끄덕이고 서둘러 떠나자 딱 한 명만 남았다.

"뭐지?" 챔버스가 물었다.

"커피 한 잔 갖다 드릴까요?"

"아, 맞다. 그래! 고마워!"

챔버스는 마침내 책상 앞에 도착했다. 그가 의자에 풀썩 주저앉자 틀림없이 중요한 내용이 적혀 있을 알록달록한 접착식 쪽지가 나비처럼 팔랑팔랑 떨어졌다.

"염병할 종이 쪼가리들." 그는 투덜거리며 허리를 숙여 그것들을 집었다.

챔버스는 위태롭게 쌓인 서류더미의 그늘에 앉아 마셜에게 전화하고 싶다는 충동을 느꼈지만 아무래도 꿈나라를 헤매고 있을 것 같아 방해하지 않기로 했다.

윈터는 이미 다른 일터에 출근했다.

챔버스는 엘로이즈에게 전화를 걸어 무덤 속 남자에 대해, 코

츠가 왜 그를 먹잇감으로 삼았는지에 대해 아는지 물어볼 사람
은 자신밖에 없음을 깨달았다. 그는 번호를 누르고 신호음이 스
무 번쯤 울릴 때까지 기다리다가 포기했다.

"이봐!" 그가 부하 직원을 손짓으로 불렀다.

"네?"

"무전기 좀 연결해줘. 오늘은 엘로이즈 브라운을 누가 지키는지
알아보고. 그쪽에는 별일 없는지부터 확인하고 내 전화를 왜 안
받았는지 좀 물어봐 줘."

"네, 형사님."

★

갤러리의 금속 문이 덜컹대며 닫혔다. 그녀의 호위 경찰은 체인
을 몇 번이나 다시 걸며 단단히 잠겼는지 확인하는 엘로이즈를
팔짱 낀 자세로 지켜보고 있었다.

"도와줘서 고마워요." 엘로이즈가 캔버스를 집어 차로 옮겼다.
"그림이 팔릴 때마다 항상 신이 나요."

"어떤 그림이죠?" 여자 경찰이 같이 차에 타면서 물었다. 엘로
이즈가 캔버스를 자랑스레 들어 보였다.

"유명한 추상화를 추상적으로 표현한 작품이에요." 그녀가 설
명했다. "미술관, 사람들, 벽, 창틀은 모두 단순한 형태로 축소되
고 그림 속의 그림은 자연 상태로 회귀했어요."

경찰은 눈을 가늘게 떴다. "그걸 산 사람이 있다고요?"

"네."

"돈을 내고요?"

"그럼요."

"얼마예요?"

"300파운드…, 배송비 포함해서요."

경찰은 고개를 절레절레 저으며 시동을 걸었다.

"내가 죽으면 값이 엄청 오를걸요." 엘로이즈가 말했다. 20초쯤 지나고서야 그녀는 그 말이 얼마나 눈치 없는 소리로 받아들여질 수 있을지 깨달았다. "…아니, 늙으면요."

★

"갤러리에 다녀왔답니다." 웨인라이트를 만나고 나오는 챔버스에게 얼굴도 잘 모르는 형사가 불쑥 말했다.

"뭐라고?"

"아까 엘로이즈 브라운이 왜 집에 없었는지 알아보라고 하셨잖아요."

"아, 맞다." 그는 '그게 자네였나?'라는 말을 간신히 삼켰다.

"엘로이즈를 따라 갤러리에 갔다니." 챔버스가 인상을 썼다.

"그림을 가지러 갔다나 봐요." 형사는 어깨를 으쓱했다.

이제 더 혼란스러워진 챔버스는 지하 화실의 비위생적인 상태를 떠올리며 그 말을 전한 형사에게 감사를 표시했다. 하지만 딱 네 걸음 움직인 순간 무언가가 눈에 띄었다.

"내 책상에 왜 누가 앉아 있죠?" 챔버스가 초라한 행색을 한 손님에게 다가가며 중얼거렸다.

"챔버스 형사님?"

"네, 제가 그 유명한 챔버스죠. …유감스럽게도." 그는 악수하고 자리에 앉았다.

"필립 이스턴입니다. …필이라 불러주세요. 요즘 얼마나 바쁘실

지 충분히 짐작되니까 바로 본론으로 들어가겠습니다. 포필로파
도팔루스라는 이름 혹시 들어보셨습니까?"

"…공룡인가요?"

"인간입니다. 에반 이오아누 포필로피디…." 그는 발음을 포기했
다.

"아니요. 왜요? 알아야 하나요?"

"형사님의 동료가 아실지도 몰라서요." 챔버스는 얼떨떨한 표
정을 지었다. "음, 제가 실종 사건을 담당하고 있는데…, 솔직히 실
종자의 신상이 좀 특이해서요. 학습장애가 있는 키 254센티미터
의 그리스 출신 거인입니다."

"거인이라고요?" 챔버스가 몸을 꼿꼿이 세웠다. 하지만 이스턴
이 여기 와서 이런 말을 하는 이유는 전혀 이해할 수 없었다. 나
머지 조각상에 대한 자세한 정보는 철저히 비밀에 부치고 있었고
그가 알기로 언론에 유출된 내용은 없었다.

"형사님 사건과 관계가 있을까요?" 이스턴이 흥미를 보이며 물
었다.

"그럴지도 몰라요." 챔버스가 대답했다. 지금까지는 코츠가 예
고한 끝에서 두 번째 조각상에 대해 생각할 여력이 거의 없었다.
하지만 이제는 궁금해졌다. "형사님이 가진 정보를 전부 알려주
세요. 그 거인이 언제, 어디서 실종됐는지. 그에 대해 아는 사실은
무엇이든-."

"미안합니다." 이스턴이 그의 말을 잘랐다. "오해하셨나 본데요.
저는 이쪽 수사를 도우려고 찾아온 게 아닙니다. 형사님께 도움
을 받으려고 찾아왔죠."

챔버스는 방어적으로 팔짱을 끼며 의자에 등을 기댔다. "말씀

해보세요."

"실종된 거인이 마지막으로 목격된 곳에서 피가 발견됐습니다. 우리 과학수사팀에 당장 분석해달라고 무리한 부탁을 했죠."

"하룻밤 사이에 혈액 분석을 해달라고 하셨다고요?" 챔버스가 회의적으로 물었다.

"네. 큰 신세를 졌죠. 마약팀 형사들이 정기적으로 받는 혈액 검사 덕분에 누구 피인지 쉽게 밝혔다더군요."

"무슨 말씀인지?" 챔버스는 이야기의 진행 방향이 마음에 들지 않았다. "그래서 그게 누구 피였답니까?"

"수습 형사 조던 마셜이요."

챔버스는 당황하여 전화기로 손을 뻗다가 멈칫했다.

"피가 언제 발견됐다고 하셨죠?"

"그건 아직 말씀드리지 않았잖아요." 이스턴이 대꾸했다. "어제 오후였어요."

분명 어제 오후부터 밤새도록 마셜과 함께 있었던 챔버스는 자신의 감정, 혼란, 피로를 압축하여 이렇게 반응했다.

"잠깐만요! 뭐라고요?!"

★

윈터는 7층까지 한달음에 달려 올라갔다. 엘로이즈가 먹을 치킨 카레가 터지지 않았기를 바라며 숨을 잠시 고르고 문을 두드렸다. 맞은편 집에서 시끄러운 헤비 록이 우르릉거렸다.

"누구세요?"

"누구게요?"

문이 벌컥 열리더니 우거지상이 그에게 세모눈을 떴다.

"머리에 새로운 시도를 했나 봐요?"

"아니거든요. 신경 꺼주실래요?"

"엘로이즈는 샤워 중이에요." 여자가 뚱하게 내뱉고는 그에게 경멸하는 표정을 지었다. "충고 한마디 하죠. 바라는 일은 절대 안 일어날걸요. 저 여자가 8.5점, 아마 9점이라면 당신은…, 냉정하게 평가했을 때 2점…, 심하게 기운다는 뜻이죠."

"그래요, 하지만 나는 재밌는 사람이에요. …가끔씩이긴 하지만."

"참 대단한 장점이네요."

"환장하겠네, 썩 꺼지시죠." 윈터가 쏘아붙였다.

"그냥 민망한 짓 좀 그만하라고 충고했을 뿐이에요." 그녀가 밖으로 나가며 말했다.

"그리고 잘 모르시나 본데 엘로이즈는 10점 만점이거든요!" 윈터가 그녀의 뒤통수에다 외치고 문을 쾅 닫았다.

"내가 뭐라고요?" 엘로이즈가 젖은 머리카락을 수건으로 감싼 채 욕실 앞에서 물었다.

"아무것도 아니에요." 그가 열없이 미소를 지었다. "그럼…, 식사나 할까요?"

★

오후 8시. "또 시작해볼까?" 주간 교대 근무자가 화재 비상구로 나가는 사이 챔버스가 한숨을 쉬며 차문을 닫았다. "좀 잤어?"

"조금요." 마셜이 대답했다. "우리가 놓친 게 있나 싶어 옛날 파일을 검토했어요. 형사님은요?"

"조금." 그가 망설이다가 말을 이었다. "오늘 이스턴 형사라는 사람이 찾아왔더라. 사실은 당신을 만나고 싶어 하던데. 키가 250

도 넘는 거인의 실종을 조사하고 있다더군."

"거인이라고요?!" 로버트 코츠가 예고한 조각상의 충격적인 이미지가 머릿속을 채웠다.

"혹시 해로우에 있는 '손비'라는 원예용품점에 간 적 있어?"

"아뇨. 거기는 왜요?"

"실종자가 사라진 곳이야. …현장에서 당신 피가 발견됐대."

"제 피요?" 그녀는 어안이 벙벙한 표정이었다. "그건…, 있을 수 없는 일인데요."

"그래?" 이 상황에 대해 이미 몇 시간이나 곰곰 생각해본 챔버스가 다 알고 있다는 듯 반문했다. 그의 눈길이 그녀의 손을 슬쩍 내려다봤다.

"제가 코츠 집에서 장식품을 부줬잖아요!" 마셜이 생각났다는 듯이 흥분하여 소리쳤다. "그 자식이 …거기 묻은 제 피를 여태 보관한 걸까요?" 그녀가 몸서리를 치며 물었다. "왜 그런 짓을 했을까요?"

"모르지. 하지만 당신은 이 문제를 내 입장에서 바라볼 필요가 있어."

"대체 그게 무슨 소리예요?" 마셜은 그의 입에서 나올 말을 예상하고 소리쳤다.

"그자한테 거인이 필요하다는 사실은 우리도 잘 아는데 공교롭게 한 명이 실종됐지. 그리고 부적절한 장소에서 당신 피가 발견됐고…."

"저 없이 수사를 어떻게 하시려고요!"

"…우리는 그자가 여성 두 명을 더 섭외할 예정이라는 사실도 알잖아."

"챔버스!"

"미안해." 그가 단호하게 말했다. "오늘 밤 이후로 당신은 사무실에만 있어야 돼. 당신 집에도 경찰이 배치될 거고."

마셜은 고개를 저으며 밋밋한 배경에서 유일하게 눈길을 끄는 잿더미 세 개를 묵묵히 응시했다. 이제는 그 무더기의 모든 요철과 굴곡이 눈에 익었다.

"이스턴 상대하는 일은 내가 도와줄게. 면담 때 당신이랑 동석할 거야. 그럼 그 문제는 쉽게 수습되겠지."

"고맙지만 제 일은 제가 알아서 할게요."

그는 설득을 포기하고 어깨에 담요를 걸치며 또 하룻밤을 샐 채비를 했다.

오후 8시 33분.

침묵이 지긋지긋해진 챔버스는 무전기를 켜고 바람 소리에 묻혀 거의 들리지 않을 정도로 볼륨을 낮췄다.

"…이오아누 파파도풀로스. 본인의 일터인 해로의 손비 원예용품점에서 어제 새벽에 자취를 감췄다. 어떤 정보든 들어오는 대로 연락을…."

"역시 웨인라이트의 판단이 옳았나 봐." 챔버스의 말에 마셜은 반응하지 않았다. "적절한 조치였어. 국민들이 찾아줄지도 모르지. 등짝에 범블비가 그려진 티셔츠를 입은 250센티미터짜리 거인을 말이야." 그는 라디오 채널을 돌려 UB40 노래를 찾았다. 하지만 전날 저녁에 이브와 다툰 일이 생각나 결국 전원을 끄고 침묵을 택했다.

오후 9시 10분.

"그나저나, 저는 이해해요." 마셜이 불쑥 말을 꺼냈다. 한 시간 넘게 한 마디도 없던 터라 챔버스는 소스라치게 놀랐다. "제가 선배님 입장이라도 저를 사건에서 배제하겠어요."

"사건에서 배제하는 게 아냐." 그녀는 챔버스를 획 돌아보았다. "사건에 조금 덜 관여시키는 거지."

"그래도…, 이 사건이 제게 어떤 의미인지 아시잖아요."

"알아. 하지만 당신이 죽는 것보다는 나랑 원수지는 게 나아. 어떤 사건에도 목숨을 걸 가치는 없어."

마셜은 눈썹을 치켜올렸다. "사돈 남 말 하시네요."

챔버스는 분한 표정으로 그 말을 곱씹다가 고개를 끄덕였다. "그래. 틀린 말은 아니지."

오후 10시 4분.

앞 유리에 처음으로 빗방울이 떨어졌다.

"이제 비까지…, 완벽하네." 챔버스가 하품을 했다. 비가 많이 내리면 차는 진창에 가라앉고, 소변을 보러 나갈 때마다 흠뻑 젖을 뿐 아니라, 팀 전원의 시야가 악화될 터였다. 그는 차창을 내리고 손을 뻗었다. "그냥 가랑비야." 그가 마셜에게 장담한 지 불과 몇 분 만에 하늘에 구멍이 뚫린 듯 방주를 띄워야 할 것 같은 폭우가 쏟아졌다. 차까지 떠내려 보낼 기세로 퍼붓는 위협적인 비였다. 차창을 재빨리 올리고 그는 무전기로 손을 뻗었다. "알파가 전 대원에게 알린다. 들리나? 오버."

잡음이 쉭쉭거렸다.

"…알파가 전 대원에게 알린다. 들리나? 오버."

이번에는 깨진 문장이 한 건이 돌아왔다. "차-이- 수- 버."

"알파가 마지막 화자에게 알린다. 소리가 깨져서 알아들을 수가 없다. 전 대원, 여기선 아무것도 보이지 않는다. 보이지가 않는다. …통신 끝."

그는 단말기를 거치대에 놓고 허리를 숙여 유리창을 때리는 물사이로 밖을 내다봤다.

"뭐가 좀 보여요?" 마셜이 물었다.

"그냥…, 비가 좀 오네." 그가 썰렁한 소리를 했다. 그 순간 무전기가 요란하게 지글거렸다.

"부—라-부--켜--."

"내가 '통신 끝'이라고 한 말을 못 알아들었나 봐." 챔버스가 단말기를 잡았다. "여기는 알파. 소리가 깨져서 못 알아듣겠다. 오버."

"--으--라--부--아."

그가 도움을 청하듯 마셜을 돌아봤지만, 그녀는 '왜 나를 봐요' 하는 식으로 어깨를 으쓱했다.

"제발." 그가 전송 버튼을 또 누르며 중얼거렸다. "여기는 알파. 알아들을 수가 없다. 다시 전송하라. 오버."

폭우 사이로 어떤 소리든 들으려고 귀를 쫑긋 세우며 그는 음량 다이얼을 최대로 올렸다. 두 사람은 스피커 쪽으로 몸을 기울였는데….

"부-을-혀-라! …불을 켜라!"

"젠장." 챔버스는 시동을 켰다. 건물 부지 전체에 자동차 상향등 불빛이 채워졌다.

마셜은 이미 나가고 없었다. 챔버스는 그녀를 따라 뛰어나가 반짝이는 비를 뚫고 질주했다. 어둠 속에서 머리 위의 투광 조명등이 흰 태양처럼 번쩍 켜졌다.

"뭘 좀 찾았어?!" 그가 요란한 빗소리에 묻힐세라 고함을 쳤다.

"아무것도요!" 마셜이 외쳤다. 다음 순간 그녀는 발 위로 밀려오는 검은 흙을 발견했다. 그녀의 시선은 오르막을 거쳐 세 개의 거대한 잿더미에 이르렀다. 얼굴을 후려치는 싸늘한 빗물 사이로 사물을 분간하려 애쓰던 그녀는 잿더미가 녹아내리는 모습을 뚫어져라 쳐다보았다. 곧이어 검게 더럽혀진 날개가 바람 속에서 볼록하게 부풀어 올랐다. 팔이 없어서인지 인간의 형상 같지도 않았다. 그녀가 입을 열기도 전에 챔버스가 가장 가까운 잿더미로 달려가 손으로 흙을 맹렬히 파기 시작했다.

"시신이 또 있을지도 몰라!" 그가 소리치는 사이 오물 속에서 니케의 더럽혀진 겉옷이 서서히 드러났다. "마지막 잿더미도 확인해야 돼!" 그는 맨 먼저 달려온 팀원에게 다른 사람들도 데려오라고 지시했다. "마지막 잿더미도 확인해야 한다고!"

마셜은 어리벙벙한 경찰에게 턱짓을 하고 자신의 상관에게 다가갔다. 이제 그는 팔다리로 땅을 짚고 흙을 파헤치고 있었다. 그녀는 챔버스의 옆에 웅크렸다.

"당신은 왜 안 파?! 좀 도와줘!"

마셜은 그를 달래듯 어깨에 손을 얹었다.

"이 여자는 적어도 이틀을 묻혀 있었어요, 챔버스. 우리 코앞에서요. 묻힌 사람이 또 있다 해도 이미 죽었다고요."

처음에는 그녀를 멀뚱히 보기만 하던 챔버스가 그 말뜻을 이해했는지 몸 일부를 물에 담근 채 무릎을 꿇고 앉았다. 은총을 갈구하는 숭배자처럼 참수당한 여신을 우러러보며 그는 패배를 인정했다. "우리가 졌어."

"그래요." 마셜이 말했다. "우리가 졌어요."

그는 자신의 몰골을 내려다보고 깜짝 놀랐다. 뼛속까지 젖어 있었다. 옷과 신발은 구제할 수 없는 상태가 됐다.

"이제 그만하세요." 마셜이 말했다. 시신은 아직 완전히 드러나지 않은 상태였다. "다른 희생자들을 확인하고 현장에 과학수사팀을 불러야죠. 가서 몸이나 좀 말리지 그래요?" 그녀는 챔버스에게 손을 내밀었다. 고개를 끄덕이며 챔버스가 손을 잡자 마셜은 그를 일으켜 세웠다. "여기 일은 제가 마무리할게요."

"그래, 당신이 알아서 잘하겠지."

"왜 저러시죠?" 챔버스가 떠나자 경찰 한 명이 물었다.

"아무것도 아니에요. 괜찮으실 거예요." 마셜이 퉁명스럽게 대답하며 그들을 굽어보는 여신을 돌아봤다. 마셜은 젖은 잿더미 주위를 살폈다. 뻗은 날개에서 시커먼 물이 흘러내리고 있었다. 여신의 옷은 먼젓번의 두 차례 살인 현장에서 발견된 것과 동일한 가볍고 얇은 천이었다. 천이 피부에 달라붙은 부분에는 속살이 훤히 들여다보였다. "이봐요!" 그녀가 손짓으로 그 경찰을 부르며 외쳤다. "나 좀 올려주세요." 그녀는 얇은 천 밑의 시커먼 문신에 눈을 고정한 채 다급히 부탁했다.

그 경찰은 양손을 내밀어 마셜의 다리를 받쳐 위로 올려주었다. 그녀는 조각상이 서 있는 단단한 받침대에서 간신히 균형을 잡았다. 그녀는 몸을 한껏 뻗어 여신의 등허리에 눈높이를 맞췄다. 그리고 소름끼치게 낯익은 이미지를 자세히 들여다봤다. 커다란 발 한 쌍, 가느다란 몸에 두른 스커트…, 그리고 투구 밑에서 반짝이는 두 개의 눈.

"세상에. 내려줘요! 나 좀 내려 줘요!" 그녀가 외쳤다.

"왜 그래요?" 경찰이 더러운 손을 제복에 닦으며 그녀에게 물었다.

"화성인 마빈이에요." 마셜이 망연한 표정으로 대답했다. 남자는 그녀를 멀뚱히 쳐다봤다. "…이 여자 누군지 알아요."

챔버스는 지저분한 손으로 얼굴을 문지르며 투광 조명등이 미치는 범위를 벗어나 차로 돌아가는 중이었다. 그 순간 뭔가 획 지나가는 것이 얼핏 보였다. 빗발이 수그러들자 그는 현장을 돌아보며 동료들의 수를 세었다. 천천히, 그는 철조망을 향해 다가갔다. 빗방울이 금속을 두드리며 고음의 선율을 연주하는 사이 그는 반대편의 어둠 속을 바라보며 생명체의 흔적을 탐색했지만….

고요했다.

다시 차로 돌아가려는데 등 뒤에서 부드러운 목소리가 들렸다.

"비는 절대 안 올 줄 알았는데."

획 돌아봤지만 철조망 너머에는 아무것도 보이지 않았다. 챔버스는 투광 조명의 흰 빛을 바라보며 팀원들을 외쳐 불러야 할지 고민했지만 그들이 이쪽으로 접근할 방법은 없어 보였다. 생각을 바꾼 챔버스는 울타리로 다가가 손가락을 철망 틈새로 밀어 넣고 싸늘한 금속에 이마를 눌렀다. 눈을 적응시키자 암흑 속에서 다가오는 검은 형체가 보였다.

"당신이 시체를 확실히 찾았는지 확인하고 싶었어." 코츠가 의기양양하게 말했다. 그는 둘 사이를 막은 철망에서 딱 1미터쯤 떨어진 지점에 멈췄다. 그의 얼굴은 빈 캔버스처럼 그림자에 가려져 있었다.

코츠는 다시 돌아서서 멀어지기 시작했다.

"그 여자한테 갈 건 아니지?" 챔버스가 허공에다 외쳤다. "엘로이즈 말이야. 우리가 데리고 있거든. 지금 안전해. …우린 월계수 잎에 대해서도 알고 있어!" 그가 필사적으로 내뱉었다.

코츠는 곧 돌아왔다. 그는 호기심에 못 이긴 듯, 이번에는 곧장 울타리로 다가와 챔버스와 눈을 맞췄다. 둘은 얼굴을 맞대고 서로를 마주 봤다.

"역시 우리 생각이 옳았나 봐?" 챔버스가 조롱하듯 미소를 지었다. "조각상들이 전부 그 여자와 관계가 있다는 거."

코츠의 표정에는 특유의 후회와 상실감이 가득했다.

"모든 게 그녀와 관계가 있지. 살인을 하는 것도…, 하지 않는 것도." 코츠는 추억 속으로 빠져드는 듯했다. "자신의 본모습을 부정하려면 어떤 대가를 치러야 하는지 알아? 누군가를 위해 자신을 뼛속 깊이 바꾸려면? 당신은 그 정도로 누군가를 사랑한 적 있어?"

챔버스는 부끄러운 마음에 잠자코 있었다. 약속을 깨고 어둠 속에서 다리를 절뚝거리며 연쇄 살인범을 쫓아다닌다는 것은 그가 전혀 바뀌지 않았다는 뜻이었다.

"7년씩이나 잠자코 있었지." 코츠는 챔버스가 오랜 친구나 되는 양 계속 속을 털어놨다. "…내가 그녀를 쫓아다닐 때, 우리가 함께였을 때, 그 후 그녀를 되찾고 싶다는 생각밖에 없었을 때도. 나는 평범하게 살려고 무진 애를 썼어. …그런데 당신이 돌아왔더군. 당신은 내가 얼마나 큰 착각에 빠져 있었는지를 일깨웠어. 나는 아무리 노력해도 행복해질 수 없는 사람이야." 그는 애석하다는 듯 껄껄 웃었다. "잠시나마 나조차도 내가 변했다고 믿었나 봐."

챔버스는 손끝을 스치는 남자의 외투를 느꼈다.

"네가 그녀를 해치도록 두고 보지 않을 거야."

"그녀를 해친다고?" 코츠가 의아하다는 듯 물었다. "내가 왜 그녀를 해치겠어?"

"넌 평범하게 태어난 모든 사람을 조롱하는 변태니까." 챔버스는 어둠 속에서도 그의 얼굴에 스치는 분노를 감지했다. "너한테 감정 따위가 있기나 해?" 그는 코츠를 자극했다.

"글쎄, 잘 모르겠네." 코츠는 잠시 챔버스의 반응을 곱씹다가 시선을 아래로 떨어뜨렸다. "다리는 좀 어떠신가?" 그가 조소했다. 챔버스가 불편한 듯 몸을 비틀자 그는 드러내놓고 히죽 웃었다. "장담하는데, 형사 양반, 그녀가 없었다면 나는 하루도 더 살기 싫었을 거야."

챔버스가 눈살을 찌푸렸다. 코츠의 열정적인 말투 때문인지 그 말이 사실처럼 느껴졌다.

갑자기 코츠가 두 사람 사이의 철망을 움켜잡았다. 그가 챔버스의 손을 붙잡고 금속에 얼굴을 갖다 대자 철망은 멀리까지 출렁거렸다.

"그녀 다음은 당신이야." 그가 챔버스에게 내뱉었다. "오직 산 자만이 너처럼 고통받으리라." 그는 실실 웃으며 챔버스를 잡은 손을 놓았다.

투광 조명 옆에서 팀원들의 고함 소리가 들리고, 뒤이어 이쪽으로 달려오는 발소리가 들렸다. 챔버스가 본능적으로 그쪽을 봤다가 다시 고개를 돌리니 이미 혼자 남겨져 있었다.

"코츠?" 그가 애타게 불렀다. "…로버트?!"

"이제 얼마 안 남았어, 형사 양반."

챔버스가 팀원들이 도착하기 직전에 어둠 속에서 들은 목소리였다.

29

문간에서 젖은 구두를 벗어 던지려던 챔버스는 발목을 접질리며 바닥에 털썩 쓰러지고 말았다. 사소한 사고였지만 눈물이 핑돌만큼 서러웠다.

"벤? 대체 뭐하는….'이브는 물에 빠진 생쥐 꼴이 된 남편을 보고 말을 잇지 못했다. "벤!" 그녀는 경악하여 그에게 달려왔다. "무슨 일이야?"

"아무것도 아니야." 그는 당황하여 눈물을 훔쳤다. "미끄러졌어. 별 일 아니야. 어서 자러 가. 난 괜찮으니까."

"헛소리 마." 이브는 그의 피부에 말라붙은 진흙 얼룩을 문질렀다. "다쳤어? 다리 쪽이야?"

챔버스의 눈이 분노로 이글거리고 있었다. 다시 일어서서 욕실로 가는 도중에 벽에 시커먼 손자국 여러 개를 남겼다. 그는 샤워기를 켜고 옷을 하나도 벗지 않은 채 부스로 들어갔다. 이브가 허둥지둥 그를 따라왔다.

"벤, 무섭게 왜 이래!" 엉망이 된 셔츠를 힘겹게 벗어 욕조에 던지는 그를 보고 이브가 말했다. "무슨 일인지 얘기해줘."

물이 수증기를 내뿜기 시작하자 그는 눈을 감고 불신과 열패감, 점점 무뎌지는 자신의 눈썰미에 대한 실망으로 고개를 푹 숙였다.

"현장 한가운데에 재를 쌓아둘 사람이 어딨을까?" 그는 좌절하여 자문했다. "거추장스러운 위치에. 입구에서 뚝 떨어져서 치우기도 힘든 위치에…" 그는 쓸쓸하게 웃었다. "이미 청소를 끝낸 비탈에!" 그는 자신의 옆통수를 자꾸만 때리며 중얼거렸다. "그걸 그냥 쓰레기 더미로만 생각하다니…, 멍청한 놈! 멍청한 놈! 멍청한 놈!"

"자기!" 더 이상 자학하지 못하게 이브가 챔버스의 손을 붙잡았다. "그만해! 대체 무슨 소리를 하는 거야?"

그의 공허한 시선이 그녀에게로 향했다.

"날개 달린 여자. …그놈 짓이야." 이브는 아무 말 없이 그의 가슴에 손을 얹었다. "여자 머리를 잘랐어." 그의 안색이 창백했다. "팔도 잘랐고."

"아, 벤." 이브는 그가 가엾다는 듯 탄식했다.

"바로 앞에 있었어." 그의 발 주위에 고인 시커먼 물이 점차 회색으로 변했다. "그 자식과 접촉했어. 얼굴에 놈의 숨결을 느꼈어. …그런데도 아무것도 할 수 없었어."

이브는 걱정스러운 얼굴이었지만 애써 차분한 목소리를 냈다.

"접촉했다니, 무슨 뜻이야? 누구를 말하는 거야?" 이렇게 물으면서도 이브는 자신이 이미 아는 답이 나올까 두려웠다.

"코츠!" 그가 몸서리를 치며 내뱉었다. "그자가 내게 말을 걸었어."

"연쇄 살인범이랑 대화했다고?" 챔버스는 좀처럼 풀리지 않는 바지 단추와 씨름하며 고개를 끄덕였다.

"내가 해줄게." 이브가 제안했지만 그는 그 손을 뿌리쳤다.

"내가 할 수 있어!" 그가 버럭 소리를 질렀다. "나를 그런 눈으로 보지 마! 나는 얼마든지 감당할 수 있으니까!"

"뭘 감당해?"

"전부 다!" 그가 단추를 잡아 뜯고 젖은 바지에서 빠져나왔다. "그 이상도! …내게 무슨 일이 닥치든! 당신이 어떻게 생각하든 나는 약하지 않아!"

이브는 걱정, 아픔, 혼란을 동시에 느끼는 듯했다.

"다른 사람도 아닌 내가 왜 당신을 약하다고 생각하겠어?"

"이 꼴이 된 이후로 나를 대하는 당신 태도가 얼마나 달라졌는지 알아?" 그는 사각팬티 밑에서 오른쪽 다리 끝까지 쭉 이어지는 흉터를 가리키며 코웃음을 쳤다.

"당신, 그것 때문에 이러는 거야?" 그녀가 물이 뚝뚝 떨어지는 그의 셔츠와 바지를 욕조에 던지며 물었다. "뭔가 증명하려고? 그래서 이 사건을 맡기로 한 거야? 그래서 연쇄 살인범이랑 밀담까지 나눈 거냐고?"

"내가 그 자식을 찾아간 건 아냐."

"어쨌든 그 사람이 혼자 있는 당신한테 접근할 수 있는 상황이었잖아." 이브는 투명인간을 보듯 그를 멍하니 응시하며 한숨을 쉬었다. "그래, 당신 말이 맞아. 그 사고 이후로 당신을 보는 눈이 달라졌어. 과거에 비해 당신을 존경하는 마음이 줄었는지도 몰라."

챔버스는 늘 마음속에 품고 있던 의심을 그녀가 직접 말로 표현하자 마음이 쓰렸다.

"하지만 당신이 약하다고 생각해서가 아니야, 벤자민. 당신이 무모하다고 생각해서였어. 언제 멈춰야 하는지도 모르고…, 알았더라도 멈추지 않았겠지."

"이 일이 원래 그런 걸 어떡해."

"그럼 그만둬." 그녀가 간단히 말했다. "퇴근하고 집에 와서 마지막으로 좋은 얘기 한 게 언제인지 기억나긴 해?"

"이대로 그만둘 순 없어!"

"왜?"

"왜냐면…."

"왜냐면?"

"왜냐면!"

"우리 결혼 생활이 너무 시시해서겠지? 우리가 같이 있지 않을 때마다 목숨 걸고 스릴을 추구하는 걸 보면 말이야!"

할 말이 없다는 걸 깨닫자 그는 이브와 눈도 맞출 수 없었다.

"내가 원하는 게 뭔지 알아?" 그녀가 물었다. "당신이 이 끔찍한 사건에서 빠지는 거야. 다른 사람한테 맡기면 되잖아. 이 상황이 진정될 때까지 당신이 며칠 쉬었으면 좋겠어. 집에 있으면 좋겠다고…. 내 곁에."

챔버스가 죄인 같은 표정을 지었다. "그럴 수는 없어."

"그럴 수 있는데 안 하는 거잖아."

그는 젖은 손을 내밀어 이브의 뺨을 쓰다듬었다. "당신은 내게 과분한 사람이야."

"아니, 그렇지 않아." 그녀가 건조하게 말했다. "어쨌든 난 변함없이 당신을 기다릴 거야."

★

마셜은 자신이 낯선 바닥에 누워 있음을 서서히 깨달았다.

신음을 토하며 억지로 몸을 일으켰다. 방 안에 널브러진 다른 사람들의 존재는 아직 인식하지 못했다.

몸 상태가 말이 아니었다. 머릿속이 멍멍하고 몸이 말을 듣지 않아 일어서려다가 실패했다. 몸에 어떤 해로운 물질을 주사했는지도 알지 못했다. 어젯밤 일을 겪은 후 자포자기 상태로 자신의 안식처를 찾은 그녀는 정체를 알 수 없는 저질 약물에 다시금 무너지고 말았다. 늘 그렇듯 형사가 마약을 한다는 사실에 죄책감이 돌아왔다.

가방에 손을 뻗었다가 그것이 너무 가벼워졌다고 느꼈다. 열어보니 텅 비어있었다. 지갑, 열쇠, 교통카드까지 전부 없어졌다.

"젠장." 마셜은 다시 드러누워 청바지 주머니를 뒤져 동전을 찾았지만 하나도 없었다. "뭐야!"

그녀는 잠든 사람들을 훑어보았다. 그들의 소지품도 바닥에 아무렇게나 흩어져 있었다. 혼수상태에 빠진 잉여 인간들은 위태로운 사회적 사다리를 오르는 사람들의 손쉬운 표적이 되곤 한다.

"한심한 년…" 그녀가 자신을 꾸짖으며 티셔츠에 코를 대고 냄새를 맡다가 오만상을 찌푸렸다. 방 안이 불쾌한 사우나실 같았다.

비척비척 일어선 마셜은 휘청휘청 복도를 지나 금속 문으로 나갔다. 어두운 골목길이었다. 벽에 대고 토한 다음 비틀대며 큰길로 나가는 사이 보슬비가 옷을 적셨다. 아직 이곳이 어디인지 모르던 차에 그녀는 자신의 유령 같은 모습이 반사된 진열장 유리에서 단서를 찾았다.

할러웨이 로드 상점

소굴 같은 곳을 빠져 나온 그녀는 가로등에 몸을 지탱해야 했다. 어쩌다 이 지경이 됐는지 기억이 전혀 없었다. 속수무책으로 몸을 부들부들 떨면서도 그녀는 침착하게 상황을 판단하려 애썼다. 아직 어두컴컴했다. 돈도 현금카드도 교통카드도 없고, 몸도 제대로 가눌 수 없었다. 그녀는 집에서 수 킬로 떨어진 곳에서 매서운 추위 속을 헤매고 있었다.

망했다.

인적 끊긴 거리를 둘러보다가 공중전화박스의 빨간 지붕을 발견했다.

"제발. 제발. 제발." 가방을 열고 안을 뒤적였지만 쓰레기, 영수증처럼 훔쳐 갈 가치 없는 잡동사니만 남아 있었다. 런던경찰청 공식 명함과 그 뒷면에 적힌 두 개의 전화번호를 발견하고 그녀는 안도했다.

도로를 허둥지둥 건넌 마셜은 공중전화박스로 들어가 찬 공기를 피했다. 여느 공중전화박스처럼 뒷벽은 음란 전화번호와 콜걸 광고로 도배되어 있었다. 그녀는 수화기를 들고 교환원에게 전화를 걸었다.

"여보세요? 네, 수신자 부담으로 전화를 걸고 싶은데요." 마셜은 전화번호를 알려주고 기다렸다. "어서, 윈터. 전화 좀 받아요."

30초 후에 교환원이 돌아왔다.

"전화를 받지 않으십니다."

"에이씨!" 수화기를 쾅 내려놓으며 비로소 깨달았다. 그는 당연히 엘로이즈와 함께 있을 것이다. 그녀는 눈물이 쏟아질 것 같은 기분으로 밑에 적힌 번호를 응시했다. 다른 선택지는 없었다.

전조등이 다가오고 있었다. 차가 길가에 멈추자 그녀는 불안한 마음으로 다가갔다. 조수석에 오르며 운전석의 챔버스를 보니 기진맥진한 모습이었다. 그가 힘없이 미소를 짓자 마셜은 더욱 비참한 기분이 들었다.

"오셨네요." 그녀는 와이퍼가 끽끽대는 앞 유리까지 안전벨트를 쭉 당기며 인사했다.

"안녕." 챔버스가 그녀를 위해 히터 온도를 높였다. 차가 다시 도로에 진입하는 순간 계기판 시계는 오전 5시 55분을 표시했다.

텅 빈 도시를 지나가는 내내 둘은 아무 말도 하지 않았다. 마셜은 그가 잠자코 있어 주는 것이 고맙기도 하고 차라리 화를 냈으면 좋겠다는 생각도 들었다.

"무슨 일이냐고 안 물어보세요?"

"얘기하고 싶으면 진작 했겠지."

그녀는 멋쩍게 고개를 끄덕였다. "몸은 좀 어떠세요?"

"더 버티기 힘들 것 같아." 그가 의외로 솔직히 대답했다.

"저도요." 챔버스는 간밤에 무슨 일이 있었냐고 그녀에게 물을 기회를 또 한 번 놓쳤다. "데리러 와 주셔서 감사해요."

"당신은 나한테 꼭 필요한 사람이거든." 그가 로터리에 정지하는 순간 차 한 대가 옆으로 지나갔다.

마셜은 폭발할 것만 같았다. 속내를 털어 놓지 않으면 자신이 짊어진 비밀의 무게에 눌려 죽을 것 같았다.

"저 원래 이런 사람이 아니거든요." 그녀가 말을 꺼냈지만 챔버스는 운전에만 집중하고 있었다. "어릴 때는 몰라도 지금은 아니에요. 1월부터 겨우 인간 구실을 하고 있는데…, 온갖 일을 다 겪다 보니까…"

"할 수 있는 변명은 다 해봐." 챔버스가 사려 깊게 말했다. "하지만 어젯밤에 내가 깨달은 교훈이 있다면…, 인간은 변하지 않는다는 거야. …우리 중 누구도 안 변했어. 항상 변명거리를 만들고, 다음에 또 만들고. 그러다 다시 때가 오면, 중단했던 지점에서부터 하던 짓을 또 반복하지. 코츠가 다시 사람들을 죽이기 시작했어. 나는 오로지 뭔가를 증명하려고 일부러 위험한 길로 들어섰고 윈터는 자기 인생을 망친 직장으로 돌아오려 해. 당신은 하던 일을 계속할 거고. 다들 변명거리를 찾고 있는 거야."

마셜은 그가 우울한 깨달음에서 헤어날 때까지 잠시 기다린 다음 히터를 끄고 반짝이는 조명들을 응시했다.

"드릴 말씀이 있어요. …누구에게라도 꼭 말해야겠어요." 그녀가 심호흡했다. "토비어스 슬립이 죽은 1996년 어느 날 밤에 …제가 현장에 있었어요."

챔버스는 눈을 치켜떴지만 이야기에 끼어들지 않았다.

"형사님의 옛 사건 기록이 제 손에 들어온 뒤의 일이었어요. 슬립의 작업장 내부는 끔찍하게 추웠어요. 곳곳이 얼어 있어서 그 사람과 사무실로 올라가서 얘기를 나눴죠. 하지만 둘 다 금방 감정이 격해졌어요. 슬립이 저더러 당장 꺼지라더군요. 저도 빽빽거리며 맞섰고요. 그가 제 쪽을 돌아보는 순간…, 살짝 밀었을 뿐인데 슬립이 그 층계에서 구르던 소리가 아직도 귀에 쟁쟁해요. 저는 가만히 서서 보고만 있었어요. …그를 그냥 버려두고 와버렸어요." 그녀가 수치스러운 듯 말을 마쳤다.

챔버스는 도로에서 눈을 떼지 않은 채 어떤 대답을 할지 고민했다.

"그 얘기 다른 사람한테는 절대 하지 마. 알았지?" 마셜이 고개를 끄덕였다. "토비어스 슬립은…, 동정할 가치가 없는 인간이야." 그는 해쓱한 동료를 위아래로 살피며 말을 이었다. "나는 이 바닥에 오래 굴러먹었어. 나쁜 놈은 한 번 보면 딱 알아. 슬립은 나쁜 놈이고 당신은 아니야. 그 밧줄에 묻어 있던 피가 누구 것이었는지는 알 길이 없지만 그 인간이 없어져서 세상이 좀 더 나아졌다고 확신해."

마셜은 아직 침울한 표정이었다.

챔버스는 한숨을 쉬었다. "그 얘기를 들은 유일한 사람으로서 내가 당신 죄를 사하겠어. 슬립은 잘 뒈진 거야. 이제 그 얘기는 두 번 다시 하지 말자." 그가 우회전을 하며 말했다.

"아, 저는 저쪽 길이에요." 그녀가 왼쪽을 보았다.

"알아. 가는 길에 잠시 들를 데가 있어서."

★

"여기서 뭐 하시려고요?" 마셜이 챔버스에게 물었다. 엘로이즈의 갤러리 앞에 주차하는 순간 새벽하늘에는 비구름이 흩어지고 있었다.

차에서 내린 챔버스는 길 건너편에 서 있는 차로 다가가 유리창을 두드렸다. 마셜도 그쪽으로 따라가자 차창이 내려오고 한 경찰이 흐리멍덩한 눈으로 얼굴을 내밀었다.

"오셨네요, 경사님."

"어제 근무 일지 좀 봅시다." 챔버스의 말에 경찰은 별 내용 없는 감시 보고서를 건넸다.

"뭘 도와드릴까요?" 경찰이 물었다. 챔버스는 한 장을 넘긴 다음 페이지를 손가락으로 훑었다.

"엘로이즈 브라운과 호위 경찰이 그림을 들고 갤러리에 들어갔다가 9분 후에 다른 그림을 들고 함께 나왔다." 챔버스가 소리 내어 읽었다. "무슨 그림이지?" 그가 마셜에게 물었다. "저 안에는 그림이 하나도 없잖아!"

"꼭 그렇지는 않습니다." 차 안의 남자가 끼어들었다. "입구에 하나가 걸려 있었어요."

챔버스는 갤러리 쪽을 흘끗 돌아보고는 클립보드를 차창 속으로 던졌다. "열쇠 좀 줘 봐요!" 챔버스의 요구에 경찰관은 졸린 눈으로 열쇠를 찾느라 부스럭거렸다.

"무슨 일이죠?" 마셜이 금속 문으로 성큼성큼 다가가는 챔버스를 종종걸음으로 뒤따랐다. 챔버스는 문 위의 걸린 채 조명을 받고 있는 아크릴 액자를 창살 틈으로 들여다봤다.

"젠장!" 그는 이렇게 내뱉으며 문을 열고 벽에 걸린 액자를 내렸다.

"챔버스?" 그는 플라스틱을 비틀어 캔버스를 틀에서 분리했다. "뭐 하시는 거예요?" 챔버스는 손전등을 켜고 설명하듯 그림을 비췄다.

"…네?" 마셜이 당황하여 물었다.

"그 여자가 코츠에게 경고하고 있어."

"뭘 한다고요?"

그는 캔버스 위에 그려진 녹색 바다 중간 중간의 회색 네모 위로 빛을 움직였다. "무덤이겠지?"

"음, …아마도요."

"이건, …불일 테고." 그가 그림 한쪽 구석의 주황색 형체를 비췄다.

"음."

"그리고 나무들."

"…그래서요?"

"어머니의 무덤, 대학교의 화재, 월계수 나무. 우리가 다 안다는 사실을 그 자한테 경고하는 거야!"

"그런 추리를 하시다니 참 대단하시네요." 마셜이 완곡하게 말했다. "하지만 너무 나가신 게 아닌지…. 그냥 도형일 뿐인데요. 보고 싶은 대로 보시는 게 아닐까요?"

"난 그 여자 안 믿어!"

"안 믿으셔도 돼요! 그래도 우리에겐 엘로이즈가 필요하잖아요. 고작 이런 일로 놓칠 수는 없다고요. 그녀의 도움 없이 우리가 수사를 이만큼이라도 진행할 수 있었겠어요?" 챔버스는 대꾸하지 않았다. "그냥 성급한 결정을 내리지 말자는 뜻이에요."

"그 여자를 좀 더 유심히 감시해야겠어."

"어차피 그럴 거예요." 마셜이 그를 안심시켰다. 챔버스는 못마땅한 표정으로 그림을 노려봤다.

★

"잘 잤어?" 이브가 이렇게 물으며 커피 머신으로 다가갔다. 챔버스는 식탁에서 책을 들여다보고 있었다. "몇 시에 들어왔어?"

그는 잠시 고개를 들었다. "한 시간 전에." …그리고 다시 고개를 숙였다.

"마셜은?"

"괜찮겠지 뭐."

"눈 좀 붙이지 그래?" 이브가 제안했지만 챔버스는 들은 시늉도 하지 않았다. 그녀는 커피를 따라 그의 옆자리에 앉으면서 나머지 책 두 권을 치워 머그 놓을 자리를 만들었다. "뭐 읽어?"

"성경." 챔버스가 책장에서 눈도 떼지 않고 대꾸했다. "다윗과 골리앗 이야기."

"일요일은 아직 멀었는데." 이브는 어리둥절한 표정이었다.

"끝에서 두 번째 조각상 때문에." 챔버스가 괴로운 표정을 지었다.

"왜 그래?"

"그냥, …이해가 안 돼서, …숨겨진 의미가 뭔지."

"내가 뭘 알겠냐마는." 이브가 커피를 홀짝거리며 말했다. "선한 사람이 불리한 조건 속에서 악한 사람을 이긴다는 얘기 아냐?"

"'선'과 '악'은 보는 관점에 달려 있을 뿐이야." 챔버스가 하품을 했다.

"그렇다면 성경은 덮어놓고 약자를 편드는 이야기." 그녀가 정정했다.

"바로 그거야." 그가 다른 책 한 권을 그녀 쪽으로 돌리며 말했다. 모든 군사들이 지켜보는 가운데 어린 소년이 흉포한 적을 제압하는 극적인 그림이 펼쳐져 있었다. "거인 골리앗은 40일 동안 날마다 필리스티아의 전열 앞으로 나와 이스라엘에서 뽑은 최고의 전사와 일대일 대결로 전투의 승패를 가리자고 도발했대. 비겁하고 무능한 통치자였던 사울 왕은 매번 거절했고. 그런데 어린 양치기 소년 다윗이 그 결투를 받아들였어. 그는 무릿매와 개울에서 주운 둥근 돌 다섯 개만 가지고 거인 앞으로 나갔지. 다윗은 이마를 정통으로 맞혀 골리앗을 쓰러뜨리고 적이 차고 있던 거대한 칼로 머리를 벴어. …전부 하느님의 이름으로."

"그래서 뭐?" 이브가 물었다.

"당신 팔꿈치 밑에 깔린 책에 따르면 새총의 파괴력은 22밀리미터의 롱 라이플 탄환과 비슷하대. 다시 말해 다윗이 칼싸움에 총을 가져왔다는 뜻이지. …그러니까 '싸움'이라는 말은 적절치 않아. '처형'이라고 해야지. 그 가엾은 거인에게는 승산이 전혀 없었다는 뜻이야."

"이 이야기에서는 골리앗이 약자였다는 뜻이야?"

챔버스는 고개를 끄덕였다. "그래서 싸움에 나가게 된 거야."

"그래. 그렇다면 그게 무슨 의미라고 생각해?"

그는 두툼한 책을 치우고 미지근한 커피에 손을 뻗었다.

"이길 수 없는 싸움을 해야 할 때는 하느님조차 부정행위를 피할 수 없다."

★

조각상	위치	피해자	사건
생각하는 사람	하이드 파크	헨리 존 돌런	그의 출생? 어디에도 속할 수 없는 예술가이자 지식인
피에타	크랜브룩 공영주택	알폰스와 니콜렛 코티야르	마약의 영향으로 어머니의 품에서 죽을 뻔한 아기
메두사의 머리를 벤 페르세우스	대영박물관	벤자민 챔버스 그리고 크리스토퍼 라이언???	마침내 자신의 손으로 중독자 어머니를 제거
밀로의 비너스	강변 산책로	탐신 풀러	엘로이즈가 그의 삶에 들어옴/ 첫 키스/ 그녀가 그와의 결혼을 거부
큐피드의 키스로 되살아난 프시케	퀸 엘리자베스 병원	하비에르 루이스와 오드리 페어차일드	엘로이즈의 사고/ 그녀를 구함
사모트라케의 날개 달린 여신 니케	버크벡 대학교	톨 오크스 요양원의 간병인?	잿더미에서 자신의 작품을 되찾음/ 엘로이즈가 그의 청혼을 받아들임
청동 다윗상			
아폴로와 다프네			

"우리가 아는 사실은 여기까집니다." 챔버스가 한숨을 쉬며 입을 열었다. "병원 보안 카메라 영상을 검토하는 중이고 크리스토퍼 라이언 쪽도 조사하고 있습니다. 주황색 승합차는 더 이상 추적이 어려워, 코츠가 톨 오크스의 간병인에게 언제 어디서 접근했는지를 알아보고 있죠. 조각상이 아직 둘 더 남아 있는데, 한 거인이 실종된 지 48시간이 지났답니다. 그가 사라진 지점에서 마셜의 피가 발견됐고요. 그녀를 보호하기 위해 현장 근무에서 빼기로 했습니다. 그 때문에 마셜은 제게 불만이 이만저만이 아니죠."

"사실입니다." 마셜이 다른 이들에게 밝혔다. "이분이 꼰대처럼 저를 과잉보호하시네요."

"보시다시피 마셜의 반응은 저렇습니다. 아, 다들 아시겠지만, 코츠와 저도 어젯밤에 회포를 좀 풀었습니다." 마셜의 눈을 일부러 피하며 챔버스가 허세를 부렸다.

"그 자식은 잘 있던가요?" 윈터가 관심을 표시했다.

"뭐, 잘 있지, 잘 있어. 어쨌거나 지난 7년 동안은 아무도 안 죽인 모양이더라. 둘이서 날씨 얘기, 내 다리 얘기를 했어. 코츠는 세상에 엘로이즈가 없으면 하루도 못 살 거라는 말도 하더군."

"참 애틋하네요." 윈터가 입을 삐죽거렸다.

"어젯밤에는 우리가 크게 한 방 먹었어요." 챔버스의 말투가 진지하게 돌변했다. "어제 발견된 시신은 요양원에서 일하던 메이시 제퍼스라고 확신하지만 머리나 지문이 없어서 혈액 검사를 의뢰한 상태입니다. 그래도 수사는 순조롭게 진행되고 있어요. 우리가 제대로 하고 있는 거죠. 현장을 정확히 특정했다는 게 어젯밤에도 증명됐잖아요. 우리가 그곳에 도착하기 전에 시체를 숨긴 코츠는 억세게 운이 좋았던 셈이죠."

"우리가 지금 어디 어디서 잠복하고 있는지 그자가 눈치챈 게 틀림없어." 웨인라이트의 지적에 챔버스와 마셜은 시선을 교환했다.

"맞습니다." 챔버스가 고개를 끄덕였다. "하지만 코츠도 과거를 되돌릴 수는 없죠. 저는 그자가 자기 '작품'을 별 의미 없는 장소에 둘 거라고는 생각지 않습니다."

모두가 대답을 기대하며 엘로이즈를 돌아봤다.

그녀는 조금 곤란해 보였다. "…저도 그렇게 생각해요."

다들 다시 앞을 보았다.

"아직 네 군데 더 남았는데요." 챔버스가 다른 목록을 가리켰다.

1. 불
2. 무덤
3. 숲
4. 천문대
5. 갤러리

"…불에 대해서는 엘로이즈의 추측이 옳았기 때문에 우리는 코츠 어머니의 무덤과 월계수 숲에 조사를 집중—"

"정확한 위치가 어디지?" 웨인라이트가 물었다.

"윔블던 지역이에요." 엘로이즈가 대답했다. "풍차에서 서쪽으로 조금 떨어진 곳이요."

"…다른 두 장소도 일단 감시를 유지할 계획입니다." 챔버스가 자연스레 마무리했다. 그는 윈터를 돌아보았다. "오늘 밤에 마셜 대신 나랑 같이 현장에 가줬으면 해. 엘로이즈를 지킬 경찰은 지역 경찰서에서 찾아볼 테니까."

웨인라이트를 제외하고는 누구도 이런 인력 배치에 만족하는 것 같지 않았다.

"좋아. 그럼 그렇게 정하지." 챔버스는 주저하다가 다시 엘로이즈를 불렀다. "…엘로이즈?"

챔버스는 옆으로 물러서며 엘로이즈에게 자리를 내주었다.

"〈청동 다윗상〉은 이탈리아 조각가 도나텔로가 15세기 중반에 만든 작품이에요." 엘로이즈가 그녀의 트레이드마크가 된 과잉 정보 제공으로 운을 뗐다.

마셜은 스케치북의 해당 페이지를 펼쳐 사람들에게 보이도록 들어 올렸다.

"원작은 피렌체의 바르젤로 국립 미술관에 소장 중이지만 관심 있으신 분들을 위해서 알려드리자면 이곳 런던의 빅토리아 앤 앨버트 박물관과 큐 왕립식물원에도 모작이 전시되어 있어요."

아무도 관심이 없었다.

"…전투에서 골리앗을 물리친 젊고 예쁘장한 다윗을 표현한 작품이에요. 월계관을 얹은 모자와 장화를 착용하고, 거인의 잘린 머리를 한 발로 밟고 서 있죠." 엘로이즈가 말했다.

"저 혼자만 드는 생각인지 몰라도, 거인을 사용해 거인을 표현하는 게 코츠치고는 너무 빤한 선택 아닐까요?" 윈터가 불쑥 물었다.

"그것도 그렇고 주제 면에서는 먼젓번 조각상 〈메두사의 머리를 벤 페르세우스〉와 아주 유사하네요." 마셜이 덧붙였다.

"결국 완성하지 못했잖아." 챔버스가 지적했다. 그 기억을 떠올릴 때면 늘 그렇듯 목 주위가 따끔거렸다. 그는 엘로이즈를 돌아봤다. "어떻게 생각하세요?"

"밤새도록 그 생각을 해봤는데요, 지금까지 모든 조각상은 로버트의 생애에서 가장 중요한 사건들을 연대순으로 표현했어요." 그녀가 목록을 가리키며 설명했다. "그렇다면 이번 조각상이 상징하는 사건이 무엇이든 내가 그 사람을 떠난 이후의 일이거나, 아니면…."

"…아니면?" 웨인라이트가 그녀를 재촉했다.

"…아니면, …우리가 이미 따라잡았을지도 몰라요."

"따라잡다니요?" 경감이 물었다. "미안하지만 무슨 말인지 모르겠네요."

"그러니까, 바로 지금…, 진행 중인 사건일 수도 있다고요." 엘로이즈가 설명했다. "로버트는 이미 챔버스를 자기 인생에서 가장 끔찍한 괴물로 캐스팅한 적이 있죠. 추측컨대 다음 조각품에서 로버트는 마침내 챔버스나 경찰 전체를 상대로 한 완전한 승리를 표현할 거예요."

마셜이 손을 들었다.

"음, 네?" 엘로이즈가 망설이다 반응했다.

"안전을 위해 챔버스를 현장에서 빼야 한다고 생각합니다."

챔버스는 짜증스런 표정으로 그녀를 쏘아봤다.

"잠깐만요." 윈터가 당황하여 눈살을 찌푸렸다. "그 말이 사실이고 다음 조각상이 지금 진행 중인 상황, 즉 코츠가 우리를 무찌르는 것을 표현한다면…, 마지막 작품은 대체 뭘까요?!"

사람들이 전부 엘로이즈를 돌아봤다. 그녀는 불편한 표정으로 잠시 가만히 서 있었다.

"그렇다면 우리는 로버트의 거창한 피날레, 그가 평생을 쌓아온 절정의 순간…, 에 대비해 마음을 단단히 먹어야 할 거예요."

모두들 로버트 코츠가 과거에 구현한 공포를 넘어설 어떤 잔학한 작품을 만들지 상상하는 사이 회의실에는 무거운 침묵이 내려앉았다. 윈터만 예외였다. 뱃속에서 울리는 꾸르륵대는 소리는 그가 완전히 딴생각을 하고 있다는 것을 폭로했다.

"양파튀김 남은 거 누가 가져갔어요?"

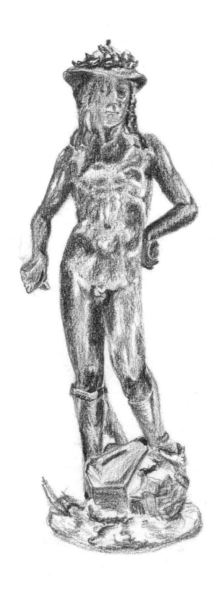

30

"그게 무슨 상관인지 모르겠네요." 마셜이 말했다.

"미안하지만, 상관이 있고 없고의 기준이 뭔지…, 잘 모르겠군요. 그러니까 나를 좀 이해시켜 줄래요? 지금 수사 중인 사건에 너무 사심이 개입된 거 아니에요?"

"그야 다른 팀원들도 마찬가지죠."

"그게 옳다고 생각해요?"

"동기 부여는 된다고 생각합니다."

"동기라는 말은 상당히 두루뭉술한데요. 장시간 근무, 복수, 경찰답지 않은 극단적인 행동이 전부 그 동기와 관계가 있나 본데, 잠시 이 문제에 대해 따져보는 건 어떨까요?"

경과보고 회의를 마치고 이미 챔버스에게 빚을 질 만큼 졌다고 느낀 마셜은 소지품을 챙겨 곧장 4층으로 향했다. 누구나 꺼리는 직무감사팀이 위치한 곳이었다.

"당신은 다른 팀원들에게도 저마다의 '동기'가 있다고 했죠." 이스턴이 디너 파티에서 도발적인 화제를 꺼내듯 운을 뗐다. "팀원들끼리 그런 얘기를 주고받은 적 있다는 뜻입니까?"

"물론이죠." 마셜이 대답했다. "이 사건에 얽힌 역사를 모른다면 별로 맡고 싶지 않을 사건이잖아요?" 의도보다 훨씬 독기 서린 말이 나왔다. 이스턴은 그녀의 반응을 흥미롭게 지켜보고 있었다.

"나는 도움을 주려는 겁니다. 당신 편이라고요. 하지만 사람이 실종된 현장에서 당신 혈흔이 발견됐어요. 이제 48시간이 지났으니, 이 사건을 살인은 아니라 쳐도 납치로 인정해야 하는데 당신은 이 상황을 전혀 설명하지 못하잖아요."

"이미 얘기 했지만-"

"이 사건에 배정되기도 전에 로버트 코츠의 집에 쳐들어갔다가 손을 뺐다고 주장했지만 그 말을 증명할 방법은 없죠."

마셜은 눈을 굴리며 반창고를 떼어 이스턴에게 다 나아가는 엄지손가락 주위의 상처를 보여주었다.

"언제 생긴 상처인지 증언해줄 사람 있습니까?"

마셜이 대답하려는 순간 문 두드리는 소리가 들렸다. 낯익은 얼굴이 들어오자 그녀는 안도하여 슬며시 웃었다.

"챔버스 형사님." 이스턴이 쌀쌀하게 말했다. "여기 오실 줄은 몰랐네요."

"저도 몰랐어요."

"알았다면 구태여 오실 필요 없다고 말씀드렸을 겁니다. 이건 개인-"

"여기 계시게 해주세요!" 마셜이 불쑥 말했다.

"그래도 괜찮지만 보시다시피 자리가 꽉 차서요."

"아무 데나 앉죠." 챔버스는 문을 닫고 들어와 마셜 옆자리에 앉았다.

"제가 알아서 한다고 말씀드렸잖아요." 마셜이 소곤거렸다.

"그랬지. 하지만 당신도 나더러 '과잉보호하는 꼰대'랬잖아." 챔버스가 그녀에게 상기시키며 급속히 자신감을 잃어가는 맞은편의 추레한 남자에게 주의를 돌렸다.

★

이스턴을 일단 회유하는 데 성공한 챔버스와 마셜은 강력팀 사무실까지 여유로운 엘리베이터 여행을 즐긴 후 다음 약속 자리에 앉았다.

"…내 힘으로는 어찌할 수 없었어." 웨인라이트가 미안한 기색도 없이 말했다. "국장님이 직접 막은 거니까."

"이유가 뭡니까?" 챔버스는 불만을 숨기지 않았다. 그는 엘로이즈가 사는 건물에 배치할 추가 인력을 요구했었다.

"언론이 우리를 난도질하고 있으니까! 이 도시의 현장 네 군데에 잠복시키고, 엘로이즈 브라운 옆에 항상 사람을 붙여두고, 이제는 마셜 형사도 보호하면서 남는 인력만으로 코츠를 검거하는 게 가능한 줄 아나!" 웨인라이트가 버럭 외쳤다. 주로 사무실에만 있는 그녀도 꽤나 압박에 시달리는 모양이었다.

"로버트가 나를 해칠 리 없어요." 엘로이즈가 몇 번을 했는지 알 수 없는 주장을 반복했다. 이제는 그 말이 구호처럼 들리기 시작했다. "그 사람도 그렇게 말했다면서요."

"전부 당신이랑 얽힌 일이에요!" 챔버스가 우려보다 비난하는 투로 말했다.

"챔버스 형사!" 지끈대는 머리를 감싸 쥐며 웨인라이트가 단호히 말했다. "엘로이즈 양의 안전이 그렇게 걱정되면 잠복근무자 일부를 재배치해."

"그쪽 사람들은 전부 현장에 있어야 해요!"

웨인라이트가 포기했다는 듯 양손을 들었다.

"제가 엘로이즈 옆에 있을게요." 윈터가 나섰다. "계속 옆에 있을 수 있어요."

"아니, 당신은 나랑 같이 가야지." 챔버스였다.

"제가 도와드리면 되죠." 마셜이 최대한 쾌활하게 제안했다. 오늘만 두 번이나 자신을 구하러 온 남자에게 소외감을 안기고 싶지 않았다.

"그 소리 한 번만 더 지껄여봐." 그는 마셜에게 이렇게 으름장을 놓고 엘로이즈를 돌아봤다. "왜 안 들어와요? 여기 있으면 안전한데. 이 일이 끝날 때까지는."

"뭐, 여기서 살라고요?" 그녀가 코웃음을 쳤다. "고맙지만 사양할게요."

"절충안을 제안해도 될까요?" 마셜이 끼어들었다. "앞서 밝혀진 모든 사실을 고려하면 다음 조각상은 코츠의 생모 무덤에서 발견될 거라는 데 이견이 없는 거죠? 누가 봐도 그자가 파멸시킬 괴물을 선보이기에 가장 적합한 장소니까요. 코츠는 발견될 수밖에 없는 곳에 제 핏자국을 남겨 우리를 확실히 위협했어요. 우리가 알기로 그자는 거인도 이미 손에 넣었고요. 그렇다면 끝에서 두 번째 조각상은 아마 엘로이즈와는 관계가 없을 듯해요."

마셜은 챔버스와 눈이 마주쳤다. 이 말의 이면에는 전혀 다른 의도가 담겨 있었다.

"그러니까…, 엘로이즈는 경찰 한 명이랑 당분간 집에 머무르면 어떨까요? 만약에 우리가 코츠를 막지 못하거나, 그자가 결국 〈청동 다윗상〉을 완성하고 달아난다면 엘로이즈를 바로 이쪽으로 데려와 그자가 잡힐 때까지 보호하면 되잖아요?"

잠시 침묵이 흐르고 그들은 마셜의 논리적인 실행 계획을 곱씹었다.

"말씀대로 할게요." 엘로이즈가 나섰다.

윈터가 그녀에게 미소를 지었다.

"챔버스, 자네 의견은?" 웨인라이트가 물었다. 그는 마지못해 고개를 끄덕였다. "잘됐네요. 국장님이 흡족해하시겠어요."

웨인라이트가 시계를 올려다보며 건조하게 말했다. "…챔버스 형사, 취침 시간 지났지?"

"한참 지났죠." 챔버스가 대답했다. 이른 오후의 햇볕이 들어와 실내가 따뜻해지고 있었다. "저는 마그라빈 묘지로 가서 주간 교대 근무자를 만나보고 오늘 밤을 대비해 필요한 조치를 한 다음에 집에 가서 몇 시간 쉬려고요. 마셜, 어젯밤 사건 보고서 좀 마무리해 주겠어?"

"네, 알겠습니다." 그녀가 씁쓸하게 대답했다.

"엘로이즈, 집에 도착하자마자 비상용 가방을 챙겨요. 윈터는 엘로이즈를 집까지 데려다주고. 오늘 담당자한테 엘로이즈를 이쪽으로 데려오라는 우리 연락을 받으면 어떻게 해야 하는지 알려 줘."

"그래야죠." 윈터가 신이 나서 대답했다.

챔버스는 지친 듯 한숨을 내뱉었다. "그럼 묘지에서 보자고."

★

해머스미스와 마그라빈 묘지 쪽으로 가는 길에, 챔버스는 우연히 사우스 켄싱턴과 박물관 지구를 지나가게 되었다. 거대한 궁전 같은 건물들이 모여 있는 지역이지만 그 주위는 완전히 딴 세상으로 변하고 있었다.

차가 5분 이상 움직이지 않자 시동을 끄고 길 건너 빅토리아 앤 앨버트 박물관을 바라보면서 그는 실물 크기의 〈청동 다윗상〉 모작이 그 미로 같은 복도 어딘가에 있다며 흥분하던 엘로이즈를 별 감흥 없이 떠올렸다.

챔버스는 차량의 행렬에 갇힌 채 저만치서 울리는 불길한 사이
렌 소리를 듣고 욕설을 구시렁댔다. 곧장 시동을 켜고, 커피와 화
장실이 있을 프린스 콘서트 로드의 주차장을 향해 합법성이 의심
되는 우회전을 했다.

★

도나텔로의 걸작을 모방한 검고 반질반질한 조각상을 바라보던
챔버스는 7년 전 토비어스 슬립의 창고에서 체험한 경외감과 자
신의 미약함을 다시 한 번 느꼈다. 석고에 페인트를 칠한 이 조각
상은 얼핏 봤을 때는 엘로이즈가 묘사한 그대로였지만 한참 뜯어
보니 복잡한 세부 특징들이 눈에 들어오기 시작했다. 부러진 검
의 칼날은 그 주인의 목을 관통하는 도중에 뼈나 연골에 걸린 듯
했다. 젊은 승리자의 모자 위 월계수 잎은 하나하나 엄청난 정성
을 들여 조각한 것이 분명했다.

더없이 아름답고 난폭하고 섬세하고 참혹했다. 살해자의 발에
걸린 골리앗의 기다란 수염은 소년이 한참 그 자리에 서서 쓰러
진 적의 수염을 발가락으로 감았다는 정황을 암시했다. 이 이야
기가 언급하지 않은, 하느님의 승리에 숨겨진 어두운 면이라고 할
까…, 사이코패스 성향의 명백한 징후였다.

★

마셜은 탐신 풀러의 친구와 친척들이 든 촛불 사이에 서서 불
꽃을 위협하는 바람을 막았다. 시신이 발견된 강둑에서 열린 밤
샘 추모회는 그녀가 수사 중에 알게 된 사적인 행사였다. 시간과

장소를 전해들은 마셜은 자신이 지켜주지 못한 밀로의 비너스를 추모하는 것이 그녀에 대한 최소한의 도리라고 느꼈다.

비탄에 빠진 탐신의 부모는 '직장 동료'라는 모호한 설명을 곧이곧대로 믿고 마셜에게 양초와 따뜻한 음료를 건네며 가족처럼 맞아주었다. 헌금함에 자신의 한 달 치 식비를 넣은 마셜은 탐신과 가장 가까운 사람들의 이야기를 들으며 얼어붙은 눈물과 서글픈 웃음을 나누었다. 그들 중 누구도 마셜이 그 죽음의 원인을 제공한 사람일 거라고는 상상도 하지 못했다.

마지막 참가자가 소감 발표를 마치고, 풀러 씨가 모두에게 와줘서 감사하다는 인사를 전하자, 모인 사람들은 풀숲에서 어지럽게 날아오르는 반딧불이처럼 뿔뿔이 흩어졌다.

"조던?" 마셜은 그 이름을 못 들은 척하며 언덕을 꾸역꾸역 올랐다. "조던!" 내내 눈물을 펑펑 쏟던 남편 옆에서 의연히 자리를 지키던 탐신의 어머니가 그녀를 다시 불렀다. "조던 맞죠?" 그녀가 마침내 마셜을 따라잡았다.

"아, 죄송합니다. 멀어서 잘 안 들렸어요." 마셜이 대답했다. 손에서 깜빡이는 촛불이 온 얼굴에 마스카라 그림자를 드리웠다.

"탐신과 대학교에서 같이 일한다고…, 일했다고요?"

"네."

"그럼 월요일에 테드를 만날 건가요?"

마셜은 우물쭈물했다. "잘 모르겠어요."

중년 여성의 의심 가득한 표정을 보니 그 질문이 함정이었음을 알 수 있었다.

"당신 누구예요? 진짜로? …기자? …우리의 비극에 대해 소문을 듣고 오지랖을 부리러 왔나요?"

"아니, 그런 거 아니에요." 마셜은 도망치고 싶은 마음에 출입문을 흘끔 보았다.

"그러면?"

"부인을 똑바로 마주 보면서 진심으로 사과해야 했던 사람이에요." 마셜은 눈에 차오르는 눈물을 느꼈다. "탐신에게 생긴 일이 제 잘못인 것만 같아서요."

"왜 그렇게 생각하죠?"

마셜은 심호흡했다.

"저는 경찰입니다. 탐신에게 이런 짓을 한 자가 7년 전에 제가 좋아하던 사람에게도 똑같은 짓을 했어요."

"그랬군요." 풀러 부인이 그녀의 손을 잡으며 말했다. 이 행동에 마셜은 마음이 벅차 눈물이 쏟아질 것 같았다.

"그자를 미치도록 잡고 싶었어요. 어떤 대가를 치르더라도요. …한시도 그 생각을 멈춘 적이 없어요. 그런데 탐신이 죽었고, 우리는 아직 그 자식을 잡지도 못했고…, 정말 죄송합니다!"

"자. 자." 탐신의 어머니가 그녀를 꼭 안아주었다. "우리 탐신이 실종되던 날 밤에 뭘 했는지 알아요? …내 생일 선물로 사온 원피스를 교환하러 갔어요." 그녀는 포옹을 풀고 마셜의 손을 다시 잡았다. "내가 파란색으로 바꿔 달라고 고집하지 않았다면 지금 이런 대화를 할 필요가 있을까요? 그리고 내 남편 옆에 있는 저 남자 보여요? 우리 딸이 만나던 남자친구 스티븐이에요. 한 달 전에 저 애와 헤어졌어요. 수요일 밤마다 둘은 친구들이랑 술집에 놀러 갔죠. 그날도 친구들 곁에 있었다면 탐신은 안전했을 텐데. …그리고 저기서 얘기하고 있는 그 애 동생 보이죠?"

마셜은 고개를 끄덕였다. 주위 사람들이 전부 무너지고 있을 때 홀로 이토록 꿋꿋하고 침착할 수 있는 이 여성이 존경스러웠다.

"···탐신이랑 넉 달 넘게 말을 하지 않았어요. 저 애가 탐신에게 마지막으로 한 말이 '꼴 보기 싫다'였대요. 물론 진심은 아니었겠지만 이제는 주워 담을 수 없죠. 더구나 그날 밤에 탐신한테 걸려온 전화도 안 받았다는군요. 내 말은, 죄책감이야 누구든 느낄 수 있다는 뜻이에요. 이 모든 우연이 탐신의 죽음으로 이어졌을 수도, 아닐 수도 있어요. 내 딸이 죽은 게 내 잘못이라고 생각해요?"

"아니요. 그럴 리가요!"

부인은 슬픈 미소를 지었다. "그러면 당신 잘못도 아니에요."

★

묘지는 쥐죽은 듯 고요했다. 잎사귀가 바람에 흩날리며 바스락대는 소리, 맞은편 숲 어딘가에서 이따금씩 우는 부엉이 소리, 윈터가 얼마 남지 않은 버거킹의 갈색 탄산음료를 후루룩 빨아대는 소리뿐이었다.

"그만 좀 할 수 없어?" 챔버스가 소곤거렸다. 곁에 없는 마셜이 불과 40분 만에 무척이나 그리워졌다.

윈터는 빨대를 입에서 떼고 종이컵을 나머지 쓰레기와 함께 바닥에 내려놨다.

"죄송해요."

두 사람은 달빛에 반사되어 반짝거리는 묘비의 바다를 돌아보았다. 땅속에는 봄을 기다리는 싱싱한 구근처럼 시체들이 잠들어 있을 터였다. 그날 오전에 챔버스는 교회 묘지를 구석구석 둘러보며 뒤집힌 흙이나 새로 돋은 잔디가 있는지 살폈다. 거창한 공개 행사를 앞두고 시체를 숨겨두기에 이보다 더 좋은 곳은 없다는 생각이었다. 죽은 자들과 함께한 그 시간이 아직도 머릿속을 맴돌았다.

"그 무덤을 찾았어." 챔버스가 평소와 달리 먼저 말문을 열었다. "…코츠 생모의 무덤 말이야."

"그 여자가 그렇게 망가지지 않았더라도 우리가 여기서 이러고 있을까 싶네요."

"나도 같은 생각이야." 챔버스는 뭔가를 발견한 듯 몸을 앞으로 기울였다가 조깅하는 사람이 정문을 지나가자 긴장을 풀며 말했다. "비석에 뭐라고 적혔는지 알아?" 대답을 바라는 질문은 아니었다. "엘리자베스 마리 핼로스. 1949~1977."

"그게 다예요?"

"바로 그거야. 임신 기간에도 약을 달고 살 정도로 정신 나간 중독자였다는 언급은 전혀 없지. 중독 증세와 더러운 피를 물려줘서 아이를 죽일 뻔했다는 말도. 그 여자의 나약함 때문에 무고한 사람이 아홉이나 죽었는데도 말이야."

"어쩌겠어요. 원래 비석에는 그런 말은 쏙 빼잖아요."

"그러면 안 될 것 같아." 챔버스는 생각에 잠겼다. "한 사람의 죄를 그의 영원한 안식처에 놓일 돌에다가 시시콜콜 새긴다면 사람들은 살면서 죄를 짓기 전에 한 번 더 신중히 생각하겠지. 서로에게 저지르는 끔찍한 행위에 대해 좀 더 책임감을 느낄 거라고."

윈터는 침울해 보이는 동료를 응시했다. "괜찮으세요?"

"그냥 좀 피곤한가 봐."

"분위기를 조금 바꿔보자면, 이 와중에도 좋은 일이 적어도 한 가지는 있어요."

챔버스는 윈터의 왕성한 애정 생활에 대해 귀를 기울일 기분이 전혀 나지 않아 한숨을 내쉬었다.

"…한동안 제 인생에 뭔가 빠진 것 같은 기분이었어요." 그는 개의치 않고 말을 이었다.

"그랬나?"

"…불만이 가득했죠."

챔버스가 얼굴을 찡그렸다.

"그 말도 편지에 써야 할까요?"

"편지? 남자답게 좀 굴어. 그래야 좋아해." 챔버스는 자신이 왜 이 일에 관여하고 있는지 의아해하면서도 현명한 조언을 했다. "직접 얘기하라고."

윈터는 초조한 듯 손톱을 물어뜯었다.

"면전에서 거절을 당해도 제가 배겨낼 수 있을지 모르지만, 승낙한다고 해도 제가 예전 같이 능숙하지 않으면 어쩌죠?"

이제 챔버스는 확연히 질색하는 표정이었다. "…워낙 오랜만이어서요. 더구나 원래 능숙했던 것도 아니고…"

"얼씨구!" 챔버스가 탄식하며 비좁은 공간이 허락하는 한 윈터에게서 최대로 몸을 떨어뜨렸다.

"…어느 쪽이든, 저는 준비가 된 것 같아요." 윈터가 힘차게 고개를 끄덕였다. "그리고 이제는 형사님 다리가 예전만큼 자주 꿈에 나타나지 않아요."

"…뭐라고?!" 챔버스가 혼란과 배신감을 동시에 느끼며 물었다. "대체 무슨 소리를 하는 거야?"

"강력계로 옮기는 거요." 윈터가 대답했다.

"아. …아하!"

"왜요? 지금까지 대체 무슨 생각을 하신 거예요?"

"아, 아니…. 그래. 나도 그 생각 했지."

두 남자가 앞서 몇 분간 나눈 대화를 각자 머릿속에서 되새기는 사이 어색한 침묵이 내려앉았다.

"아시다시피," 밀물처럼 풀 위로 밀려오는 안개를 바라보며 윈터가 서둘러 주제를 바꾸었다. "알폰스 코티야르와 그의 모친을 발견한 순간이 아직도 생각나요. 끔찍한 현장이었지만 제 기억에 각인된 건 그 모습이 아니었어요. 선배님이었죠. 선배님이 참 대단하다고 생각했거든요. 우리가 10분이 지나도 알아차리지 못한 단서들을 몇 초 만에 간파하셨죠. 그런 일이 생기고…, 제 마음이 그토록 힘들었던 건 그 때문이었나 봐요. 선배님 다리 때문만은 아니었어요. 물론 다리도 충격이었지만…."

"그렇게 말해줘서 고맙네."

"…저렇게 뛰어난 형사한테도 그런 일이 닥치는데, 나 같은 놈은 앞으로 무슨 꼴을 당하게 될까 싶었던 거죠."

챔버스는 칭찬을 못 들은 척하고 앞 유리 밖의 진부한 풍경을 주시했다.

"자넨 훌륭한 경찰이야, 윈터. 진심으로 하는 말이야. 그리고 나를 너무 과대평가하고 있어. 나는 무모하고 어리석었지. 그래서 그 꼴로 길바닥에 쓰러져 있었던 거야. 하루 종일 온갖 세세한 단서를 집어내더라도 한 걸음 물러서서 큰 그림을 볼 줄 모르면 아무 소용없어."

"우리는요? 지금 여기 있는 우리는 어떨까요? 코스를 제대로 보고 있는 걸까요?"

이번에 챔버스는 수심이 가득한 슬픈 눈으로 윈터를 돌아봤다. 그는 망설이다 대답했다. "아무래도 아닌 것 같아. 충분히 보고 있기를 바라는 수밖에."

31

월요일

"챔버스? …챔버스?"

그는 화들짝 놀라며 잠을 깼다. 흐린 하늘의 칙칙한 빛이 눈을 찔렀지만 자신이 어디에 있는지 헷갈렸다.

"10분 후에 낮 근무자가 올 거예요."

그는 윈터를 멍하니 보다가 얼굴을 비볐다. "젠장. 미안."

"걱정 마세요." 윈터가 빙긋 웃었지만 눈 밑의 다크서클이 도드라질 뿐이었다. "좀 주무셔야 할 것 같았어요."

챔버스는 일어나 앉아 교회 묘지를 내다봤다. 건물 사이에 돌풍이 불자 노란 낙엽의 융단이 비석 주위로 물결쳤다.

"무슨 소식 없어?"

"아무것도요."

"다른 팀원들 쪽은?"

"전할 말이 있으면 무전을 쳤겠죠."

챔버스는 잠결에 고개를 끄덕이며 애써 숨을 참았다. 윈터의 패스트푸드 봉지에서 풍기는 냄새에 속이 울렁거렸다.

"왜 꼭 그 자식이 우리를 갖고 노는 것 같지?"

윈터는 어깨를 들썩했다. "늘 그랬잖아요."

★

허둥지둥 부츠에 발을 밀어 넣으며 밖으로 나가던 마셜은 소스라쳤다.

"깜짝이야!" 그녀는 심장을 부여잡고 숨을 헐떡였다. "여기 계신다는 걸 깜빡했어요." 그녀는 앳된 얼굴의 경찰에게 말했다.

"내가 그토록 존재감이 없었다니 기쁘네요." 그가 농담했다.

물 한 잔, 화장실 두 번을 제외하면, 이 청년은 밤새 꼼짝 않고 그녀의 집 앞을 지켰다. 챔버스의 지시를 어기면 큰일이라도 나는 듯 찍소리조차 내지 않았다.

"이제 일하러 가야 돼요." 마셜이 차분히 말했다.

그가 '그게 낫겠다'는 듯 고개를 끄덕이며 물었다. "그런 차림으로 갈 건 아니죠?"

마셜은 자신의 차림새를 멋쩍게 내려다봤다. 그녀의 옷치고는 화사했다. 검정 사이에서 진갈색 바지가 아주 '튀어' 보였다.

"이게 어때서요?"

"외투를 걸쳐야죠." 그가 할머니처럼 호들갑을 떨었다. "바깥은 꼭 남극 같다고요."

그가 이렇게 말하는 순간 환기구를 통해 웅웅대는 바람 소리가 들렸다. 그녀는 숨을 훅 내쉬고 집 안으로 쿵쿵대며 들어가 가장 북슬북슬한 겨울 외투를 걸치고 테이블에 놓인 스케치북을 집었다.

"이제 됐어요?" 그녀가 문을 닫고 나오며 물었다.

"복장은 합격이에요." 그가 미소를 지었다. "진짜, 이번 주 일기예보 못 봤어요?"

"못 봤어요. 조금 바빴거든요." 그녀가 현관으로 다가가며 짤막하게 대답했다.

"오늘 밤에 강한 폭풍이 온대요. 시속 360킬로의 돌풍이래요."

하지만 마셜의 노골적인 무관심에 그는 풀이 죽었다.

"오늘 저녁까지 엄청난 재산과 인명 피해가 생길지 모른다고요."

마셜은 머리 위에 후드를 썼다.

"그렇다면 런던의 여느 밤이나 다름없네요."

★

"이상하네요." 농장에 오랜 세월 묻혀 있던 사망자에 대해 정보를 수집하던 형사가 말했다.

"뭐가요?" 그녀의 동료가 기다렸다는 듯이 책상 옆으로 다가왔다. "'크리스토퍼 라이언'이라는 사망자의 계좌를 확인해 보니 아직도 정기적으로 돈이 입출금되고 있어요." 그녀가 설명했다.

"그게 어때서요?"

"죽은 지 7년이나 됐잖아요."

"아. 그럼 둘 중 하나겠네요. 유족들이 고인의 은행 계좌를 미처 해지하지 않았거나…."

"…다른 하나는요?"

"누군가 '크리스토퍼 라이언'이라는 사람의 신원을 도용하고 있는 거예요. 신분을 도용하려는 놈들은 휴면 계좌를 많이 이용하니까요."

★

"엘로이즈?" 정신없이 자다가 깬 윈터가 간신히 일어서며 외쳤다. 커튼이 방 안에서 돛처럼 펄럭였다. "엘로이즈!" 큰 소리로 불러도 대답이 없었다. "엘로이즈!"

현관문이 열리면서 빈 머그잔을 든 그녀가 허둥지둥 들어왔다.

"일어나셨네요."

"어디 있었어요?!"

"패트릭이랑 얘기 좀 했어요."

"패트릭이라뇨?"

"런던경찰청에서 온 지지리 운 나쁜 오후 근무자요."

"오후라고요?" 그가 흐리멍덩한 눈으로 물었다.

"3시 10분이에요." 그녀가 이렇게 알려주며 열린 창문을 닫으러 갔다. 바깥세상에 점점 어둠의 그림자가 짙어지고 있었다. "오늘 밤에는 진짜 밖에 나가기 싫네요." 그녀는 비가 유리에 수평으로 내는 상처를 지켜보았다. 대도시의 몇몇 나무는 완전히 휘어진 상태에서도 기적적으로 살아남아 험한 환경에 힘겹게 맞서고 있었다. "비바람이 점점 거세질 거예요."

윈터는 바닥에 쪼그리고 앉아 흩어진 나뭇잎과 나뭇가지를 줍는 그녀를 보자 뭔가가 떠올랐다.

"저기. …나는 월계수 잎의 의미를 아직 전혀 모르겠어요." 윈터가 식탁까지 올라온 지푸라기 몇 개를 주우며 말했다. "그 사람한테…, 그리고 당신한테 그게 왜 그리 중요했는지."

쓰레기통 앞으로 다가간 엘로이즈가 망설이다가 말했다.

"그걸 이해하려면 마지막 조각상 〈아폴로와 다프네〉를 알아야 돼요."

윈터가 자리에 앉았다. "나 시간 많아요. 말해보세요."

"바쁘신 형사님이 그럴 리가요?"

"네. 사실 당신 말이 맞아요. 40분밖에 안 남았죠. 그것도 샤워를 건너뛴다면요. 하지만 샤워를 하나마나 달라질 게 없으니까….

진짜 당신 얘기를 듣고 싶어서 그래요."

"좋아요, 그럼." 엘로이즈가 그의 맞은편에 앉았다. "베르니니의 〈아폴로와 다프네〉는 지금까지 창작된 가장 아름다운 예술작품으로 알려져 있어요. 오비디우스가 《변신 이야기》에서 묘사한 신화 속 절정의 순간을 포착했죠. 거대한 뱀 파이톤을 무찌르고 나서 의기양양하던 아폴로가 우연히 큐피드를-"

"또 큐피드 얘기예요?"

"네, 큐피드는 활과 화살을 갖고 놀고 있었어요. 아폴로는 네깟 녀석한테 전쟁 무기가 무슨 소용 있냐며 젊은 신을 조롱하지요. 약이 오른 큐피드는 화살 통에서 화살 두 개를 뽑았어요. 하나는 사랑의 불을 붙이는 화살, 하나는 불을 끄는 화살이었죠. 강력한 아폴로의 심장에 화살이 관통하는 순간 그는 하신河神의 딸인 님프 다프네에게 홀딱 빠지고 말아요. 그러자 큐피드는 이 아름다운 소녀에게 납화살을 꽂았죠. 소녀는 접근하는 아폴로에게 넌더리를 내며 숲속으로 달아났답니다.

아폴로는 다프네를 갈망했지만 그 누구도 그녀를 대신할 순 없었어요. 하루는 그녀를 뒤따라 숲속으로 들어갔지만 그 날도 다프네는 그를 피해 달아나기 바빴죠. 아폴로가 옆에 있어 달라 애원할수록 그녀는 멀어지기만 했어요. 발자국을 뗄 때마다 그의 감정은 더 간절해졌고요. '그렇게 신과 처녀는 날아갔네. 신은 사랑의 날개를 달고, 처녀는 두려움의 날개를 달고.' 하지만 아폴로가 다프네보다 빨랐어요. 기운이 빠지기 시작한 다프네는 아버지에게 도움을 요청했죠. '땅을 갈라 나를 집어삼켜 주세요. 아니면 나를 이런 위험에 빠뜨린 아름다운 겉모습을 추하게 바꿔주세요!'

말을 마치자마자 그녀의 팔다리가 뻣뻣해졌어요. 가슴은 부드러운 나무껍질로 덮이고 머리카락은 나뭇잎이 되었죠. 팔은 나뭇가지로 변하고 발은 뿌리처럼 땅에 붙박였어요. 몸속 깊은 곳에서 희미한 심장 박동이 느껴질 뿐이었죠. 상심한 아폴로는 남은 다프네의 흔적을 끌어안고 나무에 입맞춤을 퍼부었어요. 다프네를 향한 사랑은 전혀 시들지 않았기에 그는 그녀의 잎이 언제까지나 푸를 것이며 절대 마르지 않을 거라 약속했지요."

윈터가 볼에 불룩하게 바람을 넣었다. "열정적인 사랑이네요."

"월계수를 그리스어로 뭐라고 하는지 아세요?" 엘로이즈가 물었다. "…다프네예요."

"이번에도 같은 주제네요? 짝사랑, 결혼, 연인으로부터의 도주."

"로버트는 나를 '나의 월계수'라고 부르곤 했어요." 그녀가 슬픈 표정으로 회상했다.

"이제야 좀 알겠네요." 윈터가 심란한 표정으로 말했다. "챔버스도 이 얘기를 알고 있나요?"

"웬만큼요. 하지만-"

"신화 속 이야기대로라면 로버트 코츠가 당신을 해치려 들지 않을까요?"

"그가 나 때문에 이 모든 일을 벌였다면, 나더러 보라고 하는 짓이잖아요. 그러니 절 해치지 않을 거예요."

하지만 윈터는 그 말에 수긍하지 못하는 눈치였다. "가방은 쌌어요?"

"어제요."

"우리 쪽에서 들어오라는 연락을 받으면…, 곧바로 와야 해요. 알겠죠?" 그는 평소와 달리 명령조로 말했다. "꼭이요. 약속해줘

요."

"약속해요."

윈터는 그녀를 꽉 끌어안았다. 그리고는 폭풍이 치는 바깥을 슬쩍 내다본 다음 현관문으로 향했다.

"잠깐만요. 어디 가는 거예요?"

"이 일을 끝내러 가요. 그래야 당신 걱정을 그만하죠."

그는 문간에서 패트릭에게 상황을 전달하고 미끄러운 층계를 조심조심 내려가기 시작했다. 도중에 축축하게 젖은 긴 머리 이웃을 만나자 그는 내키지 않는 듯 고개를 까딱했다. 밖으로 나가자 매서운 바람이 굉음을 내면서 도시를 휩쓸고 있었다. 마치 신의 입김처럼 섬뜩하고 강력했다.

★

챔버스가 강력팀 사무실로 들어서는 순간…

"법의관이 아래층에서 좀 보재요."

…그는 한숨을 쉬며 다시 밖으로 나갔다.

"챔버스 형사님, 이쪽은 크리스토퍼 라이언이에요. 크리스토퍼 라이언, 이쪽은…. 맞아요, 관심 없겠죠. 당신은 죽었으니까."

사익스가 침대에 놓여진 크리스토퍼 라이언의 시신을 두고 말했다.

"DNA가 일치하던가?" 챔버스가 참지 못하고 사익스에게 물었다.

"그렇더군요."

"그냥 전화로 알려줘도 되잖아."

"그것 때문에 형사님을 뵙자고 한 게 아니라서요." 사익스가 한 걸음 다가서며 말했다. "저한테 받았다고 하시면 안 돼요. 아시죠?"

그는 냉동고 속에 누워 있는 사람들이 들을세라 목소리를 낮추며 금속 캔을 건넸다.

챔버스는 캔을 열고 내용물을 들여다봤다.

"1회분 주사량이에요." 사익스가 설명했다. "이걸 제가 어떻게 손에 넣었는지도 묻지 마세요."

"알았어." 챔버스 어깨를 들썩였다. 어차피 그럴 생각도 없었다. "고마워." 그는 캔을 호주머니에 넣으며 출구로 다가갔다.

"저한테 신세 진 거예요, 챔버스! …큰 신세요!" 사익스가 소리치는 사이 문이 휙 닫히고 대화는 끝났다.

★

"그럼 내일 이 자리에 다시 모이기로 합시다." 시간 감각을 아예 잃은 챔버스가 시계를 확인했다. "맙소사, 또 5시네." 그가 팀 회의를 마무리했다.

웨인라이트만 벌떡 일어나 다음 약속 장소로 이동하고 나머지 사람들은 그대로 남아 있었다.

"저만 그렇게 느끼는지 몰라도, 오늘 밤은 왠지 예감이 안 좋은데요?" 윈터가 창문을 후려치는 빗줄기를 바라보며 말했다.

챔버스도 마셜도 대답하지 않았지만 비슷한 생각을 하는 것이 분명했다.

"이런 날에는 꼭 나쁜 일이 생기기 마련인데. 공기 중에…, 긴장감이 쌓이는 게 몸으로 느껴지는 날이네요."

챔버스는 재수 없는 소리 하지 말라는 듯 그를 쏘아본 다음 마셜에게 물었다.

"오늘 저녁에 나랑 같이 야근 좀 할래?"

"뭘 해야 하는데요?"

"밀린 문서 작업 좀 하라고. 서류 정리 좀 해줘. 밤새 휴게실에 앉아서 드라마를 봐도 상관없어. 오늘 밤에는 당신이 여기 있는 게 낫겠어."

"윈터한테 얼마나 시달리시려고요."

그는 어깨를 으쓱했다. "알아. 그래도…."

창문을 흔들고 지나가는 바람 소리가 비명처럼 들렸다. 바람은 유리를 점점 요란하게 흔들어대다가 가라앉았다.

"네, 말씀대로 할게요." 그녀가 마음을 갑자기 바꾸었다. "어차피 갈 데도 없는데."

챔버스가 파란 폴더에 손을 뻗어 우편물 상자 맨 위에 쌓인 문서를 정리하고 있는데 누군가 황급히 문을 두드렸다.

"챔버스 형사님?" 경찰 한 명이 들어오라는 말도 기다리지 않고 들이닥쳤다. "보셔야 할 게 있어서요. 어서요." 세 사람 모두 벌떡 일어나 그쪽으로 모였다.

챔버스는 얼굴을 찌푸리며 그 경찰을 따라 사무실로 들어가 그녀의 컴퓨터 옆에 섰다.

"이틀 내내 퀸 엘리자베스 병원의 영상을 확인했어요. 지시하신 대로 살인이 일어나기 두 시간 전후로 병원에 혼자 들어왔다 나가는 남자를 전부 확인했어요. 보안 카메라 영상을 보면서 가급적 그 사이의 이동 경로도 추적했고요."

"그런데요?" 그가 앉을 생각도 하지 않고 물었다.

"이 남자의 동선도 그렇게 따라가 봤는데요." 그녀는 배낭을 메고 꽃다발을 든 남자가 정문으로 들어가는 3초짜리 영상을 재생했다. 화질이 흐릿해 얼굴을 식별할 수는 없었다. "이제 이걸 보세요." 그녀는 다른 영상으로 바꿨다. 잡역부 두 명이 탈의실로 들어가는 순간 같은 남자가 달려가서 문을 붙잡았다.

흥미를 느낀 챔버스는 의자를 끌어다 앉았다.

"이건 3분 후인데요." 그녀가 화면을 빨리감기하자 남자가 다시 나타났지만 이번에는 흰 가운을 입고 있었다.

"그자예요. 코츠가 맞네요." 챔버스가 흥분하여 외쳤다.

"아까 형사님께 알리러 가려는데 갑자기 이 남자를 다른 데서 본 기억이 났어요."

그녀는 마지막 동영상을 재생했다. 챔버스는 화면에서 자신의 모습을 보고 긴장했다. 웨인라이트와 마셜이 챔버스의 옆에 있고 엘로이즈가 뒤에서 따라오고 있었다.

그녀는 재생 버튼을 눌렀다.

챔버스는 그들의 바로 옆을 지나가는 코츠를 보고 당황했다. 그는 양손으로 머리를 감싸 쥐며 탄식했다.

"보셨어요?" 그녀가 챔버스에게 물었다.

"뭘요?"

"엘로이즈 브라운을 보세요." 그녀는 긴장한 표정으로 영상을 느리게 재생했다. 복도에서 서로를 지나치는 순간 엘로이즈가 흐릿한 손을 보일 듯 말 듯 들어 올려 그의 손을 건드렸다.

그녀는 이 영상을 반복 재생하며 챔버스를 돌아봤다.

챔버스는 더 이상 엘로이즈에 대해 이러쿵저러쿵하며 낭비할 시간이 없었다. 월계수 잎, 갤러리의 그림, 그리고 이 동영상. 그는 이미 마음을 정했다.

"당분간은 우리 둘만 아는 걸로 해요." 챔버스가 당부했다.

"알겠습니다." 그녀는 고개를 끄덕였다.

"잠깐 자리 좀 비켜줄래요? 당신 전화기를 좀 써야겠어요."

★

현관문 두드리는 소리가 들렸다.

"들어와요, 패트릭!" 엘로이즈가 침실에서 외쳤다. 용의주도한 경찰이 걸쇠를 미는 소리를 들으며 그녀는 빨래를 개어 무더기로 쌓았다. "차 한 잔 드려요?" 그녀는 그가 문간에 모습을 드러낼 순간을 가늠하고 물었다. 그는 민망한 듯 쭈뼛거렸다. "…패트릭?"

"방금 챔버스 형사의 연락을 받았습니다." 패트릭이 말했다.

"무슨 일 있어요?"

"그런 셈이죠."

그가 허리띠에서 수갑을 빼냈다.

"아."

"명령이라서요." 그는 방에 들어서며 변명하듯 말했다. "엘로이즈 브라운, 당신을 살인 방조 혐의로 체포합니다…."

엘로이즈는 어안이 벙벙하여 침대 끄트머리에 털썩 앉았다. 경찰관의 목소리가 아득해지고 손목을 감싼 싸늘한 금속의 감촉은 거의 느껴지지 않았다. 그녀는 건물 사이로 폭풍이 휘몰아치는 바깥을 내다보았다. 그토록 정교하게 연출된 무대의 주인공치고는 시시한 퇴장이었지만, 천재에게 찬란한 영감을 준 다음에 조용히 사라지는 것이 뮤즈의 운명인지도 몰랐다.

★

버거킹 칸막이 자리에서 챔버스와 윈터는 이미 물바다가 된 것도 모자라 수위가 급속히 올라가고 있는 도로를 내다봤다. 전조등을 켠 차량들이 느릿느릿 지나가고 있었다.

"발이 묶이기 전에 출발하는 게 좋겠어. 대신 금방 들어갔다가 나와야 해, 알겠지?"

챔버스와 윈터는 코츠의 마지막 작품이 될 조각상을 살펴보기 위해 미술관을 향해 출발했다.

★

마셜은 챔버스의 책상에 앉아 느긋이 쉬고 있었다. 어두운 창문에 반사된 탁상용 전등의 따뜻한 빛, 밖에서는 사나운 폭풍이 몰아치는데도 그녀의 다리에 뜨끈한 공기를 내뿜는 라디에이터. 다시 학창 시절로 돌아간 기분이었다. 알폰스의 방에서 보낸 저녁 시간들이 떠올랐다. 그는 마셜의 물리 공부를 도와주려고 그토록 애를 썼는데도 처참하게 실패했다.

추억 속을 헤매던 그녀는 음량을 낮춘 전화벨 소리에 다시 현재로 끌려 나왔다. 울리거나 말거나 내버려 두고 싶었지만 내선번호로 걸려온 전화였다. 사무실의 누군가가 그곳에 앉아 있는 그녀를 지켜보고 있을지도 몰랐다.

"챔버스 형사님의 전화입니다." 전화를 받은 마셜은 발신자의 목소리에 당황했다.

"챔버스 형사님 거기 계세요?!" 외치는 목소리였지만 바람 때문에 거의 알아들을 수 없었다.

"아니. 안 계시는데요." 마셜은 어떻게 밖에서 내선 번호로 전화를 할 수 있는지 의아해하며 대답했다.

"여기 없대요!" 발신자의 목소리가 다른 사람에게 전달했다. "그쪽은 누구세요?" 그가 마셜에게 물었다.

"마셜 형사예요. 챔버스 형사님과 같이 일해요." 아직 무슨 영문인지 이해하지 못하고 그녀가 대답했다.

"마셜이래!" 남자가 외쳤다. 날씨 때문에 소리가 흐릿했다. "본인 이름이 마셜이랬어!" 잠시 후에 그의 목소리가 돌아왔다. 그가 건물 내부로 들어오는 듯 폭풍 소리가 누그러지고 있었다. "여보세요, 마셜 형사님?"

"듣고 있어요." 그녀가 대꾸했다.

"문제가 생겨서 그러는데…, 당장 좀 내려오셨으면 합니다."

★

"마셜 형사님?" 무장 경찰이 로비 저편에서 마셜을 맞으러 서둘러 달려왔다. "나이튼입니다." 그가 악수를 건네며 자신을 소개했다.

"무슨 일이죠?" 안내데스크에서 여러 개의 문으로 길게 이어진 전화선을 밟으며 마셜이 물었다.

"에반 파파도풀로스라는 이름 들어보셨어요?" 그가 마셜에게 따라오라고 손짓했다.

"그 거인 말씀이에요?" 그녀가 황급히 물었다. "그 사람을 찾았어요?"

"그건 아닙니다." 나이튼이 대답했다. 그의 동료 한 명이 마셜에게 방탄조끼와 귀에 꽂는 무선 송신기를 건넸다. "그가 우리를 찾았다고 봐야죠."

"그 사람이 여기 있어요?" 마셜이 여전히 상황을 납득하지 못하고 물었다.

"여기 와서 챔버스 형사를 찾더군요." 그가 문 앞에서 잠시 멈추고 설명했다. "하지만 당신 이름을 잘 아는 모양이에요. 다른 사람과는 얘기하지 않겠대요." 나이튼은 주저했다. "자루를 가지고 왔던데요."

"자루라고요? 안에 뭐가 들었죠?"

"우리는 모릅니다. …그래서 조끼를 입으시라고요."

"그렇군요." 그녀가 근심스레 고개를 끄덕였다.

"음, 형사님을 밖으로 내보낼 수는 없어요. 하지만 그 거인이 학습장애가 있는 실종자라고 들었기 때문에 일단 기회를 주려고요."

"기회라고요?"

"그가 자루를 내려놓고 항복하는 것을 거부한다면 우리는 위협을 무력화할 수밖에 없어요." 그가 당당히 설명했다. "…규정이 그렇다 보니."

몸에서 분리된 골리앗의 머리가 마셜의 머릿속을 스쳤다.

"아니요. 그러지 마세요. 제가 잘 달래 볼게요."

"그럴 수 있을까요?"

그녀는 고개를 끄덕였다. "부탁 한 가지만 들어주세요. 챔버스 형사님과 무전 연결을 해주세요."

"그렇게 할게요." 나이튼이 약속했다. 마셜은 바람에 맞서 문을 열고 폭풍 속으로 들어섰다.

32

바닥이 번들거렸다. 마셜이 한 발짝씩 내디딜 때마다 빛으로 둘러싸인 남자를 향해 침수된 보도 위에 잔물결이 퍼졌다. 그는 250센티미터가 넘는 키로 우뚝 서서, 다 큰 어른 한 명쯤은 거뜬히 들어갈 자루를 팔로 껴안고 있었다.

마셜은 양팔을 쳐들고 천천히 다가갔다. 무장 경찰 한 명을 스치고 지나면서도 그에게 눈길을 주지 않았다. 예상치 못한 방문자에게 총을 겨눈 사람들과 같은 일당으로 보이고 싶지 않아서였다. "3미터 이내로 다가가지 마세요." 이어폰에서 나이튼의 조언이 들렸다.

주변 건물의 창가에서 구경꾼들이 지켜보는 가운데, 마셜은 빛 속으로 걸어 들어갔다. 혼자서 골리앗을 제압한 다윗이 그랬듯 네 걸음을 더 옮기고 멈춰 섰다.

★

챔버스와 윈터는 〈청동 다윗상〉을 시큰둥하게 살폈다.

두 주인공의 상반된 표정을 도저히 놓칠 수 없었다. 양치기 소년의 의기양양한 미소와 소년이 놓은 덫에 너무 쉽게 걸려든 거인의 경악, 공포, 후회.

백발의 노인들로 구성된 단체 여행객이 다가오자 윈터는 슬금 슬금 자리를 비켰다. 투어 가이드는 계속 장광설을 늘어놓았다. "…물론 성경 속 다윗과 골리앗 이야기를 묘사하고 있어요. 다들 잘 아시죠?"

노인들로 인해 백발의 바다가 출렁거렸다.

"…자, 원작은 아니지만 1800년대 후반에 제작된 이 모작 역시 그 자체로 훌륭한 예술작품인데요…. 도나텔로의 걸작을 모든 면에서 완벽하게 재현했지만 딱 한 가지 다른 점이…."

윈터는 그 말에 귀를 쫑긋 세우며 청중의 뒤편에 붙어 섰다.

"…누구 아시는 분 있으세요?" 멀뚱한 얼굴들 속에서 손 하나가 힘없이 공중으로 올라갔다.

"네? 말씀해보세요."

"검이…, 없구먼."

"저기! 잠깐만요!" 윈터가 이렇게 외치며 사람들을 헤치고 앞으로 나갔다. "잠깐만요!"

"무슨 일이시죠?"

"다시 한 번 말씀해 주실래요? 검 얘기 말이에요!" 윈터가 목소리를 높였다. "검이 어찌 됐다고요?"

"여기에는 검이 없다고요." 남자가 짜증스레 대꾸했다.

"네, 그건 나도 아는데요." 윈터가 말했다.

"하지만 원작에는 검이 있었다고요. 피렌체의 다윗은 거인의 머리를 베는 데 사용한 무기를 들고 있어요."

★

"에반?" 마셜이 거인을 불렀다. 두피가 아프도록 비가 세차게 쏟아졌다. 누가 봐도 그는 두려워하고 있었다. 충혈된 눈을 보니 울고 있던 모양이었다. 그는 자루를 애착 담요마냥 꼭 끌어안았다.

"마셜…, 형사님이세요?" 그가 물었다. 굵직한 목소리였지만 왠지 어린애 같은 느낌이었다.

"맞아요." 마셜이 미소를 지었다. "사람들이 당신을 찾아다녔어요."

빗소리 때문에 마셜의 말소리가 들리지 않는지 그는 이맛살을 찌푸렸다.

그녀는 에반을 향해 성큼성큼 걸어갔다.

"더 이상 다가가지 말아요!" 마셜의 이어폰에서 날카로운 목소리가 들렸다.

마셜은 로비를 한 번 흘겨보고 다시 거인을 마주 봤다.

"당신을 걱정하는 사람이 많다고요!" 그녀가 외쳤다. "그동안 어디 있었어요?"

"로버트랑 같이 있었어요."

"그 사람도 여기 있어요?" 그녀가 조명이 밝혀진 창가의 관중을 올려다보며 물었다.

"아니요."

"어디 있는지 알아요?"

"아니요."

"그 사람은 당신이 여기 있다는 걸 알죠?" 마셜이 조금 더 가까이 다가가며 물었다.

"네." 에반이 왼쪽에 서 있는 무장 경찰을 불안하게 흘깃거리며 고개를 끄덕였다. "이걸 마셜이나 챔버스 형사한테 줘야 한댔어요." 그는 자신이 끌어안고 있는 불룩한 자루를 두드렸다.

마셜은 저 멀리 현장에 도착한 폭탄 처리반이 보였지만 전혀 내색하지 않고 코츠가 보낸 불길한 선물로 주의를 돌렸다. 무슨 대답이 나올지 두려웠지만 그녀는 꼭 필요한 질문을 던졌다.

"자루에 뭐가 들었어요, 에반?"

★

챔버스의 책상 위 전화기가 세 번째로 울리기 시작하자 루이스는 비로소 잠을 깨어 수화기를 들었다.

"챔버스 경사님 전화입니다." 그가 차를 한 모금 마시며 말했다.

"루이스?"

"챔버스?"

"마셜은 어딨어요?"

"일이 생겼는지 로비로 내려가던데."

"무슨 일이요?"

"그건 모르지."

"저 좀 도와주세요. 혹시 제 책상 위에 스케치북 있어요?"

루이스는 느긋하게 차를 한 모금 더 마시며 컴퓨터를 에워싼 서류 더미를 훑어봤다.

"없는 것 같은데."

"망할. …뭐라도 좋으니 거기 마셜 물건 있어요?"

"응. 외투랑 가방이 있네."

"가방 속을 좀 들여다보세요." 챔버스가 부탁했다.

"음. 그건 좀-"

"그냥 좀 봐요!"

"알았어! 알았다고!" 주위에 사람이 없는지 슬쩍 둘러본 다음 루이스는 동료의 개인 소지품을 뒤적이기 시작했다. "…찾았어."

"좋아요. 아래층으로 내려가서 마셜한테 전해주세요."

"하지만 마셜은-"

"일단 제 전화를 안내데스크에 연결해준 다음에 곧장 스케치북을 마셜한테 갖다주시라고요. 마셜이 뭘 하고 있든 이보다 중요한 일은 없으니까."

★

"자루에 뭐가 들어 있어요, 에반?"

그는 그것을 마셜에게 내밀었다.

"받지 말아요." 그녀의 이어폰에서 나이튼이 웅웅거렸다.

"에반, 이제 당신은 로버트가 시킨 대로 다 한 거예요." 마셜이 조심스레 말했다. "그러니까 자루를 내려놓고 뒤로 물러서 주세요."

그는 고개를 저었다. "당신에게 주라고 했어요."

"나는 그걸 받을 수 없어요. 내려놓으면 저기 보이는 사람들이 치울 거예요." 그녀는 가까이서 대기 중인 폭탄 처리반을 가리켰다.

"안 돼요!" 에반이 갑자기 흥분하여 소리를 질렀다. 그가 처리반을 피해 건물 반대쪽으로 물러가자 무장 경찰들의 총에서 일제히 딸깍 소리가 났다.

"잠깐만요!" 마셜이 외쳤다. 그의 얼굴에서 공포와 혼란을 보고 그녀는 절박하게 팔을 뻗었다.

나이튼의 목소리가 다시 귀에 들렸다.

"그러지 말아요. 진지하게 경고합니다, 마셜. 그 자루를 받지 마세요."

"내가 안 받으면 저 사람은 달아날 거예요." 마셜이 단호하게 말했다. 그녀는 애써 얼굴에 웃음을 지으며 겁에 질린 남자에게 천천히 다가갔다. 그는 주저주저하면서 무게가 거의 없는 자루를 건넸다.

"좋아요, 에반. 잘했어요. 이제 내 말대로 해야 돼요, 알겠죠?" 그가 고개를 끄덕였다. "무릎을 꿇어요."

"땅이…, 젖었어요."

"알아요. 그래도 해야 돼요."

거대한 남자는 힘겹게 바닥에 무릎을 꿇었지만 그래도 마셜보다 키가 컸다.

"손을 뒤통수에 얹어주세요." 그녀가 시범을 보이자 에반은 손가락의 깍지를 꼈다. "맞아요…. 그렇게요."

"지금이야! 어서!" 경찰관 한 명이 외쳤다.

앞으로 거칠게 밀쳐져 두 팔이 결박되자 에반은 배신당했다는 듯이 마셜을 쏘아봤다.

"마셜 형사님." 나이튼이 윙윙거렸다. "자루를 가만히 내려놓고 제 쪽으로 돌아오세요."

마셜은 천천히 그의 지시에 따랐다. 폭탄 제거반이 몰려오는 사이 나이튼이 그녀에게 달려왔다.

"챔버스 형사님이 통화를 기다리고 계세요."

건물로 들어간 마셜은 안내데스크에 놓인 스케치북을 보고 눈살을 찌푸리며 수화기를 집었다.

"챔버스 형사님?" 그녀는 물이 뚝뚝 떨어지는 자신의 젖은 머리카락에 코를 킁킁거렸다.

"무슨 일이야?"

"이스턴의 거인이 밖에 나타났어요."

"…살아서?"

그녀의 발 주위로 물웅덩이가 생기기 시작했고, 흠뻑 젖어 피부에 달라붙은 옷은 싸늘해졌다.

"우리한테 뭔가를 전해주려고 했어요. 코츠가 보낸…, 자루를요."

"안에 뭐가 들어 있어?"

그녀는 성가신 보호 장비를 착용한 채 우스꽝스럽게 뒤뚱거리는 경찰들을 내다보았다.

"폭탄 제거반이 지금 확인 중이에요."

"…스케치북은 받았어?" 챔버스가 물었다.

"네." 그의 목소리에서 다급함을 감지한 그녀는 그것이 어떻게 여기에 있는지 따지지 않기로 했다.

"〈청동 다윗상〉 좀 찾아봐." 그가 말했다.

그녀는 목숨을 잃은 사람들이 그려진 페이지를 획획 넘기다가 끝에서 두 번째 페이지에 멈췄다.

"찾았는데요?"

"검을 들고 있어?"

"네?"

"칼 말이야. 다윗이 칼을 들고 있냐고?"

그녀는 코츠의 스케치를 내려다봤다. "…아니요. 그건 왜요?"

★

챔버스는 윈터를 돌아보며 고개를 저었다. 두 사람은 똑같이 걱정스러운 표정이었다.

"코츠는 모작을 그렸어." 챔버스는 퍼즐 조각을 필사적으로 끼워 맞추고 있었다. "왜 원작을 그리지 않았을까?"

★

커다란 포대를 집어 건물로 들어가는 폭탄 제거반원을 길 건너 편에서 지켜보는 마셜의 표정은 다른 동료들과 다르지 않았다.

"지금 자루를 옮기고 있어요." 그녀가 챔버스에게 전했다. 자루를 든 경찰이 폭풍 속에서 건물로 들어서는 순간 스케치북의 페이지가 저절로 펄럭거렸다.

폭탄 제거반원은 자루를 마셜의 발치에 툭 떨어뜨렸다.

"이상 없습니다." 그는 나이튼이 그들의 시간을 낭비했다는 투로 말했다.

"자루에 뭐가 들어 있지?!" 챔버스가 캐물었다.

마셜은 전화기를 귀와 어깨 사이에 끼운 채 웅크리고 앉았다. 그녀는 조심스럽게 끈을 벌려 내부를 들여다봤다. 그리고는 부석대는 내용물에 손을 깊숙이 집어넣었다. "마셜, 안에 뭐가 들어 있어?!" 챔버스가 다시 물었다.

"…잎이네요." 짙은 갈색의 나뭇잎을 한 움큼 쥐자 그것들은 그녀의 손가락 사이에서 바스라졌다. "그냥 나뭇잎이에요."

★

"월계수 잎이야?" 챔버스가 물었다. 윈터는 초조하게 서성대고 있었다.

"식별이 어려워요." 마셜이 대답했다. "전부 죽은 잎이라. 그래도…, 네. 그런 것 같아요."

"왜 우리한테 죽은 월계수 잎을 보냈을까?" 그가 혼잣말을 했다.

"앗, 엘로이즈가 위험해요! 월계수 잎은 엘로이즈를 상징하잖아요."

윈터가 헉 소리를 내며 챔버스의 팔을 움켜쥐었다. 그의 눈은 공포로 휘둥그레졌다.

퍼즐 조각들이 제자리에 맞춰지기까지 잠시 시간이 걸렸다. 그들은 내내 큰 그림을 놓치고 있었다. 코츠는 그들에게 엉뚱하게도 조각상의 모작이 포함된 스케치북을 남기고, 거인을 납치해 그들의 주의를 끌었다. 그리고 그들 중 한 명을 공연히 협박했다. 전부 그들이 이미 부족한 자원을 쓸데없는 곳에 낭비하게 만들어 놓고 자유롭게 자신이 원하는 일을 꾸미려는 수작이었다.

모든 것은 엘로이즈와 관계가 있었다.

"마셜." 챔버스의 목소리가 떨렸다. "엘로이즈가 어디로 잡혀갔는지 알아내야 돼."

윈터가 영문을 모르겠다는 표정으로 챔버스를 응시했다.

마셜이 물었다. "…잡혀갔다고요?"

챔버스도 두 사람이 그 사실을 이런 식으로 알게 되는 것은 원치 않았다.

"…오늘 저녁에 내가 그 여자를 체포하라고 명령했어." 챔버스는 자신이 실수한 게 아닌지 불안했다.

"뭘 어쨌다고요?!" 윈터가 소리를 지르며 챔버스를 벽으로 밀치고 주먹을 불끈 쥐었다.

"우리한테는 그 얘기를 언제 하실 생각이었죠?" 마셜은 분노보다 근심이 더 컸다.

"그 여자가 어디 있는지 찾아야 돼." 챔버스가 말했다.

챔버스는 윈터의 눈빛을 보고 자신이 결코 용서받지 못할 짓을 했다고 느꼈다.

"코츠가 엘로이즈를 데려갔다고 알려. 팀원들을 전부 출동시켜야 해."

33

윈터가 차량 사이를 헤치고 지나가는 사이 도시의 조명은 꿈결처럼 흐릿해졌다. 챔버스는 복잡한 생각 때문에 속도만 늦춰질 것 같아 운전을 포기했다. 그는 자신의 다리를 붙잡고 있는 핀의 감각을 예리하게 의식하며 양손으로 좌석을 꽉 붙들었다. 빠른 속도로 모퉁이를 돌 때마다 차가 뒤집힐 것만 같았다.

"챔버스! 정신 차리고 무전 좀 받으실래요? …챔버스? …챔버스!" 윈터가 챔버스에게 말했다.

윈터는 소리를 지르며 앞차를 앞지르다가 다가오는 화물차를 아슬아슬하게 피했다.

무전기가 재잘대고 있었지만 엔진 소음에 묻혀 알아들을 수가 없었다. 무전기의 희미한 주황색 백라이트는 창밖의 현란한 조명에 무색해졌다.

챔버스는 그제야 좌석에서 손을 떼고 수화기를 집었다. "여기는 챔버스. 응답 바람."

"그 두 사람, 경찰서로 안 돌아왔어요. 엘로이즈네 집 전화나 담당 경찰의 무전기도 응답이 없고요." 마셜의 목소리에 공포가 뚜렷했다.

스피커에서 들리는 사이렌 소리가 그들의 말소리와 겹쳐졌다.

윈터가 챔버스를 흘끔 돌아보니 그 얼굴에 이루 헤아릴 수 없는 감정이 드러나 있었다.

"우리는 지금 아파트로 가는 길이에요." 그녀가 말을 이었다.

"지원 인력은 3분 후에 도착하고요."

"그러면 숲에서 잠복 중인 팀원들은?" 챔버스가 이제는 균형을 잡으려고 계기판에 손을 짚으며 물었다.

"비상 대기하라고 전달했어요."

윈터는 신호등을 무시하고 속도를 냈다.

챔버스는 무전기를 내려놓고 문손잡이를 잡았다.

사방에서 전조등이 불빛이 쏟아지고 브레이크 끽끽대는 소리와 경적 소리가 밀려왔지만 차는 아랑곳하지 않고 계속 내달렸다.

긴장한 챔버스는 손을 뻗어 무전기를 더듬었다. "알았다. 통신 끝."

"저기 있네요." 윈터가 다리 위를 질주하는 푸른 불빛을 가리켰다.

바퀴가 홱 돌면서 두 사람의 몸이 옆으로 휙 쏠렸다. 차는 연석을 올라 보행자용 보도블럭을 위태롭게 달리다가 다시 맞은편 도로로 진입했다.

윈터는 사납게 속도를 올리며 다리로 이어지는 경사로를 탔다. 차량들이 옆으로 비키며 길을 터주자, 그는 액셀을 꾹 밟으며 다른 경찰차의 뒤편에 얼른 따라붙었다.

"어서. 어서. 어서." 그가 중얼거렸다.

도로 표지판이 휙 지나갔다.

"그 여자 아파트로 갈 거야, 숲으로 갈 거야?" 챔버스가 물었다.

이토록 많은 것을 위태롭게 하려고 내린 결정은 아니었는데. 진출입로가 다가오기 시작했고, 앞으로 나아갈수록 차선은 점점 넓어졌다. 갈림길이 코앞에 닥쳤는데도 윈터는 아직 선택하지 못하고 두 차선에 절반씩 걸친 채 달리고 있었다. "아파트야, 숲이야,

윈터?!"챔버스가 다리를 쭉 뻗어 좌석에 기대며 외쳤다.

금속 장벽이 반대 방향으로 달리는 기차처럼 창문을 지나가는 순간, 윈터는 기어를 변경하며 도로에서 진출했다. 동료들이 탄 차량의 경광등이 하나씩 깜빡이면서 시야에서 사라졌다.

★

빗속에서 반짝이는 도시를 배경으로 우뚝 서 있는 고층 건물들의 꼭대기는 전부 구름에 잠식되었다. 수많은 콘크리트 정맥 가운데 하나를 따라 쉬지 않고 움직이는 푸른빛의 무리는 전신 질환을 치료하기에는 부족한 해독제였다.

딱 하나만은 예외였다. 춤추는 빛 한 점이 나머지 무리로부터 떨어져 나가고 있었다.

어둠 속에서 홀로 춤추는 한 점의 빛이었다.

★

지원 인력은 이미 현장에 와 있었다. 차에서 뛰어 내린 마셜이 층계에서 대기 중인 동료 몇 명을 지나치며 신속히 계단을 올랐다. 아파트에 불쑥 들어갔더니 제복 경찰 두 명이 다른 경찰에게 응급 처치를 하고 있었다. 숨이 거의 끊긴 그는 미동도 없이 거실 바닥에 누워 있었다. 몸싸움의 흔적이 선연히 남아 있었다.

"엘로이즈?" 마셜이 외쳤다. "엘로이즈!"

"다른 사람은 없었어요." 한 경찰관이 그녀에게 알렸다. "그런데도 문이 안쪽에서 잠겨있더군요."

마셜은 얼굴을 찌푸렸다.

"이웃 사람이 아까 비명 소리를 들었대요." 다른 경찰이 출입구를 비집고 들어오며 말했다. "그냥 음악이나 TV 소린가보다 했다는군요." 그는 마셜의 얼굴에서 절박감을 읽은 것이 분명했다. "미안해요."

그녀는 자신의 발치에서 정신을 잃고 쓰러져 있는 남자를 내려다봤다.

"구급차는 오고 있겠죠?" 마셜이 물었다.

"네."

"판큐로늄 브로마이드 중독이라고 말해주세요. 알겠죠? 판…, 큐…, 로늄."

마셜은 이미 엘로이즈 집 침실로 향하고 있었다. "여기 피가 떨어져 있어요!" 그녀가 외쳤다. 카펫 위의 진홍색 핏줄기가 얼룩진 가위까지 이어져 있었다.

"저 경찰관 피는 아니에요." 동료를 돌보던 경찰이 단언했다.

"무전기 좀 갖다 주세요!" 마셜의 요구에 누군가 달려와 자기 것을 건넸다.

★

"챔버스. 윈터. 응답하라."

조수석 문이 나무 울타리 기둥에 부딪치자 챔버스는 움찔하며 무전기에 손에 뻗었다. 윈터가 모는 차는 침수된 윔블던 지역 입구를 지나 자갈길을 내려갔다.

"무슨 일이야?" 챔버스가 엔진 소음 속에서 목소리를 높였다.

"여자는 여기 없다. 반복한다. 엘로이즈는 여기 없다!"

★

"마셜 형사님!" 무전기를 빌려준 경찰이 그녀를 불렀다.

마셜은 방구석의 옷장을 들여다보는 그의 표정을 보자 심장이 덜컥 내려앉았다.

"…잠깐만요." 그녀가 챔버스에게 말했다.

마셜은 침대를 돌면서 최악의 상황에 대비해 마음을 다잡았다. 이제 보니 나무문에도 피가 묻어 있었다. 그곳에 서 있던 경찰이 옆으로 비키자 그녀는 심호흡했다. 시신을 예상했던 그녀는 아파트 옆집으로 뚫린 구멍을 보고 입을 떡 벌렸다.

그녀는 멀뚱히 서 있는 동료를 돌아봤다.

"두 사람 더 데리고 들어가 보세요. …어서!" 그가 움직일 생각을 않자 마셜은 컴컴한 옷장으로 직접 들어갔다. 가로대에 걸린 옷을 밀며 조심스럽게 제거된 벽돌 아치를 통과해 방금 떠난 방의 악몽 버전이라 할 법한 다른 방으로 들어갔다.

다른 방은 뻥 뚫린 골조만 있었다. 그 방은 마치 거대한 덫처럼 치명적인 입을 벌린 채 그녀가 가까이 다가오기를 기다리고 있었다.

언뜻 봤을 때 회색이던 칙칙한 그 방의 벽은 자세히 보니 수많은 낙서가 겹쳐진 캔버스나 다름없었다. …하나하나가 예술작품이었다. 그리고 방의 정 중앙에는 인모 가발을 쓴 머리가 놓여 있었다. 바닥이 사람을 통째로 삼켜버린 듯한 모양새였다.

마셜은 주저하다가 무릎을 꿇고 검은 머리카락이 엉킨 축축한 가발을 집었다. 그 순간 현관문이 벌컥 열렸다.

"깜짝이야." 마셜이 중얼거리며 무전기를 입에 갖다 댔다. "챔버스? …챔버스, 응답하라." 스피커에서 대답이 웅웅거렸다. "챔버스, 응답하라!"

"크리스토퍼 라이언 귀하…." 경찰관 한 명이 법의관의 냉동실에 누워 있는 7년 묵은 시신에게 온 우편물들을 뒤적이며 읽는 소리가 들렸다.

그동안 '크리스토퍼 라이언'이라는 죽은 사람의 신분을 도용해 위장한 코츠가 엘로이즈의 옆집에 살고 있었다는 증거였다.

마셜은 열패감에 얼굴을 양손으로 감싸 쥐었다.

★

"마셜?!" 챔버스가 무전기에 대고 소리쳤다. 휘청대는 나무 갑옷을 뚫고 날아온 자갈이 총알처럼 차를 때렸다.

"이웃이에요." 마셜이 말했다. "그동안 변장을 하고 다닌 게 틀림없어요. 코츠는 쭉 엘로이즈의 이웃으로 살았어요!"

윈터는 챔버스를 돌아봤다. 엘로이즈의 목을 자기 손으로 긋기라도 한 듯 죄책감 가득한 표정이었다. 윈터는 몇 시간 전에 계단을 지나가던 긴 머리 남자를 떠올리고 있었다.

"놈이 엘로이즈를 데려간 거예요." 마셜이 말을 이었다. "그 자식은 내내 우리 코앞에 있었어요."

챔버스는 송신 버튼을 눌렀지만 아무 말도 나오지 않아 배경 소음만 전송되었다.

"…알았다."

윈터는 풍차에서 가까운 주차장으로 들어가 차가 완전히 멈추기도 전에 뛰어내렸다. 숲으로 달리는 그를 전조등이 훤히 비추었다.

"윈터! 윈터, 기다려!"

챔버스도 차에서 내려 그를 쫓아갔다. 챔버스의 목소리는 사방에서 날아오는 바람과 흙, 쓰레기에 묻혔다. 하늘에서 낙엽이 비처럼 쏟아지고 있었다.

"윈터?!" 챔버스가 그를 부르며 숲속으로 따라 들어갔지만 몇 걸음 못 가 울퉁불퉁한 땅에서 다리를 삐고 말았다.

한 번도 들어본 적 없는 소리였다. 수많은 나뭇잎이 똬리를 튼 방울뱀처럼 부스럭거렸다. 머리 위 나뭇가지들이 뚝뚝 꺾이는 소리는 수백 년 묵은 강력한 나무들이 수족을 잃는 비명처럼 들렸다. 바위에 부딪치는 세찬 파도처럼 우르릉대는 바람이 나무들을 때리며 지나갔다.

"엘로이즈?!" 저만치서 윈터의 목소리가 들렸다. "엘로이즈, 어디 있어요?!"

챔버스는 고통을 참으며 소리가 나는 쪽으로 절뚝절뚝 걸어갔다. "엘로이즈?! …엘로이즈?!"

따라잡았다 싶은 순간, 윈터의 외침 소리가 뚝 끊겼다.

"윈터?!" 돌아오는 대답이 없었다.

챔버스는 통증은 무시하고 침수된 숲속을 내처 달렸다. 자신을 둘러싼 나무들을 보자 불길한 예감이 점점 커졌다. 죽음의 숲 한가운데에 혼자 살아 숨 쉬는 기분이었다.

줄지어 선 나무를 빠져나가자 작은 공터가 나왔다. 강의 신이 살 법한 개울이 잔뜩 불어나 있었다. 그곳 흙바닥에 무릎을 꿇고 있는 윈터가 보였다.

"윈터?"

그는 반응하지 않았다.

"…윈터?" 천천히 다가가던 챔버스는 윈터의 앞쪽에서 낙엽이

어지러이 흩어진 지점을 보고 그가 말을 잃은 이유를 알았다.

"아, 맙소사."

챔버스는 복잡한 금속 틀에 고정된 채 폭풍을 맞으며 서로 뒤엉겨 있는 두 몸뚱어리를 향해 절뚝거리며 다가갔다. 로버트 코츠는 죽어서도 사랑하는 이를 갈망하고 있었다. 마지막 순간에도 그의 왼손은 엘로이즈의 알몸을 감싸고 있었지만 그녀는 그에게서 등을 돌린 자세였다.

챔버스는 그녀의 목에 가만히 손가락을 눌렀다. …피부의 온도가 모든 것을 설명했다.

윈터에게 위로의 말을 건네고 싶었지만 할 말이 떠오르지 않았다. 생명이 떠나간 코츠를 살피다가 그는 두 손가락 끝을 그의 목에 대고 똑같이 확인했다.

챔버스는 화들짝 놀라며 손을 뗐다. 오래전, 싸늘한 사다리를 올라가 꽁꽁 얼어붙은 동상의 맥박을 확인하던 순간이 또렷이 떠올랐다. 남자의 시선이 이제는 챔버스에게 고정된 채 그의 모든 움직임을 불안하게 지켜보고 있었다. 미세하게 오르내리던 남자의 가슴이 점점 빠르게 들썩이기 시작했다.

"윈터!" 챔버스는 살아있는 조각상에게서 눈을 떼지 않고 그를 불렀다. "이쪽으로 와봐. 어서!"

윈터는 몸을 부들부들 떨며 간신히 일어섰다. 그는 엘로이즈가 있는 방향은 의식적으로 피하며 챔버스 쪽으로 다가왔다. 챔버스는 속주머니에서 작은 금속 캔을 꺼냈다. 뚜껑을 열자 가느다란 유리병, 주사기, 여러 개의 바늘이 드러났다.

"그게 뭔가요?" 윈터가 갈라지는 목소리로 물었다.

"해독제야. 사익스한테 부탁했어."

윈터는 눈을 크게 뜨고 엘로이즈를 바라봤다. "그 여자는 아니야." 챔버스가 침울하게 말했다. "…저 자식한테 놓을 거야."

서서히 고개를 돌려 코츠를 마주하는 윈터는 더 이상 챔버스가 알던 동료의 모습이 아니었다. 모든 분노, 고통, 갑자기 다른 남자의 생명에 휘두를 수 있게 된 권력이 그의 얼굴을 바꾸었다.

"아직 살아있어." 챔버스는 윈터에게 캔을 건네고 뒤로 물러섰다. "당신이 결정해."

"나더러 결정하라고요?" 윈터는 어리둥절하여 손에 든 금속 상자를 내려다봤다. 매서운 바람이 두 조각상을 살짝 흔들었다.

챔버스는 고개를 끄덕였다. "알아서 판단해. 하지만 기억해야 돼. 이 자가 원한 게 바로 이런 죽음이야. 지금 죽으면 코츠가 이기는 거라고."

윈터는 자신이 어떤 궁지에 빠졌는지 고민하는 듯했지만 잠깐뿐이었다.

"솔직히 아무래도 상관없어요. 저 자식이 그냥 없어졌으면 좋겠어요." 상심한 그는 유리병을 꺼내 땅에 떨어뜨렸다.

챔버스가 전혀 개입하지 않자 윈터는 그들의 인생에서 코츠를 완전히 제거하기 위해 발을 쳐들었다가, …주춤거렸다. 그를 막을 힘도 없이 바닥에 쓰러진 남자를 보는 윈터의 표정에 갈등이 역력했다. 윈터는 잠시 더없이 우아하고 평온하게 누워 있는 엘로이즈에게 눈길을 돌렸다가 다시 챔버스를 응시했다. 그는 이러지도 저러지도 못한 채 발을 바들바들 떨며 마음을 가라앉히려고 심호흡을 하고 이를 악물었다. 두 눈은 자신의 발밑에 놓인 유리 약병에 고정되었다….

윈터는 눈물을 줄줄 흘리며 바람 속에서 고함을 질렀다. 그리고 뒤로 물러났다.

"…하세요." 윈터는 도저히 못 보겠다는 듯 눈을 질끈 감았다.

"진심이야?"

"그냥 하시라고요."

이미 너무 늦었을지도 모른다는 생각에 챔버스는 황급히 달려갔다. 옴짝달싹 못 하는 남자의 겁먹은 눈이 그를 따라다니는 가운데 무릎을 꿇고 약병을 주웠다. 엘로이즈 밑에 깔려 있던 뻣뻣한 손가락이 미세하게 움찔거리며 빠져나와 바닥을 짚었다. 주사기를 조립하던 챔버스는 윈터를 돌아보았다. 마지막으로 반대할 기회를 주고 싶어서였다. 하지만 그가 침묵을 지키자 챔버스는 주삿바늘을 코츠의 목 깊숙이 찔러 넣고 엄지손가락으로 플런저를 눌렀다.

"로버트. …로버트, 내 말 들려?" 그는 죽어가는 남자의 귀에 대고 속삭였다. 검은 눈동자가 천천히 그를 찾았다. "오직 산 자만이 너처럼 고통받으리라." 챔버스가 만족스레 읊으며 엄지손가락을 눌러 주사기의 내용물을 남김없이 혈관 속으로 주입했다.

그리고 코츠의 양손에 수갑을 채운 다음, 일어서서 윈터에게 돌아갔다. 머리 위에서 나무들이 터무니없는 각도로 구부러진 채 하늘을 가리고 있었다.

두 사람은 잠시 말없이 서 있었다.

"구급차를 불러야겠어요." 윈터가 현장을 등지고 서며 말했다. 엘로이즈의 애처로운 시신 옆에서 서서히 되살아나는 코츠의 모습을 보고 있기가 힘들었다.

챔버스는 위로의 말이 떠오르지 않아 그저 윈터의 등을 토닥였다. 그리고 멀어지는 그의 뒷모습을 지켜봤다. 그는 겨우 다섯 걸음 만에 움직이는 나무들 틈으로 완전히 자취를 감췄다.

　혼자 남은 챔버스는 자신의 끔찍한 실수로 목숨을 잃은 여성에게 머뭇머뭇 다가갔다. 공포에 질린 상태로 얼어붙은 엘로이즈는 아름답기 그지없었다. 그는 코츠가 만든 최후의 비극적인 걸작을 한참 바라보았다.

　"정말 미안해요." 챔버스가 눈물을 글썽이며 중얼거렸다.

　그녀의 몸을 덮어주고 싶었지만 그럴 수 없었다. 엘로이즈의 몸에서 자연스레 미끄러져 세심하게 펼쳐진 얇은 겉옷은 이제 그녀의 다리를 집어삼키는 흙과 잔가지 무더기에 조금씩 묻히고 있었다. 그녀의 두 손은 제거되고 진녹색 월계수 잎이 무성히 돋은 두 개의 나뭇가지로 대체되었다. 로버트 코츠가 남긴 걸작은 그녀의 변신이 시작되는 순간 정점에 이르렀다.

34

7개월 후…

1997년 7월 3일 목요일

윈터는 슈퍼마켓의 현란한 주황색 간판을 올려다봤다. 그만두
는 건 시간문제라고 늘 생각했던 직장이었다. 이미 지각이라는 생
각에 욕을 중얼거리며, 그는 무의미한 사색을 접고 서둘러 안으
로 들어갔다.

★

"…우리는 패트릭이 남자와 같은 시간에 술집에 있었다는 사실
을 밝혔습니다." 마셜은 강력팀 전체가 볼 수 있게끔 감시 카메라
에 찍힌 이미지를 높이 쳐들었다. 수사 경과를 보고하는 주간 회
의에서 처음으로 발표하는 긴장되는 경험이었다. "아직 이름은 모
르지만 찰리 슬래터리와 한패로 알려져 있습니다." 그녀의 폭로에
회의실은 격하게 술렁대기 시작했다. 그녀의 눈이 챔버스와 마주
쳤다.

그에게 정신적 지주로서 맨 앞자리에 앉아 달라고 부탁은 했지
만 실은 그럴 필요가 없었다. 부서에서 두 번째로 신참이지만 그
녀는 조금 전 자기 힘으로 사건의 내막을 훤히 밝혔다.

"마셜 형사?" 창턱에 기대어 서 있던 웨인라이트가 입을 열었
다. "수사를 어떻게 진행할 계획이지?"

그 순간, 문이 루이스 쪽으로 휙 열리면서 헙수룩한 몰골의 윈터가 커다란 상자 두 개를 들고 들어왔다. 앞으로 나가는 그에게 동료들은 야유를 퍼부으며 뭉친 종이를 던졌다.

"왜 이래요! …좀!" 그가 투덜대며 상자를 내려놨다.

"막내가 지각했어!" 누군가가 그를 놀렸다.

"엄청 맛있는 도넛 좀 챙기느라 늦었다고요!" 윈터가 불평했다.

"그냥 앉아." 웨인라이트가 윈터에게 지시한 다음 시끌시끌한 나머지 형사들에게 외쳤다. "자, 다들 진정해!"

챔버스의 옆자리에 앉은 윈터의 머리로 종이 뭉치들이 연달아 날아왔다. 챔버스는 이 상황이 은근히 재밌는 모양이었다.

"안녕하세요."

"왔나." 챔버스가 대꾸했다.

"…선배님 수첩 낱장은 왜 찢어져 있죠?"

웨인라이트는 고개를 절레절레 흔들며 마셜을 돌아봤다.

"미안해, 마셜 형사. 그런데 어떻게 진행할 계획이야?" 웨인라이트가 마셜에게 말했다.

"사진 속 남자를 찾아야 합니다. 그들과의 유일한 연결고리니까요. 하지만 시간을 꽤 들여서 발품 깨나 팔아야 할 겁니다. 저 혼자서는 어려울 것 같은데요."

"나도 자네 혼자서 하는 건 바라지 않아." 웨인라이트가 시원시원하게 말했다. "그럼…, 누가 필요해?"

예상치 못한 질문이었다. 하지만 강력팀 회의실 앞에 서서 자신이 진행할 수사에 대해 설명을 마친 그녀는 구석에서 티격태격하고 있는 챔버스와 윈터를 바라보며 미소를 지었다.

35

드니스 스미스는 아무리 애를 써도 벗어나지 못할 화재경보기와 얼룩진 벽 사이에 평소처럼 자리를 잡았다. 30분간의 오락 시간을 위해 교도관들이 수감자들을 데리고 복도를 지나가는 동안 그곳에서 기다릴 참이었다.

한 수감자가 팔뚝에 흰 붕대를 불룩하게 감은 채 다리를 질질 끌며 지나갔다. 드니스가 청소해야 하는 감방의 주인이었다. 드니스는 그가 사라질 때까지 바닥만 내려다봤다. 매일 그 방에 들어갈 때마다 그녀는 죄책감을 느꼈다.

"이제 시작하세요!" 교도관 한 명이 그녀에게 외쳤다.

벽에서 몸을 뗀 드니스는 순순히 대걸레 손잡이를 쥐고 양동이를 빈 감방으로 밀었다.

그녀는 눈을 감았다가, 기대하는 마음으로 심호흡을 하며 눈을 떴다.

이 감방에 들어올 수 있는 몇 안 되는 사람 중 하나인 그녀는 잠시나마 짬을 내어 내부를 찬찬히 감상하는 것이 자신의 의무처럼 느껴졌다. 충충한 벽, 천장, 바닥이 조금의 빈틈도 없이 감탄을 자아내는 예술작품으로 장식되어 있었다. 정교한 연필 스케치, 잉크로 표현한 완벽한 음영, 생생한 색감의 파스텔 초상화 등 하나하나가 비할 데 없이 독특하고 걸출한 작품이었다. 늘 그렇듯 모든 작품은 같은 대상을 표현하고 있었다. 아름다운 여성의 얼굴이었다.

수많은 사랑과 비탄 사이에 다른 그림들과 어울리지 않는 형체 하나가 유독 눈에 띄었다. 목탄과 긁어낸 자국에서 탄생한 고독한 존재였다. 마치 벽에서 캐낸 듯 휘갈기고 뭉갠 선들이 분노를 발산하고 있었다. 좀 더 가까이 다가가 암울한 이미지를 들여다보던 그녀는 죄수 본인의 얼굴이 득의만면한 전사의 모습으로 그려져 있음을 깨달았다. 그는 머리카락이 뱀처럼 꿈틀대는 적의 머리를 높이 쳐들고 있었다. 뱀 머리의 피부는 거무죽죽하고 눈빛은 흐리멍덩했다.

그 그림만큼은 전혀 마음에 들지 않았다. 드니스는 인상을 쓰며 뒤로 물러나 자기만의 미술관에 전시된 나머지 작품들을 감상했다.

"대단해." 그녀는 감탄하여 고개를 저었다. 예상대로 미녀의 다양한 표정이 너무나 생생하게 묘사되어 마치 아는 사람처럼 느껴졌다. "정말 놀라워." 그녀는 비눗물 위에 걸레를 짠 다음 가장 마음에 드는 오늘의 작품을 문질러 닦기 시작했다.

옮긴이 **김효정**

역자 김효정은 연세대학교에서 심리학과 영문학을 전공했다. 글밥 아카데미 수료 후 현재 바른번역 소속 번역가로 활동하고 있다. 옮긴 책으로는 『죽음을 보는 재능』, 『스토커』, 『누군가는 알고 있다』, 『최고의 교육은 어떻게 만들어지는가』, 『어떻게 변화를 끌어낼 것인가』, 『철학하는 십대가 세상을 바꾼다』 등이 있다.

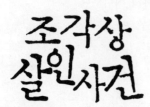

인쇄 2022년 10월 1일 초판 3쇄
저자 다니엘 콜
옮긴이 김효정
ISBN 979-11-90157-45-2   03840

출판사 도서출판 북플라자
주소 서울특별시 강남구 논현동 118-13 5층
홈페이지 www.bookplaza.co.kr

영화 판권, 오탈자 제보 등 기타 문의사항은 book.plaza@hanmail.net으로 보내주세요. 잘못된 책은 구입하신 서점에서 교환해 드립니다.